WHITNEY SCHARER

— DIE ZEIT DES — LICHTS

Aus dem Englischen von
Nicolai von Schweder-Schreiner

KLETT-COTTA

Klett-Cotta
www.klett-cotta.de
Die Originalausgabe erschien unter dem Titel »The Age of Light«
im Verlag Little, Brown and Company, New York

Printed in Germany
Cover: ANZINGER UND RASP Kommunikation GmbH, München
unter Verwendung eines Fotos von © Jeff Cottenden
Gesetzt von C.H.Beck.Media.Solutions, Nördlingen
Gedruckt und gebunden von CPI – Clausen & Bosse, Leck
ISBN 978-3-608-96340-3

Für meine Mutter,
in Liebe und Dankbarkeit

»Kunstdinge sind ja immer Ergebnisse des In-Gefahr-gewesen-Seins, des in einer Erfahrung Bis-ans-Ende-gegangen-Seins, bis wo kein Mensch mehr weiter kann.«

— RAINER MARIA RILKE

— TEIL EINS —

PROLOG

FARLEY FARM, SUSSEX, ENGLAND
1966

Ein heißer Juli. Seit es letzte Woche geregnet hat, sind die Hügel grün, wie bemooste Brüste ragen sie in den Himmel. Aus den Küchenfenstern sieht Lee Miller überall welliges Land. Eine gerade Schotterpiste. Steinmauern, die lange vor ihrer Zeit errichtet wurden, die die Landschaft aufteilen und dafür sorgen, dass die ruhig vor sich hin kauenden Schafe bleiben, wo sie hingehören. Ihr Mann Roland marschiert mit seinem Gehstock den Reitweg entlang. Er hat zwei Gäste dabei und bleibt kurz stehen, um auf einen Maulwurfshügel zu zeigen, an dem man sich den Knöchel brechen könnte, oder auf einen Kuhfladen, der einigen Besuchern vielleicht zu viel des Landlebens ist.

Lees Kräutergarten liegt direkt vor der Küche, ungefähr so weit entfernt, wie sie freiwillig geht. Roland fragt sie schon seit Jahren nicht mehr, ob sie ihn auf seinen Spaziergängen begleitet, nachdem sie ihm erklärt hat, bevor er nicht einen anständigen Gehweg mit ein paar Cafés dorthin setzt, würde sie ihre Zeit nicht damit vergeuden, irgendwelche Hänge hochzustampfen. Inzwischen glaubt sie, dass er die Zeit ohne sie genießt, so wie sie die ohne ihn. Jedes Mal, wenn sie ihn loslaufen sieht, löst sich die Hand um ihren Hals ein wenig.

Von allen Räumen in der Farley Farm fühlt Lee sich in der Küche am wohlsten. Nicht glücklich, aber wohl. Niemand geht ohne sie hier rein, und wenn doch, dann finden sie nicht, was sie gesucht haben. Gewürzgläser stapeln sich zu schwankenden Türmen, dreckige Töpfe bedecken Küchentresen und Spüle, Essig und Öl stehen offen auf den Regalen. Aber Lee weiß immer, wo alles ist, so wie früher in ihrem Studio, wo niemand außer ihr mit dem Durcheinander zurechtkam. Wenn der Fotograf Dave Scherman, mit dem sie während des Krieges zusammenarbeitete, im Hotel Scribe ihr Zimmer betrat, hatte er immer einen schnippischen Kommentar parat – »Ah, eine Installation aus alten Benzinkanistern, sehr schön, Lee« –, und wenn sie in der Küche ist, denkt sie oft an ihn und fragt sich, was er jetzt zu ihr sagen würde. Dave ist einer der wenigen Freunde aus Kriegszeiten, der sie hier draußen noch nicht besuchen gekommen ist. Sie ist froh darüber. Bei ihrem letzten Treffen lebten sie alle noch in London, und damals hörte sie Dave zu Paul Èluard sagen, sie sei fett geworden und nicht mehr so attraktiv wie früher, und dass sie das wütend mache. Was natürlich nicht stimmte. Es gibt so viel mehr, das sie wütend macht, als die fremde Frau mit den aufgeplatzten Äderchen im aufgedunsenen Gesicht, die sie jeden Morgen im Spiegel anschaut.

Lee hat vor ein paar Jahren einen Kurs im Cordon Bleu besucht, und jetzt kocht sie praktisch jedes Wochenende mehrgängige Menüs und schreibt darüber für die *Vogue*. Sie ist dort Korrespondentin für Haus und Heim. Davor war sie Kriegskorrespondentin und davor Modekorrespondentin und davor Cover-Model. 1927 leitete eine Art-déco-Skizze von ihrem Kopf – den Glockenhut trug sie wie einen Helm tief ins Gesicht gezogen – eine neue Moderne in der Damenmode ein. Eine bemerkenswerte Karriere, heißt es immer. Lee spricht nie über diese Zeit.

An die *Vogue* muss Lee denken, weil Audrey Withers, ihre Chefredakteurin, heute Abend zum Essen kommt. Audrey kommt höchstwahrscheinlich, um sie zu feuern, und die weite Reise nach Farley nimmt sie auf sich, um es persönlich zu tun. Lee hätte sich selbst schon lange gefeuert, nach der zwanzigsten verpassten Deadline oder der zehnten Geschichte über Dinnerpartys auf dem Lande. Andererseits ist Audrey loyal und die einzige Moderedakteurin, die Frauen auch mal von Wichtigerem berichtet als den neuesten Trends in der Abendgarderobe. Als Puffer sind noch weitere Gäste eingeladen: ihre Freundin Bettina und Seamus, Kurator am Institute of Contemporary Arts und Rolands rechte Hand. Lee glaubt, dass Audrey sie nicht feuern wird, wenn Rolands Freunde dabei sind. Vielleicht kann sie ein wenig vorfühlen, es noch abwenden, sich wieder hineinfinden.

Das Menü ist die Abwandlung eines früheren. Zehn Gänge. Spargel im Teigmantel mit Sauce hollandaise, Jakobsmuschelspieße mit Sauce béarnaise, ein Schälchen Vichyssoise, Penroses, Mini-Würstchen im Teigmantel, »Muddles grünes grünes Hühnchen«, Gorgonzola mit Walnüssen, Fasan in Biersauce, Ingwer-Eis und bei gedämpftem Licht flambiertes Omelette surprise. Wenn Lee nicht mehr für Audrey arbeiten kann, wird sie sie mit Butter und Sahne und Rum-Baiser umbringen.

Als Lee während des Krieges aus Leipzig und der Normandie Bericht erstattete, war Audrey oft die Einzige, zu der sie Kontakt hatte. Lee schickte ihr die ersten Fotos aus Buchenwald, und Audrey brachte sie zusammen mit der Story, die Lee in ihre kleine Hermes Baby gehämmert hatte, getrieben von einer Mischung aus Amphetaminen, Brandy und Wut. Audrey ließ alles genau so, wie Lee es geschrieben hatte, dazu die Überschrift »Believe it« und die Fotos riesig, in ganzer Breite und all ihrer grausamen Pracht. Es war ihr egal, dass irgendwo in Sheffield eine Hausfrau die Hochglanzwerbung für Schiaparelli-Handschuhe umblätterte und auf einen verprügelten SS-Mann mit gebrochener Nase stieß, das Schweinsgesicht verschmiert mit dickem schwarzen Blut.

Es ist Mittag, und Lee fängt mit den Penroses an, einem selbst erfunden Gericht aus Champignons, gefüllt mit Gänseleberpastete und garniert mit Paprika, sodass sie aussehen wie die Rosen, die am Rande des Kräutergartens wachsen. Sie misslingen leicht, und die Zubereitung dauert Stunden. Roland ist oft wütend, weil sie das Essen für acht ankündigt und es dann erst um neun, zehn oder elf fertig ist und die Gäste alle müde und betrunken sind, wenn sie mit dem ersten Gang ankommt. Lee zuckt nur mit den Schultern. Einmal gab es gegrillten Blaubarsch als Hommage an ein Bild von Miró, und sogar Roland musste zugeben, dass sich das Warten gelohnt hatte.

Heute wird Lee jedoch pünktlich sein. Sie wird ganz ruhig und majestätisch aus der Küche treten und einen Gang nach dem anderen auftragen wie eine Tänzerin in einer perfekt ausgeführten Choreographie. Ein mehrgängiges Menü hat etwas Magisches, und an guten Tagen erinnert es Lee an das Gefühl, in der Dunkelkammer zu stehen und genau die richtigen Bewegungen zum richtigen Zeitpunkt auszuführen.

Lee ist mit den Penroses fertig und lässt sie auf dem Kühlschrank stehen. Als Nächstes macht sie die Hollandaise, mehr als sie brauchen werden, verquirlt das Eigelb mit dem Zitronensaft in einem Kupfertopf, während der Schneebesen klingelnd gegen das Metall schlägt. Draußen erklimmen Roland und die beiden Gäste im Gänsemarsch einen Hügel, tauchen dann in ein Tal ab und verschwinden aus dem Blickfeld.

Was wird Lee zu Audrey sagen? Sie hat Ideen für Artikel, die alle nicht gut sind. Sie hat eine Entschuldigung. Die fühlt sich besser an, wahrer. Es waren keine einfachen Jahre, seit sie hergezogen sind, seit sie nur noch ein paarmal im Monat nach London kommen und von allem abgeschnitten sind. Aber sie weiß, dass sie noch schreiben kann. Ihre Fotos sind immer noch gut. Wären sie zumindest, wenn sie welche machen würde, wenn sie die lähmende Traurigkeit abschütteln könnte, die sie wie einen schweren Mantel mit sich herumschleppt. Sie wird Audrey erzählen, dass sie jetzt bereit ist. Dass sie ein Zimmer ausgeräumt, ihre Schreibmaschine aufgestellt und den Tisch vor das kleine quadratische Fenster geschoben hat, mit Blick auf die Auffahrt, die von der Farm wegführt. Lee hat sogar ein Foto geschossen, das erste seit Monaten, das Fenster im Sucher, ein Blick im Blick, und es neben ihrem Schreibtisch aufgehängt. Audrey wird es gern hören, dass sie ein Foto gemacht hat. Dass sie dasaß, mit den Fingern über die verbeulte Schreibmaschine gefahren ist und die Hühner über die Einfahrt hat laufen sehen. Sollte Audrey danach fragen, wird Lee ihr ein paar prägnante Eindrücke vom Landleben liefern. Sie würde ihr alles geben, was sie von ihrem Leben will, fristgerecht und mit Fotos, falls sie es hinbekommt.

Gegen vier hat Lee so gut wie alles vorbereitet und die kleinen Schüsseln mit gehacktem Majoran, Meersalz, Anchovis, Cayennepfeffer und all den anderen Gewürzen, die sie für die Gerichte benötigt, bereitgestellt. Sie gibt noch ein Stück Eis in ihr Glas und geht ins Esszimmer. Dort ist eine lange, pockennarbige Tischplatte aufgebockt, an der vierundzwanzig Leute Platz finden. Der Kamin am Ende des Raumes erinnert an Heinrich VIII, Spanferkelbraten und Weinkrüge. Darüber hängt Picassos Porträt von Lee, es war immer ihr Lieblingsbild von sich, die Art, wie er ihr Zahnlückenlächeln eingefangen hat. Drum herum, dicht aneinandergedrängt, diverse Exemplare aus Rolands Privatsammlung, Ernst neben Miró neben Turnbull. Mit der Zeit haben sich auch ein paar unbekannte surrealistische Werke darunter gemischt: Ein ausgestopfter Vogel liegt mit dem Rücken auf einem Rahmen, auf den eine Eisenbahnschwelle mit einem riesigen Mund gemalt ist, eine hingekritzelte Frau mit wild verfilztem Haar steckt in einem der protzigsten Rahmen, die sie finden konnten. Lee setzt sich an den Tisch. Ihre Füße sind schon ein bisschen angeschwollen. Sie rüttelt an ihrem Glas, sodass die Eiswürfel im Whisky tanzen.

Als Roland von seinem Spaziergang zurückkommt, fährt gerade ein tiefliegender Morris mit röhrendem Motor die Auffahrt hoch. Roland steht in der Küchentür – er steht dort oft wie festgenagelt, als wollte er ihr Reich nicht betreten.

»Schöner Spaziergang heute«, sagt er und reibt sich mit seinen dünnen Bildhauerfingern die Nase. »Wir haben eine Schlange auf dem Weg gesehen. Mindestens anderthalb Meter lang.«

Lee nickt, ohne ihn direkt anzusehen, und rührt mit einem langen Löffel im Topf mit den Kartoffeln.

»Riecht gut hier«, sagt er und schnuppert. »Nach Knoblauch.«

»Das muss das Huhn sein.«

Er schnuppert noch mal. »Wann kommt Audrey?«

»Ich schätze, das ist sie«, sagt Lee möglichst ruhig, als wäre sie nicht nervös, seit sie die Reifen auf dem Schotter hat knirschen hören.

»Willst du sie in Empfang nehmen, oder soll ich?«

»Lieber du.« Lee weist auf das Durcheinander. »Ich muss mich hier gerade um zig Sachen kümmern.«

Roland sieht sie eine Weile an und geht dann.

Das Wasser kocht jetzt richtig, der Dampf steigt Lee ins Gesicht, als sie sich über den Topf beugt. Der Trick beim Kartoffelkochen: mit kaltem Leitungswasser anfangen, und zwar mit mehr, als man für nötig hält. Die Kartoffeln müssen sich bewegen können. Wenn sie zu dicht aufeinander sitzen, werden sie mehlig. Lee kocht sie als Ganzes und schält sie, während sie noch dampfen. Die meisten Menschen machen sich nicht genug Gedanken um Kartoffeln.

Vom Eingangsbereich dröhnt Rolands Stimme: »Audrey! Weißt du nicht, dass Freunde in Sussex durch die Hintertür kommen?«, dann erklingt Audreys glockenhelle, kultivierte Antwort. Lee füllt schnell ihr Glas auf. Die Flasche hat sie hinter den Einweckgläsern versteckt. Als die beiden noch mal zum Wagen gehen, hört sie ihre Schritte auf den Kieseln und dann das Quietschen und Zuschlagen der Fliegengittertür, als sie zurückkommen, laut wie ein Schuss. Das Geräusch fährt ihr durch Mark und Bein, und plötzlich ergreift sie Panik, sie legt sich über sie wie eine dunkle Kapuze. Es riecht verbrannt, und Lee fragt sich, ob es das Essen ist, kann sich aber nicht aufraffen, zum Ofen zu gehen und nachzusehen. Ihr Sichtfeld wird schwarz an den Rändern, wie immer in solchen Fällen, und obwohl die Augen auf sind, ist sie wieder dort, diesmal in Saint-Malo, das Hemd schweißgetränkt, zusammengekauert im Kellergewölbe, mit Krämpfen in den Oberschenkelmuskeln, während sie darauf wartet, dass das Echo der Bomben verhallt.

Sie kann die Gedanken nicht aufhalten. Sie haben sich wie Granatsplitter tief in ihr Gedächtnis gebohrt, und man weiß nie, wann etwas sie an die Oberfläche bringt. Als Lee diesmal aus der Vergangenheit zurückkehrt, hockt sie in der Küchenecke und hält die Knie umklammert. Sie kommt vorsichtig hoch und ist erleichtert, dass sie niemand so gesehen hat.

Das Glas. Sie nimmt es in die Hand, hält es gegen die Stirn, um die Kälte zu spüren, nimmt einen zittrigen Schluck und dann noch einen. Der Küchenwecker klingelt. Lee schreckt wieder auf, versucht, sich zusammenzureißen, holt eine Kartoffel aus dem Topf und macht den Bisstest, aber sie ist so heiß, dass Lee zurückzuckt und die Kartoffel mit einem dumpfen Klatschen auf den Fliesenboden fällt. Noch ein Schluck aus dem Glas, die Panik nimmt zu, der Raum biegt und dreht sich wie ihr Spiegelbild auf dem Kupfertopf, sie will raus aus der Küche und hoch in ihr Arbeitszimmer, von wo aus sie die Schafe sehen kann, alles hübsch und ordentlich wie vor Hunderten von Jahren, bevor sie hierhergezogen sind.

Sie ist fast an der Hintertreppe, als sie Audreys Stimme hört.

»Lee!« Audrey kommt mit ausgestreckten Armen und einem Lächeln im Gesicht durch die Küchentür. »Hier zauberst du das also alles. Deine Bilder kenne ich ja, aber es in Wirklichkeit zu sehen, ist natürlich etwas anderes.«

Audrey sieht aus wie immer: klitzeklein, tadellos, ein frisch gewaschenes Seidentuch um den Hals. Sie hat blond gefärbte Haare, immer noch zu Pin-Curls frisiert, absolut akzeptable Zähne, mit denen sie ein bisschen aussieht wie ein Dachs, und sie trägt gern Korsagen. Bei der Arbeit und auch jetzt. Mal abgesehen davon, ist Audrey die uneitelste Person, die Lee kennt, und das ist eine ziemliche Leistung für jemanden, der seit dreißig Jahren mit Mode zu tun hat. Lee stellt ihren Drink ab, trocknet sich die Hände am Handtuch, das sie in den Gürtel ihrer Schürze gesteckt hat, und breitet die Arme aus. Sie umarmen sich fest, und Lee fühlt sich, als würde jemand einen Ballon in ihrer Brust aufpusten, der die Panik verdrängt und ihr Luft zum Atmen gibt. Sie hat vergessen, wie sehr sie Audrey mag.

Sie lassen sich los, und Lee beobachtet, wie Audrey sich in der Küche umsieht. Sie mustert das Durcheinander, Lees Glas auf dem Tresen, dann – ganz kurz, sodass Lee es möglichst nicht mitbekommt – Lees Hauskleid, ihre verfilzten Haare, ihren massigen Körper. Lee sieht sich durch Audreys Augen, und das ist nicht sehr attraktiv, aber Audrey ist so taktvoll, den Blick weiter durch den Raum schweifen zu lassen.

»Sind das die berühmten Penrose-Champignons?«, fragt sie und zeigt auf den Kühlschrank. »November neunzehneinundsechzig. Hat uns einen Haufen Post eingebracht.«

»In natura«, erwidert Lee. Sie hat die Flasche hinter einer Salatschüssel versteckt, sieht aber trotzdem dauernd hin. Die Panik ist wieder da, dicht und erdrückend, und sie schließt die Augen, um sie zu verdrängen.

»Audrey«, sagt sie schließlich und zeigt auf einen Stuhl, »bitte setz dich doch. Mach's dir bequem. Kann ich dir etwas zu trinken bringen?«

»Oh, du bist doch bestimmt viel zu sehr mit Kochen beschäftigt! Roland hat angeboten, mich ein wenig herumzuführen, aber ich wollte dir erst Hallo sagen.« Sie geht noch einmal auf Lee zu und nimmt sie kurz in den Arm, ihr Blick ist freundlich.

Lee ist erleichtert und versucht nicht, Audrey aufzuhalten. Mit zitternden Händen greift sie nach ihrem Glas und trinkt es mit einem kräftigen Schluck aus, bis ihre Augen brennen. Als die Tränen fließen, lässt sie sie laufen.

Es ist neun, und Lee ist noch nicht fertig mit dem Essen. Die Gäste sitzen im Salon. Sie hört ihre Stimmen lauter und leiser werden, Gelächter, das Klirren von Weingläsern. Roland ist mehrmals in die Küche gekommen und hat leise gezischelt, »Sie warten, sie haben Hunger, hast du eine Ahnung, wann du ungefähr fertig sein wirst?« Lee verneint. Sie sollen ruhig warten, auch Audrey, es wird sich lohnen.

Das Problem ist unter anderem, dass sie die ganze Zeit weiter getrunken hat, die Flasche hinter den Einweckgläsern ist leer, die zweite hat sie hinten in der Vorratskammer aufgestöbert. Sie ist so betrunken, dass sie es ausnahmsweise selbst spürt: Ihre Nase ist taub, und die Finger sind glitschig wie Butter. Es ist einfach zu leicht, das Glas immer wieder aufzufüllen, und sie hat keine Ahnung, wie oft sie es schon gemacht hat. Der Alkohol lässt sie vergessen, dass Audrey ihre Verbindung ist zu allem, was ihr einmal wichtig war auf der Welt: Fotografie, Schreiben, ihr altes schönes Ich. Wenn Lee den Drang überwindet, sich einfach nur im Bett einzumummeln und für immer einzuschlafen, will sie der Mensch sein, der sie früher war, lebendig und hungrig. Aber jedes Mal, wenn sie Audreys Stimme aus dem anderen Zimmer hört, ihren vornehmen Londoner Akzent, greift sie wieder nach ihrem Glas.

Um halb zehn liegt der Spargel auf einem Salatbett, mit Sauce hollandaise beträufelt. Lee nimmt die Platte und schiebt sich durch die Schwingtür ins Esszimmer. Im angrenzenden Salon wird es kurz still. Jemand – vielleicht Seamus – ruft, »Na, wunderbar! Hab ich einen Hunger«, woraufhin alle ins Esszimmer kommen. Roland zeigt ihnen, wo sie sitzen – das ist eines seiner Talente, bei einem Abendessen die richtigen Leute nebeneinanderzusetzen –, kommt dann rüber, nimmt ihr die Platte ab und stellt sie auf die Anrichte. Janie ist da, das Hausmädchen, dem Lee das Leben schwermacht, indem sie sie so gut wie nie in die Küche lässt, sie serviert den Spargel, und dann sehen alle zu Lee, die immer noch neben der Tür steht.

»Setz dich zu uns, Schatz«, sagt Roland und zeigt auf ihren Platz am Ende des Tisches zur Küche hin.

»Hab noch zu tun«, sagt sie, dreht sich um und fragt sich, ob sie wohl lallt, bevor sie beschließt, dass es ihr im Grunde egal ist.

»Setz dich doch, Lee«, sagt Audrey. »Du bist schon den ganzen Tag auf den Beinen!«

Audrey hat recht. Lee tun die Füße weh. Sie nimmt die Schürze ab, geht zu ihrem Platz, und jemand, nicht Roland, schenkt ihr Wein ein, und die Unterhaltung kommt langsam wieder in Gang, während die Leute die glänzenden Spargelstangen zum Mund führen und sich darüber auslassen, wie gut sie schmecken.

Sie essen und trinken, und eigentlich ist alles in Ordnung. Audrey unterhält sich mit Bettina über eine Frühjahrsschau, die sie gerade gesehen hat. Der neue Look bestand aus geometrischen Cut-Outs, kurzen Jacketts und Etui-Kostümen. Nach einer Weile wendet Bettina sich an Lee: »Du hattest immer so ein gutes Auge. Was hältst du von Yves Saint Laurent?«

Lee lacht. »Betts, du weißt doch, ich habe das alles aufgegeben, als ich gemerkt habe, wie bequem meine Armeeuniform war. Ich trage nur noch Hosen und Hauskleid.«

Roland sieht sie an. Audrey und er kannten sie schon, als sie noch modelte und bei einem Kleid, das sie auf der anderen Seite des Raumes entdeckte, den Designer, das Material und die Saison benennen konnte. Auch das liegt hinter ihr, zum Glück. Wenn Frauen wüssten, wie bequem Armeehosen sind, würden sie nichts anderes mehr tragen. Als Lee das letzte Mal bei der *Vogue* war, nahm sie sich im Aufzug ein paar junge Models vor und erzählte ihnen, wie befreiend es sei, Männerhosen zu tragen und seine Füße nicht in das Äquivalent sogenannter Fingerfallen zwängen zu müssen. Eine von ihnen erkannte sie.

»Sie sind Lee Miller, oder?«, fragte das Mädchen. Sie ragte über Lee empor – anscheinend wurden die Models jedes Jahr größer –, und irgendetwas an ihrer Frage ärgerte sie. Sie hörte darin Audreys Worte: »Seid nett zu Lee. Sie ist nicht mehr dieselbe, seit … Sie hat schlimme Dinge gesehen … Sie war in Deutschland, als sie die Lager befreit haben. Schrecklich, wirklich. Wir hätten sie nie dort hinschicken dürfen.« Als das Mädchen also Lee erkannte, kam in ihr der Teufel zum Vorschein.

»Lee Miller?«, fragte Lee und beugte sich so weit vor, dass sie die Poren im Gesicht des Models und den Belag auf ihren geraden weißen Zähnen sehen konnte. »Ich hab gehört, die ist tot.« Das Mädchen guckte schockiert, dann ging die Fahrstuhltür auf, Lee stieg aus, und die offenen Schnürsenkel schlackerten ihr um die Stiefel, während sie den Flur entlangschritt.

Und hier, zum Abendessen, sitzt Lee wieder in Stiefeln, und das T-Shirt, das vorher unter der Schürze nicht zu sehen war, steckt nachlässig in ihrer Hose. Audrey, Bettina und Roland gucken betreten, das Gespräch über Mode ist zum Erliegen gekommen.

Um das Schweigen zu brechen, geht Lee die Vichyssoise holen und serviert sie in Tonschälchen, die Roland und sie vor Jahren in Bath erstanden haben. Janie hilft beim Servieren, und Lee zeigt ihr, was zu tun ist, damit sie später die nächsten Gänge aufdecken kann, die inzwischen alle bereitstehen. Jeder Abstecher in die Küche ist aber auch Gelegenheit für einen Schluck Whisky, Lee will Janie also nicht zu sehr einspannen.

Schließlich, nach den Jakobsmuscheln, dem Huhn und dem Fasan – alles genau so perfekt, wie Lee es sich erhofft hatte, wenn auch nicht so pünktlich –, kommen sie auf Rolands Arbeit zu sprechen, den neuesten Tratsch über das ICA und die Probleme mit der letzten Ausstellung. Seamus' dozierende Stimme erhebt sich über die der anderen. Warum hören dicke Männer sich immer so gerne selbst reden? Lee und Audrey sind die Einzigen am Tisch, die nichts mit dem Museum zu tun haben, also dreht sich Audrey irgendwann auf ihrem Stuhl zu ihr hin und sagt: »Lee?«

Lee ist bereit – sie hat dafür gesorgt, dass sie bereit ist. »Ich habe so viele Ideen, Audrey. Wirklich. Ich schreibe wieder. Schluss mit dem Firlefanz.«

Audrey lehnt sich zurück. Sie wirkt überrascht. »Das ist großartig!«

»Ich musste an das Fischessen denken, das ich mal gemacht habe – weißt du noch, wovon ich dir erzählt habe? Der Blaubarsch? Wie wäre es mit einem Text über Kunst und Kochen? Oder etwas über Leute, die draußen sammeln gehen. Sie bringen mir Sachen, von denen du wahrscheinlich nicht mal weißt, dass man sie essen kann – Straußenfarn, verschiedene Pilzsorten –, da könnte ich eine richtige Geschichte drüber bringen, mit Fotos und allem.«

Inzwischen merkt Lee, dass sie lallt, die Worte fallen aus ihr heraus wie Puzzleteile aus einer Schachtel. Audrey hebt das Glas, ihr Ehering schimmert im Kerzenlicht. In ihren Augen sieht Lee Mitleid und Betretenheit, so, wie sie es erwartet hat, ihr Blick gleitet weg, als wollte sie sie lieber nicht ansehen.

»Lee«, sagt Audrey, »ich möchte dich etwas fragen.«

Lee macht Anstalten aufzustehen. »Ich sollte … ich muss den nächsten Gang holen.«

Audrey legt ihre Hand auf Lees. »Das kann warten. Roland und ich hatten vorhin, als er mir das Haus gezeigt hat, ein längeres Gespräch über etwas, das mir schon seit Monaten durch den Kopf geht. Ich möchte, beziehungsweise Roland und ich möchten, dass du eine Geschichte über deine Zeit mit Man Ray schreibst. Ein Feature. Dreitausendfünfhundert Wörter. Dazu ein paar seiner Fotos von damals. Wir glauben, dass es dir guttäte, dich auf ein größeres Projekt zu konzentrieren. Wir würden es in der Februarausgabe bringen. Du könntest ihn interviewen, wenn du willst, oder du schreibst es einfach aus deiner Sicht, so, wie du dich daran erinnerst. Unsere Leserinnen würden es lieben. Die weibliche Note. Durch deine Kochgeschichten haben sie dich über die Jahre lieben gelernt.«

Lee sieht zu Roland, der ihrem Blick gezielt ausweicht. Er hat die Schultern bis an die Ohrläppchen hochgezogen und denselben schuldbewussten Hundeblick, wie wenn Lee ihn anbrüllt.

Durch deine Kochgeschichten haben sie dich lieben gelernt. Der ganze belanglose Kram, den Lee in den letzten Jahren abgeliefert hat, das Porträt von ihr im Kräutergarten, in einer verdammten Vichy-Karo-Schürze. Und sie lieben sie wirklich! Sie hat Briefe bekommen. *Liebe Mrs. Penrose, ich bin eine Hausfrau aus Shropfordshire und habe gestern Abend ihren Trifle ausprobiert. Es war ein Riesenerfolg! Meine Gäste schwärmen immer noch.*

Während Lee heute in der Küche Bockshornklee abgewogen hat, haben Roland und Audrey offenbar einen Plan ausgeheckt, wie sie sie zurück ins Leben holen, damit sie wieder zu sich selbst findet und sich mit etwas Sinnvollem beschäftigt.

»Ich will das nicht«, antwortet Lee schließlich, etwas zickig, wie sie selbst feststellt.

»Warum nicht?« Audrey sieht sie mitfühlend an.

Als Lee nach ihrem Glas greift, verhärtet sich Audreys Blick. Ohne ihre Antwort abzuwarten, fügt sie hinzu: »Es wird dir guttun, Lee. Eine Story, die Substanz hat. Und die nur du erzählen kannst.«

»Ich will es nicht, Audrey.«

»Lee ... ich weiß nicht, wie ich es sagen soll ... aber entweder das, oder wir müssen über deinen Vertrag sprechen.«

Sie wusste, dass die Worte kommen würden, aber es tut deswegen nicht weniger weh, sie zu hören.

»Ich schreibe wieder, wirklich, Audrey.«

»Dann schreib das. Das ist es, was wir brauchen. Wir brauchen keine ... Um genau zu sein, planen wir, den Bereich Haus und Heim einzustellen.«

In dem Moment kommt Janie und flüstert Lee ins Ohr: »Soll ich das Dessert servieren, Ma'am?«

»Nein, nein ... ich mach das schon, Janie«, sagt Lee.

Kaum schwingt die Tür hinter ihr zu, schnappt sich Lee das erste saubere Trinkgefäß, das sie sieht, eine Teetasse mit Rosenmuster von ihrer Mutter, und marschiert schnurstracks auf die Einweckgläser zu. Die Tasse klappert auf der Untertasse, als sie sie vollschenkt, also stellt sie die Untertasse ab und hält die Tasse in beiden Händen, während sie den Whisky hinunterstürzt und ihr die stechenden Dämpfe in die Nase steigen.

Ein Artikel über ihre Zeit mit Man Ray. Dazu die entsprechenden Fotos. Lee könnte die Geschichte erzählen, wie sie sie schon tausendmal erzählt hat: »Ich habe Man Ray in einer Bar kennengelernt, als er auf dem Weg nach Biarritz war. Ich habe ihn gefragt, ob ich seine Schülerin sein könne, und er erwiderte, er nehme keine Schüler. Also sagte ich, ich würde mit ihm fahren, und bevor der Zug in Biarritz ankam, waren wir ein Liebespaar.« Wenn man es so erzählt, klingt es romantisch wie ein Märchen, und wenn man etwas oft genug erzählt, wird es irgendwann wahr, so, wie ein Foto einen glauben machen kann, es sei eine Erinnerung. Warum sollte es auch nicht wahr sein? Lee war damals hübsch genug, um zu kriegen, was sie wollte und wann sie es wollte, und es gibt tatsächlich Fotos von ihr in Biarritz mit Man, auf denen sie den Kopf in den Nacken legt, um ihr Gesicht in die Sonne zu halten, die Haut cremefarben wie die Innenseite einer Muschel. Lee könnte anhand der Fotos eine ganze Geschichte zusammenstellen, und zwar in jeder Version, die sie will. Aber damals, in jenem ersten Sommer in Paris, wusste sie noch nichts von der Macht der Bilder, wie ein Ausschnitt die Wirklichkeit erschafft, wie ein Foto die Erinnerung definiert und die Erinnerung die Wahrheit.

Oder Lee könnte die wahre Geschichte erzählen: die, in der sie einen Mann liebte und er sie und sie einander am Ende alles wegnahmen – wer weiß schon, wen es mehr traf? Diese Geschichte hat sie tief in sich weggeschlossen, es war die Geschichte, an die sie dachte, als sie all die alten Abzüge und Negative auf dem Dachboden verstaut hat, und derentwegen jetzt die Teetasse in ihren Händen zittert.

Lee nimmt einen letzten Schluck und stellt die leere Tasse auf den Berg in der Spüle. Sie ruft Janie, zusammen tragen sie das Omelette surprise in die Mitte des Tisches, und Lee gießt mit theatralischer Geste den Rum darüber, nimmt ein langes Streichholz und zündet ihn an, die Flammen lodern sofort auf, heiß und blau, fast bis an den Kronleuchter. Alle schnappen nach Luft und klatschen laut, und für einen Moment vergisst Lee, wie traurig Audrey sie gemacht hat, sie steht nur da und erfreut sich am Anblick des brennenden Alkohols.

Nachdem die Torte geschnitten ist und alle ein Stück bekommen haben, setzt Lee sich wieder neben Audrey.

»Bis wann würdest du es brauchen?«, fragt Lee und beobachtet, wie die Überraschung in Audreys Gesicht der Freude weicht.

»Eine erste Fassung gern bis Oktober.«

Lee nickt. »Ich mach's«, sagt sie. »Aber nicht seine Fotos. Meine.«

Audrey rollt den Stiel ihres Weinglases zwischen den Fingern hin und her. »Das kann ich nicht versprechen. Es ist eine Geschichte über Man Ray.«

Aber das stimmt nicht, denkt Lee. Und das war schon immer das Problem.

KAPITEL EINS

PARIS
1929

Der Abend, an dem Lee das erste Mal Man Ray trifft, beginnt in einem halb leeren Bistro ein paar Straßen von Lees Hotel entfernt, sie sitzt dort allein, isst ein Steak mit Kartoffelgratin und trinkt schweren Rotwein. Sie ist zweiundzwanzig und wunderschön. Das Steak schmeckt noch besser als erwartet, es schwimmt in einer braunen Mehlschwitze, die zwischen die Schichten aus Kartoffelscheiben und geschmolzenem Gruyère sickert.

Lee ist seit drei Monaten in Paris und schon oft an dem Bistro vorbeigelaufen, hat sich aber – angesichts ihrer finanziellen Lage – zuvor nie hineingetraut. Allein zu Abend zu essen, ist nichts Neues für sie: Lee ist fast die ganze Zeit allein, ein harter Kontrast zu ihrem umtriebigen Leben in New York, wo sie für die *Vogue* gemodelt hat und praktisch jeden Abend in irgendeinem Jazzclub saß, jedes Mal mit einem anderen Mann am Arm. Damals ging Lee wie selbstverständlich davon aus, dass alle, mit denen sie zu tun hatte, hingerissen von ihr waren: ihr Vater, Condé Nast, Edward Steichen, all die mächtigen Männer, die sie über die Jahre betört hatte. Die Männer. Sie hat sie vielleicht fasziniert, aber sie haben ihr auch etwas genommen – durchlöchert haben sie sie mit ihren Blicken, ihr unter den Kamerahauben Befehle zugebellt, sie auf ihre Körperteile reduziert: den Hals für die Perlen, die schmale

Hüfte für den Gürtel, die Hand, um ihnen Küsse zuzuwerfen. Ihre Blicke machten sie zu etwas, das sie nie sein wollte. Lee vermisst vielleicht die Partys, aber nicht das Modeln, und tatsächlich würde sie lieber hungern, als wieder in ihrem alten Beruf zu arbeiten.

Hier in Paris, wo sie noch einmal von vorn anfangen will, wo sie Kunst machen will, statt dazu gemacht zu werden, kümmert sich niemand groß um ihre Schönheit. Wenn sie durch Montparnasse läuft, ihr neues Zuhause, dreht sich niemand nach ihr um. Stattdessen scheint sie nur ein hübsches Detail zu sein in einer Stadt, in der so gut wie alles kunstvoll angeordnet ist. Eine Stadt, die nach dem Prinzip *form over function* errichtet wurde, wo reihenweise juwelenfarbene Petit Fours im Schaufenster einer Patisserie aufblitzen, zu perfekt, um sie zu essen. Wo ein Putzmacher Hüte ausstellt, die so ausgeklügelt sind, dass sich kein Mensch vorstellen kann, wie man sie tragen soll. Selbst die Pariserinnen in den Straßencafés sehen aus wie Skulpturen, in ihrer mühelosen Eleganz, wenn sie sich auf ihren Stühlen zurücklehnen, als wäre es ihre Raison d'être, dort dekorativ zu sitzen. Sie sagt sich, dass sie froh ist, nicht aufzufallen, sich in ihre Umgebung einzufügen, aber insgeheim denkt Lee nach drei Monaten hier immer noch, dass sie bisher niemanden gesehen hat, der schöner ist als sie.

Als Lee mit dem Steak fertig ist und den letzten Rest Soße mit dem Brot aufgetunkt hat, streckt sie sich und setzt sich in ihrem Stuhl zurück. Es ist noch früh. Im Restaurant ist es ruhig, die einzigen anderen Gäste sind ältere Pariser, die zu leise reden, um sie zu belauschen. Leere Weingläser stehen ordentlich aufgereiht neben Lees Teller, und am hinteren Ende liegt ihre Kamera, die sie überallhin mitnimmt, trotz ihres Gewichts und ihrer Größe. Kurz, bevor sie an Bord des Dampfers nach Le Havre ging, hat ihr Vater sie ihr in die Hand gedrückt, eine alte Graflex, die er nicht mehr benutzte, und obwohl Lee sie nicht wollte, bestand er darauf. Sie kann immer noch nicht richtig damit umgehen – gelernt hat sie

Aktzeichnen, und nach Paris gekommen ist sie, um Malerin zu werden. Sie sah sich irgendwo im Freien meditativ auf einer Leinwand herumtupfen und nicht in einer stickigen Dunkelkammer mit Chemikalien hantieren. Allerdings hat sie sowohl von ihm als auch bei der *Vogue* ein bisschen etwas über das Fotografieren gelernt, außerdem hat die Kamera auch etwas Tröstliches: Sie ist eine Verbindung zur Vergangenheit, und Lee sieht mit ihr aus wie eine echte Künstlerin.

Der Kellner bleibt kurz stehen, nimmt den leeren Teller und fragt, ob sie noch ein Glas Wein möchte. Lee zögert, denkt an die schwindenden Francs in ihrer kleinen Handtasche und sagt dann Ja. Auch wenn ihre Ersparnisse zur Neige gehen, braucht sie einen Grund, um noch etwas zu bleiben, von Menschen umgeben zu sein, selbst wenn sie nicht zu ihnen gehört, nicht ins Hotel zurückzumüssen, wo die Fenster zulackiert sind und die eingeschlossene Luft unangenehm nach Schmorbraten riecht. Sie verbringt immer mehr Zeit dort, zeichnet in ihr Skizzenbuch, schreibt Briefe oder hält lange Mittagsschlaf und fühlt sich anschließend unausgeglichen – Hauptsache, die Zeit vergeht und sie vergisst, wie einsam sie ist. Lee war nie gut darin, sie selbst zu sein: Sich selbst überlassen, versinkt sie schnell in Schwermut und Untätigkeit. Mit den Wochen hat die Einsamkeit zugenommen: Sie hat jetzt Konturen, eine fast physische Gestalt, ein saugendes, schwammiges Etwas, das in der Ecke sitzt und auf sie wartet.

Der Kellner hat ihren Teller abgeräumt, macht aber keine Anstalten weiterzugehen. Er ist jung, trägt einen dünnen Oberlippenbart, der aussieht wie mit Bleistift gezeichnet, und Lee merkt, dass sie sein Interesse geweckt hat.

»Sind Sie Fotografin?«, fragt er endlich, das Wort klingt auf Französisch fast genauso wie auf Englisch, *photographe*, aber er nuschelt, und da Lee die Sprache noch nicht richtig spricht, dauert es einen Moment, bis sie seine Frage versteht. Als sie nicht antwortet, nickt er in Richtung Kamera.

»Oh, nein, nicht wirklich«, sagt Lee. Er wirkt enttäuscht, und sie wünschte fast, sie hätte Ja gesagt. Seit sie hier ist, hat sie ein paar Fotos geschossen, aber im Grunde sind es Bilder, die jeder Tourist hätte machen können: Baguettes in einem Fahrradkorb, ein Liebespaar, das sich auf dem Pont des Arts küsst. Die ersten Versuche waren nicht sehr erfolgreich. Als sie in dem kleinen Fotoladen um die Ecke die Abzüge abholte, waren alle schwarz, offenbar waren die Platten mit Licht in Berührung gekommen, bevor sie entwickelt wurden. Beim zweiten Mal gab sie sich mehr Mühe, setzte die Platten ganz behutsam in die Kamera ein, mit einem leichten Schweißfilm auf der Oberlippe – und bekam trübe, graue Massen zurück, so verschwommen, dass es vielleicht Wolken oder Pflastersteine hätten sein können, aber ganz bestimmt nicht die Nahaufnahmen von Skulpturen in einem Park, die sie geschossen hatte. Der dritte Schwung war dann allerdings scharf, und beim Anblick der kleinen Schwarz-Weiß-Bilder, die nicht nur aus ihrem Kopf heraus entstanden waren, sondern aus einer einmaligen Kombination von Licht und Zeit, empfand Lee eine Begeisterung, die sie beim Malen nie empfunden hatte. Sie hatte auf den Auslöser gedrückt, und wo vorher nichts war, war plötzlich Kunst.

Lee will, dass der Kellner ihr weitere Fragen stellt – sie will unbedingt mit jemandem reden, sich mit jemandem anfreunden –, aber in dem Moment läutet die Glocke über der Tür, eine Gruppe älterer Männer kommt herein, und der Kellner geht zu ihnen, um ihnen einen Tisch zuzuweisen.

Lee trinkt ihren Wein so langsam wie möglich. Während der Raum sich füllt, stellt sie fest, dass der Laden im Grunde ziemlich langweilig ist. Die Gäste sind alle viel älter als sie. Die Männer haben bürstenartige graue Schnurrbärte, und die Frauen sind zwar elegant gekleidet, aber bis obenhin zugeknöpft und tragen bequeme Schuhe. Doch dann betritt ein Trio das Lokal: zwei Männer und eine Frau. Erst hält Lee sie wegen ihrer seltsamen Aufmachung für Schauspieler. Die Männer tragen Kniebundhosen und Schärpen um die Hüfte, dazu weiße Hemden ohne Jacke. Sie wirken wie Künstlerparodien, setzen sich aber vollkommen entspannt hin und bestellen, ohne dass der Kellner sie groß beachtet. Die Frau ist ebenfalls merkwürdig gekleidet, in einer Art Scheherazade-Look, wie er vor ein paar Jahren angesagt war. Sie trägt einen Pagenkopf, ihre Haare glänzen wie poliertes Nussbaumholz auf dem kleinen Kopf, und der Lippenstift ist so dunkelrot, dass man ihn kaum von der Haarfarbe unterscheiden kann.

Lee versucht, sie unauffällig zu belauschen. Sie sprechen Englisch mit scharfem Nordstaaten-Akzent, und obwohl sie normalerweise nichts lieber will, als Poughkeepsie hinter sich zu lassen, fühlt sich der vertraute Klang ihrer Heimatstadt an diesem Abend so herrlich an wie ein warmes Bad. Sie reden über einen Mann namens Djagilew, einen Ballettimpresario, der Diabetes hat und allein in einem Hotel in der Nähe wohnt. Die Frau scheint Angst vor ihm zu haben, aber Lee versteht nicht, warum, auf jeden Fall ist sie keine Tänzerin – selbst im Sitzen sieht man, dass sie stämmig ist, ihre Knöchel sehen aus wie *Saucisson*, die sie in ihre Riemchen-Schuhe gestopft hat.

»Wenn du zuhören willst, setz dich doch zu uns«, sagt einer der Männer mit Blick an die Decke.

Lee nippt an ihrem Wein.

»He, Loreley«, sagt er, dreht sich in seinem Stuhl herum und schnippt mit den Fingern in Lees Richtung. »Wenn du zuhören willst, solltest du dich am besten zu uns setzen.«

Als Lee merkt, dass er sie meint, ist sie so überrascht, dass sie die Einladung fast ablehnt, wobei es genau das ist, wonach sie sich sehnt – die Gelegenheit, Teil einer Welt zu werden, die ihr unerreichbar scheint. Im ersten Moment hat sie Angst. Aber der Kellner hat zugehört und kommt, um ihr Getränk rüberzutragen, die Entscheidung ist also gefallen, und sie geht zu ihnen an den Tisch.

Als sie sitzt, beugt sich der Mann, der sie eingeladen hat, zu ihr.

»Ich bin Jimmy«, stellt er sich vor, »und das ist Antonio, und das meine Schwester Poppy.«

Bei dem Wort *Schwester* bleibt er kurz hängen. Lee ist klar, dass er ihr damit zu verstehen geben will, dass Poppy nicht seine Schwester ist, hat aber keine Ahnung, warum er es trotzdem sagt.

Poppy dreht den glänzenden Kopf herum und sieht zu Lee. »Wir sprachen gerade über Djagilew, aber es langweilt mich. Ich will über Skandale reden. Kennst du einen?« Poppy spitzt den Mund, daneben erscheint eine Linie wie ein zartes Fragezeichen.

Lee blickt sich um, auf einmal ist ihr ganz heiß von dem ganzen Wein und dem Essen. Was kann sie sagen, das die anderen interessant finden würden? Ihr Kopf ist leer wie ein weißes Blatt Papier, sie sieht nur die Dinge um sich herum: die Deckenlampe, die an der Kette hin- und herschwingt, der verschrammte Holzboden, die Kerze auf dem Tisch mit dem kleinen Wasserfall aus Wachs.

»Du bist ein Skandal«, sagt Jimmy zu Poppy und legt seine Hand auf ihr Knie. Sie ignoriert ihn und schaut Lee in die Augen, ihre Frage steht so lange im Raum, bis sie endlich wegguckt und es vorbei ist. Sie wendet sich wieder Jimmy zu, der erneut das Gespräch übernimmt, und so löst sich die Spannung, und Lee wird in die Gruppe aufgenommen.

»Wir waren beim Ballets Russes«, erklärt Jimmy.

»Wir mussten gehen«, sagt Poppy. Lee fragt sich, ob sie wegen ihres Aufzugs rausgeworfen wurden.

Jimmy kippelt auf seinem Stuhl. »Poppy ist sehr sensibel. Sie erträgt es nicht, andere leiden zu sehen. Der Direktor hat einen gewissen Ruf – sagen wir, er verliert schnell die Beherrschung …«

Poppy schneidet ihm das Wort ab. »Die Tänzerin hatte verquollene Augen. Sie hat geweint, das konnte man sehen. Und Gontscharowas Bühnenbild passte überhaupt nicht.«

»Mir hat es gefallen. Na ja, immerhin hab ich ihr auch geholfen, es zu malen.« Das waren Antonios erste Worte. Er nimmt seine Zigarette nicht aus dem Mund.

»Oh, du malst!«, sagt Lee.

»Nein.« Antonio nimmt einen tiefen Zug, drückt die Zigarette dann im Aschenbecher aus und zündet sich eine neue an, alles in einer geschlossenen, anmutigen Bewegung.

»Antonio macht automatische Zeichnungen«, sagt Jimmy, und Lee nickt, als wüsste sie, wovon die Rede ist. Da Antonio nicht reagiert, fährt Jimmy fort: »Die Sachen sind unglaublich. Er gerät wirklich in Trance. Völlig losgelöst von Zeit und Raum. Abgedrehtes Zeug.«

»Das Gegenteil von dir«, sagt Poppy und sieht wieder zu Lee, und Lee erschrickt kurz, bis sie merkt, dass Poppy auf ihre Kamera zeigt, die sie auf den Tisch gelegt hat und die zu ihrem Erstaunen genau das tut, was sie sich erhofft hat: Sie weist auf ihre neue Identität hin. Lee greift nach ihr und fährt mit den Fingern über das Gehäuse, das sich in dem warmen Raum immer noch kalt anfühlt.

»Ich hab für die *Vogue* illustriert«, erwidert Lee, die unbedingt etwas Interessantes sagen will. »Und da ich jetzt nach Paris gezogen bin, soll ich für sie die Mode im Louvre zeichnen.«

Das stimmt, oder stimmte: Wochenlang saß Lee auf ihrem kleinen Klapphocker im Ostflügel des Louvre und zeichnete die Exponate aus der Renaissance ab. Eine Spitzenmanschette mit gepunktetem Rosenmuster, einen Gürtel mit riesiger silberner Schnalle. Die Skizzen schickte sie an die Zeitschrift, zu Händen von Condé Nast, der ihr letztendlich erklärte, sie könnten sie doch nicht gebrauchen. *Wir haben inzwischen einen Mann in Rom, der die Sachen fotografiert*, schrieb er. *Das geht viel schneller, und man kann jedes Detail erkennen*. Seitdem war Lee nicht mehr im Museum, und sie hat auch keinen neuen Job.

»Die Mode im Louvre«, wiederholt Jimmy affektiert. »Wie bourgeois.«

Lee errötet, aber bevor sie etwas erwidern kann, sagt Antonio: »Gutes Licht. Ich arbeite ab und zu dort.«

Lee denkt an die Fensterreihen oben im Museum und die langen Schatten, die die Statuen über den Boden warfen. »Ja«, sagt sie, und als sie Antonios Blick begegnet, sieht sie ein Lächeln, warm und aufrichtig. Jimmy wedelt mit dem Finger in der Luft, um neue Getränke zu ordern, und Poppy rutscht auf ihrem Stuhl zu Lee herum und fängt dann an, ihr eine lange, verschachtelte Geschichte über ihre Kindheit in Ohio zu erzählen, und mit einem Mal fühlt sich Lee, als stünde sie mit einem Meißel vor den Mauern von Paris und hätte den ersten Riss hineingeschlagen.

Später. Mehr Wein. Poppys Hand schlängelt sich über Jimmys Schenkel, die weißen Spitzen ihrer manikürten Halbmonde setzen sich gegen die Hose ab. Das warme Gefühl in Lees Bauch steigt hoch bis in den Hals, als wäre sie eine Karaffe, die jemand langsam mit heißem Tee füllt. Als die Wärme das Kinn erreicht, lehnt sie sich auf ihrem Stuhl zurück, die Beine hat sie undamenhaft von sich gestreckt, und sie lacht so ungehemmt über Jimmys Bemerkungen, dass sie ganz vergisst, die Hand vor ihre schiefen Zähne zu halten. Als Poppy gähnt, sich in dem inzwischen wieder halb leeren Restaurant umsieht und sagt: »Lasst uns irgendwo anders hin«, ist Lee dabei, egal, wo sie sie hinschleppen.

»Zu Drosso«, beschließt Jimmy, erhebt sich und wirft ein Bündel Scheine auf den Tisch – wie viel genau, kann Lee nicht sagen, es scheint aber eine Menge zu sein, mehr als genug, um für ihre Rechnung aufzukommen. Dann sind sie auch schon draußen, und es regnet, also quetschen sie sich auf den Rücksitz eines Taxis, so dicht, dass Lee die Stoppeln auf Poppys nacktem Bein an ihrem eigenen spürt. Antonio sitzt eingezwängt an ihrer anderen Seite und starrt aus dem Fenster.

»Vorsicht, dein Glas«, sagt Jimmy zu Poppy, die ihren Wein mitgenommen hat und bei jedem Halt einen kleinen Schluck trinkt.

Poppy dreht sich zu Lee, als steckten sie mitten in einem Gespräch, was vielleicht auch der Fall ist – Lee kann sich nicht erinnern. »Vor ein paar Wochen sind wir zu Caresse und Harry nach Ermenonville rausgefahren. Sie haben eine Mühle dort, wir haben uns auf dem Feld dahinter getroffen. Ich bin in Harrys Wagen eingestiegen und Caresse bei Jimmy. Lavendelfarbene Ledersitze, alles Maßarbeit. Am Anfang hat sich das wirklich verrückt angefühlt. Ein Wort, und du führst ein wunderbares neues Leben. Harry hat mir seine Gardenie geschenkt ...«

Jimmy langt nach hinten und packt sie im Gesicht, er drückt ihre Wangen zusammen, sodass ihr Mund sich zu einer unattraktiven Fratze verzieht. Dann lässt er sie los, und sie nimmt einen Schluck aus ihrem Glas, als wäre nichts geschehen. Den Rest der Fahrt über schweigt sie. Antonio beachtet sie nicht, und als Lee in seine Richtung sieht, säubert er sich mit einem Taschenmesser die Fingernägel. Normalerweise würde sie das anekeln. Er hat große Hände, lange schmale Finger. Künstlerhände, denkt Lee. Die Klinge reflektiert das Licht der Straßenlampen, Lee mustert ihn eine Weile und sieht dann hinaus in die regennasse Stadt, die hinter ihrem eigenen Spiegelbild durch die beschlagenen Taxifenster nur undeutlich zu erkennen ist.

Drosso entpuppt sich als eine Wohnung im zweiten Stock eines unscheinbaren Hauses in Montmartre. Von außen ahnt man nichts von der opulenten Welt, die sich im Inneren eröffnet, ein Zimmer führt ins nächste wie funkelnde Juwelen, die Einrichtung besteht aus mit Seide bezogenen Sofas, Perserteppichen und massenweise bestickten Satinkissen. Drosso empfängt sie mit offenen Armen, im skurrilsten Gewand, das Lee je gesehen hat, ein langer burgunderroter Mantel mit seidenen Schmetterlingsflügeln an den Armen, die er flatternd hinter sich herzieht. Er küsst jeden von ihnen fast peinlich lange auf beide Wangen.

»*Magnifique*«, flüstert er, hält Lee am ausgestreckten Arm und wirbelt sie herum, sodass der Flügel wie ein Vorhang über ihren Kopf streicht. Als sie sich einmal um sich selbst gedreht hat, lächelt Drosso, legt einen Arm um sie und den anderen um Poppy und führt sie ins Ankleidezimmer, dann schließt er von außen die Tür. Ein Dutzend knallbunter Seidenroben hängen an Haken von den Wänden. Poppy zieht sich augenblicklich aus und legt ihre Sachen auf einen Haufen in der Ecke. Lee beobachtet sie, anfangs möglichst so, dass sie es nicht sieht, aber letztendlich ist es egal: Poppy streift sich so ungeniert den Strumpfhaltergürtel und die Strümpfe ab, als wäre sie allein.

Als sie Lee bemerkt, sagt sie: »Bei Drosso ziehen sich alle um«, als würde das irgendetwas erklären. Nach kurzer Überlegung folgt Lee ihrem Beispiel. Sie nestelt an den Knöpfen ihres Kleides, faltet es besonders sorgfältig zusammen, bevor sie es auf den Fußboden legt, und nachdem sie Poppy ihren BH hat abstreifen sehen, tut sie es auch und kommt sich dabei vor wie früher im Umkleideraum eines Fotostudios. Lee sucht sich einen himmelblauen Kimono aus und zieht den Gürtel über der Hüfte fest zusammen, die kalte Seide fühlt sich fast nass auf der Haut an. Sie will die Kamera nicht liegen lassen – was, wenn sie gestohlen wird? –, also nimmt sie sie mit und versucht zu ignorieren, wie absurd sie sich in ihrem Kimono damit vorkommt.

Als sie aus dem Umkleidezimmer kommen, hört Lee gedämpfte Stimmen und leise Musik. Drosso erwartet sie. Er führt sie nach hinten in eine Bibliothek mit vergoldeten Regalen und zieht dort an einem Hebel zwischen den Büchern. Das Regal schwenkt auf, und dahinter kommt ein weiterer großer Raum zum Vorschein, die Wände sind auberginefarben gestrichen, mehrere Dutzend Menschen, größtenteils in Roben, liegen auf Sofas und verteilen sich auf dem Boden. Mitten im Raum steht ein Messingtisch mit einer Wasserpfeife und ein paar Opiumpfeifen. Ein dunkelhäutiger Mann sitzt im Schneidersitz daneben, er trägt eine Brokatmilitärjacke und einen kleinen Hut. Als sie eintreten, springt er auf und verneigt sich tief. In einer Ecke liegt ein umschlungenes Paar und teilt sich eine Wasserpfeife, deren Schlauch sich ihnen vom Tisch entgegenschlängelt. Der Mann hat die Hand im Haar der Frau, die bewegungslos und mit geschlossenen Augen daliegt. Lee sieht, wie ihr Kopf langsam nach vorn kippt, woraufhin seine Hand sich in den Haaren zusammenkrallt, um sie festzuhalten. Die Frau öffnet die Augen und lächelt ihn verschlafen an.

Es ist, als wären sie aus Paris hinaus und hinein in ein Beduinenlager getreten, der Raum ist wie ein Zelt, dessen abgehängte Wände die Geräusche dämpfen und über die große verzerrte Schatten huschen, wenn jemand sich darin bewegt. Hinter einem marokkanischen Wandschirm küsst sich ein Paar. Ein Mann liegt mit dem Gesicht nach unten auf dem Boden, so regungslos, dass Lee sich fragt, ob man sich ernsthaft Sorgen um ihn machen sollte.

Lee weiß nicht, was sie von alldem halten soll, von der Wohnung, den Menschen und dem dichten Rauch, der überall im Raum hängt und um ihre Knöchel schleicht wie eine lautlose graue Katze. Alles hier verwirrt sie: der Geruch nach Zimt und noch etwas Schärferem, wie ungewaschene Körper, der dazu führt, dass sie verstohlen an ihren eigenen feuchten Achseln riecht, um sicherzugehen, dass er nicht von ihr selbst ausgeht; der Mann, der neben der Wasserpfeife kauert und sie beobachtet, seit sie den Raum betreten hat, und ihr jedes Mal, wenn ihre Blicke sich treffen, einen der Schläuche hinhält; der Musiker mit seinem tief brummenden Cello, das dem Ganzen etwas Nihilistisches verleiht.

Niemand beachtet sie, aber Lee macht sich die ganze Zeit Gedanken: wie sie den Kimono zugebunden hat und dass sie mit einer sperrigen Kamera herumläuft wie ein glotzende Touristin auf Urlaubsreise in Indien.

Sie ist betrunken, aber nicht betrunken genug, um Opium rauchen zu wollen. Damit vertrieb sich ihre Mutter gern die Zeit – genau genommen mit Morphium, die kleinen blauen Fläschchen standen aufgereiht auf der Fensterbank ihrer Garderobe und leuchteten wie Saphire in der Sonne. Lee sieht in jeder der vor sich hin dämmernden Frauen ihre Mutter. »Geh weg, Li-Li. Ich bin müde.« Es gab Zeiten, da schloss ihre Mutter sich tagelang in ihrem Zimmer ein, ohne sich um Lee zu kümmern, bis sie irgendwann hochmütig, mit verquollenem Gesicht und vom Make-up verschmierten Augen wieder auftauchte.

Lee war nur einmal high, als sie mit ihrer Freundin Tanja zusammen Opiumtinktur probierte. Und manchmal, wenn sie krank ist, hat sie wieder den Geschmack von Nelken, bitteren Kräutern und Alkohol hinten im Rachen, ihre Zunge fühlt sich taub an, und sie wird von einem komischen Schwindel gepackt. Sie fand es schrecklich und hatte Panik bekommen, als wäre ihr Leben ein Ballon und sie hätte die Schnur losgelassen.

Jetzt steckt sie hier fest. Auf einmal vermisst sie Tanja, sie wünschte, es wäre jemand da, den sie kennt. Das Bücherregal ist wieder zu. Poppy ist bei Jimmy, Lee sieht die beiden hinten in der Ecke, wie sie sich in den Armen liegen. Drosso kniet neben einem jungen Mann und hilft ihm, sich eine Nadel in den Arm zu stechen. Nur Antonio ist noch da, ihre Blicke begegnen sich, und er zeigt auf einen Barwagen, den sie bisher nicht bemerkt hat. Sie nickt dankbar und lässt sich einen Drink von ihm einschenken. Eigentlich sollte sie wohl nichts mehr trinken – sie kann sich nicht erinnern, wie viel Wein sie vorhin im Bistro hatte –, aber abgesehen davon, dass sie nervös ist, spielt das jetzt auch keine Rolle mehr.

Antonio bringt ihr einen Brandy, ein Männergetränk, die Flüssigkeit rinnt ihr brennend durch die Kehle, danach geht es ihr gleich besser.

»Warst du schon mal hier?«, fragt er leise. Im Restaurant war er so still, dass sie überrascht ist, ihn eine Frage stellen zu hören.

Lee schüttelt den Kopf. »Ich bin erst seit ein paar Monaten in Paris.«

»Das ist nicht alles.« Antonio zeigt um sich herum. »Drosso ist Kunstsammler. Er hat viel Geld.«

»Was sammelt er?«

»Alles, glaube ich, aber vor allem moderne Sachen. Er finanziert *Littérature*. Deswegen sind wir alle so oft hier und nuckeln an der Brust unseres potentiellen Mäzens.« Er nickt in Richtung einer Gruppe von Männern, die sich um eine Wasserpfeife versammelt haben.

»Wer, alle?« Lee nimmt noch einen Schluck Brandy, der ihr wie ein heißes Messer durch das Brustbein fährt.

»Éluard, Tzara, Duchamp. Die ganzen Surrealisten. Die das Unbewusste hervorholen wollen.« Antonio macht mit den Händen Gänsefüßchen und grinst verschwörerisch.

Sie kennt die Namen, hat sie auf New Yorker Partys gehört und in Literaturzeitschriften gelesen. Sie jetzt aus Antonios Mund zu hören, ist, als würde ein Schlüssel in ein Schloss gleiten. »Kennst du sie?«

»Klar.«

Das brummende Cello verstummt. Lee mustert Antonio und stellt fest, wie gut er aussieht. Seine Lippen sind voll und trocken, fast wie Papier. Er hat wunderschöne graue Augen, umringt von schwarzen Wimpern.

»Kannst du sie mir vorstellen?«, fragt sie, leicht schwankend zu ihm hin gebeugt. »Ich kenne sie ... ich meine, ich will sie kennenlernen.«

Lee weiß nicht, wie sie sich ausdrücken soll, ihre Worte sind so wackelig wie ihre Beine, also legt sie ihre Hand auf Antonios Arm, der sich hart und warm unter dem Umhang anfühlt. Jetzt, da die Musik verstummt ist, hört sie alles: das Blubbern der Wasserpfeife, das Klicken und Zischen der Feuerzeuge über den Pfeifen, das Klirren der Eiswürfel in ihrem Brandyglas. Sie nimmt noch einen Schluck und dann noch einen.

»Jetzt ist wahrscheinlich nicht der richtige Zeitpunkt«, sagt Antonio freundlich, und obwohl sie ihn in die andere Richtung ziehen will, quer durch den Raum, wo ihm zufolge Duchamp sitzt, geleitet er sie sanft auf eine leere Couch am hinteren Ende und versucht, ihr den Brandy abzunehmen. Sie lässt es nicht zu. Sie braucht das kalte Glas und die warme Schärfe des Alkohols.

»Holst du mir noch einen?«, fragt Lee. Er betrachtet sie eine Weile, zuckt dann mit den Schultern und erfüllt ihr den Wunsch, tauscht das leere gegen ein volles Glas, und sie hebt es an den Mund, um einen kräftigen Schluck zu nehmen.

»Ich bin gleich wieder da«, sagt Antonio, jedenfalls meint Lee, das gehört zu haben. Immerhin lässt er sie dort sitzen, die Couch ist tief und dick gepolstert und mit einem glatten Stoff bezogen, auf dem man gar nicht anders kann, als herunterzurutschen, also leert sie den neuen Brandy und macht es sich bequem.

Bevor Lee nichts mehr denkt, denkt sie: *Dieser Brandy ist nicht nur Brandy.* Die Stimme in ihrem Kopf ist wütend, dann wird sie ohnmächtig.

Vielleicht waren es Minuten, vielleicht Stunden. Lee wacht auf, sie sitzt noch auf der Couch und hat die Wange in ein dicht besticktes Kissen gedrückt. Sie reibt sich die Augen und öffnet sie. Drosso steht über sie gebeugt, die Schmetterlingsflügel hängen an den Seiten herab, und sein breites, glänzendes Gesicht ist nur Zentimeter von ihrem entfernt.

»Alles in Ordnung, es geht mir gut«, nuschelt Lee und wedelt mit der Hand nach ihm, als wollte sie eine Fliege verscheuchen. Sie hebt den Kopf und sieht sich nach Poppy und Antonio um, kann sie aber nirgends entdecken.

»Ich muss Ihnen ein Geheimnis anvertrauen«, erklärt Drosso auf Französisch. Lee ist zu durcheinander, um ihn zu verstehen, er wiederholt sich also ein paarmal, bis ein anderer Mann dazukommt und es ihr übersetzt: »Er sagt, er muss Ihnen etwas gestehen.«

Der Mann ist kleiner als Drosso, er hat dickes lockiges Haar, das über den Schläfen absteht.

Drosso redet in schnellem Französisch auf ihn ein. Er hält eine Sektschale in der Hand und zeigt auf Lee. Er spricht so schnell, dass sie ihm selbst bei klarstem Verstand nicht folgen könnte. Der kleinere Mann lacht und sieht sie an.

»Er sagt …« Er hält inne, offenbar ist er nicht sicher, ob er es aussprechen soll. »Er sagt, dass er noch nie so schöne Brüste gesehen hat. Er sagt, Ihre Brüste seien eine perfekte Version des Glases in seiner Hand. Er will sie zeichnen und dann nachbilden lassen, damit er Champagner daraus trinken kann. Er will Champagner aus Ihrer Brust trinken, während er Ihre Brust berührt.«

Während des Vortrags nickt Drosso die ganze Zeit wild. Lee richtet sich auf. Sieht an sich herunter. Ihr Gürtel ist lose. Der Kimono klafft schamlos vom Brustbein bis zur Hüfte. Selbst in ihrem benebelten Zustand wird ihr klar, dass Drosso einen guten Einblick gehabt haben muss. Sie zieht sich den Kimono über die Brust, zerknüllt die blaue Seide in der Faust, steht dann auf und presst das absurde Gewand noch einmal fester zusammen.

Der kleine Mann lächelt ihr zu, und auch wenn er freundlich und fast entschuldigend guckt, will Lee nur noch weit weg von ihm sein.

»Bitte sagen Sie Ihrem Freund«, fängt sie mit möglichst herrisch näselndem amerikanischen Akzent an, »dass er meine Brüste niemals berühren wird, selbst wenn ich von einem brennenden Gebäude stürzen würde und meine Brust das Einzige wäre, das er festhalten könnte, um mich vor dem Tod zu bewahren.«

Er bricht in Gelächter aus, während Lee in Richtung Bücherregal losmarschiert, bis ihr einfällt, dass sie keine Ahnung hat, wie man das Ding öffnet. Mit der einen Hand hält sie sich den Kimono zu und tastet mit der anderen zwischen den Büchern verzweifelt nach einem Hebel oder Knopf oder irgendetwas, das man drücken könnte. Vergeblich.

»Warte«, sagt der Mann. »Warte.«

Lee sieht sich hektisch um. »Wie komme ich hier raus?«, fragt sie eine Frau, die mit geschlossenen Augen neben ihr auf dem Boden liegt. Die Frau reagiert nicht.

Der Mann ist ihr gefolgt. Er drückt einen kleinen goldenen Hebel am Regal, das daraufhin problemlos aufschwingt. Als sie hinaustreten will, berührt er sie sanft am Handgelenk.

»Er ist schwul«, sagt er und zeigt in Drossos Richtung. »Er würde weder dich noch irgendeine andere Frau anrühren. Verstehst du, was ich sage? Das war alles nur Quatsch. Theater.«

Lee schüttelt den Kopf.

»Wer bist du?«, fragt er.

Sie schüttelt wieder den Kopf. Sie will ihm weder ihren Namen noch sonst etwas über sich verraten.

»Schon okay«, sagt er. »Tut mir leid, wenn er dir Angst gemacht hat.«

»Ich habe keine Angst. Ich will einfach nur gehen.«

»Ja, gut, kann ich verstehen. Solltest du irgendwas brauchen, komm zu mir. Ich bin Man Ray.«

Diese Blasiertheit – dass er nicht sagt »Ich heiße Man Ray«, sondern »Ich bin Man Ray«, als wäre es unvorstellbar, dass sie ihn nicht kennt – verblüfft sie. Gut, sie kennt ihn tatsächlich: Seine Fotos waren neben ihren Modelstrecken in der *Vogue* zu sehen. Er ist in der Modewelt so bekannt wie Edward Steichen oder Cecil Beaton – als sie noch in New York war, fiel sein Name oft auf Partys.

Man Ray greift in seine Jackentasche – erst jetzt bemerkt sie, dass er keine Robe trägt – und gibt ihr ein Kärtchen mit seiner Adresse. Lee will nur noch weg, sie will irgendwo allein sein, wo sie so tun kann, als wäre nichts von alldem passiert, also bedankt sie sich, nimmt die Karte und geht, so schnell sie kann, ohne dass es aussieht, als würde sie rennen.

Erst, nachdem sie es in den Umkleideraum geschafft, ihre Sachen gefunden und sich mit zittrigen Fingern umgezogen hat, mit dem Taxi zum Montparnasse zurückgefahren ist und in ihrem kalten Bett liegt, die Decke übers Kinn gezogen und fest darin eingewickelt wie im Krankenhaus, wird ihr die Ironie der Situation bewusst. Nach all den Monaten, in denen sie gehofft hat, andere Künstler kennenzulernen, begegnet sie in einer Opiumhöhle Man Ray und hat nichts Besseres zu tun, als davonzulaufen. Jetzt, allein, zuckt sie innerlich zusammen bei dem Gedanken, bis ihr noch etwas anderes, sehr viel Beunruhigenderes einfällt: In der Eile hat sie ihre Kamera auf der Couch liegen gelassen.

KAPITEL ZWEI

Erst, als die Kamera weg ist, wird Lee klar, wie sehr sie ihr ans Herz gewachsen ist. Zumal sie tatsächlich weg ist. Am nächsten Tag läuft sie die sechs Kilometer zurück nach Montmartre, findet die Tür mit dem eleganten Glockenzug, ballt die Fäuste, dass ihr die Fingernägel in die Handflächen schneiden, und macht sich auf Drossos Mondgesicht und seine feuchten Lippen gefasst. Stattdessen empfängt sie ein Angestellter, geleitet sie hoch und dann durch die labyrinthartig angeordneten Zimmer. Lee kennt das Geheimnis des Bücherregals und öffnet es selbst, aber der Raum dahinter ist leer, ein beißender Laugengeruch liegt in der Luft.

Ohne ihre Kamera widmet Lee sich wieder der Malerei. Sie schleppt ihre Staffelei und den Hocker auf die Straße, baut sich entlang der Seine auf und unterteilt die Leinwand mit einer Horizontlinie, wie sie es in der Kunstschule gelernt hat. Stunden vergehen. Lee wünschte, sie wäre inspiriert, stattdessen ist sie einfach nur schrecklich einsam. Sie sieht zwei Frauen bei einem Bouquinisten stöbern, ihre Handschuhe gleiten über die Buchrücken, sie reden und lachen, und in diesem Moment würde Lee am liebsten zu ihnen gehören, nicht mehr so tun müssen, als wollte sie Künstlerin werden, einfach nur die Zeit vertrödeln. Ein bisschen widert diese Ziellosigkeit sie aber auch an, die ganze Expat-Kultur, all die reichen Amerikaner, denen sie begegnet, die sich an den günstigen Wechselkursen erfreuen und ihrem Hedonismus nachgehen.

Während Lee durch die Straßen läuft, stellt sie sich vor, Fotos zu machen, anstatt Bilder zu malen. Eines Nachmittags geht sie zu einem Fotogeschäft in der Nähe ihres Hotels und sieht sich das Schaufenster an. Das Modell, das sie haben will, eine nagelneue Rolleiflex, liegt auf einem Samtkissen und kostet 2400 Francs. Obwohl sie kaum ihre Miete zahlen kann, betritt Lee den Laden und ignoriert, dass der Verkäufer die Augenbrauen hochzieht, als sie nach der Rollei fragt. Sie fühlt sich leichter und kompakter an als die Graflex. Sie denkt an die Bilder, die sie bisher gemacht hat, und nimmt sich fest vor – sollte sie sich je eine neue Kamera leisten können –, sich mehr Mühe zu geben, mehr zu fotografieren, zu lernen, wie man etwas macht, das man tatsächlich als Kunst bezeichnen kann.

Nachdem sie jedes Knöpfchen und jedes Rädchen an der Rollei angefasst und sie schließlich zurückgegeben hat, zeigt der Verkäufer auf das Werbeplakat einer Kodak Brownie hinter sich. Das Kodak-Mädchen trägt ein gestreiftes Kleid im Flapper-Look und steht mit ausgebreiteten Armen auf einem kleinen Hügel, die Brownie baumelt an einem Finger. »Vielleicht möchten Sie etwas Kleineres, das ein bisschen einfacher zu handhaben ist?«, fragt er. »Die sind bei jungen Damen zurzeit sehr beliebt.«

Lee schüttelt den Kopf. Nicht bei dieser jungen Dame, denkt sie und wünscht ihm einen guten Tag.

Statt zu fotografieren, liest Lee die Bedienungsanleitung, die sie in der Schublade aufbewahrt. Sie wird die Zeit produktiv nutzen, und wenn sie genug spart, hat sie bald auch die professionelle Kamera verdient, die sie sich wünscht. Die Bedienungsanleitung enthält grobkörnige Fotos – von Segelbooten, einem Bagger, einer kurvigen Landstraße –, gefolgt von Zahlenspalten unter den Stichworten »Sonnenschein«, »Bewölkt«, »Neblig« und »Trüb«. In den Spalten gibt es weitere Optionen, abhängig von der Tageszeit, und dann steht da noch ein kleiner Satz ganz unten auf der Seite: »Bei

Aufnahmen mit Blenden größer oder kleiner als f8 sollte die Belichtungszeit mit jeder folgenden Blendenstufe um die Hälfte reduziert bzw. verlängert werden. Dritte Gruppe – Mai – Sonnig – 9 a. m. – 3 p. m. = 160 – f8.« Lee sitzt auf dem Bett, starrt auf die Diagramme ohne eine Kamera als Bezug und findet alles so technisch, dass sie schreien könnte. Sie kommt sich vor wie die Verkörperung der »Trüb«-Spalte, zu dumm, um auch nur die Grundlagen dieser Kunstform zu verstehen.

War es das, was ihr Vater gemacht hat, als er sie fotografierte? Lee erinnert sich, wie er an den Knöpfen vorne an der Kamera herumfummelte, wie er die Schritte zwischen ihr und dem Stativ abmaß, was, wie ihr jetzt klar wird, wohl notwendig war, um das Bild scharf zu kriegen. Vor allem aber erinnert sie sich daran, wie er sie an der Wange berührte, um ihr Gesicht ins Licht zu rücken, seinen freudigen Ausdruck, als er das gewünschte Foto geschossen hatte.

Und dann an das eine Mal. Lee muss neun oder zehn gewesen sein. Der Tag fiel unter die Kategorie »Sonnenschein«, zu viel Kontrast, um draußen zu fotografieren. Ihr Vater baute die Kamera im Wohnzimmer auf, zog die durchscheinenden Vorhänge vor die Fenster und ertrug mit schwindender Geduld, wie sie durchs Zimmer lief, ihn immer wieder fragte: »Bist du jetzt fertig? Bist du jetzt fertig?«, und dabei jedes Mal die Schiebetür aufriss, nachdem sie einmal im Kreis gerannt war.

Als er endlich bereit war, rief er sie und schloss beide Türen, sodass das Wohnzimmer vom Rest des Hauses abgeschlossen war. Dadurch wirkte der Raum klein und eng und die Decken im Verhältnis so hoch, dass die Perspektive verzerrt schien, als stünden die Möbel zusammengeschoben unter einem Speisenaufzug. Alles war dunkel und opulent, die Wände mit Mahagoni vertäfelt, dazu passendes schweres, tief liegendes Mobiliar. Das weiße Haar ihres Vaters leuchtete vor dem dunklen Holz, sein Körper wirkte so dünn und zäh wie ein Stück Dörrfleisch.

»Stell dich vor die Vorhänge«, sagte er. Es gibt ein paar Bilder von ihr in dieser ersten Pose, in einem knielangen Glasbatistkleid mit Gürtelschleife und Matrosenkragen. Ihre schwarzen Strümpfe waren vom Herumrennen völlig verstaubt. Auf diesen Bildern starrt sie mit schweren Lidern in die Kamera und wirkt dabei gänzlich unbekümmert.

Während Lee jetzt mit den Fingern über die Zahlen fährt, versteht sie, was für ein Aufwand das Ganze war und warum er nach nur ein oder zwei Aufnahmen zu ihr herüberkam und sie mit kritischer Miene betrachtete.

»Li-Li«, sagte er. »Das Kleid ist zu hell vor dem Vorhang. Sollen wir es mal ohne probieren?« Er half ihr, die verborgenen Knöpfe an ihrem Mieder aufzunesteln und die Schärpe um die Hüfte aufzuknoten. Seine Hände waren warm und rau. Die Schwielen verfingen sich am Strumpfband, und seine Fingernägel hinterließen leichte Kratzer auf ihrer trockenen, blassen Haut.

»So ist es schon viel besser«, sagte er, und er hatte recht. Lee erinnert sich so deutlich an das Bild, als hätte sie es eben erst gesehen. Ihr nackter Körper ist darauf ganz weiß, er leuchtet fast, sie sieht aus wie ein Reh, das aus dem dunklen Wald hervortritt, die Augen sind groß, und sie blickt erschrocken, voller Liebe für ihren liebevollen Vater.

KAPITEL DREI

Alle paar Tage geht Lee ins Bricktop und hört sich die Musik an. Es ist September, zwei Monate sind vergangen, seit sie bei Drosso war. Die Bar ist eng und dunkel, zugequalmt und voll mit Leuten. Die Jazzband steht auf einer kleinen Bühne in der Ecke, der Schweiß funkelt auf ihren dunklen Gesichtern. Die Musik ist laut, metallisch, die hohen Töne bringen ihre Trommelfelle zum Schwingen.

Lee kommt gerade noch drei Wochen über die Runden, wenn sie sparsam lebt. Sie denkt an die teuren Kleider, die sie aus New York mitgebracht hat und die schon nicht mehr in Mode sind, und sie wünschte, sie hätte ein bisschen was auf die Seite gelegt. Vor ein paar Tagen hat sie ein Telegramm nach Hause geschickt und um Geld gebeten. Sie wollte unabhängig sein, aber sie weiß, dass ihr Vater ihr helfen wird, das hat er immer getan, auch wenn er gleichzeitig darauf bestanden hat, sich um ihre Finanzen zu kümmern. Deswegen war die Antwort, die sie heute Nachmittag bekommen hat, ein Schock. *Kotex-Werbung ein Skandal,* steht in seinem Telegramm. *Eine Schande.* Kein Wort über das erbetene Geld.

Auf dem Weg ins Bricktop ist sie am Zeitungskiosk stehen geblieben und hat kurz die neuesten Magazine durchgeblättert, bis sie es entdeckte: das Bild in der Augustausgabe von *McCall's,* sie in einem weißen Satinkleid, darunter der Schriftzug »Tragen Sie die Einlage auch unter dünnen, eng anliegenden Kleidern«.

Lee erinnert sich an das Foto, Steichen hat es gemacht, aber sie hatte keine Ahnung, dass es an Kotex verkauft wurde. Sie kann sich vorstellen, wie aufgebracht ihr Vater ist. Er verabscheut ungehöriges Verhalten, noch mehr zuwider ist es ihm allerdings, wenn man sich über die Funktionsweise des weiblichen Körpers auslässt. Lee schämt sich: wegen des Bildes, aber auch, weil sie ihn enttäuscht hat. Wenn sie sich als Kind so gefühlt hat, ist sie zu ihm gerannt, aber jetzt ist sie weit weg, und diesmal ist er es, den sie erzürnt hat.

Hier im Club klopft Lee zum Rhythmus der Musik mit den Fingern auf den Tisch. Was soll sie jetzt machen? Sie kann sich nicht vorstellen, zurück nach New York zu gehen, aber sie weiß auch nicht, wie sie in Paris bleiben soll, wenn sie weder einen Job noch eine Aufgabe hat und sich vor Unentschlossenheit wie gelähmt fühlt. Hauptsache, sie fängt nicht auch noch an zu weinen.

Und dann sieht sie sie. Poppy und Jimmy. Gefolgt von einem anderen Paar, rauschen sie herein. Alle vier tragen schwarze Anzüge und Fliege. Lee ist so einsam, dass sie sich freut, irgendjemanden zu sehen, den sie kennt, trotz der speziellen Umstände ihres letzten gemeinsamen Abends. Sie steht auf und geht zu ihnen.

»Poppy!«, sagt Lee. »Kann ich mich zu euch setzen?«

Poppy schaut sie mit einer Miene an, die so ausdruckslos ist wie eine Kabuki-Maske. »Pardon? Du musst mich mit jemandem verwechseln.«

»Wir haben uns in einem Restaurant hier in der Nähe kennengelernt. Wir sind zusammen mit dem Taxi zu Drosso gefahren«, brüllt Lee gegen die Posaune an.

»Komisch«, brummelt die Frau, dreht sich zu Jimmy und schiebt ihren Arm unter seinen, dann drängen sie gemeinsam weiter in Richtung Tresen, während Lee ihnen hinterherstarrt.

Poppy und Jimmy stehen zusammen an der Bar und wirken wie Menschen, die ihren Platz in der Welt nicht infrage stellen. Sie sind so ungezwungen, so locker, und Lee erinnert sich, dass sie in New York genauso war, ein Mädchen, das sich vom Leben nahm, was ihr gerade einfiel. Die neue Lee – traurig, einsam, verlegen – entspricht ihr eigentlich gar nicht. Die alte Lee hätte über jeden Hauch von einem Skandal nur gelacht und aus der Kotex-Werbung eine lustige Anekdote gemacht, sie hätte sich einen Mann oder auch drei gesucht, die ihr die Drinks zahlen, wenn sie knapp bei Kasse gewesen wäre, und keinen weiteren Gedanken an Poppy und Jimmy verschwendet.

Lee geht zum Tresen und stellt sich an die abgerundete Ecke. Ein Fingerschnippen, mehr braucht sie nicht, um den Barmann auf sich aufmerksam zu machen. Während sie wartet, dass er zu ihr kommt und ihre Bestellung aufnimmt, mustert sie sich in dem trüben Spiegel. Ihre Wangen sind rot von der feuchten Luft. »Lächle«, flüstert Lee mit strenger Männerstimme und sieht sich im Spiegel dabei zu. Sie ist so schön wie immer, ihr Lächeln genau so, wie sie es haben will. Und jetzt, denkt sie, bestellt sie einen Gin Martini, kalt und klar wie ein Glas Diamanten, und wenn sie ihn ausgetrunken hat, geht sie auf die Tanzfläche und sucht sich jemanden, der sie herumwirbelt. Und gleich morgen nimmt sie die Karte, die Man Ray ihr gegeben hat und die seitdem in ihrer Tasche steckt, und stattet ihm einen Besuch in seinem Studio ab. Fragt ihn, ob sie seine Schülerin sein kann. Sorgt dafür, dass er ihr alles beibringt, was er weiß.

Es ist kurz nach zwei am nächsten Tag, als sie bei ihm auftaucht. Sie klopft an die Tür und geht in Gedanken durch, was sie ihm gleich sagen will. Man Ray wird sich wahrscheinlich nicht mal mehr an sie erinnern, aber falls doch, kann sie es mit einem Lachen abtun, oder so tun, als würde er sie verwechseln, so wie Poppy.

Sie wartet lange genug, um zu bereuen, dass sie gekommen ist. Endlich geht die Tür auf, und Man Ray steht vor ihr und trocknet sich die Hände an einem schmutzigen Lappen ab. Seine Haare stehen genauso zu Berge wie beim ersten Mal.

»Du solltest doch erst um halb drei hier sein«, sagt er.

Lee tritt einen Schritt zurück. »Ich ... ich sollte überhaupt nicht hier sein.«

Er hält sich die Hand über die Augen. »Du bist nicht mein Halbdrei-Termin?«

»Nein, nein ... Ich ... wir kennen uns ...« Im selben Moment bereut sie, es gesagt zu haben, fährt dann aber fort. »Wir haben uns bei Drosso kennengelernt.«

Er tritt in die Tür und schaut sie sich genauer an, dann lacht er. »Du! ›Sie dürften nicht mal meine Brüste berühren, wenn ich vom Himmel fallen würde.‹«

»Das bin ich«, sagt Lee und lächelt gegen ihren Willen.

Man bittet sie herein und schließt die Tür hinter ihnen. Überall an den Wänden hängen Gemälde und Fotos in nicht zueinander passenden Rahmen, am hinteren Ende des Raums führt eine breite Holztreppe nach oben. Ohne ein weiteres Wort steigt er die Stufen hinauf, und sie folgt ihm. Sie kommen in einen kleinen Salon, und Man geht zu einem Wagen, auf dem ein Wasserkocher steht, und bereitet zwei Tassen Tee zu. Lee setzt sich in einen mit überflüssigen Knöpfen gespickten Sessel und sieht ihm zu. Er ist so klein, wie sie ihn in Erinnerung hat, aber diesmal trägt er eine umgeschlagene Wollhose mit passender Weste und strahlt eine energische Drahtigkeit aus. Als er mit der einen Hand das Wasser über die Teebeutel gießt und mit der anderen Löffel und Zuckerwürfel auf die Untertassen legt, fällt Lee auf, wie effizient er vorgeht, immer ist irgendwas an ihm in Bewegung. Das gefällt ihr. Er bringt den Tee und setzt sich ihr gegenüber auf die Bank, und jetzt gefallen ihr auch seine dunkelbraunen Augen, die Intelligenz und der Humor, die sie darin erkennt, während er sie betrachtet.

»Ich hatte nicht damit gerechnet, dich wiederzusehen«, sagt er mit sanfter Stimme. »Du schienst ziemlich wütend.«

»Na ja«, Lee beugt sich vor und greift fahrig nach ihrer Teetasse, »ich hab an dem Abend meine Kamera verloren. Ich weiß, dass Sie Fotograf sind. Ich dachte, Sie hätten sie vielleicht bemerkt, als Sie gegangen sind?« Sie sieht sich um, als erwartete sie, die Kamera irgendwo auf einem Regal zu sehen.

»Du hattest sie mit bei Drosso?«

»Ja. Aber ich hab sie dort verloren.«

»Nicht der beste Ort, um etwas Wertvolles mitzunehmen. Da hängt immer ein Haufen unangenehmer Gestalten rum. Junkies.« Er nimmt seine Tasse und schlürft geräuschvoll einen Schluck Tee. Dann stellt er sie wieder hin und zieht die Augenbrauen zusammen, als wäre er um ihre Sicherheit besorgt.

Lee wechselt die Taktik. »Ich bin Fotografin ... na ja, nicht ganz. Ich bin Model. Ich war Model in New York, bevor ich herkam, und ich kenne Condé Nast und Edward Steichen. Ich weiß, dass Sie sie kennen.«

»Hat Steichen dich fotografiert?« Sie spürt Mans Blick auf ihrem Hals, ihren Haaren, ihrem Mund.

»Klar. Für die *Vogue* und für andere.« Lee spürt vertrauten Boden unter den Füßen, sie sitzt gleich aufrechter und dreht ihm ihr Profil zu.

»Ich bin besser. Nach dem Halb-drei-Termin hab ich frei. Ich fotografiere dich, damit kannst du dich hier bewerben. Ich kenne ein paar Leute bei Laurent's – die suchen immer nach neuen Mädchen.«

Lee stellt die Tasse hin. »Ich will nicht, dass Sie mich fotografieren. Ich will selbst fotografieren. Ich will bei Ihnen lernen.«

»Ich nehme keine Schüler. Ich weiß nicht, was Condé dir erzählt hat. Aber du strahlst tatsächlich ein Leuchten aus. Ich verstehe, warum die *Vogue* dich wollte. Ich mach es umsonst. Die Bilder kannst du in dein Portfolio aufnehmen.«

Hinter ihm schlägt die Standuhr einmal, gefolgt vom Hämmern des Türklopfers. Man steht auf. Lee weiß, dass das hier ihre einzige Chance ist. Er findet sie schön, das ist klar, und es wäre ein Leichtes, mit ihm zu flirten und dadurch sein Interesse wachzuhalten. Aber sie will nicht, dass er sie so einschätzt.

»Ich habe mir Gedanken gemacht, wie ich Sie fotografieren würde«, sagt Lee, kurz bevor er an der Treppe ist. Er dreht sich zu ihr um. »Ich würde Sie auf einen Tisch legen und die Kamera auf Ihre Füße stellen. Sie würden wie eine Landschaft aussehen.« Die Worte platzen aus ihr heraus. Während sie sie ausspricht, sieht sie ihn vor sich: die Gebirgskämme in den Falten seiner Kleidung, die Gesichtszüge verflacht bis zur Abstraktion.

Man bleibt stehen und denkt kurz nach. »Das würde nicht funktionieren. So eine Aufnahme kriegst du nicht scharf.«

Natürlich nicht. Überzeugung und Selbstvertrauen weichen mit einem Mal der großen Leere all dessen, was sie nicht weiß. Lee steht auf und umklammert nervös ihre Hände. »Deswegen will ich ja Ihre Schülerin werden. Sie können mir diese Dinge beibringen. Condé meinte, ich könnte mich an Sie wenden ...«

Man winkt ab. »Er hat mir schon viele Leute geschickt. Ganz am Anfang hab ich den Fehler gemacht, helfen zu wollen, und jetzt denken alle, sie könnten einfach bei mir ankommen. Ich hab keine Zeit, jeden zu unterstützen, der der nächste Man Ray sein will. Ich bin beschäftigt. Ich muss Porträts machen – unter anderem auch für Condés Magazin. Das sollte er eigentlich wissen.«

»Wie würden Sie mich fotografieren?« Lee zieht die Schultern nach unten, hebt das Kinn und sieht ihn direkt an.

Man wirft ihr einen abschätzenden Blick zu. »Wahrscheinlich ein Close-up von deinem Gesicht, mit der Hand am Hals. Schwarzer Hintergrund.« Er spricht abgehackt, leicht desinteressiert. Der Türklopfer ertönt ein zweites Mal.

»Das ist langweilig«, erwidert sie, um nicht seine Aufmerksamkeit zu verlieren.

Man schmunzelt und verschränkt die Arme vor der Brust. »Ach ja? Also gut, ich würde dich vor ein Fenster stellen, halb im Licht, halb im Schatten, nackt und mit geschlossenen Augen, so, wie du bei Drosso ausgesehen hast.«

»Sie wollen also nur noch mal meine Brüste sehen.«

Er sieht sie überrascht an und lacht dann. »Schüchtern bist du nicht, was?« Er geht einen Schritt in Richtung Treppe und hebt den Finger. »Warte dort. Geh nicht weg.«

Sie hört ihn hinunterlaufen und die Haustür öffnen, dann leise Stimmen, Schritte. Man führt eine Frau am Salon vorbei, Lee erhascht einen kurzen Blick auf sie, eine Säule aus von Gold durchsetztem Brokat mit hochgekämmter Tolle obendrauf, dann verschwinden sie in Mans Studio. Lee bleibt eine Weile sitzen, sieht den Sekundenzeiger der Standuhr über das Ziffernblatt streichen, betrachtet die Ölgemälde an der Wand, die vollgestellten Bücherregale, die Figuren auf dem Kaminsims. Eine Reihe von Vogeleiern, der Größe nach geordnet. Eine ähnliche Gruppierung von Emaille-Vasen, die kleinste gerade mal so groß wie eine Kidneybohne. Sie geht zum Bücherregal und liest die Titel auf den Buchrücken. Sie nimmt eine Porzellankuh und wiegt sie in der Hand. Sie will das alles auch haben. Und dann geht sie hinaus in den Flur, von wo sie ins Studio sehen kann, in dem Man einen Scheinwerfer aufbaut.

Als er sie bemerkt, sagt er: »Kannst du mal herkommen und mir mit dem Licht helfen, bitte?«

Im Studio riecht es nach verbranntem Staub und Brom, es sieht aus wie in jedem anderen Studio, in dem sie war: weiße Wände, große Fenster, durch die Tageslicht dringt, die Kamera samt Podest und großer schwarzer Haube. Doch diesmal geht sie zu einem der Scheinwerfer, packt ein Bein, Man packt das andere, und zieht und ruckelt ihn an seinen Platz. Diesmal nimmt sie eine Glasplatte, reicht sie ihm und verfolgt aufmerksam, wie er sie in die Kamera schiebt. Die Frau in dem schönen Kleid unterhält sich mit ihnen beiden. Sie will ein Porträt von sich für ihren Mann zum zwanzigsten Hochzeitstag machen lassen. Als die Kamera bereit ist, verzieht sie das Gesicht zu einem kleinen, verkrampften Lächeln. Man redet die ganze Zeit mit ihr, ganz offensichtlich, damit sie sich möglichst wohl fühlt, und Lee sieht gleich, wie gut er darin ist, eine Verbindung zu seinem Modell herzustellen. Aber Lee ist auch nicht ganz unerfahren, und kurz bevor Man unter seiner Haube verschwindet, erklärt sie der Frau: »Versuchen Sie, die Augenmuskeln zu entspannen, wenn Sie lächeln«, und nach kurzem Zögern gehorcht sie und sieht plötzlich viel natürlicher aus. Als Man unter der Haube hervorkommt, sieht er zu Lee und nickt ihr anerkennend zu. Sie nickt zurück und fühlt sich zum ersten Mal so, wie sie es sich erhofft hat, seit sie aus New York weggegangen ist, als hätte sie endlich etwas in Gang gebracht.

KAPITEL VIER

»Bobby!«, brüllt Man, als der Besuch kommt. Er ist korpulent, nimmt die ganze Tür ein und steht im Licht. Er lächelt Man an, ein klebriges Lächeln in einem großen kahlen Kopf, wie von einem Riesenbaby. Sie lachen und schütteln sich die Hände, und Bobby schlägt Man auf die Schulter.

»Ist lange her«, sagt Man. »Ich konnte es kaum glauben, als ich deine Nachricht las. Big Bobby Steiner in Paris. Was für eine Überraschung.«

»Wenn General Electric ruft, springst du. Ich bin jetzt Chef der europäischen Abteilung.«

»Hab ich gehört. Großartige Neuigkeiten. Und gut, dass du zu mir gekommen bist. Ich werde ein Foto von dir machen, auf dem du aussiehst, als hättest du es verdient.«

»Das rate ich dir auch.« Bobby lacht wieder und sieht sich um. Als er Lee erblickt, stutzt er und hebt theatralisch die Hände. »Hallo, schöne Frau!«, sagt er, kommt auf sie zu und bietet ihr die Wange zum Küsschen, nur eine Wange, auf die amerikanische Art. »Dein neues Mädchen, Manny? Hast du eine Neue? Die Letzte, die du mit nach New York gebracht hast, hat mir gut gefallen.«

Lee erwartet, dass Man die Situation aufklärt, aber er lacht nur und nuschelt Bobby etwas zu, das sie nicht hören kann und auch nicht will. Sie merkt, wie ihr heiß im Gesicht wird, nicht vor

Scham, sondern vor Ärger. Bobby mustert sie noch eine Weile, lässt den Blick über ihren Körper wandern, bis die beiden Männer in Mans Büro verschwinden und die Tür schließen.

Lee ist ganz bestimmt nicht Mans Mädchen, aber seine Schülerin ist sie auch nicht. Nachdem die Frau mit dem Hochzeitstagsfoto an jenem ersten Nachmittag gegangen war, hat Man Lee gebeten, dazubleiben. Er habe mehr Arbeit, als er allein schaffen würde, und könne ihre Hilfe gebrauchen. Lee ist nicht sicher, was ihn umgestimmt hat, aber egal, was es war, sie stellt es nicht infrage. Er hatte vor ihr schon andere Assistentinnen, erklärte er ihr. Die Letzte war vor ein paar Monaten gegangen. Der Job ist nicht besonders glamourös: Sie muss sich einen Überblick über Mans Finanzen verschaffen, ihm zufolge ein heilloses Chaos, sich um seine Termine kümmern, das Equipment aufbauen und ihm gelegentlich bei den Abzügen helfen. Während er ihr die Aufgaben beschrieb, wippte Lees Kopf so heftig auf und ab, dass sie Angst hatte, er würde sich aushaken. Ein hohes Gehalt könne er nicht zahlen, aber Lee könne die Dunkelkammer nutzen, wenn er sie nicht brauchte, und sie könne kommen und gehen, wann immer sie wolle. Sie war einverstanden, bevor er eine Zahl genannt hatte. Die war dann erschreckend niedrig. Aber das ist ihr egal. Es ist ein Anfang, ein Startschuss in die richtige Richtung. Der Gedanke, für einen berühmten Fotografen zu arbeiten, ist so verlockend, dass sie es wahrscheinlich auch umsonst tun würde.

Und jetzt, einen Monat später, hat sie sich in ihrem neuen Job eingelebt. Morgens kommt sie gegen neun oder zehn – für Pariser Verhältnisse früh – und schließt mit dem kleinen Messingschlüssel das Studio auf. Sie geht ins Büro und setzt sich an seinen Schreibtisch. Als Erstes schnappt sie sich das große Geschäftsbuch, das sie normalerweise zwischen Mans Kram ausgraben muss: unter Vogeleiern, Quittungen vom Schneider, Spielzeugsoldaten, oder, einmal, einem Glasbehälter mit einem präparierten Tintenfisch. Er ist wie eine Krähe, die alle möglichen glitzernden

Schätze in ihr Nest schleppt, und Lee hat festgestellt, dass ihr dieses Durcheinander gefällt.

Lee kann gut kopfrechnen, trotzdem notiert sie alles mit dem Bleistift, radiert jeden Fehler aus und berichtigt die Ziffern in ihrer runden, gleichmäßigen Schrift. Ihre Vorgängerin war da weniger genau, und wenn Lee Zeit hat, geht sie die alten Aufzeichnungen durch und versucht, das Gewirr von Fehlern zu entknoten, das die andere hinterlassen hat.

Eines lernt sie aus den Zahlen: Mit Fotografie kann man Geld verdienen. Mit Mans weiteren kreativen Betätigungen, Malerei und Bildhauerei, dagegen nicht. Er hat viel Geld, vor allem für einen Künstler, kann aber überhaupt nicht damit umgehen. Er spart nichts. Wenn ein großer Job hereinkommt, nimmt er es lieber zum Anlass, ordentlich zu feiern oder sich etwas Teures zu kaufen. Auf der Ausgabenseite stehen jedenfalls mehr Einträge als bei den Einnahmen, und das meiste geht für flüchtige Vergnügungen drauf: Austern im Le Select, zwei Nächte in einem Hotel in Saint-Melo oder sogar, vor genau einem Jahr, ein Voisin, mit dem er aufs Land fährt oder den Sommer über nach Biarritz, und der den Rest der Zeit Unsummen für einen Garagenstellplatz verschlingt.

Lee sieht sich die Aufzeichnungen aus dem Jahr 1928 an, wo diverse Einträge mit den Anfangsbuchstaben eines Namens versehen sind: »K. Miete«, »Hutmacher für K.«, »Abendessen mit K.«, manchmal auch nur eine Zahl mit dem Buchstaben daneben, ohne weitere Erklärung. Sie zählt alle K.-Einträge zusammen und staunt, wie viel Man für diese Person ausgegeben hat. Das muss das Mädchen sein, das Bobby erwähnt hat, aber wer ist es? Lee kann Man schlecht fragen. Angesichts der diversen Ausgaben für den Hutmacher stellt Lee sich vor, dass sie blass ist und sich Sorgen um ihre Haut macht. Vielleicht etwas älter – mindestens so alt wie Man. Lee ist nicht sicher, wie alt er ist, aber mit Sicherheit ein ganzes Stück älter als sie. Und wo ist K. jetzt? Dutzende von Einträgen, und dann seit Januar nichts. Streit? Ein anderer Mann? Lees

Finger wandert über die Zahlen, sie stellt sich vor, wie sie auseinandergegangen sind. Wie Man heimlich litt. K. wurde nicht ersetzt – nach Januar gibt es keine anderen Anfangsbuchstaben. Die einzige Frau, die in dem Buch sonst vorkommt, ist Lee, und da sie jetzt die Schecks ausstellt, hat sie das perverse Vergnügen, sich jede Woche selbst für die eigene harte Arbeit zu bezahlen.

Man kommt für gewöhnlich nicht vor elf, Lee hat also jeden Morgen ein, zwei Stunden für sich. Sie genießt diese Zeit. Alles zu regeln und dann eine Liste von Dingen zu haben, die sie ihm vorlegen kann. Normalerweise erscheint er in einer von drei Verfassungen: zerstreut, mit Kohle oder Ölfarbe an den Fingern, nachdem er den Morgen über gemalt hat; gestresst, weil nachmittags ein wichtiger Kunde kommt und er den Tag mit einer Arbeit verbringen wird, die ihm keinen Spaß macht; oder bedrückt, weil es eine Auftragsflaute gibt oder er eine Rechnung bezahlen muss, die er vergessen hatte. Lee begegnet ihm immer mit derselben Mischung aus Professionalität und Abgeklärtheit, und Man reagiert genauso professionell und behandelt sie mit einer Höflichkeit, die sie aus ihrer Zeit als Model nicht gewohnt ist.

Nachmittags hilft sie ihm im Studio oder in der Dunkelkammer. Das sind bei weitem ihre liebsten Stunden. Man behauptet ständig, er sei ein miserabler Lehrer und sie würde bestimmt nichts bei ihm lernen, aber im Gegenteil, Lee findet ihn sehr mitteilsam und geduldig. Er ist herzlich und spricht überraschend offen über die Tricks, die er gelernt hat. Er erklärt ihr, dass Fotografie mehr mit Wissenschaft als mit Kunst zu tun habe, dass sie Chemiker sind, die Experimente in einem Labor machen, und so kommt es ihr auch vor, sowohl bei der technischen Arbeit in der Dunkelkammer als auch bei der ursprünglichen künstlerischen Idee.

Man geht nicht jeden Tag in die Dunkelkammer, noch nicht mal jede Woche, aber wenn, dann bereitet Lee alles für ihn vor, zieht Gummihandschuhe und Gummischürze an und mischt Entwickler, Stopp- und Fixierbad an. Sie legt Holzzangen in die Wannen, pustet mit einer Bratenspritze den Staub vom Vergrößerer und überprüft das Dunkelkammerlicht. Sie nimmt ältere Abzüge von der Wäscheleine, bringt sie ins Studio und legt sie vorsichtig in die großen flachen Aktenschubladen, dazwischen kommt jeweils eine Schicht Florpostpapier. So schlecht Man offenbar mit Geld umgehen kann, so gut sind seine Abzüge, und es kommt äußerst selten vor, dass etwas weggeworfen wird. Ganz selten mal ist der erste Versuch zu dunkel oder der Kontrast zu schwach, aber dann bewahrt er sie trotzdem auf und benutzt sie für andere Projekte, er schneidet sie in Streifen und klebt sie auf Holz oder benutzt einfach die Rückseiten für Skizzen.

Manchmal sind die Bilder so schön, dass Lee ihre Arbeit unterbricht, um sie zu bewundern. Wie das Porträt der Tänzerin Helen Tamiris, die Man in einem losen Kimono fotografiert hat, auf dem Boden liegend, das Haar zu einer großen schwarzen Wolke um ihr milchweißes Gesicht drapiert. Sie empfindet es tatsächlich als Ehre, es in der Hand zu halten und zu wissen, dass sie eines Tages Fotos in derselben Dunkelkammer entwickeln wird, in der dieses Bild entstanden ist.

Das Thema hat Lee ihm gegenüber noch nicht angesprochen, obwohl Man es bei ihrer Einstellung selbst erwähnt hat. Vor allem will sie, dass ihr Verhältnis professionell bleibt. Aber dank ihrer Ausflüge durch das Kassenbuch – und weil sie morgens in seinen Schubladen herumschnüffelt, obwohl sie ein solches Verhalten ungern zugibt – weiß Lee, dass Berenice Abbott, eine seiner ehemaligen Assistentinnen, eigene Fotos in Mans Studio entwickelt hat, mit Mans Segen, und sich jetzt in New York einen Namen macht. Lee sagt sich, dass sie noch Zeit hat, dass sie durchs Zusehen lernt, wie eine Wissenschaftlerin. Abgesehen davon, gibt es nicht viel, was sie entwickeln könnte. Lee hat drei Rollen Film in der Schublade liegen, aber sie will auf keinen Fall Mans Equipment für Fotos nutzen, die jeder Tourist hätte machen können.

Jetzt steht sie im Studio und hört Man und Bobby im Büro lauter und leiser werden und manchmal in Gelächter ausbrechen. Ihre Arbeit liegt auch im Büro, Lee weiß also nicht, wo sie hin oder was sie tun soll. Die Situation und der Besuch erinnern sie an die Dinnerpartys ihrer Eltern, bei denen sie immer in der Ecke stehen musste, bis es an der Zeit war, beim Mixen der Drinks zu helfen. Als junges Mädchen muss sie ziemlich bezaubernd ausgesehen haben, nimmt Lee an, ausstaffiert wie eine Puppe in Chantilly-Spitze, mit weißen Schleifen auf dem Kopf, die aussahen wie große Motten. Aber je älter sie wurde, desto unwohler fühlte sie sich, wenn sie den Männern ihre Cocktails brachte und sie ihr anzügliche Blicke zuwarfen, mit ihren feuchten Zigarren in den grinsenden Gesichtern.

Lee steht noch im Studio, als die Bürotür aufgeht. Die Männer sind mitten im Gespräch. »Hast du gehört, dass Sam jetzt für Lisowski arbeitet? Offenbar hat er einen Haufen Geld mit dem Grundstück in Flushing gemacht«, sagt Bobby.

»Ja, hat er mir geschrieben. Er meinte, neben dem Job bleibt kaum Zeit zum Schreiben.«

»Minnie ist bestimmt froh, wenn er mal ein paar Schecks nach Hause schicken kann.«

Man zieht die Augenbrauen zusammen. »Meine Mutter ist vor allem froh, wenn einer von uns einen richtigen Job hat und endlich mit dem Kunstkram aufhört.«

Bobby kichert. »Stimmt. Ich soll dich übrigens fragen, wann du das alles hier aufgibst und wieder nach Hause kommst.«

»Sie kann es nicht sein lassen. Jetzt schickt sie schon dich als Boten.« Man lacht, aber es klingt auch Ärger mit. Er nimmt einen Hocker, geht in die Mitte des Raumes und gibt Bobby ein Zeichen, sich zu setzen. Als er seinen massigen Körper geparkt hat, die schweren Beine von sich gestreckt, ein Knöchel über dem anderen in den dunkelgrauen Gamaschen, guckt Bobby selbstbewusst und blinzelt ein wenig, wahrscheinlich glaubt er, dadurch irgendwie zuversichtlich oder konzentriert auszusehen.

»Du musst gar nicht viel machen«, sagt Man. »Du siehst gut aus so, wir machen einfach ein schlichtes, überzeugendes Bild.«

»Bist du sicher? Das ist für GE. Wir sind nicht mehr in der 43rd Street, Manny.«

»Gott sei Dank.« Beide lachen wieder. Man geht zur Kamera, und Lee, die neben der Tür zur Dunkelkammer steht, räuspert sich.

»Kann ich irgendwas tun?«

Die Männer sehen zu ihr rüber. Bobby sagt: »Ich hätte Appetit auf eins von diesen kleinen Sandwiches mit Butter und Schinken.«

»O ja, was zu essen wäre gut. Würde es Ihnen etwas ausmachen, Miss Miller?«, sagt Man, und obwohl es das tut, sagt sie Nein, natürlich nicht.

Es ist heiß draußen und das Café ein paar Straßen entfernt. Lee kauft drei *jambon-beurre* und isst ihres auf dem Weg zurück. Als sie zurück ins Studio kommt, sind sie schon fertig mit der Session. Die Tür zum Salon ist zu, und der süßliche Geruch von Pfeifentabak dringt unter der Schwelle durch. Lee lässt die Sandwiches auf ein Tablett fallen und klopft laut an. Mehr Gelächter und Gerede, bevor Man die Tür öffnet. Sie reicht ihm das Tablett mit ausdrucksloser Miene, die, wie sie hofft, unterschwellig ihren Ärger verrät.

Man nimmt die Sandwiches und wendet sich ab, dann bleibt er stehen und dreht sich wieder um. Auf seinem Gesicht ist ein Ausdruck, den sie noch nicht an ihm gesehen hat, eine plötzliche Erkenntnis gemischt mit Dankbarkeit. »Miss Miller«, sagt er. »Was habe ich nur ohne Sie gemacht?«

»Sich Ihre Sandwiches selbst geholt, nehme ich an«, sagt Lee und spürt seinen Blick auf ihr, während sie sich umdreht und geht.

LONDON
1940

Während des Luftangriffs, nachdem sie mit Roland nach Hampstead geflüchtet ist, entdeckt Lee nachts oft braunes Menstruationsblut in ihrem Bett. Das plötzliche Erwachen zu den Heultönen des Fliegeralarms löst wohl etwas in ihrem Körper aus und führt zu den Krämpfen. Morgens, wenn die Verdunkelung aufgehoben wird, wäscht sie die Laken in der Spüle aus, aber es bleiben leichte kupferrote Flecken.

Was Lee niemandem erzählen kann, ist, dass ihr jedes Mal schwindelig wird, wenn sie das Pfeifen der Bomben hört, wenn die Wände beben, wenn der Staub vom Putz ihr Gesicht bedeckt und sie niesen muss. Niemand, dem sie erklären kann, wie sehr sie sich nach den Morgen danach sehnt, wenn sie mit der Kamera durch die ausgebombte Stadt läuft, die sich wie von einem surrealistischen Bühnenbildner ausgestattet vor ihr ausbreitet. Eine zerstörte Kirche, und auf den Trümmern steht schwankend eine völlig unversehrte Schreibmaschine. Eine Statue, von der nur noch der flehende Arm übrig ist. Ihre dunkle Seite, die sich an der Ungezügeltheit der Explosionen erfreut.

Eines Nachts wachen Roland und sie von einem anderen Geräusch auf, einem lauten Rascheln, als wäre das Haus ein Paket, das eingewickelt wird. Als Lee den Vorhang zur Seite zieht, zischt ein gespenstisches silbernes Gebilde durch das offene Fenster, so groß, dass sie es sich aus dem Gesicht schlagen muss, um Luft holen zu können. Ein Sperrballon, erklärt Roland lachend, dann gehen sie nach draußen und machen sich zusammen daran, das Ding aus dem Haus zu ziehen. Am nächsten Tag fotografiert sie es stundenlang, die Überreste, über die Bäume gehängt, oder wie sie sich selbst darin einwickelt. Keines der Fotos wird etwas, aber eine Woche später läuft sie durch Hampstead Heath und sieht noch so einen abgestürzten Ballon, halb mit Luft gefüllt klebt er am Boden wie ein riesiges Ei, zwei Gänse stehen stolz davor. Das Foto, das sie davon macht, ist fantastisch, das erste Geschenk des Krieges an sie, und Lee fühlt sich emporgehoben, erfüllt von der Aussicht auf all das, was die kommenden Tage ihr bringen mögen.

KAPITEL FÜNF

Lee merkt schnell, dass Man ständig Abwechslung braucht und nervös wird, wenn die Tage zu einförmig verlaufen. Er tut Dinge, die Lee niemals in den Sinn kommen würden, beispielsweise ruft er an, wenn es beim Malen gut läuft, und bittet sie, einen Nachmittagstermin zu verschieben, selbst wenn der Kunde ihn schon vor Wochen vereinbart hat. Wenn sie fragt, wie sie es begründen soll, erwidert er, »Wundbrand!« oder »Busunglück!« oder »Spontanausflug nach Pamplona!«, also hört Lee nicht auf ihn und behauptet jedes Mal, ein Familienmitglied sei plötzlich erkrankt. Die Leute müssen mittlerweile denken, dass Mans Familie ziemlich groß ist und gesundheitlich offenbar nicht sehr robust.

Eines Tages kommt Man herein und wirft einen Blick auf den Kalender: Der Nachmittag ist zum Glück frei. »Was für ein wunderschöner Tag«, sagt er.

Das stimmt. Lee war an jenem Morgen auf dem Weg zur Arbeit traurig, dass sie drinnen arbeiten muss und das schöne Wetter nicht genießen kann. Sie blieb kurz auf dem Treppenaufgang stehen und atmete die frische Luft tief ein, bevor sie den Schlüssel ins Schloss steckte.

Man fährt fort: »Wenn ich keinen neuen Schrank kaufe, wird das alles nichts.«

»Bitte?«

»Der Aktenschrank, wir brauchen Stauraum.« Man greift nach

seinem Mantel und zieht ihn an. »Auf dem Vernaison gibt es bestimmt einen. Leistest du mir Gesellschaft?«

Keine Stunde später findet Lee sich auf dem größten Flohmarkt der Stadt wieder, wo es so ziemlich alles zu kaufen gibt. Haufenweise goldene Bilderrahmen, riesige Chippendale-Kommoden, alte Briefbündel, vergilbte Petticoats, Kriegsorden, Cognacschwenker, Kisten voller kaputter Uhren, verrostete Schlüssel und reihenweise Kinderwagen mit abgegriffenen Seidenkissen darin. Erstaunt bleibt Lee vor einem Motorrad stehen, auf dem leere Gebisskleberschachteln liegen. Man ist schon ein paar Meter weiter, bevor er sich nach ihr umdreht. Sie lächelt und eilt ihm hinterher.

Die Novembersonne strahlt am wolkenlosen Himmel, Lee hat Man noch nie so ausgelassen erlebt. Nach zwei Stunden haben sie es noch immer nicht bis zu den Möbelständen geschafft, wo es den Schrank geben soll, den Man angeblich so dringend braucht, aber er erklärt ihr, die seien hinten in den teureren Ecken vom Biron, da würden sie später noch hingehen.

In den Gängen tummeln sich Hunderte von Verkäufern, die ihre Waren vor den Ständen auf dicken Orientteppichen feilbieten, die Stände an sich sind mit Regalen vollgestellt, in denen sich hauptsächlich Gerümpel stapelt. Lee hat sich über die großen Stofftaschen gewundert, die Man mitgebracht hat, aber als er jetzt an einem Stand mit Porzellankopfpuppen steht und mit dem Verkäufer feilscht, versteht sie, warum. Zwei der Taschen sind bereits voll, und – nachdem er erfolgreich vier Puppen heruntergehandelt hat – die dritte bald auch.

Ein paar Stände weiter bleiben sie stehen und sehen sich die Maßformen eines Handschuhmachers an, die weißen Finger stecken aufrecht auf einem Drahtgestell wie ein Wald aus kleinen weißen Bäumen.

»Wenn ich meine Kamera hätte, würde ich ein Bild davon machen«, sagt Lee.

»Gutes Auge.« Mit den Händen formt Man ein Viereck und hält es sich wie einen Sucher vors Gesicht. »Was für eine benutzt du?«

»Ich …« Sie hält inne. »Ich meinte, wenn ich meine Kamera *noch* hätte. Ich hab sie nicht wiedergefunden.« Der Verlust schmerzt nicht weniger als vor ein paar Monaten.

Weiter hinten liegen Teile von Schaufensterpuppen, ein Haufen Ellbogen in einer Holzkiste. Man nimmt einen raus und inspiziert ihn. »Das habe ich vergessen. Wirklich schade. Du musst dir eine neue kaufen.«

Lee beißt sich auf die Zunge. Ist ihm eigentlich bewusst, wie wenig er ihr zahlt? Sie schlendern weiter. Am nächsten Stand gibt es Kisten mit Stereobildern, thematisch sortiert. Man blättert die Reihen durch. »Die wirken so alt.« Er hält ein doppeltes Foto von den Kutschen auf dem Trafalgar Square hoch. Lee geht zu ihm und durchstöbert ebenfalls eine Kiste.

»Mein Vater hat solche Bilder gemacht«, sagt sie.

»Wirklich? Das muss man aber können. War dein Vater Fotograf?«

»Ja, als ich klein war, sind wir auf einen Bauernhof gezogen, da hat er sich eine Dunkelkammer gebaut. Ich hab ihm dabei geholfen.«

Man wirft ihr einen Blick zu. »Kein Wunder, dass du dich so gut auskennst.«

»Eigentlich nicht. Ich hab kaum was gemacht.« Das stimmt nicht, und sie weiß nicht genau, warum sie es gesagt hat. Mans plötzliche Aufmerksamkeit verunsichert sie, hier zwischen all den Menschen.

Lee sieht sich noch ein paar Bilder an und findet eine Frau im steifen viktorianischen Kleid mit ihrem Sohn auf dem Knie. Mutter und Sohn schauen mit ausdruckslosen Gesichtern in die Kamera, so, wie es die lange Belichtungszeit erforderte. Auf ihrem Bauernhof bewahrte Lees Vater seine Stereobildersammlung in der Bibliothek auf, in einigen Dutzend taubengrauen Kisten, die in den unteren Fächern der Bücherregale standen. Wenn er arbeitete, ging Lee allein dorthin, kniete sich hinter seinen Schreibtisch und nahm den Stereobetrachter aus dem Etui, mit dem sie eigentlich nicht spielen durfte, und schob dann die Bilder eins nach dem anderen hinein. Wenn sie das Gerät an die Augen hielt, hingen die kleinen Schwarz-Weiß-Fotos einen Moment lang getrennt voneinander in ihren beiden Sehfeldern, bevor sie zur Dreidimensionalität verschmolzen, sodass die Szene plötzlich scharf und greifbar wurde. Manchmal, wenn Lee ein besonders schönes Bild betrachtete – das Pantheon oder die mit Palmwedeln umrahmten ägyptischen Pyramiden –, dann streckte sie, ohne es zu merken, die freie Hand aus, als könnte sie das Dargestellte berühren, wie ein Blinder, der seine Umgebung ertastet. Ihr Vater besaß Hunderte dieser Bilder, er war nahezu besessen von ihnen, sie waren eine der größten Sammlungen eines Mannes, der praktisch alles sammelte.

Man ist inzwischen weitergelaufen, aber nachdem Lee das Bild zurückgelegt hat, durchstöbert sie eine weitere Kiste, erst Straßenszenen aus Paris und Kopenhagen, und dann, dahinter, Fotos von nackten Frauen, die lasziv auf halb gemachten Betten liegen, kokett an Messingstangen hängen oder sich vor einem Schminkspiegel die Haare kämmen. Die Bilder kommen ihr ebenfalls bekannt vor. Auch davon hatte ihr Vater eine Sammlung, und wenn Lee allein in seinem Arbeitszimmer war, blieb sie immer an ihnen hängen und versuchte, sich einzuprägen, womit diese Frauen die Aufmerksamkeit ihres Vaters gefesselt hatten. Dunkle Lippen, dunkle Haare, weiße Haut. Weiches Fleisch, wo Lee noch dünn war. Spitze Schuhe, Hüte mit Paillettenschleier oder kniehohe Netzstrümpfe. Bevor sie die Kiste gefunden hatte, lebte sie in der Annahme, das einzige Mädchen, das ihr Vater sich auf Fotos ansah, sei sie.

Nach einem kurzen Blick in Mans Richtung greift Lee nach dem Foto einer Frau, die nichts anhat außer drei Quasten über ihren Brustwarzen und dem Dreieck zwischen den Beinen. Sie schwenkt die Hüfte, um die Quasten kreisen zu lassen. Lee hält das Foto hoch und fragt den Händler, was er dafür haben will, sie zahlt, steckt es in die Handtasche und eilt dann Man hinterher, bevor sie ihn in der Menge verliert.

An einem anderen Stand werden himmelblaue Uniformen verkauft, die Metallhelme stapeln sich daneben wie Schüsseln. Lee streicht über die Wollkragen und die Stahlknöpfe. Man verschwindet, und als er wieder auftaucht, trägt er einen Helm und hat einen Degen in der Hand, den er durch die Luft schwingt und in ihre Richtung sticht.

»En garde!«, ruft er. Lee lacht laut. Man sieht so albern mit dem Helm aus, und Lee ist überrascht, ihn so unbefangen zu erleben, aber sie findet es wunderbar. Sie schnappt sich einen eigenen Degen und täuscht einen Angriff an, tut dann so, als habe er sie getroffen, und taumelt rückwärts in die Uniformen. Mans Augen strahlen. Er legt den Degen weg und hält bewundernd ein rundes Metallnetz hoch. »Ah, also das hier«, sagt er, »das nehmen wir mit nach Hause.«

Das Teil ist gebogen wie die Wirbelsäule eines Nautilus und hat einen Durchmesser von etwa einem halben Meter, Sinn und Zweck sind ein völliges Rätsel. Lee weiß bereits, dass er solche Sachen mag, Netze und Siebe aus Metall, durch die das Licht in Mustern fällt. Man hält es in beiden Händen, sichtlich angetan.

»Was ist das?«

»Ich habe nicht die leiseste Ahnung – eine Art Verband zum Schienen?«

Der Verkäufer erklärt ihnen, dass es der Armschutz eines Fechters ist. Man kauft ihn und stopft ihn in die vierte Tasche. »Ich liebe diesen Flohmarkt«, sagt er mit einem gierigen Leuchten in den Augen, als sie weitergehen. »Man weiß nie, was man findet. Einmal habe ich ein komplettes Skelett gekauft – ein echtes, aus dem Krankenhaus. Es hing einfach hinten in einem der Stände.«

Kurz darauf sind sie auf dem Biron, wo der Straßendreck mit

kleinen Besen aufgefegt wird und die Käufer ganz offensichtlich eleganter gekleidet sind. Es dauert nicht lange, bis Man den passenden Schrank gefunden hat – anscheinend gibt es hier alles, von Konsolentischen über Metzgerblöcke bis zu Chaiselongues – und die Anlieferung für den nächsten Tag organisiert ist.

Sie kommen an einer Frau vorbei, die einen Kinderwagen schiebt und ein kleines Kind an der Hand hat. Das Kind schreit laut, sein Gesicht ist offenbar mit Sirup verklebt. Man und Lee schütteln sich beide leicht bei dem Anblick, dann sehen sie sich an und lächeln. »Keine Mutterinstinkte, was?«, bemerkt Man.

»Nicht unbedingt.« Die Wahrheit ist, dass Lee sich nicht vorstellen kann, jemals Kinder zu haben. Nichts liegt ihr ferner, es ist quasi das Gegenteil von dem Leben, das sie sich vorstellt.

»Kunst und Kinder sind keine gute Mischung, meiner Erfahrung nach«, sagt Man.

Lee fragt sich, ob er sie warnen will – sieht er eine Künstlerin in ihr? Das bezweifelt sie. »Du willst auch keine?«

Man steht schon wieder an einem Möbelstand, klappt einen Sekretär auf, blickt hinein. »Auf keinen Fall. Das war mit ein Grund, warum meine Frau und ich uns getrennt haben.« Er geht zum nächsten Stand, Lee fällt ein paar Schritte zurück. Sie hatte keine Ahnung, dass er verheiratet gewesen war. Sie fragt sich, ob seine Frau die K. aus dem Geschäftsbuch ist, und schließt dann wieder zu ihm auf.

»War das hier – in Paris?«

»Nein, nein. Vor Jahren, drüben in den Staaten. In einem anderen Leben.«

»Wo da?« Lee hat sich noch keine Gedanken über seine Vergangenheit gemacht und hat plötzlich das Bedürfnis, mehr zu erfahren.

»In New Jersey. Das war einfacher, als in New York zu leben. Billiger. Wir hatten eine schöne Zeit ...« Man hält inne, hustet. »Wir haben uns nicht wirklich wegen der Kinderfrage getrennt.«

Lee ist nicht sicher, ob sie ihn ermutigen soll weiterzureden, aber dann fährt Man fort.

»Wir waren so jung. Ich war – na ja, ich wusste nicht, was ich wollte. Ich sollte Schneider werden wie mein Vater, wollte aber viel lieber Künstler sein. Bis zu einem gewissen Punkt hat meine Familie mich sogar unterstützt, aber wirklich verstanden haben sie mich nicht. Meine Mutter dachte, das sei nur eine Phase. Ein Hobby. Also bin ich aus Brooklyn weggezogen und hab zusammen mit einem Freund eine Wohnung in Ridgefield gemietet. Warst du da mal?«

»Ich glaube nicht.«

»Na ja, warum auch? Ein kleines Städtchen, sehr ruhig. Eine Zeit lang haben mein Freund Halpert und ich da wirklich was auf die Beine gestellt. Wir hatten eine Druckerpresse und haben eine Zeitung rausgegeben, und ich hab jeden Tag gemalt. Und dann lernte ich Adon kennen, die fand das interessant, was wir machten – sie schrieb Gedichte, wunderbare Sachen, ich hatte noch nie jemanden wie sie kennengelernt –, kurz darauf haben wir geheiratet. Aber dann musste ich noch weiter weg, nach Paris, und Adon – wollte nicht mit. Sie hatte sich in Literaturkreisen inzwischen einen Namen gemacht. Ich hab seit Jahren nicht mehr mit ihr gesprochen.«

Adon. Also doch nicht K. Außerdem Jahre her. »Tut mir leid«, sagt Lee.

Man zuckt mit den Schultern und fährt sich mit der Hand durchs Haar. Sie stehen jetzt am Rand des Marktes, wo nicht so ein Gedränge herrscht.

»Das muss es nicht«, sagt Man. »Ich weiß auch gar nicht, warum ich dir das alles erzähle.« Er zieht seine Taschen auf der Schulter zurecht und fragt: »Warum willst du fotografieren?«

Lee streicht sich die Haare hinter die Ohren. Sie denkt an das Stereobild, das sie gerade gekauft hat, an die ganzen Fotos, die ihr Vater über die Jahre von ihr gemacht hat. »Oh, wegen meines Vaters, nehme ich an … außerdem hatte ich keine Lust mehr zu modeln. Fotografiert zu *werden*. Ich wollte auf die andere Seite wechseln, verstehen, wie es funktioniert.«

Man nickt, als wüsste er, was sie meint. »Ich denke in letzter Zeit oft ans Aufhören.«

»Wirklich?«

»Es ist keine Kunst. Nicht wirklich. Eigentlich wollte ich immer nur malen. Die Porträts – die Kunden …« Er bricht ab.

Lee denkt an die Arbeiten, die sie von ihm gesehen hat, sein jüngstes Porträt von Dalí, dessen Gesicht er von unten beleuchtet hat, sodass die Augenbrauen teuflische Zacken auf die Stirn werfen. Sie will Man sagen, was es in ihr ausgelöst hat, dass sie einerseits denkt, was sie alles noch nicht kann, und andererseits, was sie alles noch lernen will. Dass Man jetzt sagt, er könne das alles aufgeben, überrascht sie. Wenn sie sein Talent hätte, würde sie nichts anderes mehr machen. »Aber deine Fotos sind so gut«, sagt sie und hat gleich darauf das Gefühl, etwas Unpassendes gesagt zu haben.

»Ja, klar. Aber erzähl das mal den Kritikern. Die betrachten Fotografie nicht als Kunst. Und in gewisser Hinsicht stimme ich ihnen zu. Der Hauptzweck von Fotografie ist nicht Kunst, sondern Nachbildung.«

Lee sieht ihn neugierig an. »Ich finde, das Porträt von Barbette, die doppelte Belichtung … in meinen Augen ist das Kunst.«

Man schnauft. »Vielleicht. Aber ich hab die Arbeit im Studio satt, die vielen Fahrten zu den Modehäusern und das ganze Drumherum. Diese ewige Plackerei. Wenn ich könnte, würde ich nur noch malen.«

»Warum tun Sie es dann nicht?«

Er hebt eine der dicken Einkaufstaschen hoch und lächelt schief. »Weil ich mir von der Malerei keine Ausflüge zum Vernaison leisten kann.«

Ein paar Straßen weiter steigen Lee und Man die Treppe zur

Metro runter, ein muffiger Lufthauch bläst ihnen Laub entgegen. Als Lee ein Ticket kaufen will, winkt Man ab und zahlt für sie mit. Beim Einsteigen nimmt er die schweren Taschen auf eine Schulter und fasst sie am Ellenbogen. Ein älterer Mann und eine Frau sitzen in ihre Mäntel gehüllt am Ende des Abteils und beobachten sie. Man und Lee wirken auf sie vermutlich wie ein Ehepaar, er trägt ihre Taschen und führt sie galant am Arm. Da sie offensichtlich selbst schon eine Weile verheiratet sind, muss ihnen das ganz normal vorkommen. Wahrscheinlich hat Man sich damals ähnlich gegenüber seiner Frau verhalten. Der Gedanke daran, wie Man und sie zusammen aussehen, fühlt sich seltsam an, und er macht Lee auf seltsame Art glücklich.

KAPITEL SECHS

Ein paarmal im Monat lässt Man Studentinnen gegen ein geringes Entgelt Modell sitzen, um an Bildern zu arbeiten, für die er nicht bezahlt wird. Dann ist er immer bester Laune. Das Mädchen heute ist neu, Amélie, zierlich und dunkelhaarig wie alle anderen auch. Lee hört ihn pfeifen, während er das Studio vorbereitet.

Amélie kommt eine Viertelstunde zu spät, sie schnieft. Ihre Nase ist rot, und die Augen sind wässrig.

»Bist du krank?«, fragt Lee. Schon im nächsten Moment spürt sie selbst ein Kratzen im Hals und nimmt sich fest vor, später zu Hause etwas dagegen zu nehmen.

»Nein, alles in Ordnung«, erklärt Amélie, aber schon nach wenigen Minuten im Studio sieht das ganz anders aus. Sie hängt wie eine welke Blume auf dem Sofa und posiert mit offenem Mund, da sie durch die Nase offenbar keine Luft kriegt.

Man scheint nicht zu bemerken, dass sie krank ist, oder es interessiert ihn nicht. Er summt, reißt Witze, arrangiert Amélie in merkwürdigen Posen und murmelt jedes Mal »Perfekt!«. Mittlerweile findet Lee es liebenswert, wie er die eigene Arbeit bewundert.

»Und jetzt«, sagt er, »könnten wir doch mal dieses schöne Teil hier ausprobieren. Stell dich doch mal vors Fenster und spiel ein wenig mit dem Licht.« Er holt den Armschutz vom Flohmarkt hervor und zeigt ihn Amélie, die ihn verständnislos ansieht, bis er zu ihr rübergeht und sagt: »Dein Arm, da rein.« Das Metallnetz ist weich wie ein Stück Spitze, aber es hat scharfe Kanten. Amélie steckt den Arm hinein und verzieht das Gesicht, als sie ihn auf dem Tisch ablegt.

Man tritt einen Schritt zurück. Er neigt wie immer den Kopf zur Seite und sucht nach einem roten Faden für das Bild. Er kniet sich hin und zerrt an Amélies Hand herum, um sie etwas weiter zu öffnen.

»So«, sagt er, zieht noch einmal an ihrem Arm und biegt ihn in einen unnatürlichen Winkel. Zufrieden verschwindet er unter der Haube. Amélie atmet flach, und Lee bemerkt, dass sie ihren eigenen Atem anpasst. Man ist eine Weile nicht zu sehen, ab und an ruft er Lee zu, sie solle die Scheinwerfer verschieben oder die Vorhänge hinter ihnen richten.

Schließlich taucht er wieder auf. »Fertig«, sagt er zu Amélie und verlässt den Raum, damit sie sich in Ruhe umziehen kann. Sie nimmt den Arm aus dem Schutz und setzt eine Leidensmiene auf.

»Das hat wehgetan«, jammert sie und reibt sich einen roten Abdruck an der blassen Unterseite ihres Armes.

»Tja, als Model muss man tun, was von einem verlangt wird.« Lee macht keinen Hehl aus ihrer Abneigung.

Amélie wirft Lee einen bösen Blick zu und verschwindet hinter dem Vorhang. Als sie kurz darauf wieder hervorkommt, hat Lee bereits den Raum verlassen und sitzt im Büro hinter dem Schreibtisch, wo sie in ihren Papieren blättert.

»*Bonsoir*«, ruft Lee übertrieben fröhlich, als Amélie an ihr vorbeiläuft. Nachdem sie endlich weg ist, geht Lee nach Man sehen. Er ist im Salon und gießt sich eine Tasse Tee ein. Er zeigt auf die Kanne – ob sie auch einen will? –, aber Lee schüttelt den Kopf.

»Du solltest diese Studentinnen nicht mehr buchen«, sagt sie und nimmt auf dem Pferdehaarsofa Platz.

»Ach, die war doch in Ordnung. Braucht vielleicht ein bisschen was auf die Rippen, aber ich hab hauptsächlich Ausschnitte fotografiert, und sie hat schöne Haut.«

»Sie war völlig desinteressiert.«

»Sie muss auch nicht interessiert sein. Sie muss einfach nur dastehen und tun, was ich sage.«

Er setzt sich Lee gegenüber und schlürft geräuschvoll. Sie ist immer noch wütend, weiß aber eigentlich gar nicht, warum. Das Mädchen hat sie genervt. Nicht nur wegen ihrer Keime, die Lee sich als tanzende Flöhe vorstellt, auf dem Sofa, auf dem Armschutz und überall im Studio. Es war eher ihre Gleichgültigkeit während des Shootings. Weiß diese Amélie überhaupt, wer Man ist?

»Als ich selbst gemodelt hab, habe ich das immer gesehen«, sagt sie.

»Was gesehen?«

»Wenn das Model nicht wusste, was es da sollte. Das ging mir selbst auch …« Sie hält inne.

»Du?« Man muss fast lachen, während er an seinem Tee nippt. »Ich wette, du siehst auf jedem Bild absolut hinreißend aus.«

Lee wird rot und wendet den Blick ab. Seit sie hier ist, hat Man keine einzige Bemerkung über ihr Äußeres gemacht. Und genau das wollte sie ja auch – ein von alldem unbelastetes Arbeitsverhältnis –, aber in den letzten Wochen hat sie sich dann doch öfter gefragt, was er wohl über sie denkt. Erst neulich hatte sie eines ihrer schönsten Kleider zur Arbeit angezogen, um zu sehen, ob er ihr ein Kompliment machen würde. Hatte er nicht, was in Ordnung war, aber jetzt lösen seine Worte ein unerwartetes Kribbeln in ihr aus.

»Es fällt mir tatsächlich leicht«, sagt Lee, »aber nicht aus den offensichtlichen Gründen. Ich fand immer …« Plötzlich hat sie das Gefühl, zu viel von sich preiszugeben.

»Erzähl weiter.«

Sie geht zum Teekessel. Mit dem Rücken zu Man sagt sie: »Ich hatte da einen Trick – das hab ich, glaube ich, als Kind gelernt, als ich meinem Vater Modell stehen musste. Ich kann praktisch alles mit meinem Gesicht ausdrücken ...« An dieser Stelle dreht Lee sich um und sieht ihn aus zusammengekniffenen Augen an. »Aber währenddessen lasse ich meiner Fantasie freien Lauf. Bei meinem Vater habe ich manchmal so getan, als sei ich eine Königin, die Königin von England, und dass ich für meine Untertanen posieren muss. Oder später, bei der *Vogue*, konnte ich ein Kleid anziehen und so tun, als wäre ich auf einer Gala, oder was immer sie gerade wollten. Ein bisschen wie Schauspielern, vielleicht. Ich hatte einen Ausdruck dafür, als ich klein war.«

»Und wie war er?«

»Ich hab es immer meine wilden Gedanken genannt.« Sie hustet, um die Verlegenheit zu übertönen.

»Meine wilden Gedanken. Das ist wunderbar.«

»Na ja. Amélie hat die jedenfalls nicht. Wahrscheinlich hat sie die ganze Zeit an Senfwickel gedacht. So sah sie zumindest aus.«

Man stellt die Teetasse ab. »Würdest du für mich Modell sitzen?«

Er klingt, als würde er es unbedingt wollen. Das gefällt ihr. Sie würde am liebsten direkt Ja sagen. Das geht ihr meistens so, im Grunde will sie jedem Mann gefallen, der etwas von ihr will. Und sie weiß, dass Man wunderschöne Fotos von ihr machen würde, wahrscheinlich besser als alle anderen zuvor, außerdem findet sie es verlockend, ihm bei seiner Kunst zu helfen. Aber auch nur ein einziges Mal würde ihr Verhältnis sofort verändern. Damit würde sie ihm etwas von sich geben, auch wenn er das abstreitet, und wenn er sie sieht, wird er jedes Mal daran denken, wie sie durch seine Kamera ausgesehen hat.

»Tut mir leid, ich kann nicht – ich hab noch viel zu tun heute Nachmittag.« Ihre Worte hängen in der Luft.

»In Ordnung.« Sein Tonfall sagt ihr, dass er sie nicht drängen wird. Er gießt sich Tee nach, lässt zwei Zuckerstücke hineinfallen und sagt: »Ich habe Fotos von dir gesehen. Ich hab letzte Woche eine alte amerikanische *Vogue* gekauft.«

Sie stellt sich vor, wie er auf dem Weg ins Studio am Kiosk haltmacht. Wie er hinten im Laden staubige Zeitschriftenstapel durchblättert und auf ein Bild von ihr stößt. Wie er weiterblättert, sie bewertet – oder, wie sie ihn kennt, die Komposition kritisiert. Wie er den Hut etwas festdrückt, bevor er das Geschäft verlässt, und das Magazin mit ihrem Bild darin zusammengerollt in die Manteltasche steckt.

»Welche Ausgabe?«

»Oh, du hattest irgendwas mit schwarzem Satin und Pelz an, wenn ich mich nicht irre. Und dann war da noch eine Strecke mit Perlen – da hast du einen Halsreif getragen. Sehr schöne Komposition übrigens. Jedenfalls hast du ganz klar Talent. Solltest du deine Meinung ändern, würde ich dich liebend gern fotografieren.«

Er schlürft den letzten Rest Tee aus und stellt geräuschvoll die Tasse ab, dann schlägt er sich mit den Handflächen auf die Oberschenkel, sagt: »So, an die Arbeit«, und verschwindet im Büro. Lee bleibt noch eine Weile sitzen. Sie fasst sich an den Hals, da, wo die Perlen waren, und versucht, sich zu erinnern, woran sie gedacht hat, als die Fotos gemacht wurden.

KAPITEL SIEBEN

Lees neue Rolleiflex hat ein hübsches Gesicht, zwei perfekte runde Linsen als Augen und eine Lichthaube, die aussieht wie ein schickes kleines Hütchen. Lee trägt die Kamera an einem kurzen Band um den Hals und kann kaum glauben, wie wenig sie wiegt – mit Film nicht mal ein Kilo. Wenn sie den Sucher ans Auge hebt, könnte sie schwören, dass durch das Glas alles schärfer aussieht als allein mit dem Auge. Und sie stellt fest, dass ihr die Welt so eingerahmt im Sucher der Kamera besser gefällt.

Lee kann noch immer nicht fassen, dass sie ihr gehört. Gekauft vom Weihnachtsgeld, das Man ihr in einem Umschlag auf den Kaminsims im Arbeitszimmer gelegt hat, mit ihrem Namen in großen geschwungenen Buchstaben darauf. Als sie ihn öffnete, blieb ihr die Luft weg: ein regelrecht absurd großzügiges Geschenk, und merkwürdigerweise entsprach es ziemlich genau dem Preis der Kamera, auf die sie seit Monaten ein Auge geworfen hatte. Aber als sie sich bedankte – beglückt und ein wenig unbeholfen hielt sie den Scheck mit den Fingerspitzen fest, als hätte sie Angst, er könne ihn ihr wieder wegnehmen –, winkte er nur ab.

»Ein Geldsegen sollte sich für alle bezahlt machen«, sagte er in Anspielung auf einen neuen, unerwarteten Auftrag seiner Mäzene Arthur und Rose Wheeler.

»Das ist zu viel«, protestierte sie.

Mit der neuen Kamera in der Hand fragt Lee sich plötzlich, ob sie sich Man gegenüber jetzt irgendwie verpflichtet fühlen muss, ob es da eine unterschwellige Botschaft gibt, die sie noch nicht verstanden hat. Und nicht nur wegen des unerwarteten Geldgeschenks. Seit Man sie gefragt hat, ob sie für ihn Modell sitzen würde, herrscht ein Knistern zwischen ihnen, wo vorher nur stille Luft war. Und Lee ist nicht ganz sicher, vom wem es ausgeht. Vor ein paar Tagen erst tauchte Man hinter ihr auf, als sie am Schreibtisch saß. Er beugte sich über ihre Schulter, um den Vertrag zu lesen, den sie für ihn tippte, und seine Wange war so nah an ihrer, dass sie seine Haut spüren konnte, obwohl sie sich nicht berührten. Sie näherte sich ihm unmerklich noch ein Stück, einfach um zu sehen, wie er reagieren würde, und zu ihrem Erstaunen wich er kein bisschen zurück. Vermutlich hatte das aber nichts zu sagen. Im Grunde lehnt er sich ständig zu ihr herüber oder muss ihr irgendwas zeigen, und bisher hat sie sich nie etwas dabei gedacht.

Das Frustrierende ist, dass sie gar nicht will, dass sich zwischen ihnen etwas ändert. Das war ihr erster Gedanke, als sie den Briefumschlag mit dem Scheck öffnete. *Ich hoffe, das ändert nichts zwischen uns.* Andererseits war er so nonchalant, als sie sich bedankte, dass sie zu dem Schluss kam, ihre Bedenken seien nur Einbildung. Und als sie ein paar Tage später mit der Kamera im Studio erschien, warf Man lediglich einen kurzen Blick darauf und sagte, wie um ihre Sorgen zu zerstreuen: »Gutes Mädchen.« Dann lächelte er so breit, dass sich Falten in seinen Augenwinkeln bildeten. Er nahm ihr die Kamera ab und fuhr mit den Fingern darüber, mit einer Begehrlichkeit, wie auch Lee sie jedes Mal empfindet, wenn sie sie berührt. Er murmelte etwas über ihre Vorzüge, wie ein Fan, der Baseballstatistiken herunterleiert, und dann war das Knistern zwischen ihnen auch schon verpufft. Lee machte ihn auf ein paar Funktionen aufmerksam, die ihm noch nicht aufgefallen waren, und nach einer Weile gab er ihr die Kamera mit den Worten zurück: »Wann immer du in die Dunkelkammer willst ...«

Lee bedankte sich und sagte, sie würde darauf zurückkommen.

Wenn sie spazieren geht, ist die Rollei ihr Freund, ein besseres Augenpaar, das sie um den Hals trägt. An einem eisigen Sonntag wenige Wochen nach Weihnachten schnappt sich Lee die Kamera und schlendert den Boulevard Saint-Michel entlang, dann links in Richtung Jardin du Luxembourg, wo die breiten Kieswege die Rasenflächen in ordentliche Vierecke aufteilen. Eine dünne Schneeschicht bedeckt alles mit Weiß. Sie bleibt am See in der Mitte des Parks stehen und beobachtet die Wildenten, die dort schwimmen, wo das Wasser noch nicht gefroren ist. Der Tag ist so windstill, dass sich kaum Wellen auf der Wasseroberfläche bilden. Eine der Enten plantscht am Rand herum, und Lee läuft über den matschigen Boden hin und sieht zu, wie ihr Kopf immer wieder auf- und abtaucht. Sie knipst ein Foto von ihrem Schwänzchen, das wie ein kleiner Eisberg aus dem Wasser ragt. Sie marschiert quer durch den Park in Richtung Saint-Sulpice, deren Säulen Schattenstreifen auf die Fassade werfen. Sie macht ein Foto. Von dort geht es zum Café de Flore, wo sie an einem Tisch am Fenster sitzt und die Leute draußen in dicken Mänteln und Schals vorbeigehen sieht. Sie ist froh über den Kaffee, der ihr die Hände wärmt, froh, ihn bezahlen zu können, froh über ihre Arbeit und ihre Kamera und das Gefühl, während der Zeit bei Man etwas zu lernen. Eine Frau sitzt mit dem Rücken zu Lee allein an einem Tisch. Sie trägt eine weiße Bluse und das rotbraune Haar zu strengen Pin-Curls frisiert. Immer wieder massiert sie sich den Nacken. Ihre Fingernägel sind spitz gefeilt und das Gegenteil einer Französischen Maniküre: schwarze Spitzen mit weißem Nagelbett. Als sie sich wieder den Nacken reibt, macht Lee ein Foto.

Der Tag ist perfekt, kalt und klar. Als Lee an Les Halles vorbeikommt, hat sie bereits zwei Filme verschossen, und sie hat jedes einzelne Bild auf den beiden Rollen vor Augen: scharf und klar, ganz allein von ihr. Lee konnte noch nie eine Melodie behalten, aber auf dem Heimweg singt sie laut vor sich hin, und es ist ihr egal, ob jemand sie hört.

LONDON
1943

Es ist 1943, und die britische *Vogue* hat eine neue Chefredakteurin. Audrey Withers, Oxford-Absolventin, eher politisch als hübsch, mehr schlau als schick, hat sich ihren Weg aus der Finanzabteilung nach oben erkämpft. Unter ihrer Leitung wacht die *Vogue* auf, schnuppert das Kordit und tut nicht länger so, als gäbe es keinen Krieg. Statt Lee die Silhouette der Saison dokumentieren zu lassen – enge Taille, ausladender Rock, Herzausschnitt –, beauftragt Audrey sie mit Artikeln über Kurzhaarfrisuren für Fabrikarbeiterinnen, verschiedene Uniformschnitte, und wie man in Kriegszeiten gesund bleibt. Lee bindet ihren Modellen die Haare in Netzen zurück und lässt sie mit dem Rücken zur Kamera posieren, die Beine breit, die Füße fest in flachen Schuhen aufgesetzt. Sie fotografiert schöne Frauen, die in Luftschutzbunker steigen, setzt ihnen Feuerschutzmasken auf, damit niemand ihre hübschen Gesichter sieht.

Lee besucht die Women's Home Defence Corps, die Freiwilligenarmee, den Women's Royal Naval Service. Sie macht Fotos von Frauen, deren Gewehre länger als ihre Beine sind, lässig über die Schulter geworfen wie Handtaschen. Fotos von Frauen, die Fallschirme zusammenpacken, wie sie sich unter meterweise Nylonstoff ducken, Schnüre zusammenlegen und den Schirm zu einem Paket falten. Ein einziger Knoten könnte den Tod eines geliebten Menschen bedeuten. Verheddert, zermalmt. Unvorstellbar, wie sich die Luft mit Blut und Asche füllen würde.

Abends schleppt Lee Roland ins Whitby, wo sämtliche Pressefotografen nach der Arbeit hingehen. Dort lernen sie Dave Scherman kennen, der für das *Life*-Magazine fotografiert und sie beide mit seinem schiefen Lächeln und seinem schelmischen Humor betört. Kurz darauf zieht Dave zu ihnen nach Hampstead. Er ist pleite und schon halb in Lee verliebt, und eine Zeit lang ist sie mit ihnen beiden zusammen, Dave und Roland, und das alles – die zwei Männer, die neuen Aufträge – reicht beinahe aus, um sie glücklich zu machen.

Doch dann klopft Dave eines Abends an die Tür, als sie sich gerade schlafen legen will. Er zeigt ihr seine Akkreditierung und sagt, er werde nach Italien geschickt, um von dort über den Krieg zu berichten. Lee versucht zu lächeln, will ihm gratulieren, doch seine Worte bringen den dunklen Schatten zurück, den sie nie hat benennen können. Als ihr die Tränen in die Augen steigen, wird sie wütend.

»Ich wünschte, sie würden dich nicht dorthin schicken«, sagt sie.

»Ich kann nicht in London bleiben. Hier passiert nichts. Was soll ich hier? Den Soldaten zeigen, wie man mit Fingerfarben malt, so wie Roland? Da werde ich verrückt. Du nicht?« Und dann sagt er: »Du solltest dich auch akkreditieren lassen. Bitte Condé Nast um Unterstützung. Du bist ein Yankee. Du hast genauso ein Recht darauf wie wir.«

Lee lacht, ein gellendes Geräusch im stillen Zimmer. »Ich? Eine Soldatin? Nein, ich bleibe schön brav hier und stricke Socken oder organisiere Metallspenden für den Krieg.«

Und dann laufen tatsächlich die Tränen. Um sie unauffällig wegzuwischen, tut Lee, als müsste sie husten, aber Dave hat sie gesehen und will sie in die Arme nehmen. Er denkt, sie weine seinetwegen, und da es letztendlich keine Rolle spielt, belässt sie ihn in dem Glauben.

Ein paar Tage später grübelt Lee immer noch über Daves Worte. Warum eigentlich nicht? Sie erwähnt die Idee sogar Audrey gegenüber, sie will wissen, ob die *Vogue* ihre Fotos bringen würde. Audrey reagiert zurückhaltend, will es jedoch in Erwägung ziehen, falls Lee auch die Artikel zu den Fotos schreiben könnte.

Lee tätigt einen Anruf, füllt Formulare aus. Vier Wochen später hat sie die Papiere: Sie wird Kriegsberichterstatterin, genau wie Dave, als Begleiterin der dreiundachtzigsten Division. Kurz darauf probiert sie ihre Uniform an: olivgrüne Hose mit Knöpfen im Schritt, olivgrünes Hemd, eine Wolljacke, so dick wie eine Pferdedecke und ähnlich kleidsam. Kaum trägt sie die Uniform, ist sie begeistert, wie formlos sie plötzlich ist und wie wenig Haut man unter all den Schichten sieht.

Bevor sie London verlassen, bittet sie Dave, seine Kamera herauszuholen. Sie knöpft die Jacke bis oben hin zu und stellt sich ans Fenster, sodass die U. S.-Reversnadel das Licht einfängt. Weder lächelt sie noch versucht sie, verführerisch auszusehen. Zum ersten Mal im Leben braucht sie das nicht.

KAPITEL ACHT

Es ist schon ein paar Wochen her, dass Amélie im Studio war und alles vollgehustet hat, aber Lee ist sicher, dass sie sich bei ihr angesteckt hat. Ihr Hals kratzt, und sie verspürt einen zähen Druck hinter den Augen. Da sie trotzdem ausgegangen ist, und zwar mit Man, tupft sie sich heimlich die feuchten Augen und zwingt sich, nicht zu niesen.

Man hat sie spontan zu einem literarischen Salon eingeladen, als sei es das Natürlichste der Welt, dass sie ihre Abende gemeinsam verbringen. Und obwohl sie sich krank fühlt, konnte sie nicht ablehnen. Der Gedanke, von Man ausgeführt zu werden, ist verlockender, als sie es sich eingestehen will, sogar vor sich selbst, und die Wirklichkeit übertrifft es sogar noch: Man ist erfreulich aufmerksam, geleitet sie mit der Hand am Rücken in die Buchhandlung, nimmt ihr den Mantel ab und hängt ihn zusammen mit seinem an die überfüllte Garderobe.

Der Raum ist proppenvoll und völlig verqualmt. Die Bücherregale wurden zur Seite gerückt, um Platz für Klappstühle zu machen, obwohl niemand sitzt, stattdessen stehen die Leute in Zweier- oder Dreiergrüppchen zusammen. Alle sind stilvoll gekleidet, doch kaum einer der Männer kann Man in seinem zweireihigen Jackett und dem neuen Filzhut das Wasser reichen. Lee mochte schon immer Männer, die sich gut anziehen. Tatsächlich sind Man und sie in ihren Augen das eleganteste Paar im Raum –

trotz Erkältung hat auch Lee sich rausgeputzt. Sie trägt ihr neues Pannesamtkleid, pfauenblau, an der Hüfte eng anliegend, die Beine von ausladenden Falten umspielt. Sie hatte erst Angst, etwas overdressed zu sein, aber jetzt, da sie hier ist, findet sie es gar nicht schlecht, ein bisschen aufzufallen. Wenn ihr etwas hilft, sich besser zu fühlen, dann eine ansprechende Garderobe.

Während Man den Blick durch den Raum schweifen lässt, trocknet Lee sich kurz mit dem Taschentuch die Augen. Sie kennt niemanden – im Gegensatz zu Man –, und sie fragt sich, was die Leute wohl davon halten, dass sie mit ihm hier ist. Ob sie sich überhaupt Gedanken über sie machen. Lee ist nicht sicher, ob es an der Erkältung liegt oder an dem Hustensaft vom Apotheker, der aus einer ganzen Liste unverständlicher französischer Zutaten besteht, jedenfalls fühlt sie sich verletzlicher als sonst, als lägen ihre Gefühle direkt unter der Haut. Sie rückt ein Stück an Man heran und fragt sich, was wäre, wenn sie sich bei ihm unterhakt. Würde es ihm gefallen? Immerhin führt er sie aus. Aber da er sie nicht ansieht, schaut auch sie sich unter den Leuten um.

»Ist das André?«, fragt Lee und deutet mit dem Kopf auf einen Mann am anderen Ende des Buchladens, der sein dichtes braunes Haar in einer eleganten Welle aus der Stirn gekämmt trägt. Er unterhält sich mit einem kleineren Mann und einer auffallend großen, schönen Frau, die ihre blonden Locken im Nacken zusammengesteckt hat. Auf dem Weg zur Lesung hat Man Lee einen Überblick über die Gäste gegeben, ein Haufen Männernamen, an die sie sich jetzt zu erinnern versucht. André ist André Breton, Lee starrt ihn an und denkt an die Stichworte, mit denen Man ihn beschrieben hat: politisch, sammelt Masken, egozentrisch.

»Ja, das ist André«, sagt Man. »Und das neben ihm ist Tristan. Mit ihm mache ich die Zeitschrift. Das Mädchen heißt Tatjana Ja… Jakowenka? Illokowenka?« Man zuckt mit den Schultern. »Diese russischen Namen kann ich mir nie merken. Sie nennt sich

Tata. Sie ist oft unterwegs, meistens mit Majakowski. Kennst du André noch nicht? Komm, ich stelle ihn dir vor.«

Lee folgt Man und überlegt, was sie Geistreiches sagen kann. Tristan lässt sie in den Kreis und schüttelt Man die Hand. »Wir dachten schon, du kommst nicht«, sagt er.

»Bist du verrückt?«, sagt Man und dreht sich leicht zu Lee. »André, Tristan – meine neue Assistentin, Lee Miller.«

Tristan und André nicken höflich, Tristan greift nach Lees Hand, deutet einen Kuss auf ihren Handschuh an und küsst sie dann auf beide Wangen. Tata starrt sie nur an und verzieht die knallroten Lippen zu einem hübschen Schmollmund.

»Freut mich sehr«, sagt Lee und lächelt, aber in Wirklichkeit ist sie enttäuscht. Mans *neue* Assistentin. Die letzte in einer zweifellos langen Reihe, und natürlich alles Frauen. Lee denkt, dass sie vielleicht mit den Männern flirten sollte, um Mans Aufmerksamkeit zu erregen, aber bevor sie die Idee in die Tat umsetzen kann, spürt sie einen leichten Hustenreiz. Sie kämpft dagegen an, schluckt und schluckt, aber irgendwann lässt er sich nicht mehr unterdrücken: Sie dreht sich weg, beugt sich vornüber und hustet heftig in ihr Taschentuch. Man guckt besorgt, fragt, ob er ihr ein Glas Wasser holen soll, doch sie winkt ab, sprechen kann sie nicht. Schließlich presst sie mit erstickter Stimme ein Wort hervor – »Toilette« –, und Tata weist ihr mit elegantem Finger den Weg.

Lee schließt hinter sich ab und hustet sich aus, froh darüber, allein zu sein. Als sie sich halbwegs wieder hergerichtet hat – der Eyeliner war zu dunklen Kreisen verschmiert, die Haut rot und fleckig –, öffnet sie die Tür und sieht eine Schlange von Menschen, die offensichtlich genervt in dem engen Flur warten. Lee schiebt sich seitwärts an ihnen vorbei und würde sich am liebsten bei jedem Einzelnen entschuldigen. Vor der Tür zum Hauptraum lehnt ein Mann an der Wand und versperrt ihr den Weg. Er trägt ein weißes Jackett, bis zum Hals zugeknöpft wie ein Koch, und an seiner Brust hängt ein Schild, auf dem in krakeligen Buchstaben steht: *Frag mich nach meinen Gründen.*

»Verzeihung«, sagt Lee.

Der Mann rührt sich nicht.

»Verzeihen Sie bitte«, wiederholt Lee, und als er immer noch nicht reagiert, hebt sie die Schultern und sagt: »Also gut. Was sind Ihre Gründe?«

Er hat eine große Hakennase und dunkle Ringe unter den Augen, seine Haare sind kurz rasiert, nur hier und da steht ein Büschel ab wie bei einem gerupften Huhn. Er sieht ihr tief in die Augen. »Ein Kindheitstraum. Eine Maske. Eine Lüge«, sagt er mit dunkler, heiserer Stimme. Irritiert weicht Lee einen Schritt zurück.

»Ja, gut«, erwidert sie.

»Kunst. Der Tanz des Unsichtbaren.« Sein Mund bewegt sich beim Sprechen in einem merkwürdigen waagerechten Oval, die Lippen sind so blass, dass sie in seinem weißen Gesicht fast verschwinden.

Lee fragt sich, ob er geistesgestört ist. Um sich abwenden zu können, täuscht sie ein Husten an und drängt dann an ihm vorbei in Richtung Hauptraum, wo Man sie gleich entdeckt und zu ihr kommt. »Alles in Ordnung mit dir?«, fragt er. »Du warst lange weg. Die Lesung fängt gleich an.«

»Alles okay.« Lee ist froh, sein vertrautes Gesicht zu sehen. »Allerdings bin ich im Flur einem merkwürdigen Typen begegnet – er hatte einen Anzug an, auf dem stand ›Frag mich nach meinen Gründen‹, und ich hab den Fehler begangen, ihn zu fragen. Ich glaube, der Kerl ist verrückt.«

Man stellt sich auf die Zehenspitzen und sieht in die Richtung, aus der sie gekommen ist. Er lacht. »Du meinst doch nicht etwa Claude?«

Lee folgt seinem Blick und sieht den Mann, deutlich erkennbar, eine Runde durch den Raum drehen und auf die kleine Bühne zusteuern. »Genau, das ist er. Ist wahrscheinlich keine Kunst, den einzigen Menschen auszumachen, der etwas auf seinem Anzug stehen hat.«

Man lacht. »Claude ist eine Frau.«

»Nein.«

»Doch.« Er wirkt regelrecht vergnügt. »Ich wusste es anfangs auch nicht. Genau das bezweckt sie ja auch. Sie spielt die ganze Zeit eine Rolle. André will sie in die Gruppe holen, aber sie will nicht offiziell dazugehören. Sie hat wirklich Talent. Sie schreibt, fotografiert. Ihre Selbstporträts sind tatsächlich ziemlich gut.«

Bevor Lee etwas erwidern kann, betritt André die provisorische Bühne, und die Menge verteilt sich, nimmt Platz und wird ruhiger. Mehrere Dichter treten nacheinander auf. Lee versucht, ihnen zuzuhören, doch selbst in gesundem Zustand fällt es ihr schwer, sich auf Gedichte zu konzentrieren: Ein paar Zeilen lang kann sie sich darauf einlassen, aber dann driftet sie ab, und es können Minuten vergehen, bevor ihr bewusst wird, dass sie daran gedacht hat, was sie zum Frühstück gegessen hat, oder an ein Gespräch mit einem Taxifahrer, oder ein Paar Schuhe, das sie vor ein paar Tagen im Schaufenster gesehen hat. Sie schielt zu Man. Er sitzt nach vorn gebeugt, mit den Ellenbogen auf den Knien, und seine Jacketttaschen hängen schwer herunter, weil er immer irgendwelchen Kram hineinstopft. Sein Kinn ruht auf den gefalteten Händen, und da ist etwas in dieser aufmerksamen Haltung, das Lee bewundert und sie dazu bringt, sich ebenfalls wieder der Lesung zu widmen. Die trübe See, Odysseus, die Gesänge der Sirenen, die wie Glocken über das Wasser klingen. Eigentlich ein ganz schönes Gedicht. Odysseus legt sich die Haare der Sirenen um den Hals, die Haare sind Musik, aber dann schnürt es ihm die Luft ab, das Meer zieht ihn nach unten, und das Gedicht ist vorbei.

Als Nächstes betritt Claude die Bühne. Sie – noch immer kann Lee nicht glauben, dass es sich bei dieser Person um eine Frau handelt – springt hoch und steht dann erst mal still da und starrt in die Menge. Als sie ansetzt, erfüllt ihre tiefe, raue Stimme den Raum.

»Was – kann – ich?«, schreit sie und zieht damit die gesamte Aufmerksamkeit auf sich. Das Publikum ist still.

»In einem schmalen Spiegel das Teil als das Ganze zeigen?
Nimbus und Spritzereien verwechseln?
Mich weigern und gegen Wände und Fenster werfen?«

Ihre Augen werden zu Schlitzen, ihr Mund ein schwarzes Loch im weißen Gesicht.

»Während ich darauf warte, klar zu sehen, will ich mich jagen und um mich schlagen.
Ich will stechen, stacheln, töten, nur mit der äußersten Spitze.
Die Überreste des Körpers, das Danach, welch eine Zeitverschwendung!
Nur reisen im Bug meiner selbst.«

Claude macht eine Pause, zündet sich eine Zigarette an. Niemand rührt sich, Lee spürt, wie sie den Atem anhält, die Erkältung ist vergessen, das Tränen ihrer Augen lässt sie nur noch klarer sehen, so kommt es ihr vor. Claude bläst einen Rauchring in die Luft und saugt ihn dann wieder ein, sie dreht sich um und zieht ihr Jackett aus, unter dem sie ein Foto von ihrem Gesicht auf dem Hemdrücken befestigt hat, das eine Auge ist stark mit Lidschatten geschminkt, der Mund auf derselben Seite zum Amorbogen mit Lippenstift nachgezogen, auf der anderen Seite ist sie ungeschminkt und weiß. Sowohl Mann als auch Frau, weder Mann noch Frau. Claude steht still, sodass es alle sehen können, dann greift sie nach hinten, reißt das Foto ab und sorgfältig entzwei und lässt es zu Boden fallen, bevor sie unter Applaus die Bühne verlässt.

Auf dem Heimweg kann Lee zum ersten Mal seit Tagen wieder richtig durch die Nase atmen und Sachen riechen, ein Feuer, geröstete Kastanien, denkt sie, aber dann fällt ihr ein, dass die Kastanien in New York sind und dass diese Stadt andere Wintergerüche haben muss, die sie noch gar nicht kennt. Ihr Ärger darüber, wie Man sie seinen Freunden vorgestellt hat, ist verblasst, sie fühlt sich entspannt und glücklich.

Man läuft neben ihr her, seine Schritte passt er ihren an.

»Das war wirklich wunderbar«, sagt Lee, und dann leiser: »Danke für die Einladung.«

»War mir ein Vergnügen. Tristans neue Texte haben mir sehr gut gefallen. Das Frosch-Gedicht.«

Lee erinnert sich nicht daran. »Ich fand Claude am besten. ›Reisen im Bug meiner selbst.‹ Ist das nicht fantastisch?«

»Ja. Genau darauf wollte André in seinem Manifest hinaus«, erklärt Man und setzt zu einem langen Monolog über den Surrealismus an, den Lee schon mal gehört hat. *Der Bug meiner selbst*, denkt sie. Lee weiß nicht – und es ist ihr auch egal –, ob sie genau verstanden hat, worauf Claude hinauswollte, sie will einfach so sein wie das Gefühl, das die Worte in ihr ausgelöst haben: allein, aber nicht einsam, auf niemanden angewiesen, bewusst leben, mit einem Ziel.

»Ich glaube, was mir an Claude gefallen hat«, sagt sie, als Man fertig ist, »ist, dass es ihr egal zu sein scheint, ob die Leute sie mögen.«

»Ich glaube, es geht nicht darum, sie zu *mögen*.«

»Ich meine nur …« Lees Unfähigkeit, sich auszudrücken, frustriert sie. »Ich denke nur, dass sie … Ich weiß nicht. Sie ist so *hässlich*.«

Man lacht, und Lee redet weiter. »So meine ich es nicht. Hör auf zu lachen.«

»Warum sollte ich?«, sagt Man, klingt dabei aber freundlich. Als sie die Straße überqueren, fällt ihr auf, dass sie jetzt im Gleichschritt laufen. Ein paar Straßen gehen sie schweigend nebeneinanderher, es ist nicht mehr weit bis nach Hause, die Straßen und Geschäfte, die so spät am Abend verschlossen und dunkel sind, sehen schon vertraut aus.

»O je«, ruft Lee, sie niest mehrmals, zieht ihr klammes Taschentuch aus der Handtasche und tupft sich das Gesicht ab.

»Du Ärmste«, sagt Man, holt sein eigenes Taschentuch hervor und reicht es ihr. »Ich war zu lange mit dir aus. Jetzt aber schnell nach Hause. Du wohnst hier in der Nähe, oder?«

»Zwei Straßen weiter.«

Lee umklammert Mans Taschentuch. Als sie die Tür zu ihrem Hotel erreichen, sagt Man: »Brauchst du noch was?«

»Danke, geht schon.«

Er nickt, scheint jedoch nicht überzeugt. »Meine Mutter empfiehlt immer, einen Hot Toddy zu trinken und ein Handtuch um den Hals zu wickeln. Das mit dem Handtuch spare ich mir, aber der Toddy hilft. Hier macht man ihn mit Lillet.«

»Klingt gut.«

»Ich könnte dir einen holen.« Man sieht die leere Straße hinunter, ein paar Häuser weiter ist ein Bistro, das aber geschlossen ist.

Lee ringt sich ein Lächeln ab. »Es geht schon. Ich muss einfach ins Bett.«

»Natürlich.« Zusammen stehen sie auf derselben Stufe, kurz herrscht betretene Stille, bis Lee erneut anfängt zu husten. Sie dreht sich weg und nestelt mit ihrem Schlüssel am Schloss herum. Als die Tür aufgeht, winkt sie ihm, weil sie nicht weiß, was sie sagen soll.

»Bleib morgen im Bett, wenn du dich noch krank fühlst«, sagt er. »Wegen der Arbeit musst du dir keine Sorgen machen.«

Lee schließt die Tür hinter sich und lehnt sich dagegen, unerklärlicherweise füllen sich ihre Augen mit heißen Tränen. Schniefend stolpert sie durch den dunklen Flur hoch zu ihrem Zimmer, wo sie schnell ihre Kleider abwirft und unter die Bettdecke kriecht.

Das Kissen ist kühl an ihrer warmen Wange und kurz darauf nass, da ihr die Tränen weiter aus den Augen rinnen.

Als sie aufwacht, hört sie von unten Stimmen, sie hat keine Ahnung, wie spät es ist. Im Flur streitet die Hotelinhaberin Madame Masson mit jemandem. Lee dreht sich um und versucht, wieder einzuschlafen, aber kurz darauf klopft es energisch an der Tür. Sie wirft sich eine Decke um die Schultern und macht auf, im Flur steht Madame.

»Ah, Sie sind noch wach«, sagt Madame. »Ein Mann hat das hier für Sie abgegeben.« Sie hält ihr eine Teetasse entgegen.

Lee, noch halb verschlafen, nimmt sie ihr verwirrt ab. »Ist er noch da?«

»Ich habe ihn weggeschickt. Es ist eindeutig zu spät für Gäste.« Sie rümpft missbilligend die Nase.

Lee geht mit der Tasse zum Fenster und sieht hinunter auf die dunkle, leere Straße.

Zurück im Bett, hält sie die Tasse mit beiden Händen. Lillet und Whiskey, süß und gleichzeitig bitter. Während sie daran nippt, stellt sie erschrocken fest, dass ihr zum zweiten Mal in dieser Nacht die Tränen in die Augen steigen. Lee stellt sich vor, wie Man die Tasse die Straße entlang trägt, wie das Getränk auf die Untertasse schwappt. Was für eine zärtliche Geste. Obwohl der Toddy inzwischen kalt ist, erfüllt der Alkohol sie von oben bis unten mit Wärme.

Am Morgen geht es Lee nicht besser. Ihr Bettzeug ist nassgeschwitzt, obwohl es im Zimmer eiskalt ist. Als die schwache Januarsonne hoch genug steht, um es durch die Vorhänge zu schaffen, bindet Lee ihren zerknitterten Morgenmantel um die Taille zusammen und humpelt hinunter in die Küche, begleitet von tiefem Selbstmitleid. Sie setzt heißes Wasser auf und spült Mans Teetasse aus, damit sie sie noch mal benutzen kann.

Es ist kalt in der Küche, und in der Spüle steht dreckiges Geschirr. Lee hält es dort nicht aus, also geht sie zurück auf ihr Zimmer, und gerade als sie die Treppe hochsteigen will, ruft Madame Masson aus ihrem Büro, sie habe Post.

Post! Ein Brief von ihrer liebsten Freundin Tanja und dann noch einer, kleiner und dünner, auf dem sie überrascht die Handschrift ihres Vaters erkennt. Seit dem Telegramm wegen der Kotex-Werbung hat sie nichts mehr von ihm gehört. Und jetzt sieht sie seine Handschrift auf dem cremefarbenen Umschlag, die Buchstaben so lang und kantig wie er selbst. Lee nimmt die Briefe mit hoch und klettert zurück ins Bett.

Sie ist neugierig, was ihr Vater zu sagen hat, fängt jedoch mit Tanjas Brief an, der mehrere Seiten lang ist, krakelig, als hätte Tanja ihn schnell im Zug runtergeschrieben. Tanja reist durch Europa, etwa schon so lange, wie Lee in Paris ist, begleitet von einer Anstandsdame namens Mrs. Basingthwaite. Ihre Briefe lesen sich wie Auszüge aus einem Anita-Loos-Roman, voller Gedankensprünge und Tratsch.

Letzte Woche bin ich mit einem Mann, den ich in Sevilla kennengelernt habe, im Auto durch Südspanien gefahren. Es war absolut grauenhaft. Wir sind zuerst nach Ronda (Wie war das noch, warst du da mal? Wirklich schön – diese Brücke!), aber der Kerl ist gefahren, als rasten wir irgendwo übers Land und nicht mit einem Reifen überm Abgrund an einem Steilhang entlang! Und er hatte so ein Opernglas dabei, das lag die ganze Zeit auf seinem Schoß, das kam mir gleich komisch vor, ich meine, was wollte er damit? Vögel beobachten auf der Autobahn? Bis er irgendwann eine der Linsen abschraubte und erst mal einen ordentlichen Schluck nahm! In dem Moment kam mir der Gedanke, dass Mrs. Basingthwaite vielleicht am Ende doch nicht so verkehrt liegt und ich mich etwas ausgiebiger mit meinen Begleitern unterhalten sollte, bevor ich mit ihnen quer durchs Land fahre.

Lee lacht, dann fängt sie an zu husten und muss den Brief kurz weglegen, um nach einem Taschentuch zu suchen. Sie hat fast das Gefühl, als würde Tanja hier bei ihr im Bett sitzen, mit einem breiten Lächeln im Gesicht, die dunkelbraunen Haarsträhnen nachlässig hinter die Ohren geschoben.

In ihren eigenen Briefen ist Lee in letzter Zeit zurückhaltender. Der letzte, den sie Tanja geschickt hat, vor gerade mal einer Woche, fing damit an, wie es in ihrem Leben neuerdings aussah, aber dann schrieb sie plötzlich von der vermeintlichen Adeligen, die bei ihr im Hotel wohnt, und dann direkt weiter von dem Fotoshooting, das Man mit einem richtigen Adligen hatte, woraufhin sie ihr schließlich von Mans Aufnahmen von Duchamp erzählte und wie Man überhaupt normalerweise arbeitete, und ehe sie's sich versah, hatte sie vier Seiten geschrieben und dabei seinen Namen siebzehnmal erwähnt. Also zerriss sie den Brief und fing von vorn an, diesmal etwas verhaltener, indem sie ihr eine neue Technik bei der Arbeit im Studio erklärte und Man nur ein einziges Mal erwähnte, nämlich, dass er ein exzellenter Lehrer sei. Tanja kommt am Ende ihres Briefes darauf zu sprechen.

Ich freue mich für dich. Ich freue mich, dass du dich wohlfühlst. Als du aus New York weg bist, hielt ich das für keine gute Idee. Du hattest so ein wunderbares Leben dort, und ich hatte so ein Bild, dass du nach Paris ziehst und einsam und verarmt in der Gosse landest und opiumsüchtig wirst. Das klingt wahrscheinlich ein bisschen extrem, aber ich hab mir Sorgen um dich gemacht. Nach allem, was du schreibst, klingt es ja aber nach der richtigen Entscheidung. Du tust, was du schon immer tun wolltest, und ich bin froh, dass du einen Ort gefunden hast, wo du von jemand offenbar so Talentiertem wie Man Ray lernen kannst.

Lee trinkt ihren Tee aus und öffnet anschließend den Brief ihres Vaters. Ein einzelnes Blatt, auf beiden Seiten beschrieben, es beginnt mit den üblichen Floskeln. Das alljährliche Weihnachtsbaumanzünden in Poughkeepsie war besonders gut besucht, und ihr Bruder Erik ist bei Carrier zum Fachberater befördert worden, wo er nun eine ganze Abteilung leitet. Lee dreht den Brief um und liest weiter.

Deine Brüder und ich waren letzten Monat auf dem Friedhof, und beide sagten, es sei doch schwer, deine Mutter zu besuchen, ohne dass du dabei bist. Ich habe noch ein paar Worte zu Ellen gesprochen und sie wissen lassen, dass du an sie denkst, auch wenn du weit weg bist. Wir denken oft an dich und hoffen, dass es dir gut geht. Ich erzähle allen, dass wir deine Bilder bald wie angekündigt in allen Zeitschriften zu sehen bekommen. Wenn etwas von dir veröffentlicht wird, schreib mir bitte sofort, damit ich es nicht verpasse. Apropos Veröffentlichung, ein kleines Fachblatt der Architekturgesellschaft von Poughkeepsie hat gerade ein paar Fotos von mir gedruckt – Bilder, die ich kürzlich von dem herrlichen neuen Art-déco-Gebäude an der Cannon Street gemacht habe. Ich hoffe, das führt zu weiteren Aufträgen, und lege dir ein paar Kopien bei.

Lee putzt sich die Nase. Dass sie nicht mit beim Grab ihrer Mutter war, bereitet ihr vage Schuldgefühle, aber hauptsächlich, weil ihr Vater deswegen sicher traurig war. Lee stand ihrer Mutter nie sehr nahe, und als sie zu modeln anfing, war Ellen tatsächlich eifersüchtig auf die Schönheit und den Erfolg ihrer Tochter.

Es sind allerdings nicht die Zeilen über Ellen, die Lee zu schaffen machen, sondern der Teil, in dem ihr Vater schreibt, dass seine Fotos veröffentlicht wurden. Sie liest sie noch einmal, sieht sich die Bilder aber nicht an und lässt sie im Umschlag stecken. Ihr Vater ist ihr zuvorgekommen. Sieht ihm ähnlich, ihr erst zu schreiben, wenn er etwas über sich zu erzählen hat. Er stellt keine einzige Frage, geht einfach davon aus, dass sie noch nichts veröffentlicht hat, er dreht das Messer in der Wunde herum, indem er sie daran erinnert, dass zu Hause alle auf ihren Erfolg warten. Sie ist eine Enttäuschung für ihn, denkt sie, und der Neid und Ärger über seine Worte verwandeln sich in Frust.

Lee erinnert sich an die letzten Monate und daran, dass sie es immer wieder hinausgezögert hat, Mans Dunkelkammer zu benutzen. Worauf wartet sie? Sie hat sich an ihre Rolle als seine Assistentin gewöhnt, und ihre eigene Arbeit steckt derweilen in nicht entwickelten Filmrollen. Das ist doch absurd. *Ich werde im Bug meiner selbst reisen*, denkt Lee, steht auf und geht in den Flur, wo sie die Nummer von Mans Studio wählt und ungeduldig darauf wartet, verbunden zu werden. Endlich geht er ran.

»Ich wollte mich für den Drink gestern Abend bedanken«, sagt Lee mit heiserer, kratziger Stimme.

»Keine Ursache. Wie fühlst du dich?«

»Nicht gut, aber bestimmt bald besser«, sagt sie, und dann, nachdem sie sich geräuspert hat: »Ich habe eine Frage. Wenn ich wiederkomme und demnächst mal irgendwann nicht so viel zu tun ist, hätte ich ein paar Filme, die ich, wenn möglich, gerne entwickeln würde.« Sie ärgert sich, dass sie so unterwürfig klingt.

»Ich meine, dir schon gesagt zu haben, dass du die Dunkelkammer jederzeit benutzen kannst.«

Ist sein Tonfall interessiert oder herablassend? Lee ist nicht sicher, also wagt sie einen weiteren Vorstoß. »Ja, vermutlich. Es sind nur ein paar Rollen. Ich schätze, ich weiß, was zu tun ist – du musst mir nicht helfen.«

»Hast du das schon mal gemacht?«

»Mein Vater hat es mir ein paarmal gezeigt …«

»Aber du hast es noch nie alleine gemacht?«

»Nein, alleine nicht.«

»Aha.« Selbst durch den Hörer klingt seine Stimme selbstgefällig. »Sind die Bilder wichtig?«

Lee denkt an ihren Spaziergang durch die Stadt neulich, an die Fotos, die sie gemacht hat. »Mir schon.«

»Vielleicht sollte ich sie für dich entwickeln, und du kannst sie dann abziehen.«

»Wie soll ich es lernen, wenn du es machst?«

Stille am anderen Ende, dann: »Du hast recht. Ich helfe dir beim ersten Mal. Lehre einen Mann das Fischen und so weiter.«

»Danke.« Lee muss schlucken und davon husten. Sie nimmt den Hörer vom Mund weg. Als sie ihn wieder ans Ohr hält, hört sie Man fragen, ob sie etwas braucht.

»Nein, nein, alles in Ordnung.«

Sie legen noch nicht auf, die Stille ist so dicht, dass man beinahe die Hand danach ausstrecken könnte. »Danke noch mal für den Toddy«, sagt sie schließlich.

»Keine Ursache.«

Sie denkt daran, wie weit er dafür gelaufen sein muss und was er wohl dem Kellner erzählt hat, dass er die Tasse mitnehmen durfte. »Also, hat jedenfalls köstlich geschmeckt.«

»Schon dich, Lee«, sagt Man, und als sie auflegt, wird ihr klar, dass er sie zum ersten Mal mit ihrem Vornamen angeredet hat.

KAPITEL NEUN

Am nächsten Tag erwacht Lee mit klarem Kopf, und es kommt ihr vor wie ein Geschenk, dass sie wieder Kraft für alltägliche Aufgaben hat. Warum weiß sie das nicht zu schätzen, wenn sie gesund ist? Vor sich hin summend, macht sie sich fürs Studio fertig und läuft gut gelaunt mit den Filmrollen in der Tasche die Stufen vor dem Hotel hinunter. Unterwegs bewundert sie ihre neuen Wildlederslipper auf dem Kopfsteinpflaster.

Was für ein schöner Tag, Paris steht ihr offen, die Winterluft ist frisch und belebend. An der Ecke Avenue du Maine und Rue des Plantes bleibt sie bei einem Straßenverkäufer stehen und kauft sich einen Croque Monsieur, streift die Handschuhe ab und wickelt ihn aus dem Wachspapier. Während sie isst, fühlt sie sich, als hätte das Leben einen Sinn und als könnte sie die ganze Welt umarmen. Mans Fotopapier ist beinahe aufgebraucht, neues zu besorgen, bedeutet einen Kilometer Umweg, aber sie wird ihm eine Freude damit bereiten, also macht sie sich auf den Weg ins fünfzehnte Arrondissement und ist froh, daran gedacht zu haben. Sie nimmt die Abkürzung durch die Passage de Dantzig und macht kurz halt bei La Ruche, diesem ungewöhnlichen Rundbau, dessen übergroße Vordächer wie träge Augenlider über den Fenstern hängen. Wie immer kauern ein paar Leute vor dem Tor. Wahrscheinlich Bettler oder Trinker, vielleicht aber auch Künstler, die zu spät nach Hause gekommen sind und nicht mehr in ihre Ateliers gelassen wurden. Lee legt den Rest ihres Sandwiches neben einen Mann, der unter einer groben braunen Decke schläft. Das könnte ich sein, denkt sie. Hätte Man sie nicht eingestellt, würde sie jetzt vielleicht mietfrei im Elend von La Ruche leben, bei all den anderen hungernden Künstlern. Sie tastet in ihrer Handtasche nach den Filmdosen und schätzt sich überaus glücklich.

Es ist bereits später Nachmittag, als Man endlich Zeit für sie hat. Sie wartet im Flur auf ihn und ist so aufgeregt wie am ersten Schultag. Die Dunkelkammer war ursprünglich ein Abstellraum. Man hat eine Holzplatte in Höhe einer Arbeitsfläche angebracht, darüber ein kleines Regal mit sorgfältig gestapelten Wannen und Flaschen darauf. Lee betritt die Kammer, Man folgt ihr. Es ist fast schon zu eng für einen allein, zu zweit kann man Platzangst bekommen. Eine kleine Petroleumlampe wirft schwaches Licht. Man schließt die Tür, zieht einen dicken schwarzen Vorhang zu und zupft so lange daran herum, bis keine Falte mehr zu sehen ist. Selbst an die Wand gelehnt stößt Lee dauernd gegen ihn. Sie fährt sich mit der Zunge über die Zähne, eine nervöse Angewohnheit, und versucht, ihm möglichst nicht im Weg zu stehen.

Man ist im Professor-Modus. »Das Licht ist unser Werkzeug«, sagt er. »Der Film ist nur die Oberfläche, um das Licht einzufangen und zu fixieren, aber bevor er nicht entwickelt ist, wird jedes zusätzliche Licht zum Feind.« Während er spricht, stellt er die Utensilien in einer Reihe auf den Tisch, jeder Platz ist mit schwarzem Klebeband markiert.

»Stell immer alles in derselben Reihenfolge hin. Sonst tastest du da rum, und dir fällt noch irgendwas runter. Und immer in der Reihenfolge, wie du die Sachen brauchst: Film, Flaschenöffner, Schere, Metronom, Entwickler, Stoppbad, Fixierer, Wasserbad.« Er berührt sie an der Schulter und schiebt sich hinter sie in einem unbeholfenen kurzen Tanz. »Bevor du die Lampe auspustest, leg die Hände auf die Sachen und schließ die Augen, damit du weißt, was wo liegt.«

Mit geschlossenen Augen fasst Lee alles an. Bis auf das Knistern des Dochtes ist es ganz still.

»Bereit?«, fragt Man, und als sie bejaht, greift er um sie herum und pustet die Lampe aus. Die Flamme wird zu einem roten Punkt und erlischt. Es riecht nach Rauch. Natürlich wusste sie, dass es stockdunkel sein würde, aber irgendwie ist es dunkler, als sie gedacht hätte, die Finsternis ist dicht und lebendig und wärmer als das Licht. Sie spürt Man hinter sich, ohne ihn sehen zu können. Seine Hand schwebt über ihrer, seine Haut strahlt Wärme aus.

»Ich will, dass du ein Gefühl dafür bekommst. Genau damit haben nämlich die meisten Fotografen Probleme. Du kannst die besten Fotos der Welt machen, wenn du sie nicht richtig entwickelst, kannst du dir den ganzen Quatsch sparen.«

Sie hat die Hand an der Patrone, seine schwebt darüber, ganz nebenbei verschiebt sie den Griff, sodass ihr Handrücken seine Handfläche streift. Im nächsten Augenblick legt sich seine Hand auf ihre, sie ist warm, die Haut trocken und etwas rau, und schon ist diese Hand alles, woran sie denken kann. Wie nah sie ist. Es ist ganz einfach: Erst denkt sie nicht an ihn, und dann doch. Sie muss kurz den Kopf schütteln, um sich wieder auf seine Worte zu konzentrieren.

»Nimm den Flaschenöffner und mach die Patrone auf«, sagt er.

Lee befolgt seine Anweisungen. Sie braucht ein paar Versuche, bis der Öffner richtig am Deckel sitzt, aber dann hat sie es geschafft und er löst sich mit einem metallischen Quietschen.

»Gut«, sagt er. »Jetzt nimm den Film raus und versuch, keine Fingerabdrücke zu hinterlassen. Spürst du das schmale Ende? Das ist der Anfang. Das Stück musst du abschneiden und dann den Film an beiden Enden halten, damit du ihn in die Becken tauchen kannst.«

Lee tastet in der Dunkelheit nach der Schere. Man rückt ein

Stück von ihr ab, damit sie sich bewegen kann. »Ich glaube, ich hab's«, sagt sie. Sie kann seinen Atem hören, kann sein holziges Aftershave riechen, nachdem der Rauch sich aufgelöst hat und Man sie notgedrungen quasi umarmt, um zu überprüfen, ob sie es richtig macht. Das Ganze ist so intim – damit hatte sie nicht gerechnet. Sie könnte sich jetzt einfach umdrehen, und ein bisschen ist sie neugierig, was dann passieren würde, wie es sich anfühlen würde, ihn tatsächlich zu berühren. Offenbar bringt die Dunkelheit sie auf dumme Gedanken. Sie ist hier, um ihre Bilder zu entwickeln, und zwar so, dass sie gut werden.

»Wunderbar«, sagt er. »Und jetzt stell das Metronom an und zieh den Film durch den Entwickler, hin und her, sodass der ganze Streifen gleichmäßig lange in der Lösung liegt. Ein paar Minuten sollten ausreichen – ich zähle normalerweise bis zweihundert und packe ihn dann ins Stoppbad.«

Wieder folgt sie seinen Anweisungen, tastet in der Dunkelheit nach dem Metronom und stellt es an, findet dann beide Enden des Films und zieht ihn möglichst gleichmäßig durchs Wasser. Aber durch die Feuchtigkeit wird der Film glitschig, und beim Versuch, ihn anders festzuhalten, rutscht er ihr weg und fällt zu Boden.

»Oh, verdammt!« Es ist ihr extrem peinlich, und wenn es nicht so dunkel wäre, könnte Man sehen, dass sie knallrot geworden ist.

»Schon gut«, sagt er geduldig. »Nicht die Füße bewegen. Tritt bloß nicht drauf.«

»Aber jetzt ist er bestimmt ganz dreckig und ...«

Er hockt hinter ihr, sie kann hören, wie er auf dem Boden herumtastet, sein Kopf befindet sich auf Höhe ihrer Schenkel. Lee steht so still und reglos da, wie sie nur kann, sie darf sich auf gar keinen Fall bewegen, zumal ihr seine Position erschreckend bewusst ist.

»Schon okay. Es gibt Schlimmeres.«

Lee schnappt nach Luft. »Was wäre denn schlimmer?«

»Wenn du Pablo Picasso fotografieren sollst und du die vermutlich besten Bilder deines Lebens machst, und dann verwechselst du den Entwickler mit dem Stoppbad und keines der Bilder – kein einziges – ist brauchbar. Das ist schlimmer.«

Noch während er spricht, findet er den Film. Er steht wieder auf und streicht an ihrem Unterarm entlang, um ihre Hand wiederzufinden. Das Gefühl lässt sie erzittern. Als er sie einen Tick zu lang hält, bleibt sie ganz still stehen und wartet, bis er ihr den Film zurückgibt.

»Was hast du dann gemacht?«

»Ich hab dem Meister einen Drink in seiner Lieblingsbar ausgegeben und ihn gebeten, ihn am nächsten Tag bei ihm zu Hause fotografieren zu dürfen.«

»War er einverstanden?«

»Ja, tatsächlich. Ich zeig dir die Abzüge bei Gelegenheit.«

Lee taucht den Film wieder in den Entwickler. Das Metronom ist wie ein zusätzlicher Herzschlag im Raum. Sie atmet tief aus.

»Fast geschafft. Zirka eine Minute noch, dann kommt er ins Stoppbad.«

Wieder liegt seine Hand auf ihrer. Jetzt fühlt es sich schon normaler an. Sie lässt sich von ihm führen, und der Filmstreifen bewegt sich gleichmäßig in ihren Händen. Es sind nur ein paar Minuten, aber es fühlt sich viel länger an. Als sie ihn ins letzte Wasserbad tauchen, hat das Metronom aufgehört zu schlagen, und es herrscht Stille. »Sehr gut gemacht«, sagt Man. Lee lächelt im Dunkeln.

Ohne groß nachzudenken, sucht sie nach seiner Hand und drückt sie. »Danke.«

»Keine Ursache – du bist hier, um etwas zu lernen, nicht nur zum Arbeiten.«

»Ich weiß … trotzdem. Danke.«

»Gern geschehen.« Seine Stimme ist ruhig und etwas rau, sie mag ihren Klang. Sie will noch etwas sagen, aber ihr fällt nichts ein, und schließlich fragt er: »Bereit fürs Licht?«

»Bereit«, sagt sie, obwohl das Gegenteil der Fall ist. Sie wünschte, sie könnten noch Stunden in der Dunkelkammer bleiben. Als Man sich diesmal umdreht, könnte sie schwören, dass er sie unnötigerweise streift. Er zieht den Vorhang zur Seite und öffnet die Tür. Die plötzliche Helligkeit überrascht sie, wie wenn man nach einem Film aus dem Kino kommt und sich wundert, dass der Tag noch genauso aussieht wie vorher.

Sie sieht Man an. Die Furchen neben seinen Mundwinkeln hatte sie bisher nicht bemerkt, und als er kurz den Kopf senkt, fällt ihr auf, wie gerade er seinen Scheitel gezogen hat. Sie stellt sich vor, wie er vor dem Badezimmerspiegel steht und seine Morgentoilette verrichtet. Die weiße Linie auf seinem Kopf hat etwas so Privates und Verletzliches, dass ein warmes Gefühl sie durchströmt und sie zu Boden sieht.

»Ich muss noch ein paar Rollen entwickeln«, sagt sie zum Teppich.

»Ja. Brauchst du Hilfe?« Sein Tonfall ist jetzt geschäftlich. Er schüttelt die Uhr hinunter ans Handgelenk und wirft einen Blick drauf.

Sie weiß nicht, was sie denken soll. Erst schien er ihr unbedingt helfen zu wollen, und jetzt will er unbedingt weg.

»Nein, ich schaff das schon.«

»Gut. Ich muss … ich bin im Büro, falls du mich brauchst.« Er wendet sich ab und marschiert los.

Lee geht zurück in die Dunkelkammer. Vielleicht hätte sie ihn doch um Hilfe bitten sollen. Sie denkt daran, wie er hinter ihr stand. Er hat etwas Elektrisierendes, eine besondere Energie, die ihn antreibt und andere Menschen – unter anderem sie selbst – anzieht. Aber er hat kein Interesse an ihr. Wenn es etwas gibt, worin sie gut ist, dann darin, zu erkennen, ob ein Mann Interesse an ihr hat, und Man hat – abgesehen davon, dass er ihr den Hot Toddy gebracht hat – noch keines der üblichen Anzeichen gezeigt.

Lee öffnet die nächste Filmrolle, taucht den Streifen in den Entwickler und schwenkt ihn in einer fließenden Bewegung hin und her. Als sie mit allen Rollen fertig ist, knipst sie die Deckenleuchte an und hält die Negative gegen das Licht. Ein paar Bilder am Anfang und am Ende der Rolle scheinen unterentwickelt, aber mindestens fünf oder sechs sind etwas geworden. Das Foto vom See, die Frauenhand, alles farbverkehrt, sodass die Ente ein weißer Klecks auf schwarzem Wasser ist und die Fingernägel der Frau dunkle Punkte auf ihrem strahlend weißen Haar. Lee weiß noch nicht, ob die Bilder wirklich gut sind, erst mal zählt nur, dass sie von ihr sind.

Sie hängt den Film zum Trocknen an die Wäscheleine und stellt überrascht fest, dass es schon fünf ist. Der Tag ist schnell vergangen. Als sie durchs Studio zu Mans Büro läuft, beschließt sie, ihn zu fragen, ob er etwas mit ihr trinken geht, den kleinen Erfolg feiern, die ersten eigenen Fotos, die sie entwickelt hat. Warum auch nicht? Aber das Büro ist leer, der Salon auch. Lees Glückgefühl ist mit einem Mal verflogen, als wäre sie ein Ballon, aus dem man die Luft gelassen hat. Sie hätte ihre Freude so gern mit jemandem geteilt. Vielleicht ist Man nur kurz eine Zigarette rauchen.

Um die Zeit totzuschlagen, sieht sie sich die Bücher im Schrank an. Dutzende Literatur- und Kunstzeitschriften, ein Regal mit einer Reihe von Klassikern, die Man mit Sicherheit nie gelesen hat, ein paar Romane. Sogar eine italienische Ausgabe von *Lady Chatterley.* Darüber hat sie Gerüchte gehört und ist nun ein bisschen schockiert, es bei Man zu sehen. Sie ist versucht, nach den schmutzigen Stellen zu suchen, stellt sich dann aber vor, wie sie sich fühlen würde, wenn er sie dabei erwischt.

Stattdessen legt sie sich auf die Couch und starrt an die Decke. In Lees Leben hat es viele Männer gegeben. Mehr, als sie in Gesellschaft zugeben würde, mehr, als sie selbst ihren engsten Freunden erzählt hat. Mit vierzehn hat sie in einer Bäckerei in Poughkeepsie einen Jungen namens Harry kennengelernt. Sie wollte Brötchen fürs Sonntagsessen kaufen, er stand hinter ihr in der Schlange, hatte sanfte braune Augen und lange dunkle Wimpern. Es war nicht das erste Mal, dass sie merkte, wie sie auf Männer wirkte, aber es war das erste Mal, dass sie diese Macht bewusst einsetzte, und es war ihr kein bisschen peinlich, ihn zu fragen, ob sie sich am nächsten Tag mittags vor der Schule treffen wollten. Mit Harry stellte sie fest, dass das Flirten, wie sie es aus Groschenromanen kannte, tatsächlich funktionierte, sie biss sich auf die Lippe, klimperte mit den Wimpern und legte ihm die Hand auf den Unterarm, und dann sagte sie ihm, wie stark und kräftig er sei. Sie gingen in einen verlassenen Heuschober im Wäldchen hinter der Schule, und sie mochte das Gefühl seines schlanken Körpers auf ihrem. Sie berührte ihn überall, neugierig, aber auch seltsam losgelöst, als schwebte sie über ihren beiden Körpern, beobachtete sich selbst und sagte sich: *So fühlt sich also der Bauch eines Jungen an, so fühlt es sich an, wenn seine Hand über meinen Rücken fährt.* Mehr als Streicheln passierte nicht, aber die Erinnerung ist ihr immer geblieben.

Lee wartet eine knappe Stunde auf Man. Bis sie irgendwann nicht länger stillliegen kann und allein loszieht.

Ein paar Straßen weiter gibt es eine Bar namens Le Bateau Ivre, und genau so sieht das Haus auch aus: gedrungen und leicht zur Seite geneigt, wie ein Mann, der zu viel getrunken hat. Man hat ihr davon erzählt. Es ist eine seiner Lieblingsbars, aber sie sagt sich, dass sie nicht deswegen hingeht, sondern weil es einfach in der Nähe ist. Die sechs Außentische sind bei der Winterkälte nicht belegt, und auch drinnen ist nicht viel los. Der Laden wurde vor Jahrzehnten eingerichtet wie eine Jacht, und Lee steigt die vernickelte Wendeltreppe in den ersten Stock hinauf, wo die spindeldürre Barfrau in grauem Kleid und schwarzer Schürze mit einem Glas Wein an der Bar sitzt.

Lee setzt sich ein paar Plätze weiter und nimmt den Hut ab. Sie legt die Rollei auf den Tresen und fährt mit den Fingern darüber, eine beruhigende Angewohnheit.

»Wollen Sie was trinken?«, fragt die Frau.

»Pernod.«

Sie steht vom Barhocker auf, geht hinter den Tresen, beugt sich über die Kühltruhe und füllt ein kleines Glas bis zum Rand mit gesprungenen Eiswürfeln, bevor sie die Flüssigkeit hineingießt. Das Eis knackt, als es zu schmelzen beginnt.

Lee nimmt einen großen Schluck, die Mischung aus Kälte und scharfem Lakritzgeschmack tut gut.

Das Glas lag auch in der Kühltruhe, also sitzt Lee da und malt mit dem Fingernagel ein Muster in die Eisblumen. Die Euphorie über ihre Fotos ist verpufft. Bei dem Gedanken, nach Paris zu kommen, hatte sie sich vorgestellt, unmittelbar in die Bohèmekreise aufgenommen zu werden, vor denen ihr Vater sie immer gewarnt hatte. Sie dachte, hier seien die Leute offener als in New York, herzlicher. Aber jetzt sitzt sie hier und ist noch immer allein.

Die Barfrau starrt sie die ganze Zeit unfreundlich an und sagt schließlich: »Du kommst mir bekannt vor. Bist du Schauspielerin?«

»Nein. Ich arbeite in der Nähe. Ich bin Fotografin. Beziehungsweise, ich lerne bei einem Fotografen. Man Ray. Er kommt manchmal hierher.«

»Oh! Natürlich.« Ihre Haltung verändert sich. »Den kennt hier jeder. Lillet mit einer Scheibe Orange.«

»Vermutlich.«

»Er macht also Fotos von dir, ja?«

»Nein, ich bin seine Assistentin.«

Die Frau lacht. »Und wie findet Kiki das?«, fragt sie.

»Kiki?«, fragt Lee. Noch während sie den Namen ausspricht, weiß sie, vom wem die Rede ist: die K. aus dem Geschäftsbuch.

Die Barfrau lacht noch einmal, diesmal lauter, und ruft dann etwas auf Französisch in Richtung Küche, so schnell, dass Lee nichts versteht. Jemand ruft etwas zurück, dann erklingt laut ein Chanson.

»Wer Kiki ist?«, fragt die Bardame. »Wie kannst du Man Ray kennen, aber nicht Kiki?«

Lee antwortet nicht. Sie schämt sich vor der Frau, sie hat das Gefühl, selbst hier, in diesem kleinen Teil von Paris, der ihr einigermaßen vertraut ist, nicht dazuzugehören.

Der Mann aus der Küche kommt raus, die beiden singen und tanzen leicht obszön dazu. Die Barfrau schüttelt die Schultern und wiegt den Oberkörper vor und zurück, der Mann streckt die Zunge raus und wirft ihr anzügliche Blicke zu, bis sie sich beide laut lachend an den Tresen fallen lassen.

Der Mann hebt die Arme und sagt: »Du kannst nächsten Samstag zu unserer Show im Jockey kommen. Hortense und Pierre vom Montparnasse!« Dann geht er lachend zurück in die Küche.

Die Frau sagt: »Mach dir nichts draus – wir haben gerade vor ein paar Tagen Kikis Show gesehen.«

»Sie ist Tänzerin?« Lee erinnert sich an die Rechnungen vom Schneider und vom Hutmacher.

»Du kennst sie wirklich nicht? Sie ist Tänzerin, Muse, Sängerin. Alles. Manche Leute behaupten, sie sei die schönste Frau von ganz Paris. Sie ist schon seit Jahren mit Man Ray zusammen. Angeblich behandelt sie ihn sehr schlecht. Aber soll sie doch – dann ist das eben so.«

Lee nickt, nimmt ihren Pernod und geht zu einem Ecktisch, von dem aus sie hinunter auf die Straße sehen kann. Sie ist mitten im Gespräch gegangen, aber es ist ihr egal, ob sie unhöflich wirkt.

Das also ist die geheimnisvolle K. Irgend so eine hübsche Chanteuse. Und seit Jahren mit Man zusammen. Lee fragt sich, ob Kiki ihm Modell gestanden hat, und ob die Dinge wohl anders gelaufen wären, wenn sie es auch getan hätte, als er sie das eine Mal darum bat. Er hat es nie wieder erwähnt, aber plötzlich wünscht Lee sich, dass er sie beachtet, sie begehrt. Seine Hand auf ihrer, sein

Körper hinter ihr in der Dunkelkammer. Was, wenn sie sich umgedreht und ihre Lippen seinen genähert hätte? Hätte er sie geküsst?

Lee bestellt sich noch einen Drink, und dann noch einen, und sie nippt so langsam daran, dass ein paar Stunden verstreichen. Während sie dasitzt und auf die Straße blickt, füllt sich die Bar. Jedes Mal, wenn jemand die Treppe hochkommt, denkt sie, es sei Man. Stattdessen lauter Fremde. Frauen mit heruntergerollten Strümpfen und Herrenfrisuren. Männer in Jacketts mit breitem Revers und schräg sitzendem Homburg. Sie kommen zu zweit oder in Gruppen, sitzen dicht gedrängt an Tischen, sodass ihre Schultern sich berühren, und nehmen nichts außerhalb ihrer Kreise wahr.

In diesem Moment kommt ein Mann die Wendeltreppe hoch und geht geradewegs an die Bar. Er trägt einen dünnen Schnurrbart und einen grauen Tweed-Anzug. Er legt seinen Hut verkehrt herum auf den Tresen und lässt ihn, während er seinen Blick durch den Raum schweifen lässt, mit den Fingern kreiseln. Seine Haare sind so glatt zurückgestrichen, dass die Lichter sich darin spiegeln. Seiner breiten orange-rot-karierten Krawatte nach zu urteilen, müsste er Amerikaner sein. Ein Pariser würde niemals etwas so Grelles tragen. Sie sucht seinen Blick und hält ihm stand, bis er wegsieht. Er spricht mit der Barfrau, aber kaum hat er bestellt, sieht er wieder zu Lee, die mit dem Kopf auf den leeren Stuhl neben sich deutet und die Augenbrauen hebt. Er lächelt, nickt, und kommt dann mit seinem Getränk herüber.

»Die Stühle sind bequemer als die Barhocker«, sagt sie auf Englisch.

»Sieht so aus. Warten Sie auf jemanden?« Sie hatte recht – er kommt nicht aus Paris. Aber sein Akzent ist britisch, nicht amerikanisch, und aus der Nähe betrachtet erkennt sie das zaghafte Lächeln, das sie bei englischen Männern schon immer so anziehend fand.

»Ich habe auf Sie gewartet«, sagt sie frech.

»Das bezweifle ich.« Er rückt einen Stuhl vom Tisch ab und wartet darauf, dass sie etwas erwidert, bevor er sich setzt.

»Oh, das ist mein voller Ernst. Die Franzosen hier reden kein Wort mit mir.« Lee zieht einen neckischen Schmollmund.

»Vielleicht schüchtern Sie sie ein.«

»Glauben Sie wirklich?«

»Ich weiß es. Sie sind das hübscheste Mädchen, das ich seit ... na ja, wahrscheinlich jemals gesehen habe.«

Lee lacht. Sie spürt, wie die gute Laune zurückkehrt, die sie beim Entwickeln der Fotos hatte.

Sie beugt sich zu ihm hin. »Ich war früher Model.«

»Das wundert mich nicht. Und jetzt?«

»Ein Mädchen, das keinen Champagner mehr getrunken hat, seit sie aus New York weg ist.«

Er wirft beim Lachen den Kopf zurück, sodass sie die Füllungen in seinen Backenzähnen sehen kann. Mit einer knappen Handbewegung kippt er seinen Drink hinunter und hebt den Finger, woraufhin die Bardame an den Tisch kommt und die beiden scharf ansieht.

»Jouët, halbe Flasche«, sagt er und korrigiert sich gleich, als er Lees enttäuschten Blick sieht. »Eine ganze Flasche, bitte.«

Die Flasche wird in einem hübschen Silbereimer serviert, der neben ihrem Tisch steht, und die sprudelnden Bläschen kitzeln Lee in der Kehle wie kleine Küsse. Der Mann heißt George, er kommt aus Dorset und ist für drei Tage beruflich in Paris. Er ist Financier, was Lee rein gar nichts sagt, und sie lässt ihn von seiner Arbeit schwadronieren, wie sie es aus New York von den Männern gewohnt ist. Er hat grüne Augen und einen sanft geschwungenen Mund, und so angetan er nüchtern schon von ihr war, desto angetaner ist er jetzt, da er allmählich betrunken wird. Die Sonne ist untergegangen, und sie sitzen nebeneinander, die Arme auf dem Tisch, Ellbogen an Ellbogen.

»Darf ich Ihnen ein Geheimnis verraten?«, fragt sie und unterdrückt einen kleinen Rülpser vom vielen Champagner.

»Unbedingt.«

»Seit ich in Paris bin, habe ich noch niemanden geküsst.«

»Ist das nicht strafbar?«

»Das denke ich auch. Von wegen Stadt der Liebe.«

»Sagt man das so? Ich dachte, es hieße Stadt des Lichts.«

»Mag sein. Das ändert aber nichts an der Tatsache, dass mich niemand küsst.«

George greift ungeschickt nach der neuen Champagnerflasche und füllt ihre Gläser nach, wobei nur ein paar Tropfen auf ihren Arm spritzen. Leise sagt er: »Ich komme alle paar Monate her, und für mich war es bisher eher die Stadt der Traurigkeit. Ich laufe jedes Mal mutterseelenallein durch die Gegend und wünschte, ich könnte es mit jemandem teilen.«

»Die Stadt der Traurigkeit – so fühle ich mich auch.« Sie sehen sich lange an, und als er ihr ein kleines Lächeln schenkt, überkommt sie ein Gefühl von Macht. Sie leckt sich über die Lippen und nippt an ihrem Champagner.

»Ich bin es leid, allein herumzulaufen«, sagt George. Lee beugt sich zu ihm, wie sie es bei Man hätte tun sollen, sie findet seine Lippen, und sie sind so warm, und die beiden küssen sich dort in der Bar, über den kleinen Tisch hinweg, ihre Zungen heiß und feucht, bis sie gegen den Tisch stoßen und die Champagnerflöten laut klirrend zu Boden fallen. Beide halten den Atem an und blicken dann in Richtung Barfrau, wie Kinder, die man beim Naschen erwischt hat. George legt ein Bündel Geldscheine auf den Tisch, dann machen sie sich, so schnell es geht, aus dem Staub, Arm in Arm, und er hält ihre Hand, während sie die Wendeltreppe hinuntersteigen, als vollführten sie eine Art schnellen, eleganten Tanz.

George hat ein Zimmer im Saint James Albany, und es ist lange her, dass Lee auf einem so bequemen Bett gelegen hat, drei dicke Kissen sind vor dem gepolsterten Kopfende aufgereiht, dazu noch ar Nackenrollen, die sie mit einer Hand zu Boden fegt. Sie . sich auf dem Bett, während er seine Krawatte löst, spreizt Schenkel, sodass er ihren Strumpfhalter und weiter hoch bis zur Unterwäsche sehen kann – die gute zum Glück, blau mit Seidenrosetten am Bündchen. Er steht über ihr und kämpft mit seinen Hemdknöpfen, den Hosenträgern, dem Gürtel. Er hat bereits eine Erektion. Sie hilft ihm nicht beim Ausziehen, rutscht ihm aber ein Stück entgegen und schiebt den Fuß an seinem Bein hoch bis in den Schritt, während er sich die Hose aufknöpft und herunterzieht. Als er nackt ist, beugt er sich über sie, hilft ihr aus dem Kleid und sagt zwischen Küssen: »Du ... bist die ... vollkommenste ... Frau ... die ich kenne.«

Lee lächelt und zieht ihn auf sich, während er sie weiter küsst, weich auf die Lippen und den Hals hinunter. Sie legt den Kopf in den Nacken und wird vom Blick aus dem Fenster abgelenkt, wo weiße Wolken über den dunklen Himmel ziehen. Er küsst sie so sanft, dass sie es kaum spürt. Sie legt ihm die Hand auf den Kopf und drückt ihn herunter, damit er in ihre Brustwarze beißt. Als er es nicht tut, macht sie ein Hohlkreuz und presst ihre Brust gegen sein Gesicht, aber er macht sich los, also packt sie ihn an der Hüfte und zieht ihn hoch. Heiß und feucht gleitet er in sie hinein, und sie kann erst mal an nichts anderes mehr denken. Aber dann zögert er, hängt mit zusammengekniffenen Augen über ihr und murmelt irgendetwas Entschuldigendes, so warten sie, ohne dass er sich auch nur ein Stück regt. Sie küsst ihn noch einmal, zieht seine Unterlippe in ihren Mund und beißt einmal zu, bevor sie sie loslässt. Er stöhnt kurz auf und fängt wieder an, langsam, zu langsam, also schlingt sie die Beine um seinen Körper, um ihn tiefer zu spüren. Und dann wird er schneller, aber in seinem eigenen Rhythmus. Lee spürt, wie ihr Geist sich von ihr löst, wie so oft beim Sex, und sie schwebt über dem Bett und blickt auf sich herab. Von dort oben sieht sie zu, wie er kommt und neben ihr auf die Matratze fällt. Sie sieht zu, wie sie seine Hand nimmt und zwischen ihre Schenkel zieht, sieht zu, wie er sie berührt, bis auch sie kommt. Aber sie spürt es nicht. Sie sieht den beiden Fremden zu, wie sie nebeneinander auf dem Bett liegen, und fühlt nichts. Und die ganze Zeit, während sie sich zusieht, denkt sie an Man.

KAPITEL ZEHN

Lee hatte nicht vor, die Nacht bei George zu verbringen, aber der Champagner hat sie in einen Tiefschlaf versetzt, und als sie aufwacht, streichelt er ihr über den nackten Arm und lächelt sie an. Im Tageslicht, das durch die Organza-Vorhänge fällt, sieht er rührselig und anhänglich aus. Er schlägt vor, auf der Hotelterrasse zu frühstücken, aber ihr dröhnt der Kopf, und sie will nicht draußen mit ihm gesehen werden, also bestellen sie beim Zimmerservice Omelett mit Estragon, essen im Bett und versuchen, Konversation zu machen. Sie fühlt sich so wie meistens: eingesperrt, erdrückt und vor allem unglaublich gelangweilt. Sie weiß, dass Georges Gedanken darum kreisen, noch einmal mit ihr zu schlafen und anschließend den Tag über gemeinsam durch Paris zu schlendern, aber bevor er etwas Konkretes vorschlagen oder die Hand nach ihr ausstrecken kann, hat sie aufgegessen, steht auf und schlüpft so schnell in ihr Kleid, dass er gar nicht mitbekommt, was sie vorhat. Ihre Ausflüchte sind gelogen, aber entschlossen. Ja, sie muss jetzt zur Arbeit, nein, sie kann nicht zu spät kommen, ja, sie wird versuchen, ihn abends im Bateau Ivre zu treffen, und wird bis dahin die ganze Zeit an ihn denken müssen. Und dann, wie eine Gefangene, der soeben die Flucht gelungen ist, marschiert Lee hinaus in die eisige Stadt und atmet lange aus.

Der Tag ist klar und ihr Kopf noch voller Champagnerperlen, die gegen ihre Schädeldecke prickeln, genau wie der Gedanke an Mans

Hände und das Gefühl, wie er in der Dunkelheit hinter ihr stand. Sie läuft schnell nach Hause, wo sie sich im Gemeinschaftsbad einschließen und in der möglichst heißen Badewanne untertauchen will. Es kommt ihr vor, als hätte sie seit New York keine Gelegenheit mehr dazu gehabt – hier klopfen die Leute jedes Mal an die Tür, weil sie es eilig haben. Was sie gut verstehen kann, zumal es ihr oft selbst so geht.

Lee spritzt sich Wasser ins Gesicht und blickt in den gesprungenen Spiegel. Sie hat Tränensäcke unter den Augen. Am Kinn kündigt sich ein Pickel an. Sie kneift sich in die Wangen, damit sie etwas Farbe bekommen, und streckt sich die Zunge raus, dann schiebt sie den Riegel vor und lässt die Wanne bis zum Rand volllaufen.

Die Vorstellung, ins Studio zu gehen, macht sie nervös. Sie könnte Man anrufen und sagen, dass sie heute nicht kommt. Aber sie denkt an die Negative an der Wäscheleine, und dass sie es kaum erwarten kann, die Abzüge zu machen. Sie will unbedingt wissen, wie sie geworden sind. Als Erstes will sie das mit der Ente sehen, davon erhofft sie sich am meisten.

Als Lee etwa eine Stunde später das Studio betritt, ist es still, vielleicht ist Man gar nicht da. Sie geht die Treppe hinauf und ins Büro. Niemand zu sehen. Doch dann hört sie ihn in der Dunkelkammer laut vor sich hin summen, offenbar denkt er, er sei allein.

Was soll sie sagen? Sie legt sich verschiedene Sätze zurecht. *Ich muss die ganze Zeit an dich denken. Ich spüre immer noch deine Hand auf meiner. Ich hab gestern in deiner Lieblingsbar nach dir gesucht.* Irgendwie klingt alles albern, abgedroschen. Bisher hat noch kein Mann solche Gefühle in ihr ausgelöst, und sie hat keine Ahnung, wie sie jemandem wie Man ihr Interesse gestehen soll. Vielleicht schüchtert er sie einfach ein, oder sie hat Angst vor seiner Reaktion. Wahrscheinlich ist er sowieso noch in Kiki verliebt oder in jemand anderen.

Doch dann fällt ihr ein, dass Man ihre Negative noch gar nicht gesehen hat. Das wäre als Gesprächsstoff sehr viel unbelasteter als ihre Gefühle für ihn. Vielleicht sieht er sie sich ja gerade an. Sie ist so gespannt auf seine Meinung, sie stellt sich vor, wie sie die Dunkelkammer betritt und er steht da, mit dem Film in den Händen, und sieht sie fassungslos an. »Das ist das, was wir entwickelt haben?«, fragt er. »Die sind fantastisch. Mir war nicht klar, dass du so talentiert bist.« Natürlich wird sie erst mal halbherzig abwiegeln, aber dann zieht sie die Bilder ab, und bald darauf kommt ein Sammler ins Studio, sieht sie und bietet ihr an, sie in seiner Galerie auszustellen, und alle verkaufen sich innerhalb des ersten Monats, und jeder, den sie kennt, einschließlich Man, ist neidisch auf ihren Erfolg.

Sie klopft dreimal an die Tür, ihr Erkennungszeichen, Man macht auf, er trägt Gummihandschuhe und hat die Ärmel hochgekrempelt. Sie musste in den letzten Stunden so viel an ihn denken, dass sie jetzt, als sie ihn sieht, fast ein wenig enttäuscht ist. Die Realität kann nicht mit ihrer Fantasie mithalten, wobei sie nicht weiß, was sie erwartet hat, ob es daran liegt, dass sie ein falsches Bild von ihm hatte, oder dass er jetzt tatsächlich real vor ihr steht, unrasiert, und die Augen dichter zusammen als in ihrer Erinnerung. Immerhin nimmt sein Anblick etwas von dem Druck, der sich in ihr angestaut hat, seit sie gestern aus dem Studio gegangen ist. Er ist nur ein Mann. Es gibt viele Männer auf der Welt.

»Du bist ziemlich spät dran«, sagt er mit gerunzelter Stirn. Hinter ihm sieht sie ihre Negative an der Wäscheleine, genau so, wie sie sie hinterlassen hat.

»Ich weiß, tut mir leid …«

»Das ist ein Job hier.«

Lee ist klar, dass sie ein schlechtes Gewissen haben sollte – sie hat keine Entschuldigung für ihre Verspätung, und sie hätte ihn anrufen sollen, aber bei aller Erschöpfung steigt auch Wut in ihr hoch. »Ich weiß. Tut mir leid – ich hab vergessen, Bescheid zu sagen, dass es heute später wird.«

Er seufzt. »Ich hab den ganzen Morgen gewartet, damit du mir mit den Bildern von Amélie hilfst.«

»Hast du schon angefangen?«

»Ja«, sagt er, jetzt schon freundlicher. Lee geht zum Becken, in dem das Foto von Amélie mit dem Armschutz schwimmt. Es ist eine Nahaufnahme von Kinn und Schultern, durch das feine Metallnetz fallen geometrische Schatten auf ihre Haut. Als Man das Bild am weißen Rand mit der Zange anhebt, rinnt Wasser über die Kante und tropft in die Wanne.

»Ein guter Anfang«, sagt er. »Wie das Metall mit der Haut kontrastiert. Die weiche Wange und die scharfe Metallkante. Faszinierend, finde ich.«

Lee beachtet das Bild nicht mehr, sie sieht, wie Man das Bild betrachtet, das kleine Lächeln auf seinem Gesicht und seine Hand, die über dem Fixierbad die Zange hält.

»Mir gefällt es«, sagt sie, was nichtssagend klingt. Verschämt wendet sie sich ab.

Er hält ein zweites, ähnliches Bild hoch. »Wie findest du das hier?«

Lee kommt zu ihm rüber, und sie sehen sich das Foto gemeinsam an. Es ist eine konventionellere Aufnahme, Amélies Kopf liegt auf dem Armschutz wie auf einem Kissen. Eine sehr schöne Komposition, aber Lee ist sich bewusst, dass Man einen Verbesserungsvorschlag erwartet oder zumindest ein bisschen Kritik. Tatsächlich findet sie das Bild etwas langweilig, vorhersehbar, was sie ihm aber nicht sagen kann – sie weiß inzwischen, wie er reagiert, wenn man seinen Blick kritisiert. Sie muss mit der Dunkelkammer argumentieren und den künstlerischen Wert außen vorlassen. Dafür fehlen ihr allerdings noch die richtigen Worte.

Sie zeigt mit einer Zange auf das Bild. »Auf der Seite, wo das Licht durch das Fenster fällt, erscheint es mir etwas hell.«

»Richtig«, sagt er zufrieden. »Wie könnte man das ändern?«

»Einen dunkleren Abzug machen?«

»Hmm … aber dann wäre die rechte Seite zu dunkel. Pass auf, ich bring dir jetzt bei, wie man abwedelt.«

Er rüttelt an der Klinke, um sicherzugehen, dass die Tür fest verschlossen ist. Dann schaltet er das rote Licht an und das weiße aus, sodass alles in ein sehr warmes Gelb getaucht ist wie bei einem Lagerfeuer. Er legt das Papier unter den Vergrößerer und hantiert mit einem selbst gebauten Werkzeug herum, einem Stab, an dessen Ende er ein rundes Stück Pappe geklebt hat, das einen kleinen Schatten auf das Bild wirft. Er wedelt ungefähr zwanzig Sekunden lang damit über das Bild, ohne länger an einer Stelle stehen zu bleiben.

»Die Leute fragen mich oft, ›Wie kriegst du die Abzüge so gleichmäßig hin?‹«, erklärt er. »Alle denken immer, Fotografieren sei so was wie Zauberei, dabei ist es ganz einfach. Man hat nur zwei Farben, die man mischen muss: Schwarz und Weiß. Ein bisschen mehr vom einen, ein bisschen weniger vom anderen. Am Ende brauchst du beide. Echtes Schwarz und echtes Weiß. Wenn du das hast, kannst du noch so viele Grautöne haben, das Foto sieht immer gut aus. Wenn du ein Bild entwickelst und nicht zumindest ein Teil reines Weiß ist, kannst du entweder das Bild vergessen, oder du hast beim Entwickeln Mist gebaut. Du brauchst einen weißen Funken auf einem Mund, wo der Lippenstift das Licht reflektiert, oder in einem Auge oder irgendwo in der Kleidung. Nicht zu viel – meistens reicht schon ein bisschen als Kontrast für den Rest.«

Während er spricht, bewegt Man sich geschmeidig durch den kleinen Raum, schaltet den Vergrößerer aus und lässt das Papier anschließend ins Entwicklerbad gleiten. Auf dem Papier erscheint wieder dasselbe Bild, erst die Umrisse, wie ein Fußabdruck im Sand, dann füllen sich die Flächen. Diesmal ist der Abzug viel ausgeglichener, und Lee erkennt auf den ersten Blick, dass Man zufrieden sein wird.

»*Voilà!*« Er hält den Abzug hoch und wartet, bis sie nickt und lächelt, was bedeutet, dass es ihr genauso gut gefällt. »Jetzt bist du dran«, sagt Man und reicht ihr den Stab.

Plötzlich ist die Nervosität wieder da. Sie fühlt sich genau wie gestern beim Entwickeln. Er steht hinter ihr, näher als nötig, denkt sie. Sie legen das Papier in den Rahmen, dann greift Man um sie herum und schaltet die Lampe an. Sie nimmt den Stab und wartet auf seine Anweisungen. Das Bild leuchtet auf das Papier, Amélies Gesicht ist schwarz. Lee denkt daran, was er gerade gesagt hat, dass irgendwo auf den Lippen ein Klecks reines Weiß aufblinken sollte. Sie wackelt unfachmännisch mit dem Stab über dem Papier herum. Auf einmal wird ihr schwindelig, sie muss schlucken und schmeckt den Champagner vom Abend zuvor im Mund, und sie fragt sich, ob Man die Drinks riechen kann und die Zigaretten und womöglich auch den fremden Mann, George, dessen Geruch, so befürchtet sie, ihr wahrscheinlich noch anhaftet, obwohl sie gerade gebadet hat. Man steht so dicht hinter ihr, dass sie seinen Atem an ihrer Wange spürt.

»So?«, fragt sie.

»Das machst du gut.« Sie sieht sich zu ihm um, aber er hält den Blick auf das Papier gerichtet.

Die nächsten Stunden arbeiten sie in kameradschaftlicher Stille. Der Raum ist nur minimal größer als die Kammer, in der sie den Film entwickelt haben. Es gibt einen Vergrößerer mit Quecksilberlampe, eine große Holzwanne, um die Bilder zu fixieren und zu spülen, und ein Entwicklerbad, das sie sich teilen müssen. Der Nachmittag vergeht wie im Flug. Zusammen machen sie Dutzende von Abzügen vom Shooting mit Amélie, und wenn Lee nicht so neben der Spur wäre, würde sie begeistert alles aufnehmen, was Man ihr beibringt. Stattdessen muss sie sich auf jeden Handgriff konzentrieren. Ihre Gedanken schweifen ständig ab, als wären sie ein dickes Buch, das sie immer wieder zuschlagen muss. Der Raum ist klein, aber muss Man deswegen wirklich so dicht bei ihr stehen? Die Bilder sind toll, aber normalerweise macht er doch nicht so viele Abzüge von einem Shooting? Alles scheint ihr etwas zu sagen: die Art, wie er die Gummihandschuhe auszieht und sich die Hände massiert, dass er ihr nicht ausweicht, wenn sie sich an ihm vorbeidrängt, sondern offenbar bewusst im Weg steht, sodass sie gar keine andere Wahl hat, als ihn zu berühren. Sie versucht, sich auf die Arbeit zu konzentrieren.

Erst nach Stunden zeigt er endlich auf ihre Negative, die noch immer an der Leine hängen.

»Sind das die, die wir gestern entwickelt haben?«

»Ja – dafür ist heute wahrscheinlich keine Zeit mehr.«

»Warum nicht? Wir haben doch schon viel geschafft. Mach ruhig weiter.«

Lee sieht auf die Uhr und stellt fest, dass es noch nicht so spät ist, wie sie dachte. Sie beendet ein angefangenes Foto, nimmt dann ihre Negativstreifen, zerschneidet sie in jeweils drei Teile und legt sie auf einem Blatt Papier aus. Währenddessen fängt Man an zu singen. »I'm longing to see you, dear / Since you've been gone / Longing to have you hold me / Hold me near.« Er wird immer lauter, aber mit seinem Brooklyner Akzent klingen die traurigen Zeilen eher amüsant. Lee räuspert sich.

»Was?« Er dreht sich zu ihr um. »Oh ... hab ich wieder gesungen? Dumme Angewohnheit.«

»Macht ja nichts«, sagt sie, also fängt er wieder an, diesmal noch lauter, und macht dazu ein paar übertriebene Tanzschritte, bis sie lacht.

»Singen Sie, Miss Miller?«, fragt er, absichtlich förmlich.

»Nur, wenn ich sicher bin, dass mich niemand hört.«

»Tja, wir werden sehen. Ein paar Monate Unterricht bei mir, und du bist bereit für die Bühne.«

»Du willst mir Singen beibringen? Ich meine, du scheinst ja ein wahrer Maestro zu sein.« Sie denkt an Kiki. Ob sie manchmal gemeinsam singen? Man hat ihr bestimmt schon hundert Mal zugesehen. »Ist das ein Lied, das Kiki singt? Du … kennst sie, oder?« Lee achtet auf einen heiteren, sicheren Tonfall.

Er hebt den Kopf und schielt zu ihr rüber. »Kiki? Ja, die kenne ich«, sagt er, »aber dieses Lied hat sie meines Wissens nie gesungen.«

»Ich frag nur, weil ich gestern Abend im Bateau Ivre war und die Barfrau über sie geredet hat.« Lee bewegt sich auf dünnem Eis, aber die Worte sprudeln weiter aus ihr heraus. »Nette Bar. Gefällt mir. Die machen einen ziemlich guten Lillet.«

Einen ziemlich guten Lillet? Ja, wirklich großartig, wie sie es schaffen, einen fertigen Aperitif in ein Glas einzuschenken.

Man scheint es nicht mitbekommen zu haben. »Ja, schöne Bar. Die Wendeltreppe und der Blick aus dem ersten Stock.«

»Aber Kiki tritt da nicht auf, oder?«

»Im Bateau Ivre? Nein, Kiki singt meistens im Jockey.«

»Da war ich noch nie. Vielleicht sollte ich mal hingehen.«

»Hm«, sagt Man und fängt wieder an zu singen, diesmal etwas leiser. Lee fragt sich, ob es ein Fehler war, Kiki zu erwähnen – vielleicht denkt Man jetzt an sie, die schönen Momente, die sie zusammen hatten. Die Hüte, die er ihr gekauft hat, um ihre zarte Haut zu schützen, die noblen Restaurants, in die er sie ausgeführt hat.

Lee bereitet den Kontaktabzug vor, so, wie Man es ihr gezeigt hat, und dann, während der Fixierer noch vom Papier tropft, trägt sie das feuchte Blatt an der Zange ins Studio, wo sie es auf ein Stück Zeitungspapier legt und mit der Lupe betrachtet. Bei jedem Bild schnürt sich ihr vor Aufregung ein wenig die Kehle zu. Sie will sie vergrößert sehen, also wählt sie schnell eins aus und markiert es mit einem Wachsstift, indem sie ein kleines x daneben macht, dann geht sie zurück in die Dunkelkammer und legt das Negativ in den Vergrößerer. Es ist die Frau im Café, fotografiert von hinten, eine Nahaufnahme von ihren Haaren und ihrem Nacken.

Lee schaltet die Quecksilberlampe an und zählt langsam bis vierzig. Schaltet sie aus. Vorsichtig trägt sie das Papier zum Entwickler und lässt es hineingleiten, dabei hält sie die Flüssigkeit in Bewegung, so, wie sie es gelernt hat. Binnen Sekunden erscheint das Bild auf dem Papier. Zuerst nur der blasse Umriss der Haare, dann der Schultern und schließlich auch die helleren Teile: ihre Hand, die Fingernägel, die Lichtreflexe auf den einzelnen Locken. Wie Funken, denkt Lee, helle weiße Funken auf dem Haar. Lee blickt kurz auf, um zu sehen, ob Man sie beobachtet. Für sie ist das unglaublich: ihr eigenes Bild, wie es hier vor ihren Augen entsteht. Aber er beachtet sie gar nicht. Gerade rechtzeitig richtet sie ihre Aufmerksamkeit wieder auf das Foto, bevor es überentwickelt wird. Als es im Fixierer liegt, betrachtet sie es genauer. Sie hat das Gefühl, dass es gut ist, ohne genau zu wissen, warum. Im Grunde ist es nur der Nacken einer Frau, ihre Finger, die über die Haut kratzen, aber das Bild jagt ihr einen Schauer über den Rücken.

Ausgerechnet da dreht Man sich um und legt sein eigenes Bild in den Entwickler, wieder zeichnet sich Amélie auf dem Papier ab. Ihre beiden Fotos liegen praktisch nebeneinander, und als er nicht gleich darauf eingeht, hat sie plötzlich Angst, dass ihres banal und amateurhaft ist. Nach einer gefühlten Ewigkeit wirft er endlich einen Blick auf ihr Bild und sagt: »Das ist großartig. Ist das eine Freundin von dir?«

»Nein, bloß irgendeine Frau.«

»Und das hast du gemacht, ohne dass sie etwas gemerkt hat?«

»Ja – darf man das nicht?«

Man lacht. »Doch, doch, sicher. Das ist völlig in Ordnung. Ich bin nur beeindruckt.« Er sagt es so daher, als wäre ihm nicht bewusst, wie viel seine Worte ihr bedeuten.

»Gefällt es dir wirklich?«

»Na ja, ich denke, wir könnten noch etwas an der Entwicklungszeit arbeiten« – er deutet mit der Zange auf ein paar dunkle Schatten im Haar der Frau –, »und die Ecke hier ein wenig nachbelichten. Aber für den ersten Abzug? Sehr gut!«

Wenn Lee sich eben komisch gefühlt hat, fühlt sie sich jetzt noch komischer. Ihr wird heiß, gleichzeitig verspürt sie einen ziehenden Schmerz, der Stolz steigt ihr ins Gesicht, und sie betrachtet das Bild erneut und voller Selbstvertrauen und denkt, dass aus ihr vielleicht wirklich eine Fotografin werden kann, wenn sie sich Mühe gibt. Womöglich lassen sich ihre beiden Sehnsüchte – mit Man zusammen zu sein und mit ihm zu arbeiten – doch vereinen. Das Eine muss das Andere nicht ausschließen. Die Art, wie er »wir« gesagt hat – »wir könnten noch an der Entwicklungszeit arbeiten«. Vielleicht ist sie eines Tages auf demselben Niveau wie er. Vielleicht arbeiten sie irgendwann wirklich zusammen. Als Partner oder so etwas Ähnliches. Als sie sich zu ihm umdreht, weiß sie noch nicht, was sie tun wird, bis sie es tut.

»Ich hatte eine Idee für den Armschutz«, sagt sie. »Wenn du noch willst, könnte ich dir Modell stehen.«

Man zieht die Augenbrauen noch. »Letztes Mal hast du Nein gesagt.«

»Ich weiß. Aber wenn wir es zusammen machen, könnte ich mitbestimmen, wie wir es machen. Ich hab da so eine Idee.«

»Wirklich? Na ja, gut. Lass mich das hier nur eben wegräumen.«

Während Lee im Studio auf Man wartet, steht sie neben der Kamera und sieht sich um, der Stoff über der Couch, die halb zugezogenen Vorhänge, wie hell und weiß und sauber alles ist. Sie zieht die Tücher vom Tisch und von der Wand und ersetzt sie durch schwarze, auch auf der Couch. Dann geht sie ins Büro, holt den Armschutz und wendet ihn hin und her. Im Studio wartet Man schon auf sie.

Das ist das erste Mal, dass Lee etwas anderes macht, als seinen Anweisungen zu folgen. Trotzdem oder vielleicht gerade deswegen glaubt sie zu wissen, was er sehen will, und im Grunde wusste sie es schon von Anfang an, es war ihr nur nicht klar, bis sie jetzt ihr eigenes Bild im Entwicklerbad gesehen hat und er darüber gesprochen hat, als wäre es seins.

»Du hast Amélie ans Fenster gestellt«, sagt Lee, nimmt den

Armschutz mit zur Couch und balanciert ihn auf dem Arm. »Wie wäre es denn hier?« Dann geht sie zur Kamera und fragt: »Darf ich?«, bevor sie die Haube anhebt und zum ersten Mal darunterschlüpft. Es riecht nach Tabak und Zeder, muffig und männlich. Lee dreht die Kamera ein kleines Stück, sodass nur die Couch und der schwarze Stoff zu sehen sind. Durch den Sucher steht der Raum Kopf, die Couch hängt von der Decke. Das verwirrt sie, und im nächsten Moment verschlägt es ihr fast den Atem, als Man im Bild auftaucht, scheinbar an der Decke entlangläuft und kurz darauf, absurderweise, höher sitzt, als er gestanden hat.

»Du musst auf etwas scharfstellen«, sagt er, und seine Stimme dringt durch das Tuch wie durch Wasser, dunkel und gedämpft. Sie dreht ein wenig am Objektiv, sieht Man verschwommen, dann scharf, verschwommen und wieder scharf. Kopfüber ist er ein Fremder. Seine Augen und sein Mund sehen ganz anders aus, auf der Straße würde sie ihn nicht wiedererkennen. Verwirrend. Sie taucht unter der Haube auf, und alles ist wieder beim Alten, Man sitzt auf der Couch und beobachtet, wie sie auf ihn zukommt.

Lee geht in den Umkleidebereich in der Ecke und stellt sich hinter einen Wandschirm. Langsam knöpft sie ihre Bluse auf, erst die Ärmel, dann die Knopfleiste, und lässt sie zu Boden fallen. Anschließend knöpft sie die oberen drei der fünf Knöpfe an ihrer Hose auf und schiebt sie ein Stück runter, sodass sie auf der Hüfte hängt und ihr flacher Bauch frei liegt. Und schließlich greift sie mit beiden Händen an den Rücken und stellt sich dabei vor, wie ihr Schatten als Silhouette auf der Leinwand erscheint und ihre Arme abstehen wie Schwanenflügel. Sie öffnet den BH, schüttelt ihn ab und lässt ihn auf die Bluse fallen. Während sie sich auszieht, denkt sie weiter an Schwäne, die, die sie neulich im Park fotografiert hat, die Muskeln und Knochen ihrer Flügel, und wie viel Kraft es sie kosten muss, sich damit in die Luft zu erheben. Lee geht zur Couch zurück, wo eben noch Man saß, und legt sich den Armschutz wie einen Schleier über das Gesicht.

Bis zu diesem Moment ist sie ganz ruhig, ihre Bewegungen sind losgelöst von den Emotionen, die sie hervorgerufen haben, fast wie damals, als ihr Vater sie fotografiert hat. Aber als sie sitzt und Mans Gesicht sieht, und nur seine leicht angehobenen Augenbrauen darauf schließen lassen, was in ihm vorgeht, kommt sie zu sich und friert auf einmal am ganzen Körper, und ihre Brustwarzen ziehen sich zu harten Spitzen zusammen.

Man räuspert sich, seine Stimme klingt hoch und dünn. »Bleib so.« Er geht zur Kamera und verschwindet unter der Haube.

Der Armschutz ist schwerer, als er aussieht, von seinem stechenden Geruch bekommt Lee einen säuerlichen Geschmack im Mund. Vor welchen Verletzungen er wohl schützen sollte? Sie stellt sich die geschwungene Schneide eines Säbels vor, die knochentiefe Quetschung einer stumpfen Klinge. Lee schließt die Augen und hält den Kopf gerade.

»Ah, das ist gut!«, ruft Man mit vom Tuch gedämpfter Stimme. »So bleiben.«

Lee will nicht stillsitzen, sie will nicht genau das tun, was er von ihr verlangt, also nimmt sie verschiedene Posen ein, streckt die Arme auf der Rückenlehne aus oder klemmt sie zwischen die Knie, den Kopf so weit zur Seite geneigt, dass es im Nacken zieht und der Armschutz auf ihr Schlüsselbein drückt. Sie hält die Augen geschlossen und versucht, den Metallgeruch nicht einzuatmen.

»Ich denke, du hattest recht«, sagt Man, als er unter der Haube hervorkommt und zu ihr rübergeht. »Ihn so vorm Gesicht zu tragen, das ist gut.«

Lee steht auf, nimmt den Schutz ab und legt ihn weg. So direkt neben ihm fällt ihr erst ihr Größenunterschied auf. Seine Augen sind genau auf Höhe ihres Kiefers.

»Diese Fotos werden bestimmt sehr gut«, sagt er.

»Ich weiß«, sagt Lee und macht einen Schritt auf ihn zu. Als ihre Brustwarzen sein Leinenhemd streifen, durchströmt sie ein Ziehen bis in die Leistengegend.

Man holt tief Luft. »Lee, ich ...«

»Ich weiß«, wiederholt sie und kommt noch einen Schritt näher. Und dann pressen sie ihre Münder aufeinander, bis sie ihre Zähne spüren. Er hält sie mit seinen Armen fest umschlossen. So stehen sie gefühlte Stunden, Tage da und küssen sich. Man nimmt sie bei der Hand und führt sie in den Salon. Sie streift die Hose ab, während er dasselbe mit seinen Sachen macht, und dann, im Halbdunkel der Dämmerung, legt Man sie auf die Couch, kniet sich neben sie und lässt seine Hände über ihre nackte Haut gleiten. Sie schiebt sich ihm entgegen, kommt aber nicht nah genug heran, also zieht sie ihn auf sich und atmet ihn ein. Seine Haut ist wie warmes Wasser auf ihrer, sie ist ganz feucht davon, und endlich schaltet ihr Verstand sich vollkommen ab, und es bleibt nur das Gefühl. Ihr einziger Gedanke ist, dass es kein Zurück mehr gibt, und dafür könnte sie nicht dankbarer sein.

NORMANDIE
JULI 1944

Frankreich ist Metall, es riecht so, fühlt sich so an und schmeckt so. Ein heißer Stahlhelm auf Lees schweißgetränktem Haar. Der Geruch, den ihre Laufbodenkamera an den Händen hinterlässt. Die Feder ihres Stiftes, wenn sie ihn anleckt und die Tinte ihre Zunge blau färbt. Und das Krankenhaus. Knochensägen. Hervorgepulte Kugeln in einer Schüssel. Infektionsgestank in der Luft, süßlich wie angeleckte Pennys.

Fotos, wo sie auch hinsieht, die Kompositionen ein Anblick des Schreckens. Lee knipst und knipst und schluckt die Galle, die ihr hochkommt – selbst die schmeckt metallisch. Sie soll die Aufgaben amerikanischer Krankenschwestern nach der Invasion dokumentieren, also fotografiert sie Blutbeutel, Penicillin und Operationen. Sie macht Bilder von Amerikanerinnen, die Seite an Seite mit deutschen Frauen arbeiten, und versucht dabei, ihre zunehmende Abscheu vor den Krauts zu unterdrücken.

Die Fotos schickt sie begleitet von Essays an Audrey, obwohl ihr klar ist, dass der Zensor das meiste davon streichen wird. Selbst ihre Briefe an Roland werden zensiert, wo vorher ihre Worte standen, sind jetzt Leerstellen. Seinen Antworten ergeht es genauso, außerdem kommen sie erst nach Wochen bei ihr an, aber seine Sätze klingen alltäglich und tröstlich. Sie verbinden Lee mit einer Welt jenseits des Krieges.

Eines Abends ruft jemand Lee an ein Krankenbett. Der Mann darin sieht mit seinen Verbänden aus wie eine Mumie. »Ma'am«, sagt er mit einer Stimme so schwach wie ein leises Pfeifen. »Machen Sie ein Foto von mir, dann hab ich was zu lachen, wenn ich nach Hause komme.«

Augen, Mund und Nase sind schwarze Löcher, unkenntlich. Die Hände so dick verbunden, als trüge er Topfhandschuhe. »Cheese«, flüstert er. Lee greift nach ihrer metallenen Kamera und versucht, das Bild scharfzustellen.

KAPITEL ELF

Drei Monate sind vergangen. Man hat ihr eine Wohnung besorgt, ein paar Straßen entfernt von seiner am Montparnasse. Er hat die erste Miete bezahlt, ihr Möbel besorgt und mehrere Kunstwerke an die Wände gehängt. Wie ein altes Ehepaar schlendern sie durch das Printemps. Man kauft mit ihr Bettwäsche, Kaffeetassen, Lavendelsäckchen, die sie zwischen die Wäsche legen kann. Sie tapezieren ihr Schlafzimmer mit einem geometrischen Muster und verlegen einen Art-déco-Teppich, der dicke Flor fühlt sich flauschig unter den Füßen an. Er schenkt ihr eine von seinen Decken, und wenn sie nicht zusammen sind, vergräbt sie sich darin. Lee hat es nie sonderlich interessiert, wo sie lebt, aber die Wohnung kommt ihr vor wie eine Verlängerung ihrer Gefühle für Man. Sie ist nicht gerade riesig – wenn er die Nacht bei ihr verbringt, stellt sie die Schuhe an der Tür übereinander und freut sich, wie ihre Absätze sich in seine schmiegen –, aber für sie gerade groß genug, und sie verspürt dort eine Ruhe, die sie bisher nirgendwo sonst erlebt hat.

Abends liegen sie auf ihrem Bett, und weil die Matratze in der Mitte durchhängt, rutschen sie immer wieder aufeinander. Ihre Körper sind warm, und die Haut klebt in der für April ungewöhnlichen Hitze. Er küsst ihre Zehen, ihre Handgelenke, die Ritze ihres Pos. Morgens brennt ihre Haut, weil seine Bartstoppeln sie wund gescheuert haben.

Und immer und immer wieder fotografiert er sie. Seine Kamera ist wie eine dritte Person im Schlafzimmer, sie flirtet mit ihr und mit ihm, wenn er sie fotografiert. Sie entwickeln die Bilder gemeinsam, Hüfte an Hüfte stehen sie in der Dunkelkammer und sehen zu, wie ihr Körper sich auf dem Papier entfaltet. So erleben sie die Momente zweimal, die Bilder rufen die Gefühle vom Vortag wach, und dann lassen sie manchmal alles stehen und liegen und fallen übereinander her, Lees Hände krallen sich am Waschbecken fest, und die Bilder liegen vergessen im Entwickler und werden schwarz.

Tagelang nimmt Man keine Kunden an. Sie schließen die Tür zum Studio ab. Lee geht nicht ans Telefon. Stattdessen machen sie Abzüge von Lees Fotos, oder Man malt oder arbeitet an einer Skulptur – eine fast manische Energie packt ihn, durch sie, wie er sagt, durch ihre Nähe. Er bittet sie, bei ihm zu bleiben, wenn er malt, und dann sitzt sie zusammengerollt im Sessel neben seiner Staffelei, atmet den Geruch von Kampfer und Terpentin ein und beobachtet ihn bei der Arbeit. Manchmal malt er abstrakt, dann wieder sie, wie sie dort sitzt, oder er lässt sich von ihren Fotos inspirieren – die Kontur ihres Nackens wird zur Vorlage für einen Seiltänzer, ihre Brust zu einem Getreidesilo und dann einem Berg. So sorgfältig er in der Dunkelkammer arbeitet, so fieberhaft agiert er hier. Er will Lee bei sich haben, vergisst dann aber, dass sie da ist, bis sie wütend wird und ihm den Pinsel aus der Hand nimmt und ihn küsst, bis er wieder ihr gehört.

Manchmal sieht Lee ihn beim Abendessen an, oder sie sitzt einfach so neben ihm und fragt sich, wie sie jemals daran zweifeln konnte, dass es so kommen würde. Es fühlt sich unausweichlich an. Er sieht anders aus als der Mensch, dem sie damals begegnet ist. Er ist ihr ans Herz gewachsen. Sein Wimpernkranz, die Biegung seiner Ohrmuschel, alles an ihm ist ihr jetzt vertrauter, als sie selbst es sich ist. Sein Geruch – fast ein bisschen wie Kiefernholz. Selbst nach dem Duschen kann sie ihn an sich riechen. Sie hält die Nase an ihre Schulter und atmet ihn ein.

Auf Partys oder im Café weiß sie immer instinktiv, wo er ist. Ihre Blicke treffen sich und bleiben länger aneinander hängen, als sie es sollten. Ihre Beziehung kommt ihr so offensichtlich vor, als müsste jeder um sie herum sofort erkennen, was sie im Schlafzimmer getrieben haben. Wie sie sich brauchen. Jeder im Raum müsste ihr Herz klopfen hören, das nackte *bumm bumm bumm bumm bumm bumm*.

Wenn Lee nicht bei Man ist, arbeitet sie an eigenen Fotos. Sie merkt, dass sie genauso besessen ist wie er. Und sie ist lieber unterwegs als im Studio, wenn Man also Kunden hat, hängt sie sich die Rollei um und streift den ganzen Nachmittag durch die Stadt, über die breiten Boulevards und über die Seine, sie verläuft sich im Marais, wo die Juden sie neugierig beäugen, die große Frau mit der Kamera und den hellblonden Haaren. Vielleicht sollte sie Angst haben, so ganz allein, aber die Kamera gibt ihr nicht nur einen Sinn, sie beschützt sie auch. Ihr gefällt das Zufällige an den Straßenszenen, sie mag es, Menschen und Dinge in merkwürdigen Positionen zusammenzubringen, mit dem Blickwinkel zu spielen. Jedes Mal, wenn sie ein Bild abzieht und Man es lobt, wird sie selbstbewusster und fühlt sich ein bisschen mehr wie die Frau, die sie immer schon sein wollte.

Von ihren Streifzügen bringt sie Papiertüten voller Fruchtbonbons mit, oder Macarons, so leicht, dass sie auf der Zunge zergehen. Sie füttert Man damit, und er leckt ihr den Zucker von den Fingern. Wenn sie zurückkehrt, geht im Westen die Sonne unter, das Licht liegt wie dicke Toffeestreifen auf dem Bett, und bevor es zu dunkel ist, macht Man schnell noch ein Foto von ihr: Hals und Oberkörper in längliche Schatten getaucht, die Beine ins Bettzeug gewickelt, die Rippen eine Kurve, weil sie auf der Seite liegt. Dann legt er die Kamera weg, streckt sich neben ihr aus und berührt sie am ganzen Körper, jede Stelle, die er fotografiert hat, und jede andere auch. Sie schließt die Augen und genießt es mit aller Kraft, dieses gute Gefühl, und sie fühlt sich besser als je zuvor. Und wenn ihre Gedanken doch irgendwann abschweifen, dann immer zu ihren Bildern.

Der Frühling ist da, das Grün der Blätter drängt aus den Bäumen, und als Lee eines Abends zu ihrer Wohnung geht, sieht sie auf der Treppe eine Frau mit einem braunen Bob sitzen, die Augen geschlossen und das Gesicht in die warme Sonne gereckt. Neben ihr steht ein Koffer, auf dem ein kleiner Hut mit Schleier liegt.

»Tanja?«, fragt Lee ungläubig, und Tanja springt auf und fällt ihr um den Hals, und sie hüpfen und kreischen vor Freude.

»Oh, Li-Li«, sagt Tanja. »Ich hab dich vermisst!«

Lee nimmt Tanja mit nach oben und bietet ihr einen Stuhl in der Ecke an. Tanja erzählt von ihrer letzten Reise, und Lee lässt sich von den Geschichten berieseln, einem Strom süßer Worte. Mit Tanja fühlt sich immer alles ganz leicht an, und schon nach kurzer Zeit ist sie wieder die alte Lee, die Witze reißt und alles nur in Stichworten anspricht.

»Das hättest du sehen müssen, Li-Li. Wir kommen viel zu spät in Mailand an, es ist schon dunkel, und wir nehmen ein Taxi zu dem Hotel, das mir Ruth empfohlen hat – weißt du noch, Ruth? Tja, der Laden hieß Casino Hotel, und Ruth meinte, in der Gegend geht die Post ab. Irrtum: Da *drinnen* ging die Post ab. Ich werde nie Mrs. Basingthwaites Gesicht vergessen, wie sie da in der Lobby steht, umringt von Damen, die ziemlich sicher im horizontalen Gewerbe arbeiten. Sie hat mich schneller da rausgezerrt, als ich gucken konnte.«

Lee lacht. »Wie lange kannst du bleiben?«

Tanja verzieht das Gesicht. »Nur übers Wochenende. Mrs. B. lässt mich nicht länger aus den Augen. *Bitte* sag mir, dass wir irgendwohin gehen, wo es richtig schlimm ist.«

Lee zögert. Eigentlich will sie mit Man auf eine Party, auf die sie sich schon seit Wochen freut. Es wäre kein Problem, Tanja mitzunehmen, aber der Gedanke, Man mit jemandem teilen zu müssen, missfällt ihr. Andererseits will sie auch mit ihm angeben – mit ihrem Leben insgesamt –, also sagt sie: »Ich wollte heute Abend zu einer Party gehen, ist nur ein paar Straßen weiter. Kommst du mit?«

»Ist Gras grün?«, ruft Tanja und tanzt trällernd durchs Zimmer: »Eine Party! Eine Party!«

Lee zieht sich kurz um, dann laufen sie zu Tanjas Hotel. Wenn Tanja sie damals in New York besuchte, rückten so ziemlich alle ihre Unternehmungen vor ihrem Geplauder in den Hintergrund, ob im Met oder im Cabaret, im Grunde waren sie die ganze Zeit am Reden. Und hier in Paris ist es dasselbe. Sie schlendern durch die Gegend und reden und reden. Nur, dass Lee diesmal ihre Kamera dabeihat und sich hin und wieder von Tanjas Arm löst, um ein Foto zu schießen. Ihr Verstand funktioniert auf zwei Ebenen: Während sie einerseits ihrer Freundin zuhört, konzentriert sich ihre andere Gehirnhälfte darauf, was sie im letzten Abendlicht sieht: Bilder, die vor ihrem Auge entstehen und sich gleich darauf wieder auflösen. Manche davon will sie behalten, sie springen sie förmlich an, also nimmt sie sie ins Visier, stellt scharf und drückt auf den Auslöser. Als sie ein Foto von Tanja machen will, wie sie beim Erzählen mit den Händen gestikuliert und dann erst begreift, was Lee vorhat, beobachtet sie amüsiert, wie Tanja plötzlich befangen wird.

»Und, kommt Man Ray auch heute Abend?«, fragt sie. »Versteht ihr euch noch gut?«

Lee setzt an, ihr zu erzählen, was alles zwischen Man Ray und ihr passiert ist, aber dann fehlen ihr die Worte. Sowohl Man als auch die Fotos – ihre Fotos – fühlen sich noch viel zu neu an. Lee will keine Fragen beantworten, sie will das alles für sich behalten, eine kleine Perle in einer Muschel.

Nach einer Weile räuspert sie sich. »Ich hab's dir noch nicht erzählt, aber Man und ich – wir …« Sie bricht ab.

Tanja zieht die Augenbrauen hoch. »Echt?«

»Ja.« Lee wird rot, sie wendet sich ab und fotografiert die Wasserspender von Notre Dame, deren Silhouetten sich vor dem stahlgrauen Himmel abzeichnen. Als sie die Kamera sinken lässt, sieht Tanja sie noch fragend an, verliert aber kein Wort mehr darüber.

Im Hotel bewundert Lee neidisch die verschiedenen Outfits, die Tanja auf ihrer Reise erworben hat, einfache Kleider mit weiten Röcken, wie Lee sie noch nicht kannte, kleine Bolero-Jäckchen mit eingenähten Schulterpolstern. Die beiden haben praktisch dieselbe Größe, während Tanja sich also umzieht, probiert Lee ein *Crêpe de Chine*-Kleid mit Perlenkette an, und als Tanja sie so sieht, sagt sie, sie solle es anbehalten. Lee betrachtet sich im Spiegel: die vom Spaziergang und der Vorfreude auf Man geröteten Wangen, die weichen, zurzeit immer leicht angeschwollenen Lippen. Tanja taucht hinter ihr auf und mustert sie kritisch, dann zieht sie die Kette nach hinten, sodass die Perlen ihr wie ein Cape im Rücken hängen, und als sie das Haus verlassen, fühlt Lee sich zum ersten Mal, seit sie hier ist, wie eine Pariserin.

In einer abgelegenen Ecke im Le Dôme, wo sie vor der Party einen Drink nehmen, beugt Tanja sich vor und nippt an ihrem randvollen Martini. Ihre dunkel geschminkten Augen werden schmal, als sie Lee ansieht. »Er zahlt deine *Miete?*«, fragt sie. »Dann scheint er es ernst zu meinen. Warum hast du mir nichts davon erzählt?«

Lee beobachtet über Tanjas rechte Schulter eine Gruppe von Leuten. Eine der Frauen kommt ihr bekannt vor, aber sie weiß nicht, woher. Vielleicht eine Freundin von Man? War sie mal im Studio? Lee hat mittlerweile so viele Leute aus Mans Umfeld kennengelernt, dass sie langsam den Überblick verliert.

»Li-Li.« Tanja wedelt vor Lees Gesicht herum. »Du hättest es mir sagen sollen. Die ganzen Briefe und nie ein Wort darüber?«

»Ich weiß.« Lee gibt sich zerknirscht. »Ich war nur ... es war alles so neu. Und es ging so schnell.« Sie weicht Tanjas Blick aus, und als sie sich umsieht, fällt ihr auf, dass sie direkt unter dem Porträt von Man und seinen Freunden sitzen, das seit einem Jahrzehnt dort an der Wand hängt. Sie zeigt auf Man, der mit finsterer Miene inmitten von einem Dutzend Männern steht, und sagt: »Das ist er. Mit seiner Dada-Gruppe. Früher haben sie sich hier getroffen.« Man hat ihr erzählt, wie anders es damals im Le Dôme zuging, Pfeifenrauch und Politik statt Tratsch und Champagnercocktails. Lee zeigt wieder auf das körnige Bild. »Das da rechts ist Tristan Tzara – ich schätze, du wirst ihn heute Abend kennenlernen. Die beiden geben eine Zeitschrift raus, *221*. Schon mal gesehen? Man meint, sie könnten vielleicht irgendwann meine Fotos drucken.« Lee kann den Stolz in ihrer Stimme kaum unterdrücken.

Tanja nippt noch einmal an ihrem Drink. »Ich weiß, dass wir ihn gleich treffen werden, aber ...« Tanja fischt die Cocktailzwiebel aus ihrem Glas und steckt sie in den Mund, sie kaut sie langsam und mustert Lee mit skeptischer Miene, bevor sie fortfährt. »Du arbeitest für ihn, du kennst nur Leute, die er kennt, und er zahlt deine Miete. Li-Li ... was ist, wenn es nicht klappt mit euch? Du weißt selbst, wie du bist, wenn du keine Lust mehr auf jemanden hast.«

Lee schaut leicht gereizt auf ihre im Schoß verschränkten Hände, entdeckt einen kleinen Aschefleck am Handschuh und versucht, ihn mit dem Finger wegzureiben. Der Fleck wird größer und verschmiert.

»Argyle trauert dir immer noch nach«, sagt Tanja, als Lee nicht reagiert.

»Das sollte er lieber sein lassen.« Argyle. Einer von Lees Liebhabern, bevor sie aus New York wegging. Er war mit ihr in seinem Zweisitzer über den funkelnden Hudson geflogen, bevor er sie mit nach Hause nahm, und seine Haut roch nach Benzin, als sie miteinander schliefen. Der Letzte einer Reihe von Männern, die von Lee schlecht behandelt wurden. Sobald sie ihr ihre Liebe gestanden, redete sie nicht mehr mit ihnen. Tanja kümmerte sich um jeden Einzelnen, kannte sämtliche Details – was, wenn Lee genauer drüber nachdenkt, vermutlich auch ein Grund dafür ist, dass sie mit ihr nicht über Man reden will. Wenn Lee *nicht* über ihn redet, ist er vielleicht auch nicht so angreifbar wie die anderen Männer, und Lee kann sich besser auf ihn einlassen.

Schließlich sagt sie: »Diesmal ist es anders. Und ehrlich gesagt, vielleicht bin ich ja erwachsen geworden. Nur, weil ich mein Leben lang dumm war, muss ich es doch nicht immer bleiben.«

Tanja greift über den Tisch nach Lees Arm und drückt ihn. »Du warst keine Minute deines Lebens dumm.«

»Na ja, ein- oder zweimal vielleicht schon.«

»Okay, vermutlich«, sagt Tanja und lacht, bevor sie wieder ernst wird. »Du magst ihn wirklich, oder? Wenn du über ihn sprichst ... also, irgendwie klingst du anders als sonst.«

Lee nickt. Es *ist* anders. Wenn sie an ihre früheren Liebhaber denkt, fällt ihr vor allem ihre eigene Ruhelosigkeit und Unzufriedenheit ein. Die Männer wollten immer mehr von ihr, und sie hatte keine Lust, es ihnen zu geben. Sie saß ihnen im Restaurant gegenüber oder lag neben ihnen im Bett und dachte meistens nur daran, wie sie sich aus dem Staub machen könnte. Je näher sie ihr sein wollten, desto weniger empfand sie, bis sie sich vorkam wie ein Stück Holz. Vor Jahren hatte sie einmal versucht, es Tanja zu erklären, aber die hatte bloß komisch geguckt und sie nicht verstanden. Genauso schwer fällt es ihr jetzt, zu erklären, warum es bei Man anders ist, wie offen und beeinflussbar sie sich bei ihm fühlt. Wie soll sie erklären, dass sie sich umso mehr nach ihm sehnt, je mehr Zeit sie mit ihm verbringt? »Ja, ich mag ihn wirklich«, ist alles, was ihr einfällt. »Ich bin froh, dass du ihn kennenlernst.«

Als sie auf die Party kommen, ist Man zuerst überrascht, freut sich dann aber, dass Lee eine Freundin mitgebracht hat. Er hakt sich bei beiden unter und geleitet sie galant von Gespräch zu Gespräch. Nach ein bisschen Smalltalk mit zwei Freunden von Tristan stellt er sie einem älteren Ehepaar vor.

»Arthur, Rose«, sagt Man. »Wie schön, euch zu sehen.«

Arthur und Rose Wheeler sind Mans wichtigste Mäzene. Sie haben seine Filme finanziert und scheinen immer dann mit einem Auftrag um die Ecke zu kommen, wenn die Geschäfte gerade nicht gut laufen. Man steht ihnen sehr nahe. Im Sommer war er sogar einmal mit ihnen in Biarritz – Lee hat Fotos von der Reise gesehen, hat die Geschichte gehört, wie sie einen Tag damit verbrachten, Fotos von Schafen zu machen, als die Tiere die Straße blockierten und die drei stundenlang festsaßen. Auf Mans Fotos stehen die Schafe dicht aneinandergedrängt, und die weißen Reflexe in ihren ängstlichen Augen springen hervor wie glänzende Murmeln.

Rose wendet sich mit einem strahlenden Lächeln an Lee. »*Sie*«, sagt sie, »Sie müssen Lee Miller sein. Wir haben so viel von Ihnen gehört – und gesehen, auf Mans wunderbaren Bildern.«

Man lächelt und zieht Lee an sich. »Ja, das ist meine Liebe. Ich freue mich, dass ihr sie endlich kennenlernt. Und das hier ist ihre Freundin Tanja Ramm aus New York.«

Sie unterhalten sich weiter, gehobenes Cocktail-Geplauder, und Lee macht mit, obwohl sie die ganze Zeit an Mans Gesicht denken muss, als er sie angesehen hat, so viel Gefühl in den braunen Augen. Und dann seine Worte: »meine Liebe.« Lee könnte schwören, dass die Leute es mitkriegen, sie sieht ihre bewundernden, aber auch neidischen Blicke. Sie hat so ein Glück, mit Man zusammen zu sein, und das Glück, dass auch noch jeder es weiß.

Tanjas Skepsis ist schnell verflogen, Man hat sie schon nach kurzer Zeit um den Finger gewickelt. Lee überrascht das nicht: Man ist in geselliger Laune und immer in Bestform bei Gesellschaften wie dieser hier, wo er die meisten Gäste kennt und sich nicht verstellen muss. Er ist schlicht, aber elegant gekleidet, in dunkler Hose mit weißem Hemd, und er trägt seine selbst gebauten elektronischen Manschettenknöpfe, rote Lämpchen, die in zufälligem Rhythmus blinken. Wenn er umringt von Leuten gestikuliert, sieht Lee sie leuchten.

Lee merkt auch, dass Man genauso bezaubert von Tanja ist wie sie von ihm, wobei das bei Tanja sowieso immer alle sind. Das mag Lee an ihr: ihre unkomplizierte Art und ihre Lockerheit in solchen Situationen. Im Grunde ist sie das genaue Gegenteil von ihr: Lee fand immer, dass Tanja eine Seele wie ein Engel hat, rein und unbefleckt, wohingegen Lee ihre eigene eher als dornig bezeichnen würde, ein dunkles, verfilztes Nest. Im Gegensatz zu Man und Tanja ist Lee unter Menschen oft angespannt und zu sehr damit beschäftigt, wie sie nach außen hin wirkt und wie sie sich verhalten soll.

Jetzt hält Lee Ausschau nach Tristan. Seit Man erwähnt hat, dass die beiden vielleicht ihre Fotos in ihrer Zeitschrift abdrucken können, kann sie es kaum erwarten, mit ihm zu sprechen. Als sie sich umsieht, entdeckt sie ein bekanntes Gesicht: rasierter Kopf, leichenblasse Haut, weiter Anzug. »Sieh mal – da ist Claude«, sagt sie zu Man. Er schaut rüber und nickt kurz. »Ich muss ihr mal eben sagen, wie gut mir ihr Gedicht gefallen hat«, sagt Lee und entschuldigt sich.

Claude steht allein in der Ecke und raucht konzentriert. Lee geht mit einem Lächeln auf sie zu. »Es ist schon Monate her, aber ich wollte Ihnen doch noch mal sagen, dass ich Ihr Gedicht so toll fand, das Sie bei Monnier vorgelesen haben.«

Claude bläst einen Rauchring und kneift ein Auge zu, scheinbar, um Lee durch den Kreis hindurch anzusehen. »Das war kein Gedicht.«

»Oh. Ich dachte – was war es denn?«

»Mein Manifest. Meine Widerlegung des Selbst.« Sie spricht Englisch mit starkem Akzent.

Lee will die Augen verdrehen, reißt sich jedoch am Riemen. Nachdem ihr Claudes Zeilen in den letzten Wochen immer wieder durch den Kopf gegangen sind, hat sie vergessen, wie schräg sie ist. Jetzt sieht sie sich um und überlegt, wie sie sich möglichst elegant wieder verabschieden kann.

»Du bist die von Man Ray«, stellt Claude fest.

»Ja.« Lee bemerkt wieder, wie stolz sie klingt.

»Die *Muse*.« Claude zieht das Wort in die Länge und wedelt herablassend mit den Fingern.

»Ich bin Fotografin.«

»Ach, wirklich?«

Lee beschließt, auf Claudes hämische Art zu kontern. »Du auch, oder? Ich meine, so etwas gehört zu haben.«

Claude gibt Lee ihre feuchte Zigarette und durchstöbert ihre Jacketttaschen. Sie zieht einen Packen Kärtchen hervor und reicht Lee eine. Darauf gedruckt ist ein Foto von Claude beim Gewichtheben und eine Adresse am Boulevard Raspail. »Ich mache eine Ausstellung«, sagt sie.

Die Adresse sagt Lee nichts, trotzdem ist sie beeindruckt. Claude muss noch besser sein, als sie dachte. »Kenne ich nicht«, sagt Lee. »Ist das eine Galerie?«

Claude verzieht die Lippen zu einem spöttischen Lächeln. »*Galerie* wäre zu viel gesagt. Der Besitzer nennt es so, ich würde es eher einen Flur zwischen zwei Gebäuden nennen. Andererseits ist der Besitzer auch ein … wie sagt man? Ein echter Hurensohn. Das Ganze ist totaler Mist. Erst sollten nur meine Sachen gezeigt werden, jetzt hänge ich neben zwanzig anderen Fotografen. Ich hab schon überlegt, einen Rückzieher zu machen, aber der Gedanke, meine Fotos an den Wänden zu sehen, gefällt mir leider doch zu sehr. Was würdest du machen?«

Lee antwortet nicht, stattdessen hat sie plötzlich ein Bild vor Augen: ihre eigenen Fotos, gerahmt und aufgehängt. Ein Haufen Leute, die schweigend von einem zum anderen ziehen. Die Bilder –

ihre Bilder – bleiben in ihren Köpfen hängen, lassen sie nicht mehr los.

Claude schaut sich um. Lee folgt ihrem Blick und stellt fest, dass sie zu Man sieht, der noch in der Ecke Hof hält, während seine Manschettenknöpfe im schummrigen Licht blinken. Claudes Blick wandert demonstrativ zwischen ihm und Lee hin und her, als wollte sie zu verstehen geben, dass sie sich genau vorstellen kann, was zwischen ihnen läuft. »Ein großer Mann«, sagt Claude, obwohl ihr Tonfall vermittelt, dass sie genau das Gegenteil denkt.

Lee nutzt die Gelegenheit, um aufzubrechen, sie drückt Claudes Zigarette in einem überfüllten Aschenbecher aus und schnappt sich ein Glas Wein von einem der Tabletts, die durch den Raum getragen werden.

Sie ist erleichtert, wieder bei Man zu sein, sich an das vertraute zerknitterte Jackett zu lehnen, während sein fester Arm sie um die Taille fasst und an sich drückt. Tanja schenkt Lee ihr strahlendes Zahnfleischlächeln, ein Zeichen dafür, dass sie betrunken ist. Die Wheelers sind gegangen, Man und Tanja unterhalten sich mit einer älteren Frau, die mindestens zehn Perlenketten um den Hals trägt und ihren Drink wie eine Fackel hoch über dem Kopf hält.

»Also habe ich zu Rémy gesagt«, brüllt sie, »ich habe gesagt, es sind *nicht* die jungen Leute, die die Kunst kaputtmachen, die jungen Leute sind völlig in Ordnung, auch wenn immer behauptet wird, sie hätten nichts im Kopf. Was die Kunst kaputtmacht, ist der *Kommerz.*« Das letzte Wort betont sie besonders und schwenkt dabei ihr Glas hin und her, sodass das Getränk überschwappt.

Tanja beugt sich zu Lee rüber und ahmt die Frau nach: »*Kommerz.*«

Aber Lee interessiert, was sie zu sagen hat.

»Falls Sie glauben, dass irgendein Amerikaner noch ein Porträt in Auftrag gibt«, erklärt die Frau und zeigt mit ihrem langen braunen Fingernagel auf Man, »dann irren Sie sich gewaltig.«

Man räuspert sich. »Ist es schon so schlimm? Hier bei uns spürt man es noch nicht so stark. Tatsächlich sprach ich gerade mit Arthur Wheeler über genau dieses Thema ...«

Die Frau schneidet ihm das Wort ab. »Ich stamme aus Pittsburgh«, sagt sie und schüttelt den Kopf. »Ich wollte mir bei der Bank Geld für die Reise holen, und stellen Sie sich vor, erzählen die mir doch glatt, sie hätten keins. Meine Bank! Hat *mein* Geld nicht.«

Man nickt, runzelt die Stirn und stellt noch eine Frage, jetzt etwas leiser, sodass Lee ihn nicht hören kann. Tanja dreht sich zu Lee und fragt: »Wer war diese merkwürdige Person, mit der du eben geredet hast?«

»Claude Cahun. Sie ist Fotografin. Sie hat demnächst eine Ausstellung in einer Galerie hier in der Nähe.« Lee zeigt Tanja die Karte. Sie wirft einen kurzen Blick drauf und gibt sie ihr zurück. Tanja hat sich noch nie groß für Kunst interessiert.

»Grundgütiger, ich hoffe, bis dahin macht sie irgendwas mit ihren Haaren«, sagt Tanja. Beide lachen.

»Sie ist tatsächlich sehr talentiert«, sagt Lee. »Hier in der Stadt gehört schon ein bisschen was dazu, eine Ausstellung zu haben.«

Tanja hebt elegant eine Schulter. »Bald bist du dran.«

»Das hoffe ich«, sagt Lee, glaubt es aber noch nicht wirklich. Sie erinnert sich an den Brief ihres Vaters. »Von meinem Vater werden ein paar Fotos gedruckt.«

Tanja guckt überrascht. »Die von dir?«

»Irgendwelche Architekturbilder.«

»Ah.«

Tanja kennt Lees Vater seit ihrer Kindheit, und sie hat ihn nie sonderlich gemocht. Damals saß sie ihm ebenfalls Modell. Einmal fotografierte ihr Vater sie sogar gemeinsam, was Lee immer noch ein bisschen unangenehm ist, weil er sie eher wie ein Liebespaar aussehen ließ als wie Freundinnen. Lee hat ihm noch immer nicht geantwortet. Sein Brief steckt irgendwo tief in einer Schublade, und sie versucht, nicht daran zu denken.

»Ich mag Man«, flüstert Tanja, um das Thema zu wechseln. Sie riecht nach Wein.

»Wirklich?«

»Ja. Er scheint tatsächlich sehr verliebt in dich zu sein.«

Lee streckt die Hand aus und berührt Tanjas Arm. »Was hat er gesagt?«

»Er hat mir eigentlich die ganze Zeit nur erzählt, wie talentiert du bist. Jedenfalls, bevor die Frau dazukam. Irgendwas über ein Foto von einem kaputten Regenschirm? Er konnte sich gar nicht mehr einkriegen.«

Lee platzt fast vor Stolz und nippt an ihrem Drink, um sich nichts anmerken zu lassen. Sie wusste nicht, dass Man das Foto gefällt, auch wenn sie selbst es ziemlich gelungen fand. Man redet noch immer mit der Frau, also fragt Lee, ob Tanja einen neuen Drink braucht, und sie gehen gemeinsam in Richtung Tresen, wo sie eine Weile herumstehen, Soleier essen und ihre Gläser leeren, um sich neue zu nehmen. Als sie wieder zu Man kommen, ist Tristan Tzara bei ihm, und das Gespräch scheint unverändert, obwohl sich mittlerweile noch ein paar Leute um sie versammelt haben. Jedes Mal, wenn Lee ihn sieht, hält Tristan politische Reden, und seinem ernsten Gesichtsausdruck zufolge wird es heute nicht anders sein. Eigentlich müsste er immer ein kleines Podest dabeihaben.

»Wie rechtfertigen wir Kunst, wenn es immer noch um den Klassenkampf geht, wenn die Menschen ums Überleben kämpfen?«, ruft Tristan.

»Kunst braucht keine Rechtfertigung!«, brüllt jemand, andere klopfen zustimmend auf die Tische.

Lee gibt Man einen Kuss auf die Wange. Tristan nickt ihr zu und redet dann weiter, jetzt auf Französisch, schnell und laut: Sie müssten die Menschen von den Interessen der Bourgeoisie befreien; unter dem Joch der kapitalistischen Ordnung würden die Menschen ausgenutzt; Ausbeutung sei der Tod. Lee zieht Man am

Ärmel, sie will mit ihm besprechen, ob sie Tristan wegen der Zeitschrift und ihren Fotos fragen können, aber Man kommt ihr zuvor: »Die gesamte nächste Ausgabe von *221* wird sich um sein neues Manifest drehen. Es geht darum, inwiefern Kunst und Fotografie den Geist von der Selbstzufriedenheit befreien können.«

Neue Manifeste. Immer nur Worte. Vielleicht bewirkt das ganze Gerede ja irgendwas, aber bisher kommt es Lee nicht so vor. Sie redet lieber allein mit Man über Kunst, statt sich diese öffentlichen Schreiduelle anzuhören, bei denen es nur um die Konfrontation zu gehen scheint. Im Studio sprechen sie über Verlangen und Hunger, und dass Liebe für die Kunst genauso wichtig ist wie Revolution. Das findet Lee viel interessanter, auch wenn sie es für nicht wirklich zutreffend hält. Vielleicht ist der Gedanke nicht unbedingt falsch, aber sie glaubt eben nicht, dass Kunst immer eine Botschaft transportieren muss. Am besten findet sie die Sachen von Man, die keine Erklärung brauchen, keinen Kontext, die einfach nur ein Gefühl in ihr auslösen.

Trotzdem versprühen Tristans Worte eine gewisse Energie, eine Leidenschaft, die sein Denken bestimmt. Als sie Tanja sieht, die sich offensichtlich langweilt, wird ihr klar, dass Tristans und Mans Ideen in den letzten Monaten nicht spurlos an ihr vorübergegangen sind. Dass es wichtig ist, mit ihren Fotos etwas bewirken zu wollen, auch wenn sie noch nicht wirklich weiß, was das ist.

Aber heute Abend ist sie mit Tanja hier, und wenn sie sie jetzt so ansieht, spürt sie ihre lebenslange Verbundenheit. Sie tritt einen Schritt zurück, legt ihrer alten Freundin den Arm um die Schulter und stößt lächelnd mit ihr an.

KAPITEL ZWÖLF

Lee liegt mit Man auf der Couch im Studio. Sie hat Farbflecken am Bauch und an den Schenkeln, wo er sie mit den Händen berührt hat. Sein Kopf liegt auf ihr, und er sagt, dass er noch nie so kreativ war wie in den letzten Monaten. Die Fotos, die Malerei, die Skulpturen – seine besten Arbeiten bisher.

»Dank dir«, sagt er. »Nur dank dir.«

»Und was ist mit Kiki?«, fragt sie. In den vier Monaten, die sie zusammen sind, hat Man sie kein einziges Mal erwähnt, und Lee auch nicht, aber sie hat sich doch oft Gedanken gemacht. Lee waren die Ex-Freundinnen ihrer Liebhaber immer egal, aber Mans Vergangenheit interessiert sie mehr, als sie zugeben will.

»Das war anders.«

»Wie, anders?« Lee setzt sich auf und knöpft ihr Hemd zu.

»Sie war noch jung ...«

»Ich bin auch jung.«

Er sieht sie an und versucht es erneut. »Sie war jung. Ich war jung. Ich hab sie in einem Café kennengelernt. Es war ein Missverständnis ... das willst du doch gar nicht hören.«

»Doch, will ich.«

Lee zerrt die Geschichte aus ihm hervor. Er war gerade erst in Paris angekommen, ging in die Closerie des Lilas und sah dort eine junge Frau mit einer Freundin sitzen. Selbst als völliger Neuankömmling aus Brooklyn sah er gleich, dass sie dort fehl am Platz war. Sie trug keinen Hut, hatte die Haare offen, und ihre Wangen glänzten von zu viel Rouge, außerdem redete sie zu laut und ohne Pause, mit kehlig heiserer Stimme. In New York hatte Man Aktzeichnungen gemacht, und Kikis offenes Haar erinnerte ihn an die Prostituierten, die ihm Modell standen, sie hatten keine Probleme damit, nackt zu sein, und waren dankbar für einen Job, bei dem sie einfach nur stillhalten mussten. Bei Kiki erwachte sofort Mans Beschützerinstinkt. Er beobachtete, wie ein Kellner zu ihr kam und sie aufforderte, das Restaurant zu verlassen, wenn sie nicht ihr Haar bedeckte. Kiki brüllte, sie würde nicht gehen. Als der Kellner darauf bestand, erhob sie sich von ihrem Stuhl und stieg auf den Tisch. Mit zwei kurzen Schritten war sie wieder unten und lief zur Tür. Als sie an ihm vorbeikam, griff Man nach ihrem Arm und bot ihr einen Platz an seinem Tisch an, damit der Kellner sie in Ruhe ließ. Er sprach kaum Französisch und Kiki kein Englisch, aber irgendwie fanden sie Gefallen aneinander. Er lud sie zum Abendessen ein und dann in eine Show, dann in sein Studio und in sein Bett, danach waren sie zehn Jahre zusammen, bevor er sie verließ.

»Warum hast du sie verlassen?«, will Lee wissen, weil sie hören will, dass sie besser ist als Kiki, sie will genau erfahren, was alles falsch an ihr war.

»Sie war eifersüchtig.«

»Eifersüchtig, weswegen? Was hast du gemacht?«

Man sieht sie gekränkt an. »Nichts! Sie war eben sehr impulsiv – eine Schauspielerin. Jeden Abend sang sie Lieder über Verrat, da hat sie ihn dann selbst überall gewittert.« Er steht auf und geht ins Büro. »Hier, ich zeig dir was.« Er kommt mit einem kleinen schwarzen Adressbuch zurück. Darin stehen Dutzende von Namen, in Mans sorgfältiger Handschrift, aber als Lee genauer hinsieht, fällt ihr auf, dass einige Namen und Telefonnummern mit dickem, schwarzem Filzstift übermalt sind, sodass sie wie verformte Tiere aussehen.

»Eines Tages kam ich nach Hause und hab es so vorgefunden.« Er blättert die Seiten durch, wählt eine aus und reicht ihr das Adressbuch. »Meine Cousine Flora, in Philadelphia. Meine Großmutter. Sämtliche Frauennamen, die darin standen.«

»Hast du sie betrogen?«

»Nein, überhaupt nicht.«

Lee blättert das Büchlein durch. Der Filzstift ist bis auf die nächste Seite durchgedrückt, an manchen Stellen ist das Papier gerissen. Auf einer Seite hat Kiki *merde merde merde* an den Rand geschrieben. Lee stellt sich Kiki in Mans Schlafzimmer vor, mit weißen Fingerknöcheln, vor Wut schäumend. Aber als sie weiterblättert, verspürt sie zu ihrem Erstaunen auf einmal Mitgefühl für die andere Frau, vielleicht sogar eine Verbundenheit. »Sie muss doch einen Grund gehabt haben ...«

»Es gab keinen. Ich lag ihr zu Füßen.« Mans Tonfall ist streng. »Ich hab wirklich alles für sie getan. Sie wollte malen, also kaufte ich ihr Leinwände und gab ihr meine Ölfarben. Sie wollte schauspielern, also nahm ich sie, als ich meine Familie besuchte, mit in die Staaten und arrangierte ihr Meetings in New York. Dann wollte sie schreiben – irgendwie kam sie auf die Idee, eine Art Memoir zu schreiben, also las ich die ersten Seiten und half ihr, sie ins Englische zu übersetzen. Und ich stellte sie einem Freund von mir vor, Broca, der eine Zeitschrift über den Montparnasse herausgab und vielleicht Interesse an Kikis Stories haben könnte. Tja, er war mehr als interessiert. Sie arbeitete nur noch für ihn. *Schreiben.* Irgendwann zog sie dann bei ihm ein.«

Lee ist verwirrt. »Also ... hat sie dich verlassen?«

Man nimmt ihr das Adressbuch weg und legt es auf den Tisch, dann geht er zum Fenster und sieht hinaus. »Nein, ich habe sie verlassen. Ich gab ihr zu verstehen, dass ihr Verhalten inakzeptabel war. Und das war es auch. Broca entpuppte sich als Trinker und Junkie, er lief ständig durch die Straßen und redete mit sich selbst.

Kiki blieb nicht lange bei ihm – ich glaube, sie hat ihn für einen Akkordeonspieler verlassen.«

Lee hört ihm an, dass er noch immer wütend ist. Er hat nicht beantwortet, warum Kiki so eifersüchtig war, aber sie will nicht weiter nachbohren. Sie geht zu ihm ans Fenster, legt die Arme um ihn und küsst ihn aufs Ohr.

Sie wartet kurz ab und sagt dann: »Ich will sie kennenlernen. Ich will sie singen hören.«

»Tja. Sie kann sehr grausam sein. Sie weiß, dass wir zusammen sind.«

»Hast du Angst, dass sie gemein zu mir ist?« Lee zieht einen Schmollmund und klimpert mit den Wimpern.

Man streicht mit dem Finger über ihr Gesicht und am Hals entlang.

»Soll ich ehrlich sein? Ich habe eher Angst, dass ihr Freundinnen werdet und Kiki dir schreckliche Geschichten über mich erzählt und du das alles hier bereust. Sie ist durchaus imstande dazu. Das hat sie schon mal gemacht.«

»Und ich dachte die ganze Zeit, du machst dir Sorgen um *mich*.«

»Um *dich?* Ich glaube, du kannst ganz gut auf dich selbst aufpassen.«

Wenn Lee am Montparnasse unterwegs ist, sieht sie ständig Werbeplakate für Kikis Auftritte, und irgendwie geht ihr die Frau partout nicht aus dem Kopf. Nach ein paar Tagen bittet sie Man, ihr seine Fotos von ihr zu zeigen. Sie kann nicht anders. Da Man keine Gelegenheit auslässt, seine Bilder zu zeigen, wundert es sie nicht, dass er zum Zeichenschrank geht und eine Mappe herauszieht.

Erst einmal ist sie extrem erleichtert. In ihrem Nacken löst sich eine Verspannung, von der sie gar nicht wusste, dass sie da war. Das soll die schönste Frau von Paris sein? In Lees amerikanischen Augen sieht Kiki aufgequollen wie ein Hefekloß aus, sie ist furchtbar geschminkt, ihr Haarschnitt ist zwanzig Jahre alt und ihr Hintern breit und schlaff wie ein halb voller Mehlsack.

Dummerweise kommen die Kompositionen ihr unangenehm vertraut vor. Sie erkennt Mans Vorhänge im Schlafzimmer, es sind dieselben wie heute. Kiki legt den Kopf in den Nacken, es könnte genauso gut Lees sein, der Blickwinkel ist praktisch der gleiche. Man scheint keinen Kommentar zu erwarten, er erzählt die ganze Zeit, was er sich bei diesem oder jenem Foto gedacht hat, oder aber er sieht sich eines länger an und erklärt dann, wie er den Abzug heute belichten würde.

Er zeigt ihr mindestens hundert Bilder. Als er fertig ist, sagt sie noch immer nichts. Man fragt, was sie denkt. Lee zögert und sagt schließlich, was sie glaubt, sagen zu müssen: dass Kiki sehr schön sei.

»Ja, natürlich«, sagt Man. »Aber wie findest du die Fotos?«

KAPITEL DREIZEHN

»Biarritz«, sagt Man.

Lee macht gerade die Buchhaltung. Man sitzt in der anderen Ecke des Raumes am Tisch. Er ist für den Rest der Woche komplett ausgebucht.

»Biarritz?«

»Lass uns hinfahren«, sagt er. »Ich hol den Wagen, und los geht's. Du warst noch nie dort, oder?«

Sie übernimmt die Absagen. Man Ray tue es aufrichtig leid, es habe einen Todesfall in der Familie gegeben. Ob sie einen neuen Termin machen könnten. Eigentlich sollte Man sich Gedanken wegen des Geldes machen, und dass er mit so was die Kunden vergrault, die seine Rechnungen bezahlen, andererseits kann sie solche Gedanken auch ignorieren. Solange er sich keine Sorgen macht, sollte sie es auch nicht.

Sie braucht eine Stunde, um aufzuräumen, nach Hause zu fahren und den Koffer zu packen, und als sie die Treppe herunterkommt, steht er schon mit seinem Voisin vor der Tür. Der große, lange Wagen faucht wie ein Tier. Lee hat noch nie in einem so schicken Auto gesessen. Sie bindet sich ein gestreiftes Tuch um den Kopf, legt den Arm auf der mit Leder bezogenen Tür ab und fühlt sich glamourös und verrucht. Während der Fahrt hat sie die meiste Zeit die Hand auf Mans Bein liegen.

Die Strecke ist ziemlich lang, und die Straßen sind schlecht, also übernachten sie in Poitiers, streifen dort wie Touristen über das Kopfsteinpflaster und essen in einem kleinen Restaurant, wo man ihnen dunkles Brot und Bœuf bourguignon serviert, die Soße ist mit Cognac verfeinert und gespickt mit Karotten, Kartoffeln und Silberzwiebeln. Lee isst so viel, dass ihr Kleid am Bauch spannt, als sie das Restaurant verlassen. Später lieben sie sich in dem kleinen Hotelzimmer, der Vollmond scheint wie eine Lampe durch die vorhanglosen Fenster, und am Morgen frühstücken sie im Bett Croissants, ihre Finger sind fettig von der Butter und riechen nach Zucker und Hefe. Draußen halten sie die Hände vor die blendende Sonne, deren Licht so ganz anders ist als in Paris. Lee macht Fotos, die Türme des Justizpalastes sehen aus wie Männer in Narrenkappen, und sie ist glücklich wie nie zuvor, sie fühlt sich frei und rein und leicht. Als sie eine kleine Brücke überqueren, sagt sie zu Man: »Lass mich ein Foto von dir machen.«

»Ich will nicht fotografiert werden.«

»Das ist doch albern«, sagt sie und hält die Kamera ans Auge.

Er zuckt mit den Schultern, lächelt und willigt ein. Sie fotografiert ihn vor der Mauer, die zum Horizont hin läuft, und hält die Kamera leicht schräg, sodass er parallel zu einem Laternenpfahl steht. Er trägt einen weißen Schal und eine cremefarbene Leinenhose. Er lächelt immer noch, der Wind weht ihm durch die Haare und fegt sie zur Seite. Er sieht alt aus, etwas müde, und aus irgendeinem Grund liebt sie ihn dafür noch mehr.

Nach zwei Tagen sind sie da. Biarritz sieht aus wie auf einer Postkarte. Als sie ankommen, geht gerade die Sonne unter und Man klappt das Dach auf und fährt mit ihr die Esplanade du Port Vieux entlang zur Villa Belza, die steil neben der Straße aufragt, als habe man sie aus den Sandsteinklippen gemeißelt. Man parkt um die Ecke, dann laufen sie gemeinsam den Weg zum Eingang hoch.

Während Man ein Zimmer mietet, bewundert Lee die eleganten Möbel und die dicken Samtvorhänge in der Lobby. Als sie den riesigen Schlüssel in seiner Hand sieht, wird ihr schwindelig. Es kann ihnen gar nicht schnell genug gehen. Kaum steigt sie vor ihm die Treppe hoch, fasst er ihr schamlos zwischen die Beine, seine heißen Finger fahren am oberen Ende der Strümpfe über ihre Haut, so weit oben, dass er die feuchte Hitze zwischen ihren Schenkeln spüren muss. Sobald die Tür hinter ihnen zufällt, liegen sie auf dem Bett. Das Fenster steht offen, und während Man sie liebt – hart und schnell, so, wie sie es mag –, riecht sie die salzige Seeluft und denkt, dass sie von jetzt an vielleicht immer an Salz denken muss, wenn sie an ihn denkt. Als sie fertig sind, lässt sie sich auf das riesige Kissen fallen und sieht sich zum ersten Mal um. Die Wände sind mit rotem Brokat überzogen. Rote Vorhänge hängen von der Decke über das Kopfende. Selbst der Frisiertisch und die Sitzecke sind mit rotem Stoff bezogen.

»Wo sind wir hier?«, fragt sie.

»Toll, oder?«, sagt er und lacht über ihren Gesichtsausdruck. »Warte, bis du das Cabaret siehst!«

Sie halten ein Schläfchen, lieben sich noch einmal und verlassen das Zimmer erst zum Abendessen, um sich den Bauch mit Fischgerichten vollzuschlagen: *Moules marinières,* Makrele in Orangenmarinade, ein Crudo von einem Fisch, den Lee noch nie gegessen hat. Immer wieder gießen sie sich Wein nach. Lee hat das Gefühl, dass ihr Hunger niemals enden wird. So zu essen – zu bestellen, was sie will, und dann die letzten Reste Zuckerguss vom Dessertteller zu kratzen –, versetzt sie zurück in ihre Kindheit, und irgendwie macht sie das kurz nervös. Aber als Man mit ihr ins Cabaret geht, das so edel und prunkvoll ist wie angekündigt, entspannt sie sich wieder. Sie sitzen an einem verspiegelten Tisch und pressen die Knie aneinander. Auf der Bühne tanzen Frauen in Pailletten-BHs und mit riesigen Federn am Stirnband Charleston. Die Musik ist laut und blechern, und als die Show zu Ende ist, läuft sie weiter, und die meisten Gäste stehen auf und tanzen. Man zieht Lee auf die Tanzfläche. Er ist ein wilder, ungehemmter Tänzer, nicht besonders elegant, aber mit so viel Freude bei der Sache, dass sie sich mitreißen lässt, seinen Schritten folgt und dabei selbst immer wilder wird. Als sie verschwitzt und außer Atem sind, schnappt sich Man eine Weinflasche und zwei Gläser vom Tisch, und sie gehen hoch auf ihr Zimmer, klettern in das große rote Bett und reden bis um drei Uhr morgens. Kunst, Inspiration, der Unterschied zwischen Malerei und Fotografie. Ihr Gespräch ist noch mal ein eigener Tanz, sie drehen sich um die eigene Achse, bis Lee ebenso erschöpft und außer Atem ist.

»Ich habe eine Idee für eine Serie von Selbstporträts«, sagt Man. »Vielleicht sechs oder sieben Stück, nur ganz leicht variiert. Eine Nahaufnahme von meinem Gesicht und davor auf dem Schreibtisch eine Maske, eine Totenmaske. Die Variation sind die jeweils unterschiedlichen Gegenstände auf dem Schreibtisch. Ich bin mir noch nicht sicher, was ich nehmen soll. Vielleicht einen Strick, und bei einem anderen eine Feder. Als Symbol dafür, wie es sich anfühlt, Künstler zu sein.«

Lee nickt begeistert. »Ja, genau! Dass einem an einem Tag kein einziges Bild einfällt und am nächsten dann schon wieder fast zu viele – und wie man das vielleicht aufgreifen oder einfach das Gefühl eines guten Tages festhalten könnte …«

»Ja, und dass man nicht immer nur an die Strick-Tage denkt.«

»Genau«, sagt Lee. Sie leert die letzten Tropfen aus dem Glas und stellt es weg. Er lässt seine Finger über ihren Arm wandern, und sie streckt die Hand nach seiner aus, hebt sie an und drückt die Fingerspitzen gegen seine.

»Das machen wir, wenn wir wieder im Studio sind«, sagt sie.

»Ja«, sagt er und küsst sie.

Am nächsten Morgen schlendern sie zum Rocher de la Vierge und dann zum Grande Plage, wo sie die Schuhe ausziehen und über den festen Sand laufen. Es ist Mitte Mai, noch keine Hauptsaison, am Strand ist nicht viel los. Reihenweise leere Strandzelte, und als Lee

Interesse zeigt, mietet Man eins. Sie lassen die Planen offen stehen und beobachten, wie die Wellen mit ihren weißen Schaumkronen brechen. Lee liegt halb in der Sonne, halb im Schatten, versteckt unter einem riesigen Sonnenhut, den sie einem Strandverkäufer abgekauft hat. Sie kommt nur hoch, um sich die Beine mit Wasser zu besprenkeln, damit sie die Meeresbrise auf der Haut spüren kann. Wo das Wasser getrocknet ist, bleiben feine Salzspuren. Man macht neben ihr im Liegestuhl ein Nickerchen. Sie betrachtet ihn, den schlaffen Kiefer, die faltige Haut am Hals, ganz friedlich. Lee hat Lust auf einen kleinen Spaziergang. Sie schnappt sich ihren Fotoapparat und geht hinauf zur Promenade, wo die schicken Hotels sich aneinanderreihen. Die Leute sehen alle toll aus. Männer mit Strohhüten und umgeschlagenen Hosenbeinen laufen Hand in Hand mit Frauen in durchscheinenden weiten Hosen. Lee macht ein Foto von den Strandzelten, die wie Champignonköpfe aus dem Sand ragen, dann von einem streitenden Paar, das mit einem riesigen Sonnenschirm bewaffnet in Richtung Meer läuft. Am Ende des Strandes verkauft eine Frau Halsketten aus Meeresschwämmen, was Lee so faszinierend findet, dass sie eine kauft, um sie Man zu zeigen. Sie riecht nach Salz und Fäulnis, aber Lee hängt sie trotzdem um und macht sich auf den Rückweg. Man schläft noch, also setzt Lee sich zu ihm und hält das Gesicht in die Sonne. Nach ein paar Minuten wacht er auf, sieht sie und greift nach ihrem Fotoapparat. Sie bewegt sich nicht und schließt die Augen, während er sie fotografiert. Die Sonne wärmt ihr Gesicht und fließt wie Butter in ihre Knochen.

Bevor sie gehen, schließen sie sich im Zelt ein. Hinter dem dicken Tuch klingt das Meer gedämpft wie ein Flüstern. Sie legen die Handtücher auf den weichen weißen Sand und strecken sich aus. Man küsst sie, ein langer, tiefer Kuss, als wollte er sie trinken. Lee staunt, wie sehr sie ihn begehrt. Sie nimmt seine Hand und führt sie an den Bund ihrer Hose, und er knöpft sie auf, schiebt mit dem Daumen die Unterhose zur Seite und berührt sie, bis sie erschöpft erbebt. Ihre Haut ist feucht und sandig, sie schmiegt sich an ihn und ist vollkommen entspannt. Sie will, dass dieser Moment für immer anhält, nichts darf ihr dieses Gefühl mehr nehmen.

Lee hört die Worte in Gedanken, aber Man soll sie zuerst sagen. Sie lenkt ihre gesamte Aufmerksamkeit auf ihn und stellt sich vor, wie er sie ausspricht, sie kuschelt sich an seine Brust und räuspert sich ein paarmal. *Ich liebe dich.* Sie schweigen lange und horchen auf das leise, saugende Zischen der Brandung.

Schließlich sagt er: »Ich wünschte, du wärst nicht spazieren gegangen, während ich schlief.« Lee kommt ein Stück hoch, um ihn anzusehen, aber er hat die Augen geschlossen.

»Warum das denn nicht?«

»Wir sind in einer fremden Stadt. Ich wusste nicht, wo du bist. Und du ganz allein – da mach ich mir Sorgen. Der Gedanke, dass andere Männer dich sehen, gefällt mir nicht.«

»Dass andere Männer mich *sehen?*« Das kann nicht sein Ernst sein. »Also hätte ich die ganze Zeit, während du geschlafen hast, hier sitzen und darauf warten sollen, dass du aufwachst?«

Man öffnet die Augen und sieht sie an. »Na ja, so gesehen klingt das wohl etwas lächerlich. Es ist nur ... ich brauche dich, Lee.« Dann, noch etwas leiser: »Du darfst mich nie verlassen.« Er zieht sie zu sich herunter, sodass sie wieder auf seiner Brust liegt, und streicht ihr über den Kopf.

Das waren nicht die Worte, die sie hören wollte. Trotzdem hat es etwas Aufregendes. Seine Verletzlichkeit. Die Macht, die er ihr damit verleiht. Sie will sich revanchieren, ihm zeigen, dass ihr bewusst ist, wie sehr er sich ihr öffnet, also legt sie den Kopf auf seine Schulter und sagt: »Werde ich nicht.«

Wenn sie mit ihm immer so glücklich ist wie jetzt auf dieser Reise, wird das Versprechen leicht zu halten sein. »Können wir jedes Jahr hierherkommen?«, fragt sie.

»Nichts würde mich glücklicher machen.«

Lee stellt sich das als ein Ritual zwischen ihnen vor und überlegt, wie es in zwanzig Jahren wohl sein wird. Sein Haar ist dann so silbern, wie es sich jetzt schon an den Schläfen andeutet, die Falten im Gesicht markanter, die Augen tiefer in den Höhlen. Die Beschwerden eines alten Mannes wird er haben, und Lee wird eine Frau sein, die das liebenswert findet und seine Medizin in der Handtasche dabeihat. Durch seine Liebe wird er sie zu dieser Frau machen.

Man drückt sie fest an sich, und sie liegen schweigend da, bis es Lee zu heiß wird. Im Zelt ist es stickig. Sie macht sich los, steht auf und zupft ihre Sachen zurecht, dann macht sie das Zelt auf und blickt auf die verschwommene Linie, wo das Meer auf den Horizont trifft, und erfreut sich daran, wie die Zelttür das Bild rahmt.

SAINT-MALO
AUGUST 1944

Das Grollen und Heulen der Flugzeuge erfüllt die Luft, bevor Lee sie im Sturzflug auf die Festung zurasen sieht. Als sie perfekt synchron in die Gerade übergehen, wird das Donnern der Motoren vom Zischen und Kreischen der Bomben abgelöst. Binnen Sekunden versinkt alles im Chaos, und die Festung explodiert in einem Feuerball. Lee gelingt es, eine fallende Bombe zu fotografieren und einen Soldaten vor einer Rauchwand, eine brennende Silhouette. Nach dem Krieg erfährt sie, dass dies der erste amerikanische Napalm-Einsatz war – was nicht nur erklärt, warum ihre Fotos zensiert wurden, sondern auch, warum das Feuer scheinbar wie Sirup an der Haut des Soldaten klebte.

Der Angriff dauert nicht lange. Mit klingenden Ohren läuft Lee die Stufen hinunter in Richtung Hauptquartier, doch das Geschützfeuer folgt ihr, und als die Schüsse so nah neben ihr einschlagen, dass sie die Vibrationen spürt, sucht sie Schutz in einem unterirdischen Gewölbe und kauert dort auf dem Boden, die Kamera fest an ihre Brust gepresst. Es stinkt nach Krieg und Verwesung, die Wände sind verschmiert, wahrscheinlich mit Blut. Als Lee einen Schritt macht, tritt sie auf etwas Fleischiges, sie bekommt Panik, kriecht zurück auf die Straße und rennt los. In ihren Ohren pfeift es mittlerweile so laut, dass sie kaum noch denken kann, und als jemand nach ihr ruft, kapiert sie erst gar nicht, dass sie etwas gefragt wurde. Sie dreht sich um und sieht vier GIs, die sie anstarren.

»Sind Sie eine … Dame?«, fragt einer von ihnen.

Lee ist überrascht, dass es ihm auffällt. Sie weiß, wie sie aussieht, so dreckig, dass sie den Schmutz mit dem Fingernagel von der Haut kratzen kann. Aber die Männer sind begeistert, eine echte Frau zu sehen, noch dazu eine aus New York. *Sprechen Sie weiter,* flehen sie. *Wir vermissen die Stimmen unserer Mädchen so sehr.* Als wieder Geschützfeuer ertönt, suchen sie Unterschlupf in einem Raum, der sich als Weinkeller entpuppt. An den Wänden stapeln sich die Kisten: Sauternes, Languedoc, Riesling. Nachdem das Feuer verstummt, nehmen die Soldaten so viele Flaschen mit, wie sie tragen können, und später am Abend während der Verdunkelung trinken Lee und die Männer den Wein im Hotel aus gestohlenen Kristallgläsern, die sie mit staubigen Bettlaken poliert haben.

»Was macht ein Mädchen aus Poughkeepsie an einem Ort wie diesem?«, lallt einer der Soldaten und zeigt mit dem Glas in Lees Richtung, sodass der Wein auf seine Hose schwappt. Seine Wangen sind von Rasurbrand und Pickeln entstellt, seine Uniform trägt das Abzeichen eines Gefreiten ersten Grades.

»Ich dachte, den Spaß kann ich euch nicht ganz alleine überlassen«, antwortet Lee. Die anderen Soldaten lachen. Lee hält den Blick auf den Gefreiten gerichtet. »Hast du schon ein paar Krauts abgeknallt?«, fragt sie ihn.

»Ich war in Anzio.«

»Aber hast du welche getötet? Du selbst?«

Die anderen sind inzwischen bei einem neuen Thema, also rutscht Lee zu ihm. Er nickt, ohne sie anzusehen. »Einen hab ich erschossen, einen Scharfschützen. Er hat meinen Freund getötet, der direkt neben mir saß. Also hab ich ihn erschossen.«

»Wie hat sich das angefühlt?«

»Keine Ahnung.« Die Stimme des Jungen ist von Wein getränkt. »Aber ich muss oft an ihn denken. Er hatte richtig blonde Haare, fast weiß. Irgendwie denke ich dauernd daran, dass seine Mama ihn bestimmt vermisst.«

In Lees Magen beginnt die kranke Suppe des Hasses zu köcheln. »Seine Mama ist ein Monster. Sie sind allesamt Monster. Ich wünschte, ich hätte ihn erschossen.«

Der Soldat sieht sie verwundert an. In dem Moment ruft einer der anderen Lee zu, dass er ihr ein Foto von seiner Freundin zu Hause zeigen will. Sie lässt den Jungen sitzen und geht zu ihm. Das Mädchen auf dem Foto trägt eine brave Perlenkette und lächelt gutgläubig, und Lee hasst auch sie, wie sie da sauber und sicher zu Hause in Indiana sitzt.

Die Flasche wird weiter herumgereicht, und sie bleiben die ganze Nacht wach und trinken und reden. Als die Morgensonne die schwarzen Vorhänge mit einem hellen Saum umgibt, fangen die Soldaten an zu gähnen. Sie legen sich mit geliehenen Decken auf den Boden oder schlafen im Sitzen an der Wand. Lee gießt sich noch einen Schluck ein und starrt auf ihr Spiegelbild, das wie durch ein Fischauge auf dem Glas erscheint. Dann steht sie auf und wankt zu dem Gefreiten mit dem Rasurbrand, der mit offenem Mund schläft wie ein Kind. Sie tritt vorsichtig mit ihrem Stiefel gegen sein Bein, bis er aufwacht und sie verwirrt anlächelt, als sei sie Teil seines Traums. »Komm mit«, flüstert Lee, und er folgt ihr den Flur entlang in ein leeres Hotelzimmer. Sie zieht ihn hinein und drückt ihn auf die Bettkante, wo er überrascht und erwartungsvoll zu ihr hochsieht. Er muss an die fünfzehn Jahre jünger sein als sie.

»Ma'am?«, sagt er.

»Psst.« Lee zieht ihm die Stiefel aus und bindet dann die eigenen Schnürsenkel auf, während er sich aus seiner Uniform windet und sich nackt auf dem Bett zurücklehnt. Seine Haut ist so blass, dass sie fast durchsichtig wirkt. Seine Brust ist glatt und haarlos. Lee will ihn schlagen. Auf allen vieren klettert sie auf die Matratze und macht ihm ein Zeichen, dass er hinter sie kommen soll, und als er in der richtigen Position ist, greift sie nach hinten und hilft ihm, ihn sie einzudringen.

»Mach.« In dem stillen Zimmer klingt ihre wütende Stimme wie die einer Fremden. Das Adrenalin durchströmt sie, und sie denkt an den blonden Soldaten, den er getötet hat, und lässt den Hass ihr Blut zum Kochen bringen. Lee weiß nicht, wann sie so geworden ist, seit wann sie diese Wut in sich trägt, aber sie genießt das Gefühl, sich nicht zurückhalten zu müssen, alles ungebremst herauslassen zu können.

»Fester«, sagt sie.

Der Junge gehorcht gern, aber dann ist es schon vorbei, ehe es richtig angefangen hat, und als er von ihr ablässt und auf die Matratze fällt und sich flüsternd entschuldigt, erträgt sie es kaum, ihn anzusehen.

Als Lee einige Stunden später nach draußen geht, steht die Sonne heiß am wolkenlosen Himmel. Nach dem ganzen Rauch des Vortags erscheint ihr die Helligkeit unglaublich. Die Stadt ist ein einziger Krater, die Gebäude leere Schuttgerippe. Auch Lee ist leer. Sie läuft meilenweit zurück zu ihrem Konvoi. Nichts auf dem Weg scheint von den Bomben verschont geblieben zu sein.

KAPITEL VIERZEHN

Es ist wieder Juni, und Lee wird bewusst, dass sie schon seit einem Jahr in Paris wohnt. Die Stadt erscheint ihr noch immer neu, aber sie hat sich ganz gut eingelebt, ihre Lieblingsecken gefunden und das Gefühl, hierherzugehören. An milden Tagen streift sie über den Cimetière du Montparnasse, der nur wenige Straßen von ihrer Wohnung entfernt liegt, oder sie verbringt den Nachmittag im Bois de Vincennes und sieht die Ruderboote und die Schwäne über den friedlichen See gleiten. Sie hat die Kamera immer dabei und macht regelmäßig Fotos von dem Karussell mit den Holzschweinen und den konzentrierten Gesichtern der Kinder, die darauf warten, Ringe zu werfen. Am frühen Abend sitzen Man und sie draußen vor dem Le Select oder dem La Coupole und nippen an einem Aperitif, oft so glücklich und zufrieden, dass sie gar nicht das Bedürfnis haben, viel zu reden. Ein Spielzeugverkäufer, über den Lee sich jedes Mal freut, steht häufig vor dem Le Select, und wenn er zu ihnen an den Tisch kommt, kauft Man ihr eins von seinen Spielzeughündchen. Sie hat mittlerweile eine ganze Sammlung auf ihrer Kommode aufgebaut.

Die düstere Stimmung aus ihren Anfangstagen in Paris ist so gut wie weggeblasen. Wenn sie an jene Zeit zurückdenkt, schwingt in den Erinnerungen vor allem die Einsamkeit mit: wie sie mit fest verschränkten Armen vor der Brust durch die Stadt lief, im Schneidersitz mit dem Skizzenbuch auf den Knien auf dem Bett saß, oder sich ihr wehmütiger Gesichtsausdruck in einem Schaufenster spiegelte. Der Umzug in die neue Stadt war schwerer, als sie dachte. Aber jetzt scheint ihr das alles viel länger zurückzuliegen als ein Jahr, und das Mädchen, das sie damals war, kommt ihr fern und fremd vor.

An manchen Abenden – vor allem, seit so viel über Geld geredet wird, oder besser gesagt über Geldmangel, und sie sich dementsprechend Sorgen machen – geht Man mit seinem alten Kreis aus. Zu Drosso, wo sie versuchen, sich bei ihm einzuschmeicheln, damit er ihre Arbeiten kauft. Zu Tristan in seine opulente Wohnung, bezahlt vom Familienvermögen, über das niemand spricht. Manchmal auch ins Le Dôme, wo Man über die Preise und die Atmosphäre schimpft.

Einmal hat Lee ihn zu Tristan begleitet, aber der Abend war ein Desaster. Sie war die einzige Frau im Raum, und ihre Anwesenheit sorgte offenbar für allgemeine Verunsicherung. Selbst Man war irgendwie komisch – blöd und angeberisch. Es ging um Sex: Fellatio-Techniken, homoerotisches Verlangen, die Darstellung der Penetration in der surrealistischen Kunst. Alle guckten ständig zu Lee rüber, als wollten sie ihre Meinung hören, sie nannten sie Madame Man Ray, aber letztendlich wusste sie nicht richtig, wie sie sich verhalten sollte. Anfangs machte sie mit, gab Kommentare ab und lachte laut. Sie hat durchaus ein Faible für Zweideutigkeiten, vor allem für die visuellen in Mans Kunst: sein Foto von einem Schneebesen, der aussieht wie Genitalien, oder die Nahaufnahme von einem Pfirsich – aber als sie einen schmutzigen Witz erzählte, warf Man ihr einen missbilligenden Blick zu, sodass sie nicht mehr sicher war, was von ihr erwartet wurde. Sie fragte sich, ob sie schockiert tun sollte, ob eine Frau im Raum es quasi als Kontrastfigur den Männern erlaubte, selbst nicht schockiert sein zu müssen. Als sie gegen Mitternacht alle kicherten wie die Schulmädchen und betrunken lallten, beschloss Lee, dass es Zeit war zu gehen.

Wenn Man jetzt mit seiner Entourage ausgeht, bleibt sie also meistens zu Hause oder geht noch mal ins Studio. Das ist nur einer der Vorzüge der Dunkelkammer. Sie ist völlig von der Außenwelt abgeschnitten, die Zeit spielt kein Rolle mehr, sie wird einzig vom Metronom bestimmt, wenn Lee die Abzüge vom Entwickler ins Stoppbad und dann in den Fixierer gibt. Der Übergang vom gelben Licht der Dunkelkammer in die nächtliche Stadt fällt ihr leicht, oft geht sie nach Hause und direkt ins Bett, sie taucht in einen tiefen, traumlosen Schlaf, aus dem selbst Man, der erst viel später kommt, sie nicht wecken kann. An anderen Abenden ist sie zappelig, voller Energie, dann zieht sie den Hut tief in die Stirn und läuft durch die Straßen, bis sie müde ist. Die Sonne geht mittlerweile erst gegen zehn Uhr unter, und selbst dann bleibt ein Nachklang am Himmel, die Wolken färben sich blau, und es dauert noch Stunden, bis man Sterne sieht. Wenn es geregnet hat, steigt Dampf vom Pflaster auf und schlängelt sich um Lees Knöchel.

Man hat seinen Essay für *221* vor sich hergeschoben, aber jetzt sitzt ihm der Termin im Nacken, und die Anspannung wächst mit jedem Tag. Wie sich herausstellt, ist Man als Autor unausstehlich. Im Büro fegt er Blätter beiseite und hämmert laut und hektisch auf seine große Remington ein. Manchmal lässt er die Finger fünf bis zehn Minuten über den Tasten schweben, tippt dann eine Weile wild herum, nur um das Papier kurz darauf aus der Walze zu reißen und auf den Boden zu werfen. Lee wird an einen kleinen Beistelltisch verbannt, wo sie sich kaum konzentrieren kann, weil er ständig seufzt und sie mit Fragen bombardiert.

»Wie klingt das?«, fragt er und liest laut vor. »Der Modus des Künstlers ist die Wahrnehmung. Indem er wahrnimmt, indem er die Wirklichkeit abbildet, erschafft der Künstler Automaten seiner Erfahrungen, die gleichzeitig neue Modi der Realität darstellen, betrachtet durch die Augen des Künstlers, und letztendlich minderwertige Scheinbilder gelebter Erfahrung sind.«

»Hmm«, sagt Lee und lässt den Stift sinken. »Was willst du denn *wirklich* damit sagen?«

Er stöhnt, steht auf und knüllt das Papier zusammen. »Ich will damit sagen, wenn ich mir ein Bild von dir ansehe, will ich mich genauso gut fühlen wie in dem Moment, als ich es aufgenommen habe. Fotografie kann Wirklichkeit einfangen, aber wie kann sie Gefühle einfangen? Machen nicht erst die Gefühle die Wirklichkeit wirklich?«

»Warum sagst du dann nicht genau das?«

»Das *sage* ich doch! Ich versuche es zumindest.«

»Manchmal funktioniert ein klarer Ansatz besser«, sagt Lee und widmet sich wieder ihrem Papierkram.

Eines Abends, als Man mit Freunden unterwegs ist, geht Lee allein in die kleine Galerie am Boulevard Raspail, um sich Claudes Bilder anzusehen. Die Ausstellung heißt *Masken*, und jeder der Fotografen hat das Wort unterschiedlich interpretiert. Von Claude sind drei Fotos dabei, und auf jedem trägt sie ein anderes Kostüm: das Gewichtheber-Outfit von der Karte, einen Badeanzug mit Schmachtlocke, die Matrone mit Richterinnenperücke und einem Kleid aus Sackleinen. Die Fotos sind gut. Faszinierend, tatsächlich. Lee geht ein paarmal den schmalen Gang auf und ab – Claude hatte recht: Die Galerie ist weniger ein Raum als ein Flur zwischen zwei Gebäuden – und saugt alles auf, sie platzt fast vor Neid, während sie die Bilder betrachtet.

Als Lee geht, beschließt sie, dass sie hungrig ist, dass sie ihren Neid mit Essen stillen will. In einem kleinen Bistro am Ende der Straße ist ein Platz am marmornen Tresen frei. Lee bestellt ein dickes Stück Pastete mit Pistazien, dazu gibt es ein Töpfchen Senf, das Ganze spült sie mit Weißwein runter. Das Essen schmeckt wunderbar, allerdings fühlt sie sich aufgebläht und müde danach. Anstatt nach Hause geht sie zurück in die Dunkelkammer, wo sie dasselbe Negativ Dutzende Male entwickelt, und jedes Mal stimmt etwas nicht: Erst ist es unterbelichtet, beim nächsten Mal liegt ein Haar auf der Oberfläche, dann ein dunkler Fleck in der Ecke. Nach jedem misslungenen Versuch flucht Lee frustriert und bereitet den nächsten Abzug vor.

Man braucht tatsächlich bis zum Abgabetermin und noch ein bisschen länger, um seinen Essay zu beenden. An jenem Abend bleibt er bis drei Uhr morgens im Studio. Lee ist schon nach Hause gegangen und stellt sich vor, wie er im Büro trinkt und sich die Haare rauft, bis sie abstehen wie ein Staubwedel.

Als er sich leise auszieht, um sie nicht zu wecken, murmelt sie verschlafen: »Bist du fertig?«

»Ja. Es ist vollbracht. Ich habe ihn ›Das Licht unserer Zeit‹ genannt.«

»›Die Zeit des Lichts‹«, sagt sie. »Das wäre besser.«

»Das ist gut«, sagt er bewundernd. »In so was bist du wirklich gut.«

»Ich bin in vielem gut.«

»Das kann man wohl sagen«, sagt Man und legt sich neben sie. Lee kuschelt sich an ihn, bis ihre Körper perfekt ineinander passen.

Die Idee kommt Lee eines Nachmittags bei einem Spaziergang. Eine Frau, nicht Lee, kniet hinter einem Schreibtisch. Auf dem Tisch steht eine Glasglocke, und durch das Glas sieht man den Kopf der Frau, als würde er darin schweben. Die Idee gefällt ihr so gut, dass sie Skizzen anfertigt, und nach kurzer Zeit hat sie ein ganzes Notizbuch vollgezeichnet. Ob es tatsächlich funktioniert, weiß sie erst, wenn sie es durch die Kameralinse sieht, also versucht sie es im Studio ohne Modell. Und jetzt wird ihr auch klar, worin der Reiz einer Amélie besteht, einer austauschbaren Person, die für sie Modell steht. Aus irgendeinem Grund will sie Man nichts von ihrem Projekt erzählen, sie will, dass es nur ihr allein gehört. Sie hängt in der Kunstschule einen Zettel auf, so wie er sonst, und wenige Tage später meldet sich jemand.

Lee lässt das Modell um sieben Uhr morgens ins Studio kommen, lange vor Man. Das Licht ist gut, das Modell gehorsam und hübsch, wenn auch überrascht, dass eine Frau hinter der Kamera steht. Lee fällt auf, wie sie immer entschlossener wird und selbstverständlich Anweisungen gibt. Binnen einer Stunde hat sie die Fotos, die sie wollte.

KAPITEL FÜNFZEHN

Das Kleid ist geliehen. Irgendwie hat Man das gedeichselt. Giftgrüner Moiré, am Oberkörper mit aufwendigen Seidenteilen bestickt, die sich wie Blätter überlappen. Eine freche Knopfreihe wandert vorn hinunter zur Taille, die höher und enger sitzt, als es zuletzt modern war. Der Rock gleitet über den Boden und fällt in eine kleine Schleppe, und es passt, als wäre es für Lee gemacht worden. Man starrt sie die ganze Zeit an, und als sie bei Patou ankommen, spürt sie auch die Blicke sämtlicher anderen Gäste, Männer wie Frauen. Jemand hat mal zu ihr gesagt, als Frau ziehe man sich hauptsächlich für andere Frauen an, und als sie sich hier im Raum umsieht, wo die Frauen sich wie Kolibris gegen die Männer abheben und einander aus den Augenwinkeln mustern, denkt Lee, dass es wohl die Wahrheit ist.

»Beeindruckend, oder?«, flüstert Man ihr zu. Er führt sie am Ellenbogen durch den opulenten Saal. Er hat viel für Jean Patou gearbeitet, und, wie er vorhin erwähnte, in erster Linie wegen der Partys. »Ich finde ja, sie könnten mich ein bisschen besser bezahlen. Zum Ausgleich trinken wir so viel Champagner, wie wir können.«

Dem scheint nichts im Wege zu stehen. Dutzende Kellner durchstreifen mit ihren Tabletts voller Champagnerflöten die Menge, und bei der ersten Gelegenheit schnappt Lee sich ein Glas, stellt sich an ein Fenster und denkt, wie hübsch sie wohl davor aussieht.

Das Publikum liegt ihr eher als Man. Er fühlt sich nicht wirklich wohl in seinem Smoking, und am liebsten würde sie ihm sagen, er soll nicht ständig an seiner Fliege herumfummeln. Wäre sie in New York, würde sie hier viele Leute kennen, aber niemanden zu kennen, hat auch etwas für sich. Am anderen Ende des Raumes bemerkt Lee zwei überaus gut aussehende Männer, die sich so ähnlich sehen, dass sie Brüder sein müssen. Sie versucht, sie unauffällig zu beobachten, aber die beiden sehen sich genauso um, und dann wird ihr klar, dass sie bereits auf dem Weg in ihre Richtung sind. Sie tragen ihre Anzüge, als wären sie darin geboren worden. Lee bewundert die Art, wie die engen Smokinghosen über die glänzenden Schuhe fallen.

Sie überlegt, was sie Geistreiches sagen kann, wenn sie ihr ein Kompliment machen – natürlich kommen sie einzig und allein, um sich mit ihr zu unterhalten –, aber bevor ihr etwas einfällt, stehen sie schon vor ihr.

»Man! Wir haben dich vermisst!«, sagt einer der beiden auf Englisch mit starkem, wenn auch geschliffenem russischen Akzent.

Sie würdigen Lee kaum eines Blickes. Man zupft an seinem Kragen herum. Der andere – sie könnten tatsächlich fast Zwillinge sein – sagt: »Wir treffen uns nächsten Donnerstag bei Dmitri. Kommst du auch?«

Während er die Frage stellt, hilft er Man, die schiefe Fliege zu richten. Dann streichelt er ihm über die Wange. Die Bewegung dauert nur einen kurzen Moment und hätte Lee leicht entgehen können. Tut sie aber nicht. Es ist eine unbekümmerte, intime Geste, als würde man einen Geliebten vor Fremden versehentlich beim Kosenamen nennen, und irgendwas daran stimmt sie nachdenklich.

Man ist offensichtlich nicht ganz wohl in seiner Haut. Er versuche, es einzurichten, sagt er. Die Brüder werfen Lee einen ersten Blick zu. Sie wechseln noch ein paar Worte mit Man, auf die Lee sich keinen Reim machen kann, dann entschuldigen sie sich.

»Nett, dass du mich vorgestellt hast«, sagt Lee, als sie weg sind.

Man sieht sie an. »Alexis und Deni Mdiwani. Ich hatte angenommen, dass ihr euch kennt – oder du sie kennst.«

»Leider nein.«

Er setzt zu einer verschachtelten Geschichte über einen Scherz an, den sich die beiden Brüder kürzlich auf einer Dinnerparty geleistet hätten, wo sie auf einmal Arbeitsoveralls anzogen und steif und fest behaupteten, sie müssten jetzt zu ihrem Job in der Fabrik aufbrechen.

»Sie arbeiten in einer Fabrik?«

Man schnauft. »Sie sind mit dem Zar verwandt oder so ähnlich. Das sollte nur ein Scherz sein.«

»Klingt urkomisch.«

Lees gute Laune ist verpufft, Mans offenbar auch. Beide leeren ihr Champagnerglas und holen sich ein neues.

»Wozu haben sie dich eingeladen?«, fragt sie schließlich.

Lee merkt, dass er nicht antworten will, starrt ihn aber so lange schweigend und geduldig an, bis er nicht anders kann. »Paul und Tristan – du weißt ja, dass sie aus reichem Hause stammen –, also verkehren sie in denselben Kreisen wie die Mdiwanis. Wir treffen uns etwa einmal im Monat, um über Kunst zu reden.«

»Ihr redet über Kunst.«

»Ja«, sagt Man und zupft wieder nervös an seinem Kragen herum. Es ist heiß im Raum. Er schwitzt. Sie weiß nicht recht, weswegen er lügen sollte, und wenn, was er ihr verschweigt.

Als sie nach Hause kommen, ist es spät. Sie hat darauf bestanden, zu ihr zu gehen, zumal es so kompliziert ist, das Kleid auszuziehen und ordentlich aufzuhängen. Man müht sich mit den verdeckten Knöpfen ab. Sie hebt die Arme, und er hilft ihr, es abzustreifen. Als er ihr die steife Seide über den Kopf zieht, merkt Lee erst, wie betrunken sie vom Champagner ist, und bevor sie sich die Zähne putzt, sitzt sie ein paar Minuten mit Schluckauf auf dem Boden, betrachtet ihr Spiegelbild und hört Man nebenan herumtorkeln. Die Stimmung ist noch immer angespannt, und zum ersten Mal ziehen sie, als sie ins Bett gehen, die Decke bis zum Kinn und halten Abstand, obwohl Lee sich zusammenreißen muss, nicht in die Mitte zu rollen.

Schließlich sagt sie: »Du hast mich traurig gemacht heute Abend.« Man will den Arm um sie legen, aber sie schiebt ihn weg. »Was ist los? Warum wolltest du es mir nicht erzählen … was immer es zu erzählen gibt?«

Draußen fährt ein Auto vor. Menschen lachen, eine Tür fällt zu. In der Ferne heult eine Sirene.

»Hast du je …« Mans Stimme klingt hoch und zögerlich. »Magst du …«

Sie wartet, dass er zu Ende spricht.

»Manchmal mag ich es … gefesselt zu werden.«

Das Zimmer ist zu dunkel, als dass sie seinen Gesichtsausdruck sehen könnte. Einerseits würde sie am liebsten laut loslachen, so angespannt ist sie. Aber sie hört ihm an, wie wichtig es ihm war, die Worte auszusprechen.

Lee ist so betrunken, dass sie ihren Körper kaum spürt. Man wartet auf ihre Reaktion. Sie hört ihn atmen und lässt ihn absichtlich warten. Oben läuft jemand herum, die Dielen knarren.

Sie wartet, bis er kurz davor ist, etwas zu sagen, sich zu entschuldigen oder zu erklären. Dann steht sie auf. Der Boden ist kalt unter ihren nackten Sohlen. Sie stolpert. Auf dem Stuhl liegt ihr gestreifter Schal, sie zieht einen zweiten aus dem Kleiderschrank hervor.

Lee kniet sich neben ihn. »Geht das mit denen hier?«

Das Bettgestell ist niedrig, es quietscht, wenn sie miteinander schlafen. Sie hält sein Handgelenk zwischen Daumen und Zeigefinger und spürt seinen rasenden Puls.

Während sie Mans Hand hält, denkt sie an die beiden Brüder, die Art, wie der eine seine Wange berührt hat.

»Hattest du etwas mit ihnen, mit den Brüdern?« Lee fesselt sein Handgelenk an das Gestell.

»Ja«, sagt er.

»Wie oft?«

»Nicht sehr oft. Seit ich mit dir zusammen bin, kein einziges Mal.«

Seine Antwort überrascht sie nicht. Sie weiß nicht, warum. Als hätte sie es schon in dem Augenblick gewusst, als der Mann ihn auf der Party berührt hat. Bei einer Frau würde sie durchdrehen, aber der Gedanke an die drei zusammen erregt sie: einer oder beide Brüder, Man gefesselt, unterwürfig. Was für eine Vorstellung.

Sie fesselt sein anderes Handgelenk.

»Hat es dir gefallen mit den beiden?«

Er antwortete so leise, dass sie ihn kaum hören kann. »Ja, aber ...«

Lee schneidet ihm das Wort ab. »Mir ist egal, was du mit ihnen gemacht hast. Solange du es jetzt nicht mehr tust.«

Man ist noch zugedeckt. Lee steht auf und zieht die Decke weg, sodass er nackt vor ihr liegt. Sein Körper und Gesicht liegen im Dunkeln, das Weiße in seinen Augen leuchtet im Mondlicht. Lee sieht auf ihn herunter und wartet, dass sich ihr Atem beruhigt. Dann kniet sie sich hin, nimmt seinen steifen Penis in den Mund und folgt der Bewegung mit der Hand. Nur ein paarmal, dann steht sie wieder auf und blickt auf ihn runter. Sie macht ihn scharf und lässt ihn dann warten. Er hält den Blick auf sie gerichtet. Sie fasst sich zwischen die Schenkel und streichelt sich, und es gefällt ihr, dass er ihr dabei zusieht.

»Lee, bitte ...«, sagt Man nach einer Weile, ganz schwach.

Sie wartet noch kurz, bis sie es selbst nicht mehr aushält, und beugt sich dann zu ihm runter.

Hinterher überrascht sie am meisten, wie gut es ihr selbst gefallen hat. Wie gut es sich anfühlt, die Kontrolle zu haben.

PARIS
DEZEMBER 1944

Von den Bennies bekommt Lee Zahnschmerzen, aber sie helfen ihr beim Schreiben. Dave hat bei den anderen Soldaten noch ein paar für sie abgestaubt, jetzt reicht der Vorrat wohl aus, um den Artikel fertig zu bekommen. Die Erste nimmt sie direkt nach dem Aufstehen. Sie bricht den Inhalator auf, zieht das Stückchen Papier raus und rollt es zu einer Kugel, die sie mit warmem Wasser schluckt, da niemand mehr Kaffee übrig hat. Dann setzt sie sich an ihren improvisierten Schreibtisch, legt die Finger auf die Tasten der Schreibmaschine, streichelt ihre kurvigen Ränder. Schon bald geht ein Singen durch ihre Adern, und die Worte kommen, die Worte, die sie hinter den Lidern sieht, wenn sie nachts im Bett liegt und vor Aufregung nicht schlafen kann, aber zu betrunken ist, um aufzustehen und zu arbeiten. Hinter dem Fenster ihres Hotelzimmers versteckt sie die Kanister mit Himbeergeist oder Gin, immer griffbereit und äußerst verführerisch. Zuerst muss sie den Text fertig bekommen.

Die jüngsten Fotos liegen auf dem Schreibtisch. Auf dem obersten sieht man Ärzte um einen Amputierten stehen, sie halten ihn wie eine Pietà. Als Lee es aufgenommen hat, konnte sie ihren Ekel nicht verbergen und war froh, dass der Soldat bewusstlos war und ihr Gesicht nicht sehen konnte. Der Anblick des Fotos macht sie noch wacher als das Benzedrin, und sie tippt so schnell wie möglich ein paar Zeilen. Aber als sie sie noch einmal liest, sind sie nur schwarze Zeichen auf dem Papier, die nicht ansatzweise dem gleichen, was sie vor ihrem geistigen Auge sieht. Die Worte stimmen nicht. Nichts stimmt. Ihre Fotos sind Mist, und der Artikel wird auch Mist, und sie wird Audrey enttäuschen und auch alle anderen, die jemals an sie geglaubt haben. War sie wirklich so naiv zu denken, in ihr stecke eine Schriftstellerin? Die Panik beginnt im Magen und steigt dann verzweifelt flatternd wie ein gefangener Vogel in ihrer Kehle auf. Lee schlägt den Deckel ihrer Schreibmaschine zu und hämmert mit der Faust gegen die Wand. Dave soll kommen. Er ist im nächsten Moment da, und sie weiß, dass er ihr ansehen kann, wie überdreht sie ist, aber er sagt nichts, er geht einfach zu ihr und massiert ihr den Nacken und die Schultern, bis ihr Herzschlag sich beruhigt.

Als es ihr besser geht, nimmt er die Fotos vom Schreibtisch und lässt sich aufs Bett fallen.

»Das hier«, sagt er und hält eins hoch, das sie gleich nach der Kapitulation in Paris gemacht hat, ein Bild von einem Model im Bruyère-Mantel auf der Place Vendôme, eingerahmt von den Scherben eines Schaufensters. »Meine Güte, ist das gut. Wie du die Kugeleinschläge in den Vordergrund gerückt hast.«

»Findest du?«

»Ich weiß es.«

Sein Lob lässt sie die Worte wieder scharf sehen. Lee dreht sich um und haut einen Absatz in die Tasten, nur einmal hält sie kurz inne, weil ihr eine Stelle nicht gefällt. Als sie fertig ist, zieht sie das Papier aus der Maschine und hält es ihm hin. Er liest langsam, aber diesmal muss er Lee gar nicht sagen, dass es gut ist. Sie weiß es schon. Während er weiterliest, öffnet sie das Fenster und greift nach einem Kanister, füllt zwei Gläser bis zum Rand. Es ist noch nicht einmal Mittag, aber in letzter Zeit nutzt sie jeden Grund zum Feiern.

KAPITEL SECHZEHN

Eines heißen Juliabends, etwa einen Monat nach der Party bei Patou, ist Man mal wieder ausgegangen, und Lee bleibt länger im Studio. Sie arbeitet an ihren Glasglockenbildern. Mittlerweile ist es eine kleine Serie, und sie ist sehr zufrieden damit. Es sieht tatsächlich so aus, als schwebte der Kopf unter dem Glas, wie ein Ausstellungsstück im Museum, obwohl das Modell dahinterkniet. Auf einigen Fotos blickt die Frau verträumt, auf anderen hat sie die Augen geschlossen und den Kopf zur Seite geneigt. Alle haben etwas Klaustrophobisches, das sich gleichzeitig provokant und vertraut anfühlt. Genau so versteht Lee ihre Arbeit inzwischen: Sie will bewusst ein Gefühl auslösen, statt nur mit etwas Glück ein tolles Bild zu machen.

Wenn die Serie heute noch fertig wird, will sie sie Man zeigen. Es ist das Beste, was sie bisher gemacht hat, und sie hat extra gewartet, bis alle Bilder abgezogen sind. Vier davon könnten in einem Rahmen hängen, oder vielleicht könnte ein Triptychon in der *221* erscheinen. Im Grunde funktionieren sie als Gruppe am besten, ein bisschen wie eine Sammlung von Ausstellungsstücken. Sollte sie tatsächlich jemals eine Ausstellung haben, könnten die Bilder auch ohne Rahmen an den Wänden hängen, oder unter Glasglocken ausgestellt werden. Das wäre vielleicht am provokantesten.

Mittlerweile bewegt Lee sich wie selbstverständlich in der Dunkelkammer. Sie ist fast so etwas wie ein zweites Zuhause.

Als Lee mit den Abzügen fertig ist, geht sie zurück zum Entwickeln. Eine Filmrolle hat sie von der Glasglockensitzung noch übrig, und sie ist neugierig, was darauf ist. Sie reiht das Equipment auf, wie sie es gelernt hat, und löscht das Licht. Die Dunkelheit erstaunt sie immer noch. Eine Hand liegt auf der Filmrolle, die andere auf dem Flaschenöffner. Sie öffnet die Patrone und will gerade den Film ins Entwicklungsbad tauchen, da spürt sie etwas über ihren Schuh huschen und an ihrem Bein hochklettern. Lee kreischt, lässt den Film fallen, schüttelt panisch ihr Bein und zieht an der Schnur, um das Deckenlicht anzumachen.

Das Erste, was Lee in der plötzlichen Helligkeit sieht, ist der Schwanz der Maus, die unter den Tisch flitzt. Das Zweite ist ihr Film, der zusammengerollt auf dem Tisch liegt und mit ziemlicher Sicherheit hinüber ist. Sie schaltet schnell das Licht aus. Was tun? Die Chancen, den Film zu retten, sind minimal. Aber die Bilder bedeuten ihr so viel – es war die letzte Rolle von der Glasglockensession, die, von der sie sich am meisten erhofft hat.

Eher aus Unentschlossenheit zieht sie den Film durch den Entwickler. Als die Negative schließlich im Fixierer liegen, sieht sie, dass sie zumindest nicht komplett schwarz sind, wie sie vermutet hätte, ein bisschen düster vielleicht, wenig kontrastreich, und im Vergleich zu den anderen erst einmal verschwommen. Die tiefe Enttäuschung, die sie verspürt, hat allerdings nicht nur mit den zerstörten Bildern zu tun, sondern auch mit Man und ihrem starken Bedürfnis, ihn zu beeindrucken. Als die Negative zum Trocknen an der Leine hängen, sehen sie aus wie ein trauriges kleines Band des Versagens. Frustriert bricht sie auf und hat auch keine Lust mehr, mit den anderen Abzügen weiterzumachen. Als Man nach Hause kommt, stellt sie sich schlafend.

Als Lee am nächsten Morgen ins Studio kommt, sieht sie sich die Negative unter der Lupe an. Sie sind natürlich stark beeinträchtigt, aber so vergrößert wirkt es auf den ersten Blick, als hätten die hellen und die dunklen Kristalle auf dem Film die Plätze getauscht. Sie wählt eins aus und macht einen Abzug. Während das Bild im Entwicklerbad erscheint, holt sie tief Luft. Sie hatte recht – die Hell- und Dunkelpartien haben sich umgekehrt, und überall, wo sie aufeinandertreffen, ist eine dünne schwarze Linie entstanden, wie mit einem weichen Bleistift gezogen. Das Bild hat kaum Kontrast, was schade ist, aber dank der unheimlichen schwarzen Umrandung sieht es anders aus als alles, was Lee bisher gesehen hat.

Schnell macht sie weitere Abzüge von den Negativen. Auf jedem ist der Effekt ein wenig anders – vielleicht, denkt Lee, weil sie unterschiedlich lagen, als das Licht auf den Film traf –, aber sie alle haben die schwarze Linie und dieselbe ätherische Aura. Als Man auftaucht, hat sie noch diverse andere abgezogen und kann es kaum erwarten, sie ihm zu zeigen.

Er kommt zu ihr und will sie küssen, aber dafür hat sie keine Zeit.

»Sieh dir das an.« Lee zeigt ihm die Abzüge und erklärt ihm, was passiert ist. Er nimmt einen, noch tropfnass, und hält ihn ins Licht, um besser sehen zu können.

»Sehr merkwürdig«, sagt er. Sein Finger schwebt über dem Foto und verfolgt den Umriss der Glasglocke. »Du meinst also, du hast das Licht in der Dunkelkammer angemacht – das Deckenlicht –, und dabei ist das hier herausgekommen? Das scheint mir absolut unmöglich.«

»Ich weiß. Ich dachte natürlich, der Film wäre hinüber, aber aus irgendeinem Grund hab ich ihn trotzdem entwickelt, und jetzt sieht er so aus.«

»Glücklicher Zufall«, murmelt er, und Lee beißt genervt die Zähne zusammen. Er sieht sich die anderen Abzüge an, hält ein Bild hoch und sagt: »Vielleicht sollten wir damit experimentieren. Sehen, was passiert, je nachdem, wie lange wir den Film dem Licht aussetzen. Was glaubst du, wie lange das Licht an war?«

»Vielleicht zehn Sekunden?«

»Wir könnten fünf ausprobieren, und dann zwanzig – und vielleicht den Film sauber auf dem Tisch ausrollen, damit er gleichmäßig belichtet wird.« Er geht von Foto zu Foto.

»Ich dachte, wenn wir das mit einem ohnehin schon unterbelichteten Film versuchen, würden die Bilder nicht so trübe werden.«

»Ah, ja – das sollten wir versuchen!« Die Begeisterung steht ihm ins Gesicht geschrieben. »Wir brauchen nur ein paar richtig schlechte Bilder, mit denen wir experimentieren können.« Sie folgt ihm aus der Dunkelkammer. Er holt ihre beiden Fotoapparate aus dem Büro, zieht den Mantel wieder an und wirft noch ein paar Filmrollen in die Kameratasche.

Draußen stellt sich Lee auf Brücken, schneidet Grimassen, und macht von Man Fotos in denselben Posen. Da das Ziel ist, den Film abzuknipsen, fotografieren sie Fußgänger, Schatten, Straßenschilder, Mülltonnen und antike Schaufensterläden. Bald machen sie ein Spiel daraus, wer für einen Schnappschuss mit einem Fremden die abwegigste Pose einnimmt, also setzt Lee sich in einem Café hinter jemanden, knotet sich die Serviette um den Kopf wie eine alte Babuschka und guckt überrascht in die Kamera. Man lehnt sich an ein Auto, das gerade geparkt hat. Lee macht ein Foto, auf dem er die Zunge rausstreckt, unbemerkt vom Fahrer, der gerade aussteigt. Bei jeder Rolle experimentieren sie mit Unter- und Überbelichtung, was sie jeweils genauestens dokumentieren. Nach weniger als einer Stunde ist das Material verbraucht, und sie laufen zurück, um es zu entwickeln.

Im Studio gehen sie methodisch vor. Es sind zwölf Filmrollen. Sie malen eine Grafik und hängen sie an die Wand, sie notieren, wie lange sie welche Rolle ins Licht legen und ob das Material vorher unterbelichtet war. Es kann jeweils nur ein Film im Entwicklerbad schwimmen, also arbeiten sie als Team: Man macht die Belichtung und taucht sie in den Entwickler. Lee schwenkt sie im

Stoppbad und im Fixierer und hängt dann die Streifen zum Trocknen auf. Wenn sie sprechen, dann nur über die Arbeit.

»Das hier waren zwölf Sekunden.«

»Ich denke, wir sollten sie mit Klebeband markieren, wenn sie trocken sind, damit wir nicht durcheinanderkommen, das können wir dann in die Grafik übernehmen.«

Wenn ihre Blicke sich treffen, merkt sie, dass es ihm genauso geht wie ihr: Auch er hat das Gefühl, etwas Bahnbrechendes zu tun. Das Negativ selbst zu manipulieren, seine chemische Zusammensetzung, und es nicht nur später manuell durch Kratzen oder Schneiden zu bearbeiten – es fühlt sich an, als würden sie ein ganz neues Medium erschaffen. Sie hofft so sehr, dass es klappt, dass es beim ersten Mal nicht nur ein seltsamer Zufall war.

Ohne sich abzusprechen, haben sie offenbar beide beschlossen, die Negative erst anzusehen, wenn alle Filme entwickelt sind. Lee hängt sie auf und markiert sie mit dem Klebeband, ohne sie gegen das Licht zu halten. Endlich, nach mehreren Stunden, hängen alle zwölf Streifen an der Leine, und Man streichelt ihren Rücken, während sie die Filme betrachten.

Die drei kleinen Worte entspringen ungefragt der Sehnsucht, die in ihrem Magen rumort. »Ich liebe dich«, sagt sie.

Man legt ihr den Arm um die Schulter und drückt sie an sich. »Ich liebe dich auch«, flüstert er.

Es ist das erste Mal, dass sie es sagen, und es sollte ein großer Moment sein, aber am Ende fühlt es sich genauso an wie ihre gemeinsame Arbeit. Lee umarmt ihn schnell und rückt dann von ihm ab, sie nimmt einen der noch feuchten Negativstreifen und geht damit in den Hauptraum. Sofort ist klar, dass sie den Effekt, den Lee aus Versehen entdeckt hat, reproduziert haben. Laternen strahlen weiß und zeichnen sich vor der weißen Straße ab. Mans Haare vor dem Auto sind von einer schwarzen Linie umrandet. Lees Augen wirken erschreckend dunkel, verglichen mit ihrer gespenstischen Haut. Sie hat das Gefühl, Bilder von einem anderen

Planeten zu sehen. Gemeinsam wählen sie zwölf aus, eins von jeder Rolle, und machen Abzüge, dabei bewegen sie sich geschmeidig wie Tänzer aneinander vorbei durch die Dunkelkammer.

Als die Bilder nebeneinanderliegen, zeigt sich ein Muster – die Experimente mit der Unterbelichtung haben subtile Variationen des Effektes hervorgebracht. Sie sprechen lange darüber, überlegen, welcher Effekt bei welchem Bild am besten funktioniert, und was sie beim nächsten Mal ändern würden. Beide machen endlose Notizen, und nach einer Weile lässt Lee den Stift sinken und streckt sich und knetet sich den Nacken, wo die Verspannung schmerzhaft in ihre Schultern strahlt.

»Hast du Hunger?«, fragt Man, schiebt ihre Hände weg und drückt seine Finger in ihre Muskeln.

Sie legt den Kopf nach hinten und schließt die Augen. »Hm. Ich sterbe vor Hunger. Aber ich will jetzt nicht aufhören.«

»Die Bilder warten hier auf uns«, sagt er. Sie nehmen die Mäntel und gehen ins Le Dôme, wo Man ein Dutzend Austern und Champagner bestellt. Lee ist fast zu aufgeregt, um zu essen, aber als die erste Auster ihre Kehle berührt wie ein Schluck Meerwasser, fühlt sie sich plötzlich wie ausgehungert. Salzwasser und Zitrone, das Prickeln des Champagners, Mans Hand auf ihrem Bein, das Brummen und Klirren des Restaurants, das alles nimmt sie verstärkt wahr, größer und besser als vorher.

»Kannst du noch arbeiten, wenn wir die getrunken haben?«, fragt sie und zeigt auf die Flasche.

»Nein – aber lass uns für heute aufhören. Morgen ist auch noch ein Tag.«

Also trinken sie die Flasche leer und bestellen noch eine. Das Restaurant leert und füllt sich wieder, neue Gesichter ersetzen die alten. Sie entdecken Bekannte und ignorieren sie. Je länger sie dort sitzen, desto weniger hört Lee den Lärm und das Geklapper, als würde sie eine dünne Hülle von allem anderen trennen. Sie sehen niemanden, und niemand sieht sie.

Als sie nach Hause kommen, elektrisiert und aufgekratzt vom Alkohol, treibt es sie schnell ins Bett. Man fängt an, sie zu küssen, erst an den Füßen, dann am ganzen Körper. Als er am Mund ankommt, wartet er und greift dann zum Nachttisch und zieht einen der Schals hervor, den sie neulich benutzt haben. Lee hebt den Arm, um sich fesseln zu lassen, aber er schüttelt den Kopf, faltet den Stoff zu einer Augenbinde und will sie ihr anlegen.

In dem Moment hält sie die Hand gegen seine Brust. Ihr Herz klopft wie wild, sie schwitzt, bekommt keine Luft.

Man erstarrt. »Was hast du?«

Lee kann nicht sprechen. Die Augenbinde hat sie in Panik versetzt. Sie schwingt die Beine über die Bettkante und verschränkt die Arme vor dem Bauch. Man streichelt ihren Rücken. Das Herz schlägt ihr bis zum Hals, sie versucht, tief durchzuatmen und sich zu beruhigen, schnappt aber nur kurz nach Luft. Man steht auf und bringt ihr ein Glas Wasser. Sie trinkt es in einem Zug aus. Er wartet darauf, dass sie etwas sagt.

Lee hält das leere Glas im Schoß und schließt die Augen. Bruchstücke von Erinnerungen kommen in ihr hoch, ungefragt und unerwünscht. Onkel --- Lee erlaubt sich nie, seinen Namen auch nur zu denken, aber der Umriss des Wortes hängt wie eine Klette in ihren Gedanken. Sie war sieben und bei Freunden der Familie in New York zu Besuch. Alle anderen waren Schlittschuhlaufen gegangen, aber Lee hatte Fieber, und obwohl es ihr schon besser ging, sollte er auf sie aufpassen, während die anderen weg waren. Er gab ihr eine riesige Lakritzstange und sah zu, wie Lee daran lutschte, sie schmeckte so ähnlich wie die Medizin, die sie kurz vorher bekommen hatte. Er nahm sie mit in den Salon und fragte, ob sie Verstecken spielen wolle. »Aber wir sind doch nur zu zweit«, hatte sie gesagt. »Das macht nichts. Wir verstecken uns zusammen.« Er fand einen Schal, band ihn ihr um die Augen und drehte sie im Kreis. Lee hörte, wie er losging und ein Versteck suchte. Sie erinnert sich, dass sie zählte, erinnert sich an ihren ersten Schritt, wie sie unsicher in der Luft herumtastete und Angst hatte, etwas kaputtzumachen in dem vollgestellten, hübschen Salon. Nachdem sie bis zwanzig gezählt hatte, fand sie ihn in der Speisekammer, er packte sie um die Hüfte und setzte sie auf seinen Schoß. Der Rest ist verschwommen, Gefühlsblitze, an die sich Lee nicht erinnern will: der nasse Klang seines Atems an ihrem Ohr, ein bittersüßer Geruch in der Luft, der Druck seines gewaltigen heißen Körpers zwischen ihren Schenkeln.

Lee spricht nie über diese Erinnerung und kann sie normalerweise gut verdrängen. Aber an diesem Abend kommen die Bilder hoch. Man will, dass sie etwas sagt, ihm erklärt, was los ist. Er würde sie gern trösten, aber sie bekommt kein Wort über die Lippen. Endlich beruhigt sich ihr Puls, und sie bekommt wieder richtig Luft. »Ich kann nicht …«, sagt sie. »Ich will nicht, dass du das machst. Mir die Augen verbinden.«

»Natürlich, entschuldige.« Er nimmt ihren Morgenmantel, wirft ihn ihr über die Schultern und streichelt durch den dünnen Stoff ihren Rücken. Zwischen seinen Augen zeichnet sich eine kleine Sorgenfalte ab, und auch sonst guckt er beunruhigt, bohrt aber nicht weiter nach.

Sie holt ein paarmal tief Luft. »Machst du mir einen Tee?«

Man geht in die Küche. Sie will in seiner Nähe bleiben und folgt ihm. Als der Teekessel pfeift, erschrickt sie wieder. Er reicht ihr einen Becher, und sie legt die Hände darum, die Hitze lenkt sie ab, ein kleiner Trost. Lange sitzen sie schweigend da, und Lee ist dankbar dafür.

In der vertrauten dunklen Küche beugt sie sich über den Becher und riecht den blumigen Bergamotte-Duft. Im selben Moment bereut sich es schon. Wieder strömen Bilder auf sie ein. Lee mit ihrer Mutter im Badezimmer. Nach der Vergewaltigung musste Lees Mutter sie jahrelang einmal im Monat *da unten* mit Iod und Pikrinsäure abtupfen – so nannte ihre Mutter es, *da unten*, dabei presste sie die Lippen zu einem schmalen Strich zusammen, während sie ihr das Gemisch gegen die Gonorrhoe verabreichte. Der bittere Geruch der uringelben Säure in der Flasche ließ Lees Augen tränen. Danach schrubbte ihre Mutter auf Händen und Knien mit Bleiche jeden Zentimeter des Badezimmers, den Lee berührt hatte. Die Abscheu, die aus ihrem Gesicht sprach, galt nicht nur der lästigen Pflicht, das wusste Lee, sondern übertrug sich auch auf ihre Tochter. Gott sei Dank hatte sie noch ihren Vater – der sie danach im Arm hielt, und der ihr, während der Zederngeruch seiner Seife den bitteren Geruch übertünchte, über den Kopf streichelte, bis sie sich beruhigte.

Der Tee in ihren Händen ist kalt, bevor Lee zurück ins Bett will. Leise schlüpfen sie hinein, und sie zieht Man zu sich heran und lässt sich von ihm halten, bis sie einschläft.

Am nächsten Morgen beobachtet Lee, wie die Sonne wechselnde Schatten an die Decke wirft. Man schläft neben ihr, er hat die Hände unter das Kopfkissen gesteckt. Sie schiebt sich aus dem Bett und versucht, ihn nicht zu wecken, und als sie auf der Kante sitzt, sieht sie den Schal auf dem Boden, der noch immer zur Augenbinde gefaltet ist. Wieder fängt ihr Herz an zu pochen. Sie schiebt den Schal mit dem Fuß unters Bett und zwingt sich, an etwas anderes zu denken. Aber egal, woran sie denkt, sie landet immer wieder beim gestrigen Abend und ihrer plötzlichen Panik. Im Bad spritzt sie sich kaltes Wasser ins Gesicht und betrachtet sich im Spiegel, ihre Haare sind vom Schlaf zerzaust, sie hat dunkle, hasserfüllte Ringe unter den Augen. Sie hört ein leises elektrisches Surren, und als Man kurz darauf aufsteht, wartet sie darauf, dass er sie nach gestern Abend fragt und was mit ihr los war. Sie ist froh, dass er es nicht tut.

Sie verbringen den Tag im Studio und machen Abzüge von einem Modeshooting für *McCall's*. Dank ihrer Experimente hängen sie zeitlich hinterher, und Lee ist froh über den Druck der Deadline und die Banalität ihres Auftrags. Froh über Mans liebevolle Gesten, dass er ihr leicht die Hand auf die Schulter legt, wenn er sich um sie herum bewegt. Am Ende des Tages bemerkt sie, dass mehrere Stunden vergangen sind, ohne dass sie an den gestrigen Abend gedacht hat, und obwohl sie nicht sicher ist, ob Man ihr ihren Freiraum lassen will oder es ihm peinlich ist, sie noch einmal darauf anzusprechen, ist sie einfach nur erleichtert, dass er nichts sagt.

Einige Tage vergehen, ohne dass sie miteinander schlafen oder über den Vorfall sprechen. Lee spürt, wie die Scham über ihre panische Reaktion nachlässt, und wenn sie es zulässt, wird sie so tun können, als sei nichts passiert. Bald, in ein, zwei Tagen, wird sie wieder Sex mit Man haben können, als wäre nichts gewesen. Es wäre ein Leichtes, die Gedanken wieder dorthin zurückzuschieben, wo sie herkamen. Sich selbst abzuschirmen, das kann sie wirklich gut. Sie fragt sich, ob er es zulässt. Aber wenn sie es ihm nicht sagt – wenn sie ihn genauso auf Distanz hält wie alle anderen auch –, dann wird ihre Beziehung nie tiefer werden, als sie es jetzt ist. Sie werden sich nie wirklich kennen. So hat sie es bisher mit jedem Liebhaber gemacht, sie hat sie nur bis zu einem gewissen Punkt an sich herangelassen und sie dann weggeschoben oder gleich ganz verlassen. Das will sie nicht. Bisher ist es ihr gelungen, bei Man anders zu sein, und sie will, dass es so bleibt, dass sie etwas Besseres und Dauerhafteres erschafft, als sie es bisher hatte.

Drei Abende später liegen sie Nase an Nase im Bett. Lee betrachtet Man im Licht der Bleiglaslampe, die er für ihren Nachttisch gekauft hat – die vertrauten Konturen seines Gesichts, die langen Wimpern. Sie schließt die Augen und weiß, dass jeder Teil von ihm ebenso detailliert in ihrem Gedächtnis existiert wie in der Wirklichkeit. Sie räuspert sich, aber die Worte kommen ihr nicht über die Lippen. Die Luft knistert förmlich. Man nimmt ihre Hand und zieht sie an seine Brust, drückt sie an sich, sie fühlt sich warm an auf seiner Haut.

»Als Kind ist mir etwas Schlimmes passiert. Ich habe das noch nie jemandem erzählt.«

»Erzähl es mir.« Seine Stimme ist ruhig. Er gibt ihr Zeit. Schweiß kitzelt in ihren Achseln. Sie spürt ihr Herz unregelmäßig schlagen. Schließlich fährt sie fort.

»Ich bin zu Freunden unserer Familie gefahren, meine Mutter war sehr krank. Sie wohnten in New York. Der Mann, wir nannten ihn Onkel ---« Fast sagt sie seinen Namen, bringt es dann doch nicht fertig. »Eines Tages haben sie mich alleingelassen mit ihm. Meine Eltern haben mich später abgeholt. Ich war sieben.« Sie erzählt die Geschichte so, wie sie daran denken muss, unzusammenhängend und fragmentiert, und als sie fertig ist, ist sie vollkommen erschöpft.

»Mein Gott, Lee. Das tut mir so leid.« Man drückt sanft ihre Hand.

Lee versucht, Atem zu schöpfen. Man wartet. »Danach sind meine Eltern jahrelang mit mir zu einem Therapeuten gegangen, das hat tatsächlich geholfen. Ich habe verstanden, dass das, was passiert ist ... nichts mit mir zu tun hatte. Ich sollte die Erinnerung in einen kleinen Kasten stecken und den Schlüssel wegwerfen. Es hat ganz gut funktioniert, aber manchmal ... kommen die Erinnerungen zurück.«

»Natürlich tun sie das.«

»Er hat auch gesagt, dass das nur meinem Körper passiert ist, es hatte nichts mit meiner ... na ja, mit meiner Seele zu tun, wie er es nannte. Er meinte, wenn ich älter wäre, würde ich jemanden finden, der mich liebt, und alles wäre ganz anders.«

Lees Mund fühlt sich taub an, sie hört die Worte, als kämen sie von jemand anderem. Im Zimmer ist es dunkel, und sie ist froh, Mans Gesichtsausdruck nicht sehen zu können.

»Das hier *ist* etwas ganz anderes.«

»Ich weiß.«

»Es tut mir so leid, was dir passiert ist. Wirklich.« Er legt einen Arm um ihre Taille, und sie dreht sich so, dass er sie halten kann. Seinen Körper zu spüren, ist der pure, leibhaftige Trost. Lee fühlt, wie sie sich langsam entspannt und auch ihr Herz sich beruhigt.

»Ich liebe dich so sehr«, sagt er.

»Ich liebe dich auch.«

»War das schwer für dich?«, fragt Man. »Wir zusammen? Die Dinge, die ich von dir wollte?«

»Ich glaube nicht«, sagt Lee. Sie ist verwirrt. »Nur, die Augenbinde. Die hat mir Angst gemacht.«

»Das tut mir wirklich leid. Wir müssen das nicht machen. Natürlich müssen wir das nicht.«

»Ich schätze, ein bisschen hatte ich auch Angst, weil ich es wollte.«

Er schlingt seine Arme und Beine noch fester um sie, und sie lässt seine Wärme in sich hineinsinken. Ganz sanft fährt er ihr mit der Hand durchs Haar und küsst ihre Wange und ihren Hals. So liegen sie lange da, bis sie schließlich sagt: »Ich glaube, ich will, dass du es tust.«

»Bist du sicher?« Er klingt so nervös, wie sie es ist.

»Ja, ich glaube schon.«

Er steht auf, um den Schal zu holen, und hält dann inne. »Nein«, sagt er. »Vielleicht irgendwann, wenn du es wirklich willst, aber nicht jetzt.«

Lee beobachtet ihn. Er zieht sie wieder an sich heran, und sie bleiben eine Weile so liegen, dann findet Lee seine Lippen. Sie fühlt sich hohl und hungrig, als hätte sie, indem sie es ihm erzählt hat, in sich Platz geschaffen. Er ist noch immer sanft, seine Küsse zaghaft, aber plötzlich will sie ihn näher spüren, sie presst ihren Mund gegen seinen und ihren Körper der Länge nach an ihn. Als

Man sich auf sie legt, schließt sie die Augen und legt ihren Arm darüber, sie stellt sich vor, wie die Dunkelheit der Augenbinde sich anfühlen würde. Als sie nichts mehr sieht, sind nur noch die Berührungen da: seine Daumen an ihren Brustwarzen, seine Schenkel zwischen ihren. Hinter ihren Lidern explodieren bunte Blitze. Und als Man anfängt, sich in ihr zu bewegen, denkt sie nur noch an ihn – selbst wenn sie wollte, sie könnte an nichts anderes mehr denken. Sie ist allein mit ihm in der Dunkelheit, die sie selbst geschaffen hat, und als er ihren Namen sagt, hat sie das Gefühl, sich aufzulösen, in Funken, in die Körner auf dem Film, und als sie fertig sind, weiß sie nicht mehr, wo sie aufhört und er anfängt.

Es wird noch mehr. Er kann nicht genug von ihr kriegen. Morgens fotografiert er sie, wenn sie sich beim Aufstehen räkelt wie eine Katze. Im Studio stellt er sie neben das Fenster und beugt sie nach unten gegen die Wand. Statt der Studiokamera benutzt er eine kleine, die er sich um den Hals hängt, um möglichst nah an sie heranzukommen. Er fährt mit der Hand durch ihr kurzes Haar und zieht ihren Kopf nach hinten, macht verschwommene Nahaufnahmen von ihrem Hals. Auf den Bildern sieht ihre Haut gar nicht aus wie Haut, eher wie ein Fluss, die Muskeln sind Wasser, das über Steine fließt. Er fährt mit den Fingern über ihre Brüste und fotografiert die Gänsehaut, die er hinterlässt. Er kann ihr nicht nahe genug kommen, macht Dutzende Bilder nur von ihren Lippen, von ihrem Ohr, von ihrem Auge.

In der Dunkelkammer perfektionieren sie die Technik, die sie entdeckt hat, und finden heraus, wie lange es braucht, um diesen leicht unheimlichen Doppelbelichtungseffekt hinzukriegen. Und als sie es an ihren Fotos ausprobieren, und sie sieht, was sie gemeinsam erschaffen haben – wie ihr Oberkörper leuchtet wie ein Geist, sodass sie sich fast selbst nicht mehr erkennt –, fühlt Lee Hitze, Stolz und Liebe, alles auf einmal.

Solarisation, so wollen sie es nennen. Und so fühlt es sich auch an, blendend, als hätten sie ihren Körper losgebunden und ihn der Sonne näher gebracht.

Nach ein paar Wochen gelingt ihnen ein Abzug, den sie beide für perfekt halten. Ganz einfach, eine Aufnahme von ihrem Gesicht im Profil. Der Hintergrund ist grau, und die Solarisation verleiht ihrem Gesicht einen schwarzen Nimbus. Sie sieht aus wie eine Radierung, zeitlos. Und schöner als je zuvor. Man nimmt einen Stift und schreibt auf den weißen Rand »Man Ray/Lee Miller 1930«, dann setzt er seine Unterschrift darunter und reicht ihr den Stift. Mit zitternder Hand kritzelt Lee ihre eigene Unterschrift daneben. Sie kann sich nichts Schöneres vorstellen, als ihre Namen gemeinsam auf dem Papier zu sehen.

Noch ein paar Wochen später stellt Lee ihre Glasglockenserie fertig, ein Triptychon, genau wie sie es sich vorgestellt hat. Das erste Bild zeigt das Modell mit geöffneten Augen, ihr Blick führt aus dem Bild und am Zuschauer vorbei. Auf dem zweiten sind die Augen geschlossen und der Kopf ist leicht zur Seite geneigt, als lehnte sie sich gegen das Glas. Das dritte Bild ist solarisiert und wirkt wie abgetaucht, unter Wasser. Die Bilder fühlen sich sehr persönlich an. Als würden sie eine Geschichte erzählen oder etwas verraten, das sie nicht aussprechen kann.

Ein wenig unsicher zeigt Lee sie Man. Im Grunde ihres Herzens weiß sie, dass die Bilder gut sind, aber während er sie betrachtet, bekommt sie Panik. Sie hat keinen Blick, sie ist eine Hochstaplerin. Er sieht sie lange an, aber das tut er letztendlich immer, wie ihr jetzt einfällt.

Irgendwann hält Lee es nicht mehr aus. »Bei der Qualität der Abzüge bin ich nicht ganz sicher – vielleicht könnte man das Erste noch dunkler machen, damit das Gleichgewicht stimmt? Oder vielleicht sollte ich nur zwei Bilder nehmen statt drei?

Das Erste und das Letzte, vielleicht? Oder das Zweite und das Letzte …?«

Schließlich sagt Man: »Sie sind unglaublich. Alle drei zusammen – die müssen wir unbedingt in der *221* abdrucken. Ich werde mit Tristan sprechen.«

An diesem Abend geht Lee in Hochstimmung ins Bricktop. Sie ist allein und setzt sich an einen Tisch in der hintersten Reihe. Josephine Baker singt. Ihre Stimme ist rau, das Lied langsam und sentimental. »Blue days, all of them gone / Nothin' but blue skies from now on.«

Lee schließt die Augen und lehnt den Kopf an die Wand. Das Lied fühlt sich genau richtig an.

TEIL ZWEI

KAPITEL SIEBZEHN

PARIS
1930

An einem drückend heißen Tag Ende August steht Lee zum letzten Mal in der Tür ihrer leeren Wohnung. Die Umzugskisten sind schon bei Man, das wenige eigene Mobiliar hat sie verkauft. Sie blickt sich um und hofft, die richtige Entscheidung getroffen zu haben.

Es gibt tausend Gründe, zu Man zu ziehen. Das Geld ist ein Problem geworden in den letzten Monaten – Paris ist noch relativ günstig, aber von der Familie und von Freunden zu Hause hört man immer mehr vom großen Crash, und ein paar von ihren Bekannten, die seit Jahren in Frankreich leben, gehen zurück in die USA. Man bekommt weniger Porträtaufträge, selbst die Zeitschriften sparen und drucken weniger Fotos. Man scheint das nichts auszumachen, er findet aber auch, dass es besser ist, weniger Miete zu zahlen, als in anderen Bereichen kürzerzutreten. Beide sind extrem schlecht im Sparen, Lee hat sich daran gewöhnt, Man beim Geldausgeben zu helfen, und wenn er es für sie ausgeben will, fällt es ihr schwer, Nein zu sagen.

Sie waren seit Monaten keine Nacht getrennt, und noch bevor die Rede vom Zusammenziehen war, sind Lees Sachen nach und nach in seine Wohnung gewandert. Aber wenn sie sich jetzt in ihren leeren Räumen umsieht, ist sie doch etwas beunruhigt. Wie

Tanja bei ihrem Besuch ganz richtig zu bedenken gab, arbeiten Lee und Man zusammen, sie gehen zusammen aus, und jetzt hat sie nicht mal mehr einen Rückzugsort. Ihre Welten hängen komplett aneinander. Was ist, wenn sie mal allein sein muss? Was, wenn sie gereizt oder traurig ist und keine andere Wahl hat, als es vor Man zu sein? Lee erinnert sich an ihre Anfangszeit in Paris – als sie stundenlang in leeren Cafés herumhing –, jetzt müsste sie aber ausgehen, weil sie allein sein will und nicht, weil sie sich nach Kontakt zu anderen Menschen sehnt.

Für Man ist es ein ganz normaler Vorgang. Eines ihrer Betten ist jede Nacht leer – wozu? Außerdem liebt er sie. Er will mit ihr zusammen sein und hasst es, wenn sie getrennt sind. Wozu brauchen sie zwei Wohnungen?

Sie leben bereits seit mehreren Wochen zusammen, als Lee ihn beim Abendessen fragt: »Hast du mit Kiki zusammengewohnt?«

Er nimmt etwas Salat, kaut und schluckt ihn herunter, bevor er antwortet. »Ja, ein paar Jahre. Die Wohnung hättest du sehen sollen. Ein kleines Loch in der Nähe der Rue Didot. Gleichzeitig war das auch mein Studio. Ich hab einen Vorhang aufgehängt, den ich vors Bett ziehen konnte, wenn Kunden kamen. Es ist ein Wunder, dass die Leute mich überhaupt ernst nahmen.«

»Wie lange wart ihr zusammen, als sie bei dir eingezogen ist?«

Man nimmt die Serviette vom Schoß und tupft sich die Lippen ab. »Sie ist sofort eingezogen. Du musst wissen, dass Kiki kein Geld hatte. Gar keins. Sie wohnte praktisch immer bei ihrem jeweiligen Liebhaber. Es hat sich also einfach so ergeben. Ich hab schon lange nicht mehr an die Wohnung gedacht. Wir mussten vier Stockwerke hochlaufen, und stickig war es – noch heißer als hier. Keine Luft. Ich könnte so nicht mehr leben.«

»Kiki ist einfach von einem Mann zum anderen gezogen?« Lee runzelt angewidert die Stirn.

»Lee, das war einundzwanzig, zweiundzwanzig. Damals war Paris noch wilder.«

Lee seufzt. »Ich kann diese Geschichten nicht mehr hören, wie wild Paris angeblich mal war.«

»Sie sind aber wahr.«

»Und wo hast mit Adon gewohnt? Wie war es da?«

»Klein. Eng. Vier Zimmer, mit einer kleinen Dachkammer, in der ich gearbeitet habe. Allerdings hatten wir einen tollen Ausblick. Bei klarem Himmel konnte man bis Paterson gucken. Und Adon hat Blumenkästen in die Fenster gestellt.«

Die Blumenkästen klingen so hübsch und häuslich, wie Lee es auf keinen Fall ist und sich auch nicht vorstellen kann, dass Man es attraktiv findet. Es erscheint ihr so untypisch für ihn und macht ihr mehr als alles andere bewusst, dass Man ein Leben vor ihr geführt hat, über das sie so gut wie nichts weiß. Was Blumenkästen bei ihnen bisher am nächsten kam, ist eine Rose, die er ihr geschenkt hat und die sie in einer Vase im Büro stehen ließ, bis sie verwelkt war und die abgestorbenen Blüten in einem braunen Häufchen auf dem Schreibtisch lagen.

Offenbar sieht sie besorgt aus, jedenfalls sagt Man: »Das war in einem anderen Leben«, und greift über den Tisch nach ihrer Hand.

In der neuerdings gemeinsamen Wohnung malt Man ein Bild von ihrem Mund. Er hängt die Leinwand über dem Bett auf und malt die Lippen rot, in der Farbe des Lippenstifts, den Lee fast täglich trägt. Er steckt in einer kalten goldenen Hülse, mit geätzter Kappe, die mit einem Plopp aufgeht, dann dreht der Lippenstift sich fast obszön heraus, und im Sommer perlt die Feuchtigkeit auf der Oberfläche. Der matte Glanz sieht hübsch aus, wird aber zum Albtraum, wenn man ihn entfernen will. Dutzende von Wattebällchen im Mülleimer, Blutflecken an der Coldcream, ein stures rotes Geflecht, das ihren Mund verziert.

Man mischt Kadmiumscharlachrot mit Winsorrosa. Töpfeweise. Die Leinwand ist riesig – fast zweieinhalb Meter breit –, und ihr Mund schwebt frei und in die Länge gezogen vor Schäfchenwolken.

Man sagt, er habe noch nie so schöne Lippen wie ihre gesehen. Aber dasselbe sagt er auch über ihre Augen, ihre Ohren, ihre Haut und sogar über ihre schiefen Zähne. Als sie gesteht, ihre Zähne zu hassen, behauptet er, er fände sie wunderschön, streicht mit den Fingern darüber und leckt sie mit der Zunge. Im Grunde ist es das Intimste, was er je mit ihr gemacht hat.

Man arbeitet unaufhörlich an seinem Bild. Lee wird jetzt erst klar, wie konzentriert er sein kann. Sein Verhalten erinnert sie an die ersten Wochen, als sie frisch zusammen waren. Er sagt Termine ab, lässt Mahlzeiten aus und starrt mit blutunterlaufenen Augen ins Leere. Aber für sie ist es nicht mehr dasselbe. Sie hat jetzt ihre eigene Arbeit und keine Lust mehr, ihm einfach nur zuzugucken, sie wird nervös, wenn sie zu lange neben ihm sitzt. Er besteht darauf, dass er sie bei sich braucht. Also liegt Lee oft gegen ihren Willen stundenlang mit angehobenem Kopf auf dem Bett, während er über ihr arbeitet. Am Ende sind die Abdeckplane und ihre Haut von einer dünnen Schicht Farbkleckser überzogen.

Die meiste Zeit schweigt Man, aber manchmal, wenn er etwas nicht gleich richtig hinbekommt oder nach einer längeren konzentrierten Phase eine Pause braucht, erzählt er ihr, was er mit dem Bild erreichen will. Dass ihre Lippen wie ihre beiden liegenden Körper seien, und dass der Horizont dahinter sie verbinde wie Himmel und Erde. Hinter ihrem Mund, an den Rand, malt er die Sternwarte, die sie jeden Abend auf dem Nachhauseweg am Boulevard Saint-Michel sehen.

»Ich will, dass das Bild im Weltraum hängt«, sagt er, »damit jeder weiß, dass du es bist, die ich male.«

Wenn Man schweigt, denkt Lee manchmal an nichts oder sie lässt die Gedanken schweifen. Wenn sie lange genug daliegt, fängt sie an, sich ihr Leben als eine lange Kette vorzustellen, und wie alles von der Vergangenheit bis in die Zukunft miteinander verbunden ist. Endlich hat sie das Gefühl, am Bug ihrer selbst zu sein. Was sie alles gelernt hat. Genug, um ihre Modeljahre als etwas Wichtiges anzusehen, als Grundlage, die ihr gezeigt hat, was für Bilder sie selbst machen will. Die Fotos in der *Vogue* oder in *McCall's*, die für sie immer künstlerisch unangreifbar waren, sieht sie jetzt mit kritischem Auge. Sie begreift die Grundzüge der Kompositionen besser und findet auf einmal die Beleuchtung fragwürdig oder legt die Hände auf das Papier, um ein Bild in einem anderen Ausschnitt zu sehen.

»Man«, sagte sie eines Morgens, während er malt. »Was hat Tristan zu meinen Fotos gesagt? Wegen der *221?*«

Er schaut verlegen zu ihr runter. »Also ... es tut mir leid. Seit du mich das letzte Mal darauf angesprochen hast, hab ich ihn nicht mehr gesehen. Ich frag ihn gleich nächste Woche.«

»In Ordnung«, sagt Lee, ist aber enttäuscht. Sie meint, sich zu erinnern, dass Man neulich erst erzählt hat, er habe Tristan getroffen, aber vielleicht irrt sie sich auch.

Man malt weiter, nach einer Weile sagt er: »Ach so, ich hab noch was vergessen – ich kann gar nicht fassen, dass ich dir das nicht erzählt habe. Bei der Philadelphia Camera Society fanden sie meinen Essay so gut, dass sie mich eingeladen haben, für die nächste Ausstellung Fotos einzureichen.«

Lee weiß, dass die Philadelphia Camera Society weltweit bekannt dafür ist, einige der interessantesten Fotos der Gegenwart zu zeigen. Für viele Fotografen ist die Jahresausstellung so etwas wie der Heilige Gral, und Lee hatte schon lange den Verdacht, dass Man wütend war, bisher noch nicht eingeladen worden zu sein. »Das ist ja fantastisch! Was willst du ihnen denn schicken?«

»Ich bin noch nicht sicher. Ein paar Ideen hätte ich, werde aber noch darüber nachdenken. Es muss etwas wirklich Spektakuläres sein. Etwas Bahnbrechendes.«

Lee weiß, was diese Gelegenheit für ihn bedeutet, und versucht, sich für ihn zu freuen, aber dass er vergessen hat, mit Tristan zu sprechen, lässt sie nicht los. »Wäre es nicht toll, wenn wir beide gleichzeitig etwas veröffentlichen könnten?« Kaum hat sie die Worte ausgesprochen, bereut sie es schon, zumal es ihr selbst kleingeistig vorkommt.

Man lässt den Pinsel sinken und sieht sie an. »Lee – wie gesagt, ich frage ihn. Er macht gerade eine schwierige Zeit durch. Ich muss den richtigen Moment abpassen.«

»Natürlich. Tut mir leid, dass ich wieder davon angefangen habe.«

Lee schließt die Augen, lässt ihn malen und stellt sich vor, wie das fertige Gemälde an einer Galeriewand aussieht.

KAPITEL ACHTZEHN

Die Kästchen im Kalender sind alle leer.

»Nichts? Wie lange geht das jetzt schon?« Man klingt müde.

»Noch nicht so lange.« Den letzten zahlenden Kunden hatten sie vor drei Wochen, aber Lee wird sich hüten, Man das zu verraten. Er war so besessen von seinem Bild und seinem Text für die Ausstellung in Philadelphia, dass er es gar nicht mitbekommen hat, und wenn sie jetzt anfinge, mit ihm über Geld zu reden, würde er nur beleidigt behaupten, wie froh er sei, Zeit für seine *wahre* Kunst zu haben.

Man steht hinter ihr und schaut über ihre Schulter auf das weiße Kalenderblatt.

»Ich fang dann schon mal mit den Parfümflaschen an«, sagt Lee.

»Nein, ich hab eine bessere Idee. Draußen ist es wunderschön. Wozu arbeiten, wenn es sowieso nichts zu tun gibt? Ich hol den Wagen, und wir fahren nach Chantilly und machen ein Picknick.« Kaum hat er es ausgesprochen, verändert sich sein gesamtes Auftreten, und innerhalb kürzester Zeit hat er einen Picknickkorb aus dem Schrank gezaubert, zusammen mit ein paar Decken und dem Reise-Cocktail-Set.

Während Man den Wagen aus der Garage holt, füllt Lee den Picknickkorb mit Brot, Radieschen, Butter, Putenaufschnitt und *saucisson sec*, und ihren geliebten Eclairs aus der Patisserie um die

Ecke. Sie legt eine eisgekühlte Flasche Sémillon dazu und steht schon auf den Stufen vor dem Haus, bevor Man mit dem Wagen kommt. Den Mantel hat sie bis oben hin zugeknöpft, sodass der Kaninchenfellkragen weich an ihren Wangen liegt. Als Man um die Ecke biegt, winkt sie, aber in dem Augenblick hält ein Junge von der Western Union mit seinem Fahrrad vor dem Studio und läuft mit einem Briefumschlag in der Hand die Stufen hoch.

»Für Man Ray?«, fragt Lee.

Der Junge schielt auf den Umschlag. »Nein, für Monsieur Lee Miller.«

»Das bin ich.«

Der Junge zieht verwirrt die Augenbrauen hoch, hält ihr aber das Telegramm und den Quittungsblock zum Unterschreiben hin und fährt dann auf seinem Fahrrad davon. Man steht mit dem Wagen vor der Tür, der Motor wummert durch die stille Straße. Lee gibt ihm ein Zeichen und öffnet das Telegramm, sie rechnet mit dem Schlimmsten: dass jemand gestorben oder schwer krank ist oder bei einem Unfall verstümmelt wurde. Stattdessen:

> LI–LI KOMME NACH PARIS OKT 1 MIT SS ALGONQUIN GESCHÄFTLICH UND DEINETWEGEN STOP ERIK UND JOHN GRÜSSEN HERZLICH STOP IN LIEBE DEIN VATER

Man hupt ein paarmal, und Lee stopft das Telegramm in die Handtasche und läuft zu ihm, sie schnallt den Picknickkorb hinten auf dem Wagen fest, setzt sich in den Beifahrersitz und zieht sich die Baskenmütze über die Ohren.

»Etwas Wichtiges?«, fragt Man.

»Nein, eigentlich nicht. Erzähl ich dir später.«

»Okay, los geht's!«, brüllt Man fröhlich. Während der Fahrt reißt sein Redefluss nicht ab. Lee schweigt. Sie hat die Handtasche auf dem Schoß liegen, darin das Telegramm. Unpersönliche Druckbuchstaben, der Inhalt gekünstelt, völlig untypisch für ihren Vater, trotzdem genug, um ihn wieder ins Gedächtnis zu rufen. *In Liebe, dein Vater. Geschäftlich und deinetwegen.* In weniger als einem Monat kommt er her und sieht sich in ihrer Wohnung um, ihrem gemeinsamen Zuhause. Sie hat sich schon ausgemalt, was er wohl von ihrem neuen Leben hält, aber die Vorstellung, dass er tatsächlich hier auftaucht, ist ihr unangenehm. Was wird sie ihm erzählen? Wie wird ihre Welt durch seine Augen aussehen?

Man fährt weiter in Richtung Norden und aus der Stadt hinaus, die Straße führt aufs offene Land, zwischen Weiden und Feldern hindurch, hier und da stehen ein paar Buchen, noch nicht ganz in Herbstfarben.

»Wirklich wunderschön«, sagt Lee und kurbelt das Fenster herunter, um die frische Luft einzuatmen, es riecht ein bisschen nach einem kontrollierten Brand, der in der Ferne einen grauen Fleck im Himmel hinterlässt.

Lee ist sich bewusst, wie es aussehen könnte: dass sie sich wieder einen Mann ausgesucht hat, der sie fotografiert. Dieser neue Mann ist natürlich nicht ihr Vater. Trotzdem schreckt sie der Gedanke ab, ihren Vater in der Wohnung stehen zu sehen, zumal dort viele der Bilder hängen, die Man von ihr gemacht hat.

In Chantilly schauen Lee und Man sich das Schloss an und verbringen eine Weile in der herrlichen Bibliothek. Am frühen Nachmittag werden sie hungrig, sie fahren ein Stück weiter in die Parkanlagen und parken an einem Wasserlauf mit Blick auf eine hübsche kleine Brücke. Alles ist friedlich, das Wasser so ruhig, dass sich die Bäume und Wolken darin spiegeln. Lee öffnet den Picknickkorb, schmiert dick Butter auf das Brot, belegt es mit hauchdünnen Radieschenscheiben und schüttet Salz aus kleinen Papiertütchen darauf. Man isst mit geschlossenen Augen, selig, dann spülen sie den Snack mit dem nicht mehr ganz kalten, aber doch köstlichen Sémillon runter.

»Manchmal wäre ich gern eine richtige Köchin«, sagt Lee, steckt sich ein Stück Morbier in den Mund und erfreut sich am Geschmack der aschigen Rinde in Verbindung mit den Radieschen und dem Wein.

Man öffnet die Augen und sieht sie an. »Ich hab dich noch nie kochen sehen.«

»Doch, ich koche! Na ja, würde ich jedenfalls, wenn ich die richtigen Sachen hätte. Pfannen, Töpfe, eine Speisekammer. Als Teenager hab ich viel gekocht.«

»Was denn?«

»Alles Mögliche. Ohne Rezept. Suppen, Eintöpfe – ich hab einfach Sachen in einen Topf geworfen, bis es gut geschmeckt hat.«

»Und, warst du erfolgreich?«

»Fand mein Vater jedenfalls.« Lee erinnert sich, wie sie immer mit der Suppenterrine zwischen den Topflappen durch den Flur zu seinem Schreibtisch lief. Sie stellte sie neben seinem Ellbogen ab und wartete, bis er die Zeitung oder den Stift weglegte und einen Löffel probierte, und dann auf den Moment, wenn er sie ansah und lächelte. Oh, wie hat sie ihren Vater angehimmelt.

»Vielleicht koche ich dir auch mal was«, sagt Lee.

»Vielleicht. Ich gehe allerdings gern mit dir essen.«

»Wir könnten Geld sparen«, sagt sie, und nach einer kurzen Pause, »er kommt mich besuchen – mein Vater. Das stand in dem Telegramm vorhin.«

Man richtet sich auf und greift nach dem Wein, gießt erst ihr, dann sich nach. »Ich wusste gar nicht, dass du Kontakt zu ihm hast.«

»Hab ich auch nicht.« Das letzte Mal, dass Lee von Theodore gehört hat, war der Brief, in dem stand, dass seine Fotos veröffentlicht würden, und den sie nicht beantwortet hat. Sie erwähnt ihn hin und wieder, aber Man wirkt nie sonderlich interessiert. Er selbst hat den Kontakt zu seiner Familie abgebrochen und scheint es auch nicht zu bereuen. Diese Philosophie teilt er mit diversen anderen aus seinen Kreisen. Genau wie sie sagt er, dass er frei sein will von den verworrenen Bündnissen der Vergangenheit, weil diese Freiheit ihm hilft, sich auf seine Kunst zu konzentrieren.

»Willst du denn, dass er kommt?«

Lee denkt nach und beobachtet einen Vogel, der am Ufer im Schlamm herumpickt. »Ehrlich gesagt, bin ich nicht sicher. Ich war sauer, dass er sich nicht gemeldet hat, andererseits bin ich genauso daran schuld.«

»Du musst dich nur entscheiden, ob es dich froh macht, ihn zu treffen. Und wenn ja, dann solltest du es tun.«

Lee nickt. Nach einer Weile sagt sie: »Als ich klein war, hatte mein Vater so ein Album – beziehungsweise einen ganzen Haufen davon –, in dem er alles festhielt, was ich tat. Meine ersten Schritte, wie ich als Baby das erste Mal mit Fieber beim Arzt war. Meine Zeugnisse und die albernen kleinen Gedichte, die ich ihm geschenkt hab. Er war immer so stolz auf mich. Und er hat mich dauernd fotografiert. Manchmal denke ich, alles, woran ich mich aus meiner Kindheit erinnere, steckt in diesen Fotos.«

»Hat er solche Alben auch für deine Brüder gemacht?«

»Ich schätze, schon, aber ich war ganz klar sein Liebling. Und ich brauchte ihn mehr als sie.«

»Warum das?«

»Weil … du weißt schon.«

»Natürlich. Mein Gott, tut mir leid.«

»Es muss dir nicht leidtun. Es ist nur … ich vermisse ihn. Er war immer für mich da. Er hat mich geliebt.«

Man rutscht auf dem harten Boden rum und zuckt kurz zusammen, als er die Beine ausstreckt. »Na ja. Natürlich hat er dich geliebt. So ist das bei Eltern. Ich meinte nur, du *musst* ihn nicht sehen, wenn du nicht willst. Du bist eine erwachsene Frau. Du bist ihm zu nichts verpflichtet.«

Lee nickt wieder. Einerseits gibt sie Man recht: Nur, weil Theodore ihr jetzt ein Telegramm schickt, ändert das nichts daran, dass sie monatelang keinen Kontakt hatten. Und er kommt nicht einmal ihretwegen, wenn sie die Nachricht richtig liest: Es ist eine Geschäftsreise, sie wird nur drangehängt. Aber sein »In Liebe« geht ihr doch nicht aus dem Kopf, eine ganze Kindheit lang waren diese Worte immerhin wahr.

Man steht auf, streckt sich und klopft sich auf den Bauch. Er geht zum Ufer, nimmt einen Stein aus dem Wasser und lässt ihn ein paarmal über die glatte Oberfläche springen. Lee geht hinterher, sammelt Steine ein und füllt sich die Taschen damit.

»Soll ich's dir beibringen?«, fragt Man.

Lee holt einen Stein aus der Tasche. Sie tastet ihn ab, erinnert sich und schleudert ihn dann elegant aus dem Handgelenk übers Wasser, wo er fast doppelt so weit hüpft wie Mans. »Ha!«, ruft sie zufrieden.

Man pfeift. Lee wirft noch einen Stein und dann noch einen, allmählich kommt die Technik zurück. Mit ihren Brüdern verbrachte sie ganze Nachmittage unten am Teich auf ihrem Grundstück, sie warfen Steine und angelten, und Lee hatte die Hosen über die Waden gekrempelt, und die damenhaften weißen Schleifen, die sie ihrer Mutter zuliebe in den Zöpfen tragen musste, hingen schlaff herunter und waren mit Schlamm bespritzt. Man sieht ihr zu, sie genießt seine Aufmerksamkeit, es ist etwas anderes, als wenn er sie fotografiert.

»Du warst ein wildes Kind, oder?«

»Ich schätze, schon.« Lee weiß, dass er *wild* im Sinne von frei meint, und das war sie tatsächlich, vor allem als sehr junges Mädchen. Damals gab es keinen Unterschied zwischen ihren Brüdern und ihr. Ganze Tage verbrachten sie draußen und erkundeten die Gegend. Sie weiß noch, dass sie das Gefühl hatte, sie könnte die ganze Welt für sich haben und sie mit dem Löffel essen. Das war vor dem Vorfall mit ... fast hört sie seinen Namen im Kopf, verbietet es sich aber wie immer. Ihre Kindheit ist in zwei saubere Hälften aufgeteilt, das Davor und das Danach. Danach wurde sie erst richtig wild, aber nicht so, wie Man es meint. Danach war ihre

Wildheit etwas, das sie glaubte, vor anderen verstecken zu müssen.

Lee lässt keine Steine mehr springen, sie steht bloß da und starrt aufs Wasser. Vielleicht weiß Man, was sie denkt. Sie ist nicht sicher. Sie weiß nur, dass er nichts sagt, und ist froh darüber.

Nach einer Weile fragt er: »Kannst du mir zeigen, wie du das machst, dieses Schnipsen aus dem Handgelenk?«

Sie stellt sich hinter ihn, legt ihre kleine Hand auf seine größere, ihre Finger verbinden sich um den kalten runden Stein, und dann macht sie es ihm ein paarmal vor, bevor Man es allein probiert. Beim ersten Versuch plumpst der Stein direkt ins Wasser, aber schon nach kurzer Zeit hat er es drauf, das elegante Schnippen, das Lee vor so vielen Jahre gelernt hat. Als sie genug haben, gehen sie zur Brücke hinüber und schauen zusammen aufs Wasser, das wieder glatt wie ein Spiegel ist, nachdem die kleinen Wellen von ihrem Spielchen verschwunden sind.

Als sie später nach Hause fahren, zieht Lee die Schuhe aus, klemmt die Beine unter und legt den Kopf auf Mans Schulter. Sie fühlt sich zufrieden, warm und schläfrig. Sie denkt, dass es ihr nichts ausmacht, wenn ihr Vater kommt. Und sie ihm ihr neues Leben zeigt. Als sie es Man sagen will, kommt er ihr zuvor: »Diese Alben, die dein Vater gemacht hat – hat deine Mutter ihm dabei geholfen?«

Trotz ihrer tiefen Zufriedenheit erfüllt die Erwähnung ihrer Mutter sie mit Verbitterung. »Ich glaube kaum, dass sie sich je Bilder von mir angesehen hat, auch nicht, als ich noch klein war.«

»Du sprichst nie über sie.«

»Ich will auch gar nicht über sie sprechen. Ich hab dir ja erzählt, dass wir uns nicht gut verstanden haben, schon damals nicht. Und je älter ich wurde ... ich konnte es ihr einfach nie recht machen. In der Schule gab es dauernd Ärger. Ich war in allem immer nur eine Enttäuschung für sie. Außerdem war sie eifersüchtig auf mich.« Wie immer, wenn sie über ihre Mutter redet, kann sie nicht verhindern, dass sie verbittert klingt.

»Sie war eifersüchtig auf dich?«

»Doch, wirklich. Als ich klein war, war sie jedes Mal eifersüchtig, wenn mein Vater mich fotografiert hat, und später war sie eifersüchtig auf meine Modelkarriere. Sie war eine wunderschöne junge Frau, aber ich war immer hübscher als sie, und sie hatte Angst, älter zu werden und nicht mehr so attraktiv zu sein.«

Als sie sich der Stadt nähern, betrachtet Lee die einfachen Häuser, die vereinzelt in der Landschaft herumstehen, und hört Man sagen: »Es wundert mich nicht, dass deine Mutter Probleme mit diesen Fotos hatte.«

Er hält mit beiden Händen das Steuerrad fest. Lee hebt den Kopf. »Ja. Sie konnte es nicht ertragen, dass mein Vater und ich uns so nahestanden.«

Man will noch etwas sagen, lässt es dann aber. Sie fahren eine Weile schweigend weiter. Dann sagt er es doch: »Ich finde nur, nach dem, was dir passiert ist, hätte ich erwartet, dass dein Vater etwas vorsichtiger ist. Es kommt mir einfach komisch vor, so, wie du mir die Bilder geschildert hast.«

»Nein, nein, nein«, erwidert Lee und setzt sich wieder richtig hin. »Er hat das gemacht, damit ich mich besser fühle. Damit ich mein Selbstvertrauen zurückgewinne.«

»Ah.«

Mehr sagt Man nicht, also fährt Lee fort. »Ich bin mir sicher, dass ich nur deswegen so schnell als Model erfolgreich sein konnte. Und das Modeln hat mich nach Paris geführt und dann zu dir.« Sie beugt sich vor, küsst Man auf den Arm und lehnt den Kopf wieder an seine Schulter.

Sie sind in eine kleine Straße eingebogen, dort versperrt ihnen eine Kutsche den Weg. Man muss aufpassen, dass er den Wagen nicht abwürgt. Es ist drückend, kein Fahrtwind weht mehr, und Lee fächelt sich vergeblich Luft zu. Endlich kommen sie an eine

Stelle, wo die Kutsche zur Seite ausweichen kann, und als sie weit genug hinter ihnen ist, gibt Man Gas, sodass der Schotter unter den Reifen hochfliegt. Sie erklimmen einen Hügel, dann liegt Paris ausgebreitet vor ihnen, selbst aus der Entfernung scheint es vor Leben zu strotzen nach der Ruhe auf dem Land. Anfangs wirken die Häuser vor dem Horizont niedrig, aber je näher sie der Stadt kommen, desto mehr verdrängen die Gebäude den Himmel, und die abgeschrägten Mansardendächer erscheinen Lee schöner als jedes Gebirgspanorama. Autos verstopfen die Straßen, an den Ecken quetschen sich Menschen aneinander vorbei. Als Man in den Boulevard Raspail biegt, merkt Lee, wie wohl sie sich fühlt, wie sehr sie in dieser Stadt zu Hause ist. Der Geruch ihres Viertels, das Granit, der Abfall – sie hebt den Kopf und atmet alles ein.

»Ich denke, ich werde mich mit meinem Vater treffen, wenn er hier ist«, sagt sie.

Man drückt ihr Knie. »Wie du willst.«

»Ich will, dass er sieht ... ich will ihm zeigen, was ich gemacht habe, seit ich aus New York weg bin. Dass ich gut allein zurechtkomme.«

»Besser als gut.«

»Ja, so viel besser.«

Lee sieht die Häuser vorbeiziehen und versucht, ihr Leben durch die Augen ihres Vaters zu betrachten. Wie weit sie es gebracht hat. Wie stolz sie ihn machen wird.

KAPITEL NEUNZEHN

Als Theodore in die Stadt kommt, holt Lee ihn am Bahnhof ab. Sie ist fast eine Stunde zu früh. Es ist Oktober, ein kalter, stürmischer Tag, zwischen Hut und Kragen schneidet der Wind, sie wünschte, sie hätte einen Schal dabei.

Lee hat sich in den letzten Wochen genauestens ausgemalt, wie Theodores Besuch ablaufen wird. Was sie tun und sagen wird, um ihn zu beeindrucken. Als sie jetzt darauf wartet, dass der Zug kommt, geht sie noch einmal durch, was sie mit ihm unternehmen will, die sorgfältig kuratierten Eckpunkte ihres Künstlerlebens in Paris. Ein Besuch in einem Bistro, wo sie ihm Gerichte zeigt, die er nicht kennt. Eine Tour durch den Montparnasse, mit beiläufigen Hinweisen auf Straßen und Häuser, in denen Künstler und Schriftsteller wohnen und arbeiten, von denen sie weiß, dass er sie bewundert. Danach ins Studio, damit sie ihm die Dunkelkammer zeigen kann und vielleicht sogar ein paar von ihren Fotos, falls er danach fragt.

Der Zug läuft pünktlich pfeifend ein, und Theodore steigt als einer der Ersten aus. Lee sieht ihn, bevor er sie in der Menge ausmachen kann, und erschrickt bei seinem Anblick – es ist nur ein Jahr her, aber er sieht viel älter aus, die Haut im Gesicht hängt ihm schlaff von den Knochen. Selbst in seinen dicken Mantel gehüllt wirkt er dünner denn je, zusammengefallen, vielleicht liegt es auch an der langen Reise. Als er sie entdeckt, tritt ein Lächeln in sein strenges Gesicht. Lee hatte geplant, ihn mit einem fröhlichen Bonjour auf beide Wangen zu küssen, aber er kommt mit ausgestreckten Armen auf sie zu, und bevor Lee recht weiß, wie ihr geschieht, umarmt er sie und drückt sie an seinen Mantel, der nach Asche und Reise riecht. »Meine Bitsie«, sagt er. »Was hab ich dich vermisst.«

Den Spitznamen hat sie seit Ewigkeiten weder gehört noch daran gedacht. Damit bricht ihr Entschluss, möglichst unabhängig aufzutreten, und sie spürt, wie ihr Körper der Umarmung nachgibt. Anders als geplant, erwidert sie: »Ich hab dich auch vermisst, Daddy«, und hört, wie ihre Stimme zittert.

Theodore gibt sein Gepäck einem Träger und lässt es ins Hotel bringen, dann gehen sie gemeinsam in das Bistro, das sie ausgewählt hat. Der Laden ist gemütlich, Tischdecken in rotem Paisleymuster und mit Wachs bespritzte Kerzenhalter auf jedem Tisch, aber Theodore will unbedingt draußen sitzen, obwohl es so kalt ist, dass sie die Mäntel anbehalten müssen.

»Dr. Koopman sagt, jeder Mensch sollte sechs bis zehn Stunden am Tag an der frischen Luft sein«, erklärt er Lee und ignoriert die Kellnerin, die vor ihnen steht und darauf wartet, dass sie ihre Meinung ändern und sich nach drinnen setzen. Theodore hat schon immer die neuesten Ernährungs- und Fitnesstrends befolgt. Jahrelang ist er täglich neun Kilometer gelaufen und hat es vermieden, bestimmte Lebensmittel zusammen zu essen. Kein Käse mit Fleisch. Kein Obst mit Getreide. Lee hat das ganz vergessen, jetzt geht sie die Karte durch und überlegt, wie sich seine Gewohnheiten mit der Pariser Küche vereinbaren lassen. Nicht sehr gut, wie sich herausstellt: Er befragt die Kellnerin fünf Minuten lang in gebrochenem Französisch, bis Lee einschreitet und etwas für ihn bestellt. Hähnchen mit Kartoffeln, dazu ein kleiner Salat. Als endlich alles geregelt ist, mustert er Lee.

»Gut siehst du aus. Gesund. Ein bisschen fülliger, aber nicht zu sehr. Sieht man dir im Gesicht an.«

»Freut mich zu hören, Daddy«, antwortet sie und runzelt die Stirn.

»Also, wenn du wieder abnehmen willst, musst du nur …«

»Die Koopman-Methode, ich weiß.«

Lee wechselt das Thema, fragt, was ihn nach Paris führt und wie es ihren Brüdern geht. Sein Arbeitgeber DeLaval expandiert, und er trifft sich mit einem Franzosen, der einen neuen Separator entwickelt hat. Hoovers Zollgesetz bereitet ihnen Probleme, und um weiter Gewinn machen zu können, muss Theodore den Geschäftsbereich erweitern. Er sägt beim Reden systematisch an seinem Huhn herum. Lee stochert in ihrem Essen, lehnt sich auf ihrem Stuhl zurück und inspiziert ihre lackierten Fingernägel. Das Gespräch erinnert sie an früher, wenn sie unter dem Tisch sitzen durfte, mit dem Rücken an seinen Schienbeinen, und darauf wartete, dass die Erwachsenen mit dem Essen fertig waren.

Lee fragt sich, wann er das Gespräch auf sie lenken will, sich nach ihrem Leben hier erkundigen, aber dazu kommt es erst, als sie zu Ende gegessen haben.

»Tanjas Eltern waren vor ein paar Monaten zu Besuch bei uns«, sagt Theodore. »Sie sagten, du lernst bei Man Ray?«

Lee ist überrascht, dass er davon weiß, andererseits erklärt es auch, woher er ihre Studioadresse hat. »Lernen ist nicht ganz richtig. Ich arbeite mit ihm.«

»Seine Modefotos sind wirklich beeindruckend.« Theodore hält sich für einen Experten. Seit Lee mit dem Modeln anfing, hat er seine Alben mit Bildern von Lee und anderen Models vollgeklebt.

»Seine Sachen sind alle beeindruckend.«

Theodore wirft ihr einen Blick über seine Brille zu, und Lee fühlt sich kurz unangenehm berührt, sagt sich dann aber, dass sie eine dreiundzwanzigjährige Frau ist und ihr Verhältnis zu Man ihren Vater nichts angeht.

»Ich würde ihn ja gern kennenlernen«, erklärt Theodore.

»Er hat …«, setzt Lee an, hält dann aber inne. »*Wir* haben viel Arbeit im Studio. Ich seh mal, ob er es einrichten kann.«

Am nächsten Tag bereitet Lee sich auf den Besuch ihres Vaters vor und räumt im Studio auf, faltet Abdeckplanen zusammen, ordnet Abzüge ein, stapelt Zeitschriften und rückt Rahmen gerade. Nervös ist sie nicht, aber sie will, dass es gut aussieht, wenn Theodore kommt. Als Man auftaucht und feststellt, dass sie seine Vogelnestersammlung auf dem Kaminsims geordnet hat, fängt er an zu schnaufen.

»Wann kommt er noch mal, um zwei?«, fragt Man. »Ist er … was hast du ihm erzählt? Denkt er, ich bin dein Liebhaber oder dein Arbeitgeber?«

»Arbeitgeber.«

»Ah. Dann reden wir vielleicht besser nicht darüber, wie ich dich besinnungslos gevögelt habe.«

Er sagt es im Scherz, aber Lee sieht ihm an, dass er unzufrieden ist. »Liebling«, sagt sie, geht zu ihm und schlingt von hinten die Arme um ihn. »Wir können es ihm gern erzählen, wenn du willst. Es ist nur … er stellt einem immer tausend Fragen, bis man sich wünscht, man hätte nichts gesagt.«

»Ich mach mir Sorgen, dass du dich für mich schämst.«

»Was? Warum um Gottes willen …«

Man löst sich aus ihrer Umarmung. Er dreht sich um und zeigt auf sich. »Wie alt ist dein Vater? Fünfzig? Dir ist schon klar, dass ich eher in seinem Alter bin als in deinem?«

»Es ist mir egal, wie alt du bist. Außerdem bist du weise. Nicht alt.«

»Weise.«

»Ja, weise. Ich finde es attraktiv, dass du älter bist als ich, dass du mehr erlebt hast als ich. Abgesehen davon, ist mein Vater sechsundfünfzig.«

»Das ändert nichts daran.«

»Du bist ganz anders als mein Vater«, sagt Lee. »Genau deswegen will ich ihm nicht erzählen, dass wir zusammen sind.«

»Gut.« Man zieht sie wieder an sich ran. »Wir erzählen deinem Vater nicht, dass ich dein weiser, uralter Liebhaber bin. Ich bleibe stets drei Meter auf Abstand, und wenn er irgendwelche Fragen stellt, doziere ich ein wenig. Weise.« Wieder ist sein Tonfall scherzhaft, aber kurz darauf verschwindet er in der Dunkelkammer und bleibt dort, während sie weiter aufräumt.

Lees Vater ist wie immer pünktlich. Sie führt ihn herein und bemerkt, dass er sich unter der niedrigen Decke bücken muss. Er sieht sich aufmerksam um, betrachtet den Braque und den Léger an den Wänden, dazwischen Mans eigene Werke.

»Kubisten«, sagt er und zieht dann sein Taschentuch aus der Hosentasche, um sich die Nase zu putzen. »Mich persönlich spricht das ja nicht so an, scheint aber Erfolg zu haben.« Er steckt das Taschentuch weg. »Ich fürchte, ich werde krank. Die Luft in Paris ist nicht sehr gut, finde ich.«

»Was sagt Koopman dazu?«

Theodore geht nicht auf ihren spöttischen Tonfall ein. »Oh, ich esse mehr Kreuzblütler-Gemüse, seit ich hier bin. Aber es ist gar nicht so einfach – auf der Speisekarte stehen ja überall nur Kartoffeln.«

Er ist so ein Hypochonder, eine Eigenschaft, die sie von ihm geerbt hat. Sie muss ihn nur sagen hören, dass er sich krank fühlt, schon fängt ihr Hals an zu kratzen.

In dem Augenblick kommt Man die Treppe herunter. »Mr. Miller!«, brüllt er. »Was für eine Freude. Meine wunderbare Assistentin hat mir schon so viel von Ihnen erzählt.«

Lee verspürt große Dankbarkeit, dass er ihn so gastfreundlich empfängt.

»Mr. Ray, die Freude ist ganz meinerseits«, erwidert Theodore. Er schüttelt Man ein paarmal kräftig die Hand. Sie sind ähnlich gekleidet, hochtaillierte Hose und weißes Hemd. Nach Mans Kommentaren von vorhin muss Lee sich zwingen, die beiden nicht miteinander zu vergleichen.

Man führt ihn nach oben und macht dabei Smalltalk wie mit einem Kunden. Lee bleibt absichtlich ein Stück zurück und zieht langsam die Hand übers Geländer.

Im Büro hat ihr Vater das Gespräch bereits auf die Fotografie gelenkt, und Lee hört, wie er Man mit technischen Fragen löchert, Sachen, die sie selbst inzwischen beantworten könnte, wenn er sie denn fragen würde.

»Wissen Sie«, sagt Man. »Ich spiele viel mit der Belichtungszeit. Als ich an einer meiner Serien arbeitete, an den Bildern, die ich Rayographien nenne …«

»Gegenstände, die man direkt aufs Fotopapier legt. Ja, davon habe ich gelesen.«

Lee muss Man nicht ansehen, um zu wissen, dass ihm das gefällt. »Sie müssen sich auf dem Gebiet ziemlich gut auskennen. In den USA haben nicht viele Menschen davon gehört.«

»O ja, ich bin gern auf dem Laufenden, was neue Techniken betrifft. Die Fotografie ist so etwas wie eine Leidenschaft von mir.«

Theodore läuft im Büro herum und betrachtet die Fotos an den Wänden. Die meisten sind schon älter – Man ist zu faul, sie auszuwechseln –, aber ein paar sind auch von Lee, und allmählich wird sie nervös. Über dem Kamin hängt ein Porträt von ihr, wie sie über die Schulter schaut, mit nacktem Rücken und liebevollem Blick. Sie will verhindern, dass er das Bild sieht.

»Daddy«, sagt sie. »Komm, ich zeig dir die Dunkelkammer.«

Theodore dreht sich um und wirkt überrascht, sie dort stehen zu sehen. »Ah, natürlich, Bitsie«, sagt er, wirft Man einen fast entschuldigenden Blick zu und folgt ihr.

Lee weiß, dass ihr Vater noch nie so professionelles Equipment gesehen hat. Besonders interessiert er sich für die Jupiterlampe mit Regelwiderstand, die auf einem Stativ in der Ecke steht. Er mustert sie von allen Seiten. Die Xenonlampe scheint ihn ebenfalls zu faszinieren. »So eine muss ich mir auch besorgen. Oder ein Kliegl-Light. Hat Mr. Ray so was auch?«

»Nicht, dass ich wüsste.«

»Die Dinger sind so hell, dass man denkt, die Sonne scheint, obwohl man drinnen fotografiert. Habe ich zumindest gelesen.«

»Benutzt man die nicht eher beim Film?«

»Bis jetzt, aber die Vorteile liegen auch beim Fotografieren auf der Hand. Weißt du noch, wie ich immer mit dir rauswollte, und du keine Lust hattest?«

Und wie sie sich erinnert. Eine ganze Kindheit lang. Drinnen, draußen, Hunderte von Fotos. Ihr vierzehnter Geburtstag, als er die Idee hatte, Lee von Ovid inspiriert als moderne Baumnymphe zu fotografieren, ihren Kopf mit Zweigen krönte und sie sich neben den kleinen Bach auf ihrem Grundstück stellen sollte. Zuvor war sie das ganze Jahr über in einer düsteren Stimmung gewesen, und er meinte, sie könnte doch ein wenig schauspielern, das würde sie bestimmt aufmuntern, was es aber nicht tat. Es war gut gemeint, aber an dem Tag fühlte sie sich einfach nicht wohl vor der Kamera. Sie wusste nicht, wie sie es ihm sagen sollte. Auf den Fotos ist sie zusammengekrümmt und zittert, sie hat die Arme vor dem nackten Oberkörper verschränkt, die Augen sind rund und trüb, wie die Steine im Bach, die sich in ihre Füße drücken.

Lee will nicht mehr an die Vergangenheit denken. »Komm, ich zeig dir mal was.« Sie geht mit ihm zum Zeichenschrank und holt ein paar ihrer Bilder raus, unter anderem eins aus der Glasglockenserie und ein abstraktes Foto von einem Segelboot bei einer Kinderregatta, das sie neulich erst gemacht hat. Sie legt sie auf dem Tisch aus und lässt ihren Vater in Ruhe schauen. Hin und wieder nimmt er vorsichtig eins hoch und sieht es sich genauer an. Lee steht erwartungsvoll auf der anderen Seite. Sie sind gut, denkt sie und wartet darauf, dass er es sagt. Theodore nimmt das Bild vom Segelboot und betrachtet es lange. Lee zieht eine andere Schublade auf und holt noch mehr Fotos raus, Straßenszenen und Studioaufnahmen, ihr ganzes Portfolio. In ihrer Gesamtheit eine imposante Sammlung, aber je länger sie dort stehen und Theodore immer wieder eines der Bilder nimmt und wieder hinlegt, desto unwohler fühlt Lee sich.

»Elizabeth«, sagt er schließlich. »Sind das alles deine?«

Lee nickt und will etwas sagen, als Man mit einem Schal um den Hals hereinkommt. Er schaut auf den Tisch, dann auf Lee. »Ich dachte, ich geh kurz einen Kaffee trinken. Wollt ihr mit?«

Es ist ihr ein bisschen peinlich, dass Man sieht, wie sie stolz ihre Fotos zeigt, aber dann ist sie doch erleichtert, dass er so freundlich fragt, schiebt schnell die Bilder zusammen und stopft sie zurück in die Mappen. »Sehr gern. Daddy?«

»Auf jeden Fall. Ich muss doch die Gelegenheit nutzen und mir noch ein paar Tipps von Mr. Ray geben lassen.«

Beim Hinausgehen nimmt Lee Theodore beiseite und flüstert ihm zu: »Nenn ihn einfach Man. Oder Man Ray. Niemand nennt ihn Mr. Ray.«

Sie gehen ins Café de Flore und quetschen sich draußen an einen kleinen Tisch. Man bestellt einen doppelten Espresso und einen Pastis. »Für dich dasselbe?«, fragte er Lee. Das trinken sie immer, wenn sie zusammen herkommen.

»Tagsüber Alkohol ist schlecht für die Verdauung«, erklärt Theodore und wendet sich dann in gebrochenem Französisch an den Kellner: »Ich hätte gern heißes Wasser mit Zitrone, und für meine Tochter einen schwarzen Tee.«

»Ich nehme lieber einen Café Crème, bitte«, sagt Lee.

Der Kellner nickt und geht, und in der darauffolgenden Stille sagt Man: »Pastis ist ein Digestif. Für die Verdauung. Es beruhigt meinen Magen – darum geht es doch, oder?«

Lee seufzt. Man hat Theodore das perfekte Stichwort geliefert, um sich über seine Essgewohnheiten auszubreiten, und während er zu seinem Vortrag ansetzt, wird die Stimmung angespannter.

Lee sieht Man an, dass er genervt ist. Er hält Ernährungstheorien generell für Scharlatanerie und sagt das auch.

»Auf sich zu achten, ist nur vernünftig«, erwidert Theodore ruhig.

Man hüstelt, gießt Wasser aus dem Krug in sein Glas und rührt dann mit einem langen Löffel die trübe Flüssigkeit um. »Aber dass man nur bestimmte Dinge zusammen isst? Wenn man es runterschluckt, landet doch alles am selben Ort im Magen. Tut mir leid, aber mir kommt das absolut unlogisch vor.«

Lee hat das immer genauso gesehen, will aber die Wogen glätten. »Ich denke, jeder sollte das tun, womit er sich am wohlsten fühlt.«

Man richtet den Blick auf sie. »Tust du das?«

»Ja«, sagt Lee und hebt kurz die Augenbrauen, bevor sie sich an ihren Vater wendet und vorsichtshalber das Thema wechselt: »Wie war es gestern in der Oper, Daddy?«

Theodore lächelt. »Wundervoll. Einfach wundervoll. Ich wollte schon immer mal *Guillaume Tell* sehen. Und die Opéra Garnier ist so viel prunkvoller als die Collingwood-Oper. Warst du schon mal da, Bitsie?«

»Nein, noch nicht.«

»Das überrascht mich. Du bist doch immer so gern in die Oper gegangen.« Zu Man sagt er: »Sie können sich gar nicht vorstellen, wie konzentriert sie dasaß. Ihre Brüder langweilten sich nach zwanzig Minuten, aber Elizabeth hat es geliebt. Sie meinte, sie wolle später wie Sarah Bernhardt werden. Oder Filmstar.«

»Oh, weißt du noch, als wir sie gesehen haben?« Lee muss zehn gewesen sein, als Bernhardt auf ihrer Abschiedstournee nach Poughkeepsie kam. Sie kann sich noch an alles erinnern: die riesigen Liliensträuße im Foyer, der süßliche Duft, die Leute aus Poughkeepsie in den Rängen und Logen, fast nicht zu erkennen in ihren feinen Kleidern, die gewölbte Decke mit den wunderschönen italienischen Fresken hoch über ihnen. Lee saß die ganze Vorstellung über andächtig da: der Stummfilm zum Auftakt, die *Tableaux vivants*, und dann endlich die göttliche Sarah selbst, in dicht drapiertem, rotbraunem Samt schritt sie mit einem Elfenbeinstock über die Bühne, bevor sie den Tod Kleopatras spielte, indem sie ohnmächtig auf einer Chaiselongue in der Farbe ihres Kleides zusammensackte.

Theodore schmunzelt. »Und weißt du noch, wie du danach die Szene mit der Lokomotive aus dem Vorfilm spielen musstest?«

»Wirklich? Daran erinnere ich mich nicht.«

Theodore wendet sich an Man. »Elizabeths Bruder hatte in der Scheune hinter unserem Haus eine Lokomotive gebaut, mit Gleisen aus Holz, die den Hügel hinunter auf ein Feld führten. Ziemlich beeindruckend. Er ist später Flugzeugingenieur geworden. Nachdem Elizabeth den Stummfilm gesehen hatte, wollte sie unbedingt auf der Lok sitzen, rückwärts, mit ihrer Brownie, wie der Kamerastuntman im Film.«

»Stimmt!«, sagt Lee. »Die Lokomotive hatte ich komplett vergessen. Ich wollte, dass du mir eine Gefahrenzulage zahlst, wie einem echten Kameramann.«

»Das habe ich auch. Nachdem wir die Bilder entwickelt haben, hast du drei Dollar bekommen.«

Lee lacht. Man beobachtet die beiden, ohne etwas zu sagen.

»Ich war sozusagen dein erster zahlender Kunde.« Theodore tätschelt ihr Bein, guckt selbstzufrieden und lässt die Hand auf ihrem Schenkel liegen. Lee trinkt ihren Kaffee aus und verstummt. Mans Blick wandert von Theodores Gesicht zu seiner Hand auf Lees Schoß.

Als sie alle ausgetrunken haben, steht Man auf, um zu zahlen, wird aber von Theodore zurückgewunken. »Darf ich?«, sagt er und gibt dem Kellner großspurig ein Zeichen. Ohne ein Wort steckt Man die Brieftasche wieder ein.

Als sie vor dem Studio stehen, denkt Lee, dass es Zeit für ihren Vater ist. Es ist vier, und er wird sich vor dem Abendessen bestimmt noch ausruhen wollen. Als sie es erwähnt, geht er jedoch nicht darauf ein, sondern sagt stattdessen zu Man: »Bevor ich gehe, hätte ich wahnsinnig gern noch ein Foto mit meiner Tochter. Ist dafür noch Zeit?«

Lee würde am liebsten im Erdboden versinken. So etwas Vermessenes. »Daddy ...«, sagt sie.

Man guckt zwar ebenfalls erstaunt, sagt aber: »Nicht doch, natürlich! Warum bin ich nicht selbst darauf gekommen.«

»Es ist schon spät«, wirft Lee ein. »Das Licht wird nicht ausreichen.«

Man steht eine Stufe unter ihr vor der Studiotür und legt ihr die Hand ins Kreuz. »Kein Problem, Lee. Das schaffen wir noch.« Lee überprüft, ob ihr Vater Mans Geste bemerkt hat, aber der fummelt an seinem Schal herum und achtet nicht auf sie.

Zusammen betreten sie das Studio. Man schiebt einen Stuhl mit hoher Lehne in die Mitte und setzt Lees Vater darauf, dann misst er die Belichtung. Lee steht mit verschränkten Armen daneben. Während ihr Vater dasitzt, als hätte er einen Stock verschluckt, betrachtet Lee sein Profil, die Adlernase, die sorgfältig gestutzten Koteletten.

Lee stellt sich neben ihn und versucht, möglichst wenig gereizt zu gucken. Man macht ein paar Aufnahmen, bis Theodore sagt: »Bitsie, das ist ein Porträt, wir sind hier nicht beim Militär. Komm, setz dich zu mir.« Er nimmt ihre Hand und zieht sie zu sich. Sie gibt nach, und bevor sie sich versieht, sitzt sie auf seinem Schoß, wie damals als Kind, und ihr Kopf lehnt an seiner Schulter.

Man ruft von unter der Haube: »Bereit?«

Das Jackett ihres Vaters kratzt an ihrer Wange, es riecht vertraut, nach Lehm und Kräutern, dem Zederngeruch seiner Seife. Lee starrt in die Kamera, fast durch sie hindurch, und dann tritt sie aus sich heraus und sieht das Bild aus Mans Perspektive: die

Körper im Sucher auf den Kopf gestellt, wie Lee am Hals ihres Vaters klebt. Brav und fügsam, genau das, was sie nicht sein will. Die Pose fühlt sich so normal an, sie hat schon tausendmal auf seinem Schoß gesessen, aber mit Man als Zeuge erscheint sie ihr plötzlich völlig unerträglich. Lee will sich von ihm lösen, aber ihr Vater hält sie an der Hüfte fest, also versteift sie sich stattdessen in seinem Griff.

Nach ein paar weiteren Aufnahmen kommt Man unter seiner Haube hervor und sagt: »Ich muss eine neue Platte holen.« Er klingt gestelzt, professionell, und marschiert mit laut klackenden Absätzen zum Materialschrank.

Lee steht auf. »Wie viele hast du gemacht?«

»Fünf oder sechs.«

»Das reicht bestimmt«, sagt sie, und dann zu ihrem Vater: »Man arbeitet schnell. Du wirst sicher nicht enttäuscht sein.«

Obwohl sie fertig sind, will Theodore nicht aufbrechen, Lee muss ihn regelrecht zur Tür drängen. Man ist sichtlich froh, ihn gehen zu sehen. Lee bringt Theodore zum Hotel, sie läuft so schnell, dass ihr warm unter dem Mantel wird, und selbst ihr Vater mit seinen langen Beinen hält kaum mit ihr Schritt. Vor dem Hotel will er sie auf die Wange küssen, aber sie weicht zurück und lässt ihn allein dort stehen.

Eine Straße weiter geht sie in die erstbeste Bar und setzt sich an den Tresen. Sie holt tief Luft und bestellt einen Brandy und dann noch einen, bis ihr leerer Magen brennt. Erst danach hebt sie den Kopf und sieht sich um. Paris ist immer noch eine Stadt voller Fremder. Die anderen Gäste sind zu zweit oder zu dritt, die runden Mondgesichter ausdruckslos. Sie reden und lachen und gestikulieren übertrieben, als spielten sie Theater.

Lee wünschte, sie hätte sich nicht mit ihrem Vater getroffen. Ihm ihr neues Leben zu zeigen, hat es irgendwie kleiner gemacht. Und sie selbst auch. Sie erinnert sich an ihre Wutanfälle als Kind, wie sie schreiend gegen die Wände trat und sich an den Haaren zog, bis sie sie büschelweise in den Händen hielt. So viel Zorn, und am Ende hat es zu nichts geführt. Außer, dass sie sich immer noch fügt. Die Unterwerfung, die ihr Vater damals von ihr forderte – als Man sie fotografiert hat und Theodore seine Hand auf ihrem Bein hatte, war sie wieder da. Sie dachte, dieser Teil ihres Lebens läge hinter ihr, aber seit seiner Ankunft in Paris ist es genau wie früher, wie zwei Seiten eines Stereobildes, die zu einem Bild verschmelzen. Und inwiefern ist ihre Beziehung zu Man eigentlich anders? Tut sie nicht auch alles, was er sagt?

Als sie zurück ins Studio kommt, stellt sie fest, dass sie den Schlüssel vergessen hat, also klingelt sie, und Man macht ihr auf.

»Ich war nicht sicher, wann du wiederkommst«, sagt er.

»Ich hab ihn nur zum Hotel gebracht und war auf dem Rückweg noch was trinken.«

Lee meint, ein missbilligendes Zucken in Mans Miene zu erkennen. »Das rieche ich.«

Sie geht die Treppe hoch in den Salon, Man folgt ihr. »Sollen wir noch was trinken?«, fragt sie. »Ich glaube, wir sollten noch was trinken.«

Sie macht sich am Barwagen zu schaffen und gießt Brandy in zwei Tumbler. Als sie Man sein Glas gibt, sagt er: »Danke, Bitsie.«

Es klingt bissig. Lee zuckt zusammen. »Lass das … lass es einfach.«

»Was *war* das? Du, dein Vater – es sah aus, als wolltest du mich eifersüchtig machen.«

»Wie meinst du das?«

»Ihn den Kaffee zahlen zu lassen … dass ihr euch von mir fotografieren lasst …«

»Ich hab ihn gar nichts *gelassen*. Er macht einfach, was er will.

Außerdem hättest du das mit dem Foto tatsächlich von dir aus anbieten können.« Das denkt Lee nicht wirklich, sie fand die Idee genauso unangenehm wie Man, sie will ihn nur provozieren.

»Ach, wirklich? Das Fotografieren selbst hat mich nicht gestört. Sondern, wie überflüssig ich mir vorkam. Als würdest du mich gar nicht brauchen.« Die letzten Worte sagt er leise, voller Selbstmitleid, was sie nur noch wütender macht.

Lee stellt ihr Glas ab und nimmt Man seines ab. Sie steckt ihm die Finger in den Kragen, zieht ihn an sich ran und küsst ihn so hart auf den Mund, dass es fast wehtut.

»Bleib hier«, sagt sie. Sie geht in den Flur und holt seinen Schal. Als sie wieder vor ihm steht, lässt sie ihn durch die Hände gleiten.

»Lee ...«

Mit einer Hand schiebt sie ihn auf die Couch, setzt sich rittlings auf ihn und drückt dabei beharrlich ihren Mund auf seinen. Obwohl er dem Kuss erst ausweicht, spürt sie durch den Stoff, wie er einen Ständer kriegt. Es gefällt ihr, wie unwiderstehlich sie für ihn ist. Sie bindet ihm den Schal um die Augen, knotet ihn hinter dem Kopf fest zusammen und drückt Man dann der Länge nach hin. Es ist das erste Mal, dass sie das machen. Sein Anblick mit den verbundenen Augen erregt sie stärker, als sie gedacht hätte. Sie schämt sich fast. Vielleicht ist es die Wut – sie will Man verletzen, will ihm Schmerzen zufügen. Zusammen ziehen sie ihn aus, dann sie sich. Sie drückt seine Handgelenke so fest zusammen, dass sie spürt, wie die Knochen aneinanderreiben. Dann greift sie sich zwischen die Beine, führt ihn in sich ein und fängt an, sich auf ihm zu bewegen.

»Lee, das ... ich glaube nicht ...« Er klingt fast ängstlich, aber im nächsten Augenblick lässt sie ihn los und hält ihm die Hand auf den Mund, sodass er nicht mehr sprechen kann. Sie reibt sich an ihm, kümmert sich nur darum, wonach ihr eigener Körper verlangt, bewegt sich schneller, so schnell, dass seine Eier gegen sie schlagen. Er stöhnt und ruft ihren Namen, als kostete es ihn Überwindung, packt sie an der Hüfte und hilft ihr, sich gegen ihn zu stemmen, immer wieder und wieder.

Er versucht, sie in eine andere Position zu bringen, sie abzubremsen, aber sie lässt es nicht zu. Sie macht weiter, wird immer schneller, bis sein ganzer Körper sich versteift und er wieder ihren Namen ruft. Auch dann hört sie noch nicht auf, wirft sich gegen ihn, und als sie kommt, gräbt sie die Fingernägel in seine Schultern.

Danach liegt sie auf ihm, Haut an Haut, und hilft ihm, den Schal abzunehmen. Man zieht sie an sich ran. Jetzt, da sie fertig sind, befürchtet sie, dass er womöglich weiterreden will, also schließt sie die Augen und tut, als würde sie einschlafen. Er streichelt ihr eine Weile über den Kopf. Als sie nicht reagiert, drückt er sie sanft beiseite und rutscht unter ihr heraus. Sie hört, wie er sich anzieht, und spürt dann, wie er eine Decke über sie legt. Stunden liegt sie so da, bis es dunkel wird und sie sich wünscht, sie könnte jetzt irgendwo allein sein.

LEIPZIG
20. APRIL 1945

Die dreiundachtzigste Division braucht eine Ewigkeit bis Leipzig, nachdem die Deutschen die Stadt aufgegeben haben. Lee weiß, dass Margaret Bourke-White schon da ist, andere wahrscheinlich auch, während sie in ihrem GI-Jeep im Schlamm festsitzt und den Fahrer zur Eile drängt. Am Ende kommen sie nur einen halben Tag später an. Alte Frauen in schmutzigen braunen Kleidern begrüßen sie mit Blumen auf den Straßen; sie winken und lächeln und halten Kinder hoch. Nicht weit entfernt geht die Schlacht weiter, immer wieder übertönen Schüsse die jubelnden Frauen.

Lee erfährt, wie die Nazis sich der Gefangennahme entziehen. Gift, Kugeln, Stricke. Ein Fabrikdirektor lädt etwa hundert Gäste zum Abendessen ein. Als die neunundsechzigste Division die Stadt einnimmt, drückt er einen Knopf und löst eine Explosion aus, bei der die gesamte Tischgesellschaft ums Leben kommt. Freunde richten Waffen aufeinander, zählen bis drei und drücken ab. Jemand erzählt ihr, jeder einzelne Nazi im Leipziger Rathaus habe Selbstmord begangen. Dafür hasst sie sie nur noch mehr, diese Feiglinge.

Als Lee ankommt, ist es im Rathaus ruhig, alles ist von einer dicken weißen Staubschicht überzogen. Sie geht allein von einem Büro zum nächsten. Draußen explodiert eine Bombe, noch mehr Putz regnet von der Decke. Im ersten Stock bleibt sie vor einem opulenten Saal stehen. Ein Fenster hängt offen. Die geölten Ledermöbel sind als Einzige nicht völlig mit Staub bedeckt. Eine Frau und ihre Tochter liegen auf den Sofas. Ein Mann sitzt in einem Schreibtischstuhl, sein Kopf liegt auf der Unterlage vor ihm. Lee hat kurz das Gefühl, als hätte sie alle beim Mittagsschlaf erwischt, aber auf den Familiendokumenten auf dem Tisch steht als Briefbeschwerer eine leere Flasche Blausäure.

Die Tochter ist wahrscheinlich knapp zwanzig. Sie trägt eine Schwesternhaube und an der schwarzen Jacke eine Rote-Kreuz-Binde. Die Hände sind über dem Bauch gefaltet. Lee fotografiert sie in der Totalen und geht dann näher heran, sodass das Gesicht des Mädchens den Ausschnitt fast füllt. Blondes Haar, ähnlich geschnitten wie Lees. Die Wangenknochen treten hervor wie Vogelflügel. Ihr Mund steht offen, die Kinnlade hängt herunter. Ihre Zähne sind außergewöhnlich hübsch, und nachdem Lee sie fotografiert hat, streckt sie die Hand aus und fährt mit den Fingern darüber.

KAPITEL ZWANZIG

Die Plakate tauchen überall am Montparnasse auf, an Straßenschildern, neben Caféeingängen, in der Metrostation. Darauf gedruckt ist das Bild einer Frau mit einer riesigen Federboa, tief ausgeschnittenem Kleid und verzücktem Lächeln. LE RETOUR DE KIKI steht darunter. Lee entkommt ihnen nicht. Jedes Mal, wenn sie am Le Jockey vorbeiläuft – was sie oft tut, zumal es nur ein paar Straßen von ihrer Wohnung entfernt liegt –, sieht sie die lärmende Traube vor der Tür, offenbar amüsieren die Leute sich herrlich, und so allmählich fragt sie sich, warum.

Es ist schon fast peinlich, wie viel Zeit Lee damit verbringt, an Kiki zu denken. Man behauptet steif und fest, nicht mehr in sie verliebt zu sein, Lee sei die Einzige, die er liebt, warum also beschäftigt Kiki sie so sehr?

Eines Tages reißt der kalte Oktoberwind ein Plakat von einer Hauswand und wickelt es um Lees Schienbein. Sie nimmt es mit heim, und als sie durch die Tür tritt, hält sie es hoch und sagt zu Man: »Ich will da hin. Heute.«

Er stöhnt. Er ist schon im Schlafrock und sitzt mit einem dicken Buch auf der Couch. »Ich dachte, wir bleiben zu Hause.«

Lee sieht sich die Daten auf dem Plakat an. »Okay, dann Donnerstag?« Seufzend willigt er ein. Sie legt das Plakat vor ihm auf den Tisch.

»Das Foto ist zirka zehn Jahre alt«, sagt er.

»Wirklich?«

»Kiki sieht inzwischen älter aus. Sie ist zu fett zum Tanzen.«

Lee ist froh. »Ist mir egal, wie fett sie ist. Wir gehen da hin. Außerdem magst du es doch gern, wenn man ein bisschen was um die Hüften hat.«

Es ist Donnerstag, und Man hält sein Wort. Schweigend laufen sie zum Le Jockey. Er trägt seine neue Flanellhose und eine Baskenmütze, an der er die ganze Zeit herumfummelt. Lee hat ihr schickstes Kleid an und stellt sich vor, wie sie auf einem der Tische tanzt – Lee de Montparnasse.

»Wann hast du sie das letzte Mal gesehen?«, fragt sie, als er sie unterhakt.

»Letzte Woche erst, bei Éluard.«

Lee überlegt. »Hast du mir gar nicht erzählt.«

»Ich sehe sie ab und zu mal. Sie sitzt oft bei Leuten Modell. Wir haben ein freundschaftliches Verhältnis.«

»Sagtest du nicht, sie sei eifersüchtig?«

Man sieht sie amüsiert an. »War sie. Ich auch. Das gehörte dazu. So habe ich eigentlich erst gemerkt, dass wir ineinander verliebt waren.«

»Weil sie eifersüchtig war?«

»Weil wir beide eifersüchtig waren. Am Anfang wollten wir eine offene Beziehung, aber das hat nicht funktioniert. Und als wir beschlossen haben, uns treu zu sein, dachte ich trotzdem immer, dass sie mit anderen Männern zusammen ist, wenn wir getrennt waren.«

Man sagt das so leicht daher, aber Lee mag diese Seite an ihm nicht. Sie erinnert sich, wie ungehalten er war, als sie in Biarritz am Strand allein spazieren gegangen ist.

»Wir dürfen niemals eifersüchtig sein.« Sie klingt bestimmt.

»Eifersucht muss nicht immer schlecht sein.« Auf dem Bürgersteig liegt Müll. Um ihm auszuweichen, zieht Man sie an sich. »Ich weiß noch, wie Kiki eines Abends auf der Bühne stand. Sie sang ein altes Chanson – ich verstand kaum ein Wort –, und ich sah mich um, und jeder im Raum starrte nur noch wie gebannt in ihre Richtung. Wenn sie tanzt, macht sie immer eine bestimmte Bewegung: Sie geht tief runter, drückt die Knie zusammen und wackelt dann irgendwie mit den Hüften, sodass ihr Kleid ein bisschen hochfliegt. Es ist urkomisch und sexy … man muss einfach hinschauen. An dem Abend wusste ich, dass ich verliebt war, und ich weiß noch, wie ich dachte, dass ich es daran merkte, dass alle anderen Männer und Frauen verrückt nach ihr waren und sie mir gehörte. Ich war eifersüchtig, dass sie sie angucken durften, dabei hätten sie in Wirklichkeit eifersüchtig auf mich sein müssen. Waren sie ja vielleicht auch.«

Lee rückt von ihm ab und bleibt stehen. Sie geht in die Knie und lässt die Hüften kreisen, und ihr Kleid schiebt sich hoch, bis man die Strumpfhalter sehen kann. »So?«, fragt sie. »Hat sie das gemacht?«

»Hmm … so ähnlich. Deine Version ist … amerikanischer.« Er streckt die Hand nach ihr aus und zieht sie an sich, mitten auf dem Bürgersteig. Es ist viel los auf den Straßen, und sie stehen einfach im Weg. Hinter ihnen müssen die Menschen ausweichen, dabei stoßen sie gegeneinander und nehmen den Weg dann wieder auf.

»Meinst du, die Leute hier sind jetzt alle eifersüchtig auf uns?«, fragt Lee.

»Ich meine, jeder, der Augen im Kopf hat, müsste eifersüchtig auf mich sein.«

»Und was, wenn ich mit einem von ihnen zusammen sein wollte? Zum Beispiel dem da vorne?« Lee zeigt auf die andere Straßenseite, wo ein dicker Mann aus einem Taxi steigt.

»Du und dieser Mann?«

»Klar. Warum nicht?«

Man lacht gekünstelt. »Darüber will ich lieber nicht nachdenken.«

Er klingt, als wollte er das Thema beenden, aber Lee lässt nicht locker.

»Wir haben nie darüber gesprochen, ob wir nebenbei auch andere Liebhaber haben könnten. Nicht mal am Anfang.« Lee hat sich bisher keine Gedanken darüber gemacht. Sie weiß nur, dass sie gleich Kiki sehen und dass sie will, dass Mans Aufmerksamkeit *ihr*, Lee, gilt.

»Ich will nicht, dass du mit anderen Männern zusammen bist.« Sie stehen immer noch mitten auf dem Bürgersteig. Lee fragt sich, ob es hier gleich eine Szene gibt.

»Und was ist mit dir?«

»Seit ich dich kenne, hatte ich nicht das Bedürfnis, mit jemand anderem zusammen zu sein. Keinen Moment. Ich will mein Leben mit dir verbringen, Lee.«

Man sieht sie ernst an. Lee weiß, dass seine Worte sie freuen sollten, aber sie denkt darüber nach, was sie tatsächlich bedeuten, all die anderen Männer, mit denen sie nie wird ins Bett gehen können, die für immer Fremde bleiben, und dann stellt sie sich vor, wie es anders sein könnte, wie die Männer in ihrem Schlafzimmer stehen und die Hosenträger abstreifen, ihre harten flachen Bäuche, ihre eigenen Hände, die ihnen die Hose aufknöpfen und sie zu sich herunterziehen, damit sie auf ihr liegen, wie ihre Zungen sich anfühlen, so weich und heiß wie ihre eigene. Sie stellt sich Dutzende von ihnen vor – Hunderte –, alle in einer Reihe, die weit in die Zukunft reicht, und ersetzt dieses Bild dann gegen Man. Fast wie zum Test beugt sie sich vor und küsst ihn auf den Mund. Er erwidert den Kuss, und es fühlt sich genauso gut an wie immer – sogar besser –, die Passanten gleiten weiter an ihnen vorbei wie Wasser, und Lee stört es nicht im Geringsten, dass sie ihnen zusehen können, auch nicht, als Man unter ihrem Kleid nach ihrem Bein fasst und den Finger in ihre Strumpfhose steckt. Sie will sogar,

dass die anderen sie so sehen, also schlingt sie ihr
und zieht ihn näher.

Nach einer Weile lösen sie sich voneinander.

»Gehen wir ins Jockey?«, fragt er und hakt sie wiede

Im Le Jockey sind alle Tische voll besetzt, und jeder Gast sieht interessant aus. Der Raum ist groß, aber durch breite Säulen unterteilt, jede einzelne ist mit einer Cowboy-und-Indianer-Szene bemalt. In der Ecke gibt es eine kleine Bühne, auf der ein Mann mit einem Akkordeon und einem Affen ein Chanson vorträgt, das Lee sogar kennt. Zigarettenrauch hängt in der Luft. Man will sie etwas fragen, aber es ist so laut, dass sie ihn nicht versteht.

»Was hast du gesagt?«, brüllt sie.

»Willst du was trinken?«, brüllt er zurück und macht eine entsprechende Geste.

»Ja. Hol mir einen Drink!« Er verschwindet in der Menge, und sie lehnt sich an eine Säule, auf der sich das Pferd eines Indianers aufbäumt.

Kurz darauf kommt Man zurück, in den Händen zwei Gin Martini mit perfekt geschlängelter Zitronenschale auf dem Rand. Unterwegs halten ihn zwei Männer auf, er redet kurz mit ihnen und zeigt dann mit einem Glas in Lees Richtung. Im selben Moment hört der Akkordeonspieler auf, und der Geräuschpegel in der Bar geht leicht zurück. Lee geht zu ihnen, und Man stellt sie vor, zwei Namen, die ihr nicht bekannt vorkommen. Die Männer mustern sie anzüglich. Man findet zwei unbesetzte Stühle und zieht sie zu ihnen an den Tisch. Kaum sitzen sie, nimmt Lee ihren Martini und kippt ihn in einem Schluck runter. Sie will einen neuen, aber Man und die beiden Männer sind ins Gespräch vertieft, sie beugen sich über den Tisch und schließen sie praktisch aus. In dem Moment klopft ihr jemand auf die Schulter, und als sie sich umdreht, tzt dort ein Mann und hält ihr ein Glas randvoll mit einem sprudelnden, hellen Getränk hin. Während er sie anstarrt, nimmt sie ihm das Glas aus der Hand.

»Ich mache Filme«, sagt er auf Englisch mit Akzent. Er hat dichtes braunes Haar, das sich von der Stirn nach hinten wellt, eine lange gerade Nase, dunkelbraune Augen. Er sitzt nach hinten gelehnt auf seinem Stuhl, und sein Mund ist so nah an ihrem Ohr und seine Stimme so tief, dass sie ihn gut hören kann.

»Ich mache Fotos«, erwidert Lee und nimmt einen Schluck.

»Ich mache einen neuen Film. Die Malereien hier haben mich inspiriert, ich brauche jemanden, der eine Statue spielt. Hast du schon mal in einem Film mitgemacht? Du bist sehr schön.«

Seine Direktheit ist irritierend, außerdem lässt er sie nicht aus den Augen. Man ist weiter ins Gespräch verwickelt, aber sein Blick wandert immer wieder zu Lee, was ihr das Gefühl vermittelt, dass sie nirgendwohin gucken kann, ohne beobachtet zu werden. Sie nimmt noch einen Schluck von dem Gin Fizz. Er schmeckt köstlich, leicht und zitronig – fast ein Schock, bei alldem Zigarettenqualm.

Der Mann blinzelt kein einziges Mal, was irgendwie befremdlich ist. »Wozu brauchen Sie denn jemanden, der eine Statue spielt?«, fragt Lee. »Warum besorgen Sie sich nicht einfach eine?« Sie klingt absichtlich neckisch.

»Der Poet sucht eine Muse. Die Statue erwacht zum Leben. Du wärst perfekt dafür.« Er lehnt sich zurück und scheint sich zu sammeln. »Ich bin Jean Cocteau«, sagt er, nimmt ihre Hand und drückt einen leichten Kuss darauf. »Hast du schon mal von mir gehört?«

»Leider nein.« Der Drink ist inzwischen alle. Lee findet ihr Gegenüber etwas anstrengend, sie schaut zu Man, und als sich ihre Blicke treffen, sieht sie ihn Hilfe suchend an und verdreht die Augen in Cocteaus Richtung. Man weiß gleich Bescheid, steht auf und kommt um den Tisch herum zu ihr.

»Jean!«, sagt er. Lee ist froh, dass er sie rettet.

»*Hmm – mm – mm*«, brummt Cocteau mit geschlossenem Mund, ohne Man eines Blickes zu würdigen.

»Jean«, wiederholt Man. »Lange nicht gesehen. Ich schätze, seit unserem letzten Shooting nicht.«

»*Mm*«, brummt Jean noch einmal, und erst jetzt merkt Lee, dass er eine Melodie summt, wie ein Kind. Lee fühlt sich noch unwohler, sie überlegt, an einen anderen Tisch zu wechseln.

In dem Moment bricht Applaus los. Sie drehen die Stühle zur Bühne.

Kiki tritt durch eine Seitentür auf und läuft affektiert, fast watschelnd zur Bühne. Sie setzt einen Fuß auf die Treppe und zieht ihn lachend wieder weg. Niemand gibt einen Laut von sich. Sie setzt den Fuß wieder auf die Treppe, streckt die Arme aus, als würde sie auf einem Seil balancieren, und steigt dann langsam und vorsichtig die Stufen hinauf. Die Bühne ist leer bis auf einen Stuhl, den sie vom Publikum wegdreht, um sich dann rittlings draufzusetzen. Ihr Kleid ist kurz, selbst von ganz hinten kann Lee ihr Höschen sehen. Als Kiki wieder lacht, lachen alle mit, einschließlich Lee, auch wenn sie nicht genau weiß, warum. Aus einer kleinen Tasche neben dem Stuhl zieht Kiki einen Spiegel und etwas Make-up und schminkt sich. Es ist faszinierend, ihr zuzusehen. Sie nimmt einen roten Lippenstift, zieht die Lippen nach und presst sie dann aufeinander. Sie holt einen hellblauen Brauenstift heraus und malt zwei Bögen über die Augen, etwa zwei Zentimeter über ihren wegrasierten Brauen, schaut gleich darauf ins Publikum und reißt den Mund zu einem überraschten O auf. Die Augenlider schminkt sie grün, und um die Wangen malt sie leuchtend rosa Kreise, und als sie fertig ist, steckt sie alles langsam und penibel zurück in ihre Tasche und stellt sie auf den Boden.

Das Ganze dauert etwa fünf Minuten, währenddessen sieht Lee immer wieder zu Man, der sich eine Zigarette dreht, sie an die Lippen presst, kurze, kräftige Züge nimmt und sie beim Ausatmen vor sein Gesicht hält. Hinter Lee sitzt Jean und richtet seine komplette Aufmerksamkeit auf die Bühne.

Das Klavier spielt los, Kiki beugt sich über die geschwungene Stuhllehne, sodass ihre Brüste dagegen drücken und sie die Beine noch weiter spreizt.

Lee hat keinen Zweifel mehr: Kiki ist hässlich wie die Nacht. Ihre Nase ist breit und flach, der Mund trotz massenweise Lippenstift zu klein, die Haare sind so streng zurückgekämmt, dass Lee sieht, wie die Haut sich auf der Stirn nach oben zieht. Und unter ihrem Kleid wellen sich die Speckrollen an den Schenkeln. Als sie jedoch zu singen anfängt, versteht Lee, was die Leute an ihr finden. Ihre Stimme ist hoch und gleichzeitig rau, als wäre sie gerade aus einem zu langen Mittagsschläfchen aufgewacht, sie klingt nach Schlafzimmer. Es ist fast, als würde ihre Hässlichkeit sie noch sinnlicher machen. Das Lied, das sie singt, ist so verrucht wie ihre Erscheinung. Eine Art französischer Limerick über einen Jungen in der Schule, im Kreis aufgestellte Tische und einen fiesen alten Lehrer mit einer Peitsche. Kikis Auftritt ist so gut, dass Lee gar nicht alles verstehen muss. Als sie das Wort Peitsche sagt, lässt sie eine ihrer weit oben liegenden Augenbrauen nach oben schießen, sodass sie sich auf der Stirn zusammenrollt, bevor sie wieder zurückschnappt. Sie singt ein Lied namens »La Connasse«, greift sich an die Speckrollen an ihrem Bauch und lässt die Hand dann provokant zwischen die Beine gleiten. Mit diesen Gesten beherrscht sie den ganzen Raum, und als sie die Stimme zu einem Flüstern senkt, hält das Publikum regelrecht den Atem an.

Nach einem Dutzend Liedern kündigt Kiki die letzte Nummer an. Ein Seufzen geht durch die Menge. Sie schwenkt den Finger hin und her, *nein nein nein*, und sagt, sie sollen nicht traurig sein. Als sie an den Bühnenrand tritt, sieht sie demonstrativ in Mans Richtung und sagt auf Französisch: »Dieses Lied ist für den großen Man Ray, der heute Abend hier bei uns ist und mir viele glückliche

Jahre geschenkt hat.« Sie lächelt lieb, während alle klatschen, sich nach ihm umsehen und ihr Glas auf Kikis Liebhaber heben, den Lover von Montparnasse.

Einen Moment lang empfindet Lee eine große Bewunderung für Kiki. Sie sieht so süß aus, wie sie dort im Scheinwerferlicht auf der Bühne steht, und Lee ist froh, dass sie glücklich mit Man war. Vielleicht gelingt es ihr ja auch, glücklich mit ihm zu werden, viele, viele Jahre lang. Es freut sie, dass Kiki Gutes über ihn sagt, und auch, dass all die Leute ihm zuprosten und er dort sitzt und weder verlegen noch selbstgefällig wirkt. Er lächelt leicht und lehnt sich entspannt zurück, als wäre es das Normalste auf der Welt. Und vielleicht ist es das auch, vielleicht ist ihm das dauernd passiert, als er mit Kiki zusammen war.

Kiki fängt wieder an zu singen. Erst ist alles in Ordnung – es geht um Katzen im Mondlicht oder irgendwas in der Art. Aber irgendwann sieht Lee, wie Man sich versteift und die Arme verschränkt und ihr besorgte Blicke zuwirft. Lee lächelt, um ihm zu signalisieren, dass sie sich gut amüsiert. Daraufhin steht Man auf und geht an die Bar, wo er ein Getränk bestellt und rauchend auf die Bühne blickt.

»One for you / Two for you / There is only me and you«, singt Kiki und fängt an, sich die Bluse aufzuknöpfen. Es sind viele Knöpfe und dazu noch Bänder, aber schon nach kurzer Zeit ist sie bis zur Taille offen. Den Blick auf Man gerichtet, holt sie eine Brust hervor und lässt sie wie einen Euter hin- und herschaukeln, während die Zuschauer auf die Tische klopfen und jubeln. Dasselbe wiederholt sie mit der anderen Brust, drückt dann beide zusammen und singt: »Not for you / Not for you / Not since you went away.«

Die echte Kiki ist viel schlimmer als die auf Mans Fotos. Sie ist so viel, na ja, *echter*, und allmählich wird Lee klar, dass dieser Abend ein Fehler war. Sie kann Man nicht ansehen. Sie will seinen Gesichtsausdruck nicht sehen. Stattdessen dreht sie sich nach Jean um, der inzwischen nicht mehr auf die Bühne schaut, sondern etwas in ein kleines Notizbuch kritzelt. Er wirft Lee einen Blick zu. »Beschämend«, sagt er und tut die halb nackte Kiki mit einem Kopfschütteln ab.

Lee lacht. Wie schön, einen Mann zu sehen, der sich nicht für ein Paar nackte Brüste interessiert. Sie zieht ihren Stuhl zu ihm rüber.

»Die Leute scheinen alle relativ angetan«, sagt Lee. Sie jubeln und klatschen, beugen sich auf ihren Stühlen vor und klopfen noch lauter auf die Tische.

»Alles Schweine. Bist du mit ihm hier?« Jean zeigt auf Man.

»Ja.«

Jean rollt mit den Augen. »Ich würde dich gern in mein Studio einladen, wo ich meine Filme mache.«

»Jetzt?«

Kiki singt noch und wirbelt auf der Bühne herum, aber Lee sieht möglichst nicht hin.

»Nein, tagsüber. Wenn das Licht gut ist. Vielleicht morgen? Meinst du, er erlaubt es?«

»Man?« Lee setzt sich auf. »Natürlich ... ich meine, ich frage ihn normalerweise nicht um Erlaubnis.«

Jean beugt sich vor und flüstert: »Er mag mich nicht.«

»Immerhin war er so nett, Hallo zu sagen.«

»Er denkt, ich bin wichtig. Was auch stimmt.«

Während sie reden, ist Kikis Auftritt zu Ende gegangen. Nüchtern knöpft sie die Bluse wieder zu und endet, wie sie begonnen hat, indem sie langsam und theatralisch von der Bühne steigt. Lee macht sich darauf gefasst, dass sie zu Man läuft, stattdessen schlängelt sie sich an den Zuschauern vorbei, kommt näher und näher, bis sie schließlich direkt vor Lee steht. Auf der Bühne mag ihr Make-up funktionieren, aber von nahem betrachtet sieht es grauenhaft aus.

»Ich weiß, wer du bist«, sagt Kiki in gespreiztem Englisch, wobei ein bisschen Spucke herausschießt und auf Lees Wange landet.

Lee zuckt zurück, hebt die Hand und wischt es weg. Die Leute um sie herum fangen an zu tuscheln und drehen sich nach ihnen um.

»Wer?«, fragt Lee und steht auf. Sie ist knapp fünfzehn Zentimeter größer, sodass Kiki den Kopf heben muss, um sie anzusehen.

Man kommt in ihre Richtung und streckt den Arm aus, als wollte er ein Taxi anhalten.

»*Putain!*«, brüllt Kiki, laut genug, dass sich Dutzende von Leuten umdrehen. Man ist noch auf halbem Wege. »Du bist Mans *Putain. Tu es fille d'un gay et d'une pute. Je te pisse en zig-zags à la raie de cul!*« Sie hebt die Hand, verpasst ihr eine Ohrfeige und setzt gerade zur zweiten an, als Man sie am Arm packt und festhält. Lee spürt die Hitze in ihre Wange steigen.

In der Bar ist es still. Man hält die zappelnde Kiki fest und drückt ihr die Arme an den Körper. Jean ist so schnell hochgekommen, dass er seinen Stuhl umgestoßen hat. Er taucht eine Serviette in ein Wasserglas und hält sie Lee an die Wange. Kiki fängt wieder an zu brüllen, sie hat die Augen zusammengekniffen und den Mund zu einem wütenden roten Ring verzogen. »Komm ja nie wieder hierher, du Schlampe, du Hure, du hässliches kleines Flittchen.«

Lee wird innerlich kalt. Sie kann nicht glauben, wie schnell Kiki sich von der Person auf der Bühne in diese rasende Furie verwandelt hat. Als wäre ihr Wutanfall eine neue Rolle, was vielleicht auch der Fall ist: Lee spürt, dass sämtliche Augen im Raum auf sie gerichtet sind. Noch nie hat sie jemand geschlagen. Sie will, dass Man etwas unternimmt, dass er sie tröstet oder zumindest irgendetwas anderes tut als das, was er gerade macht, nämlich Kiki festhalten und besänftigend auf sie einflüstern. Für Außenstehende müssen die beiden aussehen wie ein Liebespaar, das sich umarmt.

»Du solltest hier nicht bleiben«, sagt Jean. Ohne groß nachzudenken, lässt Lee sich von ihm durch den Laden schieben. Sie dreht sich kurz um und wechselt einen letzten Blick mit Man, der jetzt Kiki loslässt und sich in ihre Richtung bewegt. Aber Lee geht einfach weiter und lässt sich von Jean in Richtung Eingangstür steuern, über der eine kleine Klingel hängt, die fröhlich bimmelt, als sie ins Freie treten, wo immer noch viel los ist und die kalte Nachtluft auf Lees heißes Gesicht trifft. Zusammen laufen sie den Boulevard du Montparnasse entlang, biegen links in den Boulevard Saint-Michel ein und dort in den Jardin Marco Polo.

Es ist spät, und anders als die Straßen ist der Kiesweg im Park praktisch menschenleer.

»Wie geht's deinem Gesicht?«, fragt Jean.

»Es tut weh.«

»Am besten, du legst ein Stück Fleisch drauf. Ein Steak.«

»Ein Steak?« Lee glaubt, sein Französisch falsch verstanden zu haben.

»Ja. Davon geht der Bluterguss weg.« Er formt mit den Händen ein Stück Fleisch und tut, als würde er es sich gegen die Wange halten.

Durch die Sohle spürt sie mit jedem Schritt den knirschenden Schotter unter den Füßen. Über ihnen rascheln die Ulmen in der Brise.

»Ah, das wollte ich dir zeigen.« Jean deutet auf den großen Brunnen am Ende der geometrischen Gärten. Aus dem spritzenden Wasser springen bronzene Pferde hervor, mit Fischschwänzen und vor Angst verdrehten Augen. An der Spitze halten vier Frauen eine Kugel in die Höhe und blicken gen Himmel.

»Siehst du die Frau da? Sie erinnert mich an dich. Sie ist der Grund, weswegen ich dich gern in meinem Film dabeihätte.«

»Ich soll diese Statue spielen?«

»Nein, nicht die Statue. Du bist Kalliope, die Muse des Epos. Aber so sollst du aussehen. Eine wunderschöne, unantastbare Statue. Bis du irgendwann zum Leben erwachst – na ja, siehst du dann. Das wird genial. Wie alle meine Filme.«

Eigentlich sollte sein Selbstvertrauen sie abstoßen, aber Lee ist nur halb bei der Sache. Sie muss die ganze Zeit daran denken, wie Man zu Kiki statt zu ihr gegangen ist. In Gedanken spielt sie die Szene immer wieder ab und versucht zu verstehen, was er sich dabei gedacht hat, aber sie kann sich einfach keinen Reim darauf machen. Er hat sie im Stich gelassen – und nach ihrem Gespräch über Eifersucht macht sie das besonders wütend.

Sie sehen noch eine Weile zu, wie das Wasser hochsprudelt und dann kurz in der Luft zu hängen scheint, bevor es ins Marmorbecken platscht. Lee versucht, nicht mehr an Man zu denken. Sie wünschte, sie hätte ihre Kamera dabei – dann würde sie ein Bild von dem Pferdeauge mit der Wasserfontäne darum machen, und durch die lange Belichtungszeit würde das Wasser leicht verschwommen hinter dem Stein erscheinen.

»Ich muss nach Hause«, bricht Lee das Schweigen. »Ich bin todmüde.«

»Wo ist zu Hause?«, fragt Jean. »Bei ihm – bei Man Ray?«

»Ja.«

»Ihr beide seid also ein Liebespaar?«

Lee nickt, sagt aber erst mal nichts weiter. Natürlich liebt sie Man, aber nach der Szene in der Bar will sie ihre Gefühle nicht mit einem Unbekannten besprechen. Was bedeutet das überhaupt? Das Wort Liebe haben Man und sie bisher kaum ausgesprochen, nur das eine Mal bei der Solarisation und danach im Bett. Sie mag das Formelle daran nicht, das Gewicht all der anderen Paare in der Geschichte, die dieses Wort vor ihnen ausgesprochen haben. Oder vielleicht auch, dass sie sich so verwundbar dadurch fühlt: weil es sie als einen Menschen mit tiefen Empfindungen darstellt, der erwartet, dass diese Gefühle erwidert werden.

Das Wasser steigt auf und klatscht wieder herunter, steigt auf und klatscht herunter. Lee könnte ewig zusehen. Sie ist nicht sicher, wie viel sie Jean erzählen soll. Schließlich beschließt sie, ehrlich zu sein – er ist so aufrichtig und so ernsthaft, warum also nicht?

»Manchmal mache ich mir Sorgen, dass ich gar nicht weiß, wie man jemanden liebt.«

Jean mustert sie interessiert. »Mit *wie* hat das wenig zu tun. Es ist wie Atmen. Man tut es einfach.«

»Ja«, sagt Lee, klingt aber zögerlich. Es gab Momente, in denen hat es sich so einfach angefühlt – wenn sie im Bett lagen und ihre Körper ineinander verschlungen waren, so eng, dass Lee das Gefühl hatte, eins mit ihm zu sein –, aber oft, vor allem in letzter Zeit, betrachtet sie ihre Beziehung aus der Ferne, als würde sie von ihrer Liebe erzählen: *Da ist der Mann, den ich liebe. Seht nur, wie wichtig wir uns sind. Was bin ich für ein glückliches Mädchen, dass ich so sehr geliebt werde.* Lee weiß, dass das nicht normal ist, manchmal ist es allerdings die einzige Möglichkeit, nicht den Bezug zum Moment zu verlieren. Das wird sie Jean aber nicht erzählen. Stattdessen sagt sie: »Geht es darum in deinem Film? Ist es eine Liebesgeschichte?«

»Oh, es geht weniger um Liebe, eher um Kunst. Aber beides ist ja miteinander verbunden, nicht wahr? Kunst und Träume, der Kampf zwischen Leben und Tod. Dieser Film ist ein großes Experiment.«

»Ich wollte schon immer in einem Film mitspielen.«

»Und jetzt ist es so weit! Ich wusste sofort, dass du die Richtige bist.«

Lee ist geschmeichelt, aber dann denkt sie wieder an Man – wo er jetzt wohl ist und was er sagen würde, wenn sie ihm erzählt, dass sie den Film machen will –, und dass er sich doch für sie freuen müsste, weil es doch eine so tolle Chance ist. Und wenn nicht – tja, vielleicht ist er es auch, der nicht wirklich weiß, was es bedeutet, jemanden zu lieben.

»Es ist nur ... ich habe einen Job, als Mans Assistentin.«

»Und ich schätze, er bezahlt dich mit ... Fachwissen?« Jean lächelt boshaft. »Davon haben wir eine Menge bei mir im Studio. Der Film ist die Zukunft. Außerdem zahle ich dir hundert Francs pro Tag.«

»Wie lange wird es dauern?«

»Eine Woche, vielleicht zwei. Und ich brauche dich auch nicht jeden Tag. Die Tage werden alle bezahlt.«

Lee sieht zur Statue hoch und stellt sich vor, wie sie mit feinem Blattgold behängt ist und dann ausbricht und als strahlende Göttin erscheint. »Ich bin dabei. Ich muss nur noch mit Man sprechen.«

»Wunderbar!« Jean hüpft vor Begeisterung auf und ab. Lee muss lachen. Sie laufen weiter in den Park hinein, reden über dies und das, bis sie irgendwann ein Gähnen unterdrückt und wiederholt, sie müsse nach Hause.

»Wo ist zu Hause?«

»Rue Campagne Première.«

»Ich weiß, wo das ist. In der Nähe von seinem Studio. Ich hab mich schon ein paarmal von ihm fotografieren lassen.«

»Im Jockey hatte ich nicht das Gefühl, dass du ihn magst.«

»Viele Menschen mögen sich nicht. Das muss sie nicht davon abhalten, miteinander zu arbeiten.«

Jean will sie nach Hause bringen, aber irgendwann bleibt Lee stehen. Sie stellt sich vor, wie sie nach Hause kommt und die Wohnung dunkel und leer ist, weil Man noch mit Kiki unterwegs ist.

»Wo wohnst du?«, fragt sie.

»Ganz in der Nähe. Zwei Straßen weiter.«

»Könnte ich vielleicht heute Nacht bei dir schlafen ... nur schlafen?« Lee hat das Gefühl, das klarstellen zu müssen.

Jean betrachtet sie im schwachen Licht der Straßenlaterne. »Wenn du einen Bart und einen Schwanz hättest, würdest du mir gefallen. Ansonsten brauchst du dir keine Sorgen zu machen.«

Sie lacht laut, hakt sich bei ihm unter und lässt sich von ihm nach Hause führen. Soll Man doch ruhig eine Nacht lang denken, er hätte sie verloren.

KAPITEL EINUNDZWANZIG

Am nächsten Morgen wacht Lee in einem großen weißen Gästebett auf, in einem hohen Zimmer, das vom weichen, durch die hohen Fenster dringenden Morgenlicht erfüllt ist. Das Zimmer ist wunderschön, weiß und so gut wie leer. Lee überlegt, wie gut es sich für Fotos eignen würde. Eine Weile liegt sie da und genießt die kühle, nach Zitronen duftende Bettwäsche. Zu Hause, denkt sie, wacht Man wahrscheinlich auch gerade auf und merkt vielleicht jetzt erst, dass sie nicht gekommen ist. Vielleicht ist er aber auch gar nicht da – vielleicht ist er mit zu Kiki gegangen. Lee weiß nicht, was ihr wahrscheinlicher erscheint. Wenn er zu Hause ist, wird er mit Sicherheit stinksauer sein.

Jean hat ihr eine Nachricht hinterlassen, er musste ins Studio, aber sie soll sich wie zu Hause fühlen, also nimmt Lee kurz ein Bad und inspiziert ihre Wange im Spiegel. Sie scheint nicht angeschwollen, ist aber empfindlich und fühlt sich heiß an. Sie fragt sich, was sie mit ihren Haaren machen soll. Im ganzen Bad ist nirgends auch nur ein Anzeichen weiblicher Präsenz zu finden, nicht mal ein Kamm. Lee geht mit den Fingern durch die Zotteln, gibt es dann aber auf.

Als Lee nach Hause kommt, ist die Wohnung leer. Sie geht von Zimmer zu Zimmer, nirgends eine Spur von Man. Die Ereignisse des gestrigen Abends schießen ihr wieder durch den Kopf. Das Lied, Kikis Attacke, wie Man sie beruhigt hat, während Lee gegangen ist. Sie macht sich in der Küche einen Espresso auf dem Herd, zündet die Flamme an und misst das Pulver ab, so, wie sie es gelernt hat. Der Kaffee schäumt auf und erfüllt die Küche mit seinem bitteren Geruch.

Die Wohnung. Im hellen Morgenlicht, nachdem sie bei Jean war, empfindet Lee ihr Zuhause als klein und unordentlich. Der Tisch, an dem sie ihren Espresso trinkt, ist zugemüllt mit misslungenen Abzügen, leeren Gläsern, einem mit brauner Soße verkrusteten Teller. Lee ist keine Hausfrau. Bis zu diesem Zeitpunkt ist ihr nicht aufgefallen, was für ein Chaos sie hier angerichtet hat – sie *und* Man, der auch nicht gerade ordentlich ist –, und all die Geschirrstapel und das ganze Durcheinander erinnern sie an die Zeit, die sie zusammen verbracht haben, wie einfach es in den letzten Monaten war, die alltäglichen Aufgaben zu vernachlässigen. Jetzt widert sie das Chaos an. Sie fängt an aufzuräumen, stapelt die Sachen ordentlich und stellt das Geschirr in die Spüle.

Lee war noch nicht oft allein in der Wohnung. Sie ist verunsichert. Sie vermisst Man, seine starke Präsenz. Ohne ihn wirken die Zimmer düster. In den Ecken entdeckt sie Staubknäuel, die Muster in der Chinoiserie-Tapete, die an den Kanten nicht zusammenpassen, die gebrochenen Kirschblütenzweige, wo die Tapete sich von der Wand löst.

Wo ist er? Sie erinnert sich an ein Bild, das Man ihr von Kiki gezeigt hat, mit dem Rücken zur Kamera und dem Gesicht im Profil, sie stellt sich vor, wie die beiden jetzt zusammen sind und seine Finger an ihrer Wirbelsäule entlangfahren. Ihre Brüste, weiß, schaukelnd, Mans kantige Arbeiterhände, die sie kneten wie Teig. Ohne es zu wollen, stellt sie sich Kiki mit dem Gesicht nach unten auf Mans Bett vor, die Hände auf dem Rücken zusammengebunden, er zwischen ihren Beinen. Bei dem Gedanken wird ihr schummrig. Sie spürt den Espresso durch ihr Blut fließen. Als sie durch die Wohnung läuft, drei Becher an den Griffen in einer Hand, einen Stapel Teller auf dem Unterarm balancierend, trifft das Licht durch ein Fenster auf ein gerahmtes Foto, in einem Winkel, dass sie sich im Glas gespiegelt sieht – das Kleid zerknittert, die Haare zu einem wirren Knoten getrocknet –, und der Anblick ihres derangierten Spiegelbildes macht sie so traurig, dass es sie fast umwirft. Lee stellt das Geschirr weg und setzt sich.

Was hat sie getan? Was, wenn Man ernsthaft sauer auf sie ist? Was bleibt ihr denn überhaupt ohne ihn? Sie hat nichts unternommen, um sich ein eigenes Leben unabhängig von ihm aufzubauen. Am liebsten würde sie sich im Bett verkriechen, sich dem Kummer ergeben, auf Man warten, damit er sie tröstet. Wann immer das sein wird.

Oder sie geht einfach. Lee war immer gut darin, Probleme zu lösen, indem sie einfach verschwand, sich von Partys schlich, ohne sich zu verabschieden, oder einmal quer über den Ozean zog, weil sie keine Lust mehr auf ihren Job hat. Wenn sie geht, lindert das vielleicht die Traurigkeit, die sie gerade zu verschlingen droht.

Im Schlafzimmer richtet Lee ihr Haar. Sie zieht ein anderes Kleid an, trägt weinroten Lippenstift auf, legt Ohrringe an. Alles schnell und zielstrebig, und als sie die Wohnung verlässt, schlägt sie die Tür mit einem lauten Knall zu. Die Absätze ihrer Oxfords klacken über den Bürgersteig, als sie sich auf den Weg macht.

Im Filmstudio herrscht Chaos. Jean steht hinter der Kamera und dreht eine Szene, der leidende Hauptdarsteller auf der Bühne trommelt sich mit der Faust auf die nackte Brust. Zwanzig bis dreißig Leute eilen von hier nach da, keiner nimmt Notiz von Lee, die in der Tür steht und das Ganze auf sich einwirken lässt. »*Arrêtez!*«, brüllt Jean, der Schauspieler entspannt sich, lässt die Knöchel knacken und den Kopf locker kreisen. Jean geht zu ihm und redet auf ihn ein.

»Du bist der Poet«, sagt Jean, hält ihn an den Handgelenken fest und schüttelt sie. »Das ist dein Blut. Du musst es fühlen. Auf dem Film sehe ich davon nichts. Ich sehe bloß *pthhttttht*.« Er macht ein

Geräusch wie ein Luftballon, aus dem die Luft austritt, und sieht den Schauspieler dann erwartungsvoll an. »Wir versuchen's noch mal, ja?«

»Klar«, sagt der Mann. Er rollt den Kopf wieder vor und zurück und dehnt ihn so weit, dass die Sehnen am Hals hervortreten. Er hat dunkle Augen und einen leichten Bartschatten. Er zieht die Hose hoch und lässt sie wieder zurück auf die Hüfte rutschen, während Jean ihn kritisch beobachtet.

»Pass auf, ich sag dir, was ich will«, erklärt Jean. »Du lebst in kompletter Einsamkeit. In diesem Augenblick begreifst du, dass du dir das, was du deiner Kindheit genommen hast, vom Schicksal nicht zurückholen kannst. Verstehst du?«

Sie gehen die Szene noch dreimal durch. Lee findet, dass der Darsteller sich alle Mühe gibt, glaubwürdig zu sein, aber vielleicht begreift sie den Unterschied zwischen Fotografie und diesem neuen Medium noch nicht ganz. Sie würde ihm empfehlen, mal durchzuatmen, ein bisschen runterzufahren. Wenn Man hinter der Kamera säße, würde er ihm sagen, er soll die Kamera vergessen und sich vorstellen, er sei allein auf einer ruhigen grünen Wiese. Jean tut nichts dergleichen. Je aufgedrehter der Schauspieler wird, desto mehr spannen sich Jeans Muskeln an der Kurbel seiner Filmkamera an.

Nach dem dritten Mal scheint Jean endlich zufrieden. »Gut. Fünfzehn Minuten Pause, dann geht's weiter«, ruft er. Der Darsteller und der Rest des Teams verlassen die Bühne. Im Studio wird es stiller. Jean setzt sich an einen Tisch und zündet sich eine Zigarette an, er atmet den Rauch ein und langsam wieder aus, sodass er sich wie ein grauer Schnurrbart um seine Nase kringelt.

Lee bleibt an eine Säule gelehnt in einer Ecke des Raumes stehen.

»Jean«, sagt sie.

Als er sich nach ihr umsieht, tritt ein Lächeln in sein Gesicht.

»Ah, meine Kalliope! Dein Wächter hat dich aus dem Käfig gelassen.«

»Es gibt keinen Käfig«, erwidert sie gereizt.

Jean nickt. »Gut. Bist du zum Arbeiten gekommen, willst du heute schon anfangen? Oder wolltest du dich nur mal umschauen?«

Lee sieht zur Bühne, der schwarze Boden ist zerschrammt und dreckig. Zwischen den weißen Gipswänden mit dem eingebauten Fenster stehen in der Mitte ein kleiner Holztisch und zwei Stühle. Was würde Man denken, wenn er wüsste, dass sie hier ist?

Zwei Stunden später haben sie Lees Kostüm zusammengeflickt. Es soll aussehen wie die Schale eines weiblichen Oberkörpers, größer als Lees, die Arme an den Ellbogen abgeschnitten, damit es an eine griechische Statue erinnert. Darüber hängen sie ein weißes Tuch, als eine Art Toga, sodass sie vom Hals abwärts bedeckt ist. Sie kann sich weder hinsetzen noch die Arme bewegen, die mit einem Stück Seil am Körper festgebunden sind. Der Stoff ist in mehreren Lagen mit einer Masse bestrichen, die nach einer Weile aushärtet. Lee schwitzt, ihr ganzer Körper juckt. Jean und drei andere Männer stehen um sie herum und fachsimpeln. Mit einem Schwamm und Bühnenschminke färben sie ihr Gesicht weiß, eine Schicht nach der anderen tragen sie auf, und Jean rennt immer wieder zurück und guckt durch die Kamera und kommt dann wieder und nuschelt, es sei noch nicht gut genug, nicht statuenhaft genug, nicht *richtig*. Also bitten sie Lee, absolut stillzuhalten, und streichen ihr die Masse auch aufs Haar und ins Gesicht.

»Das brennt«, presst Lee durch die Zähne, da sie den Kiefer nicht mehr bewegen kann.

»Hört bald auf«, sagt Jean. So hat sie sich das nicht vorgestellt. Wo ist das Blattgold, wo der Glanz?

Als die Masse trocken ist, brennt es nicht mehr, außer an der Wange, auf die sie sich ab jetzt konzentriert, um sich von allen anderen schmerzenden Körperteilen abzulenken. Enrique, der

Hauptdarsteller, wird dazugerufen. Jean, er und die Bühnenarbeiter stehen um Lee herum, als wäre sie eine Requisite. Allmählich wird sie wütend.

»Es sind die Falten. Die stimmen nicht«, meint Enrique. »Marmor hängt irgendwie anders.«

Die Männer suchen im Raum nach etwas Brauchbarem, ein italienischer Bühnenarbeiter kommt rüber und gestikuliert, als würde er Kuchenteig in einer Schüssel rühren. Dann holen sie Butter und Zucker und tatsächlich eine Schüssel, und der Mann rührt, und sie verteilen es mit einem Messer an den Falten von Lees Kostüm. Es riecht gut, wie Mürbeteiggebäck im Ofen.

Eine weitere Stunde vergeht. Die Männer sind immer noch nicht fertig mit ihr. Sie probieren verschiedene Posen mit ihr aus, lassen sie laufen, sodass die untere Hälfte aussieht, als würde sie gleiten, aber Jean ist noch nicht zufrieden. Lee fühlt sich immer unwohler, und irgendwann muss sie unbedingt auf Toilette, aber sie kann nichts tun, weil sie das Kostüm nicht ausziehen darf.

»Sie ist immer noch eine Frau«, sagt Jean enttäuscht.

Na klar, ist sie das. Was wollen die von ihr? Lee ist es gewohnt, Männern zu gefallen, wenn sie ihre Kameras auf sie richten. Sie läuft noch einmal über die Bühne, ohne die Füße zu heben, aber es ist immer noch nicht richtig. Ihr ganzer Körper schmerzt. Ihr Nacken und ihre Schultern sind verspannt, und die Hitze auf ihrer eingeschlossenen Haut setzt ihr zu. Sie hat ein unwiderstehliches Verlangen, die Arme zu bewegen, sich zu kratzen, sich hinzuhocken, den Stoff aufzubrechen und sich aus ihrer Verkleidung zu befreien.

Dann erinnert Lee sich an eine Szene aus einem von Mans Filmen, den sie neulich gesehen hat, einer der letzten, bevor er das Filmen ganz aufgegeben hat. Kiki starrt im Liegen in die Kamera, und als sie die Augen schließt, erscheinen gemalte Augen auf ihren Lidern. Lee geht in die Mitte der Bühne und schließt die Augen, sie weiß jetzt, dass es genau das ist, was sie brauchen – dass sie blind ist –, dann bewegt sie sich zaghaft vorwärts, wie ein Geist.

Jean ist begeistert. Als er ein letztes Mal Hand an ihr Kostüm legen will, erzählt sie ihm mit zusammengepressten Zähnen von Mans Idee, Augen auf Kikis geschlossene Lider zu malen. Langsam breitet sich ein Lächeln auf Jeans Gesicht aus. Er holt einen Augenbrauenstift, und kurz darauf spürt Lee den Druck durch die Lider. Sie macht die Augen auf und zu, um ihm den Effekt zu zeigen, und lässt sie dann den Rest des Tages während des Filmens geschlossen.

Damit verschiebt sich das Machtgefüge. Lee hat plötzlich das Gefühl, die Kontrolle übernommen zu haben. Die Männer im Raum spielen keine Rolle mehr. Sie ist von ihnen getrennt. Sie marschiert auf ihre Ansage los, visiert Dinge an, die sie nicht sieht, aber sie sind nur Geräusche für sie. Nach einer Weile kann sie nicht mehr unterscheiden, wo die Geräusche herkommen, alles klingt dumpf und verzerrt, als säßen sie in einem riesigen Goldfischglas.

Und dann lässt die Spannung nach, und sie schwebt aus ihrem schmerzenden Körper heraus, wie schon so oft, wenn sie fotografiert wurde. Aber diesmal lässt sie nicht wie früher ihre wilden Gedanken spielen, sondern bleibt im Moment. Mit geschlossenen Augen sieht sie sich durch den Raum gleiten und erkennt gleichzeitig durch die Lider noch das Spiel von Licht und Schatten der Scheinwerfer und die dunklen Flecken der anderen Schauspieler, die an ihr vorbeikommen. Und irgendwann kann Lee ihren Körper nicht mehr spüren, aber sie kann ihn sehen, unter dem Gips, sie sieht, was für eine Kraft sie ausstrahlt, wenn sie auf der Leinwand den Stein zum Leben erweckt.

Als die Schweinwerfer ausgehen, kommt Jean zu Lee und führt sie zu einem Stuhl, wo er und ein Bühnenarbeiter sie aus ihrem Kostüm schälen. Sie entfernen erst den Panzer und dann das Seil. Als sie die Arme über den Kopf streckt, verschlägt es ihr fast den Atem, so gut fühlt es sich an, sich frei bewegen zu können. Jean hält beide Hände an ihr Gesicht und drückt sanft, bis die Maske aufbricht und er die diversen Schichten Masse und Teig wie eine Eierschale abziehen kann. Er macht das ganz vorsichtig, fast zärtlich, und als er fertig ist, holt er ein Tuch und wischt sie, so gut es geht, sauber.

Als alle sich verabschieden, sagt Lee, sie wolle zu Man ins Studio, und Jean und Enrique bieten an, sie zu begleiten. Die beiden reden nicht viel, aber während sie gehen, lebt Lee immer mehr auf. Der Tag hat etwas mit ihr gemacht. Das Gewusel am Set, die fieberhafte Energie, alles war so anders als bei einem Fotoshooting, so viel lebendiger.

Erst läuft Lee ein Stück vor ihnen, aber dann kommt Enrique an ihre Seite. »Hast du schon mal geschauspielert?«, fragt er. »Ich hab dich noch nie gesehen.«

Sie schüttelt den Kopf.

»Das hast du super gemacht. Manchmal ist es ganz schön verrückt, was Jean da von einem verlangt.«

Lee lacht, aber die Quälerei in ihrem Kostüm kommt ihr schon vor wie ein vergangener Traum, geblieben ist nur ein schwer beschreibbares Gefühl, als hätte man ihren Emotionen eine Ohrfeige verpasst und sie so an die Oberfläche gebracht.

Es ist völlig windstill, es riecht nach moderndem Laub auf nasser Erde, nach brennenden Mülleimern, Hefe und süßlichem alten Gemüse aus den Restaurants und Bäckereien, an denen sie vorbeikommen. Lee hat einen Bärenhunger, sie muss die ganze Zeit an Essen denken, ein kräftiges Kalbsragout, vielleicht, und einen schweren Rotwein zum Runterspülen. Sie hat Kuchenteig im Haar, und ihr Kleid ist mit Gipsstaub und Bühnenschminke verschmiert, aber das ist ihr egal. Sie schwenkt die Arme vor und zurück. Jean wirft ihr ab und an einen Blick zu und lächelt.

»Ein Glück, dass wir sie haben, was?«, sagt er zu Enrique, als sie die Straße überqueren wollen und sie sich streckt und dehnt, um die letzte Steife aus dem Körper zu bekommen.

Enrique nickt und schenkt ihr ein knappes Lächeln. Er ist noch immer so angespannt wie beim Drehen, außerdem scheint er irgendwie wütend auf Jean zu sein, was Lee nicht ganz nachvollziehen kann.

Als sie zu Mans Studio kommen, hat Lee beim vertrauten Anblick der Tür mit dem Messingklopfer ein flaues Gefühl im Magen – ob aus Vorfreude oder Beklemmung, kann sie nicht genau sagen.

»Lee?« Erst da wird ihr bewusst, dass Jean mir ihr geredet hat. »Sehen wir dich morgen?«, fragt er, und Lee nickt.

Die Männer gehen, Lee steht noch eine Weile auf den Stufen. Ist Man da, oder ist er nicht da? Sie weiß nicht, was schlechter wäre. Als sie die Tür öffnet, fällt ein Lichtstrahl in den dunklen Flur.

KAPITEL ZWEIUNDZWANZIG

Drinnen ist alles still. Lee steigt die Stufen hoch in den ersten Stock. Erst in den Salon, dann ins Büro. Man ist nicht da. In ihrem Magen rumort es, das Gefühl ist stärker als ihr Hunger. Im Studio ist es dunkel, die Kamera lauert in der Ecke wie ein großes schlafendes Tier.

Lee überlegt, ihn in der Wohnung zu suchen, aber als sie an der Dunkelkammer vorbeikommt, sieht sie, dass das gelbe Warnlicht neben der Tür leuchtet.

Sie klopft dreimal. Er reagiert nicht. Als sie es gerade noch mal probieren will, zieht Man die Tür auf. Er hält einen nassen Kontaktbogen in der Hand und sieht sie erst nicht richtig an. Dann fällt sein Blick auf ihr Gesicht. Er drängt an ihr vorbei, um den Abzug auf den Tisch zu legen, und sagt: »Statt nach Hause zu kommen, hast du in einer Leimfabrik übernachtet?«

Er hat recht: Sie muss wirklich komisch aussehen. Lee hält die Hände an ihr Haar und spürt den verkrusteten Kuchenteig, sie sieht an sich herunter, ihre Sachen sind mit Gips beschmiert.

»Ich war bei ...«

Er schneidet ihr das Wort ab. »Warum hast du mir nicht gesagt, wo du hingehst? Du hättest überall sein können. Bei einem anderen Mann, zum Beispiel. Woher soll ich das wissen?«

Jetzt packt sie selbst die Wut. »Na ja, ich hatte keine große Lust, mit dir zu reden, nachdem du zu Kiki gerannt bist, die mich vor allen Leuten geschlagen hat.«

»Ich musste sie unter Kontrolle kriegen. Du kannst dir nicht vorstellen, wie sie sein kann.«

»Du hast recht: Das kann ich mir nicht vorstellen. Und ich will es auch nicht. Ich kann nicht fassen, dass du mit so einem Menschen *zehn Jahre* zusammen warst.«

»Als sie sich beruhigt hatte, warst du weg. Einfach weg! Ich hatte keine Ahnung, wo du warst.«

Lee wirft trotzig die Arme in die Luft. Sie riecht nach Teig, nach Gips und nach Schweiß vom stundenlangen Filmen. »Ach«, sagt sie und spürt, wie sie die Beherrschung verliert. »Ich wusste gar nicht, dass ich dir ständig erzählen muss, wo ich bin, wie ein kleines Kind.«

»Ein Kind. Und ich bin dein Vater, oder wie? Ich glaube kaum, dass du deinen Vater da mit reinziehen willst.«

»Was willst du damit sagen?«

Man hält inne und scheint seine Worte abzuwägen. »Das ist doch lächerlich. Wir wissen beide genau, dass es ein Unterschied ist, ob ich über jeden deiner Schritte Bescheid weiß, oder ob du nicht nach Hause kommst.«

»Soweit ich weiß, bist du auch nicht nach Hause gekommen.«

»Ja, weil du nicht zu Hause warst.«

Lee macht ein Geräusch, das halb Knurren, halb Seufzer ist. »Jean hat mich mitgenommen und mich im Gästezimmer schlafen lassen.«

»Jean? Ihr nennt euch schon beim Vornamen?«

Lees Magen knurrt, sie verschränkt die Arme davor. »Er hat mich gefragt, ob ich in seinem neuen Film mitspiele. Und er hat sich um mich gekümmert.«

»Lee, nicht jeder Mann kann scharf auf dich sein. Lass die Homosexuellen in Ruhe.« Man lächelt, als wäre es witzig gewesen, was sie noch wütender macht.

»Ich spiele in seinem Film mit«, erklärt sie. »Ich werde eine Weile nicht zur Arbeit kommen. Eine Woche, vielleicht etwas länger.«

»Das kannst du nicht machen.«

»Eine Woche! Und er bezahlt mich.«

»Ich meine, du darfst nicht für ihn arbeiten. Cocteau – der Kerl ist so ein pathetischer kleiner Schleimer. Politisch gesehen, macht er genau das Gegenteil von mir. Tristan hasst ihn, André hasst ihn – ich bin nicht allein mit meiner Meinung …«

Lee will herausfinden, wie weit Man geht. »Und das ist genau das Problem: *Du* magst ihn nicht. Es ist *deine* Kunst. Aber ich bin nicht *du*.«

Man reibt sich den Nacken. »Du bist nicht *nicht* ich.«

»Was meinst du damit?« Wie immer, wenn sie wütend ist, treten Lee die Tränen in die Augen. Sie lässt sich auf einen Stuhl fallen, wischt sich über die Stirn und sieht, wie der Gips zu Boden rieselt.

Man hebt den Kopf. Leise sagt er: »Letzte Nacht, als du nicht nach Hause gekommen bist, ist mir klar geworden, dass sich zwischen uns etwas geändert hat. Was ich zum Thema Eifersucht sagte, als wir über Kiki sprachen … so habe ich mich damals gefühlt, mit ihr, aber mit dir ist es etwas anderes. Ich brauche mehr von dir. Ich bin nicht mehr … Ich kann nicht glücklich sein, ich kann nicht mit dir zusammen sein, solange ich mir deiner nicht sicher sein kann.«

»Du brauchst also mehr.« Lee sieht ihn an.

»Willst du wissen, was ich letzte Nacht gemacht habe? Nachdem du gegangen bist, habe ich Kiki in ein Taxi gesetzt und nach Hause geschickt. Ich wollte nicht eine Minute länger bei ihr sein – ich konnte nur noch an dich denken. Weißt du, was du mit mir machst? Ich bin sonst nicht so. Ich bin nach Hause gegangen, hab mich in die Küche gesetzt und auf dich gewartet und gewartet und gewartet, aber du bist nicht gekommen. Ich hab mir die schlimmsten Dinge vorgestellt ...« Ihm versagt die Stimme, und er verschränkt die Arme, um nicht zu zittern. »Dass dir etwas passiert ist oder du mit jemand anderem zusammen bist, und ich konnte den Gedanken nicht ertragen. Ich konnte es nicht ertragen, mir dich mit jemand anderem vorzustellen.«

»Ich war mit niemand anderem zusammen, ich hab dir ja gesagt, dass ...«

Er unterbricht sie. »Das ist jetzt egal. Ich will nur nicht, dass du *jemals* mit einem anderen Mann zusammen bist. Das musst du mir versprechen ... sonst ...«

Lee steht auf, ihr ist plötzlich kalt. »Sonst was? Mir ist nicht ganz klar, was du meinst.« Sie dreht sich weg. »Ich brauche einen Drink.«

Sie läuft durchs Büro in den Salon, geht zum Barwagen und gießt sich einen Scotch ein. Man folgt ihr, sie reicht ihm das Glas und gießt sich ein neues ein. Sie hält das Glas fest und fährt mit den Fingern über die gemusterte Oberfläche. Man hat sich wieder gefasst.

»Gib mir dein Wort, und du kannst bei diesem Film mitmachen«, sagt er. »Das ist alles, was ich will. Ich brauche das.«

»Ich weiß nicht mal, was du damit meinst: dir mein Wort geben.«

»Versprich mir, dass ich der Einzige für dich bin.«

»Für immer?«

»Ja.«

Lee weiß nicht, was sie sagen soll. Der Scotch wärmt sie nicht so wie sonst, also nimmt sie einen größeren Schluck. So hat sie sich ihr Gespräch nicht vorgestellt. Eigentlich ist sie diejenige, die Grund hat, wütend zu sein – immerhin war sie es, die letzte Nacht alleingelassen wurde. Sie sieht wieder, wie Man seine Arme um Kiki schlingt und ihr ins Ohr flüstert, um sie zu beruhigen.

»Alle haben mitbekommen, wie du zu Kiki gegangen bist und nicht zu mir. Wie konntest du mir das antun?«

Man fährt sich mit den Fingern ins Haar. »Ich musste sie einfach unter Kontrolle bringen. Ich hatte keine Ahnung, was sie als Nächstes tun würde. Diese Frau ist zu allem fähig.«

»Du redest, als wäre sie ein wildes Tier. Um wen hattest du Angst: um dich, um sie oder um mich?«

»Ich weiß es nicht. Ich hab nicht darüber nachgedacht. Und dann warst du weg.«

»Ich konnte nicht dableiben. Ich hasse diese Frau.« Es klingt kindisch, wie sie das sagt, und sie spürt, wie ihr ein paar Tränen die Wange hinabkullern. Sie wischt sie weg und fängt an zu lachen. »Ja, wirklich. Ich hasse sie.«

Man stellt seinen Drink weg und tritt auf sie zu. Er räuspert sich. »Lee, was ich sagen will ... das ist nicht mehr nur noch Liebe. Was ich für dich empfinde ... das ist mehr, es ist stärker. Es macht mich ... es verwandelt mich zurück in den Menschen, der ich mal war, der in mir verschüttet war. Letzte Nacht in unserem Bett ... es war so groß und so leer. Ich bin immer wieder auf deine Seite gerollt und hab gehofft, dich zu spüren. Und heute Morgen – nachdem ich kaum geschlafen hatte, ich bin überhaupt nicht richtig da heute, was du mir wahrscheinlich ansehen kannst – bin ich zur Arbeit gelaufen, ich wollte die Seine sehen, und ich hab mir die ganze Zeit vorgestellt, du wärst an meiner Seite. Nein, das stimmt nicht ganz, ich hab es mir nicht vorgestellt, ich hab dich neben mir *gesehen*. Ich hab dich überall gesehen.«

Er nimmt ihr das Glas ab, stellt es auf einen kleinen Tisch und nimmt ihre Hände in seine. Sie fühlen sich warm an. Natürlich wartet er darauf, dass sie etwas sagt, aber sie weiß nicht genau, was. So hat er noch nie geredet. Sie haben über die Ehe gesprochen, aber nur, dass sie sie beide ablehnen. Sie waren sich einig, dass sie für sie nicht infrage kommt. Aber das hier – das ist etwas anderes. Mans Stimme klingt gebrochen, er hält ihre Hände zu fest, als wollte er die Bedeutung seiner Worte in sie hineinpressen.

Bevor Lee etwas sagen kann, fährt er fort. »Ich will dir alles geben. Mich. Nicht irgendeinen anderen Mann. Und ich *habe* dir schon so viel gegeben – ich habe dir geholfen, so gut zu werden, wie du jetzt bist. Jedes Mal, wenn du mir deine Fotos zeigst und sie noch besser sind als die davor, dann kommt es mir noch richtiger vor, dich zu lieben, diese Gefühle zu haben, die ich mir kaum erklären kann.«

Sie starrt auf seine Finger, die sich um ihre geschlossen haben, die kurzen schwarzen Haare zwischen den Knöcheln. Er meint das alles sehr ernst, aber sie kann nicht viel damit anfangen. Ihr Wort geben – Ja sagen, versprechen. Und wenn ihr das einen dauerhaften Platz an seiner Seite verschafft, in diesem Studio, ist es nicht das, was sie will? Also nickt sie und sagt es. »Okay, ja. Du weißt, dass ich dich liebe.«

Er drückt ihre Hände noch fester, und sie spürt, wie die Knochen gegeneinandergepresst werden. »Ich will, dass du mich für immer liebst.«

»Für immer«, sagt sie und nickt, und weil sie nicht noch mehr sagen will, befreit sie sich aus seinem Griff, schlingt die Arme um ihn und lässt sich von ihm halten und vor- und zurückschaukeln. So bleiben sie eine Weile stehen. Schließlich löst sie sich. Man macht sich gerade und sieht aus, als wollte er die Beherrschung wiedergewinnen.

»Ich sollte mich an die Arbeit machen«, sagt sie und will zur Dunkelkammer gehen. Sie schaut über die Schulter, ob er ihr folgt, aber stattdessen nimmt er eines der Vogelnester vom Kaminsims und hält es in der Hand.

»Lee«, sagt er. »Mach den Film.«

»Okay«, sagt sie noch mal. Natürlich macht sie den Film, das hat sie längst beschlossen. Aber was spricht dagegen, ihn glauben zu lassen, er sei Teil der Entscheidung?

Vor der Dunkelkammer wirft sie einen Blick auf den Kontaktbogen, den er dort hingelegt hat. »Was sind das für Abzüge?«, ruft sie ihm zu.

»Bilder von dir«, sagt er. »Was sonst?«

Lee schnappt sich die Lupe. Auf dem Kontaktbogen sind neun Bilder, die sich kaum voneinander unterscheiden, als hätte Man, so schnell er konnte, immer wieder abgedrückt. Lee ist im Bett und schläft. Den einen Arm hat sie über den Kopf gelegt, den anderen um den Oberkörper. Sie liegt unter der Bettdecke, aber an den Falten im Stoff erkennt man deutlich, dass sie die Beine gespreizt hat, und aus dem Blickwinkel der Kamera zeigen die Schatten wie ein Pfeil in ihre Mitte. Lee kann sich nicht daran erinnern, wann er sie gemacht hat – es könnte gestern gewesen sein oder vor Monaten. Man hat sie schon öfter schlafend fotografiert, es hat sie nie gestört. Aber als sie sich jetzt so sieht, dreimal pro Reihe, mag sie die Bilder nicht. Nicht, weil ihr der Gedanke unangenehm ist, dass Man sie im Schlaf beobachtet, das Voyeuristische daran. Nein, was ihr nicht gefällt, ist das darin implizierte Vertrauen, das, was es über ihre Beziehung aussagt. Die Verletzlichkeit, die sie in sich sieht.

Lee fragt sich, ob Man das gemeint hat. Ob es ihre totale Hingabe ist, die er verlangt.

Später gehen sie zusammen nach Hause. Man scheint zufrieden mit ihrem Gespräch zu sein. Er hält ihre Hand, führt sie an einem Schlagloch vorbei. In der Wohnung lässt er ihr ein Bad einlaufen, und als sie sich abgetrocknet und den Bademantel angezogen hat, steht er in der Küche und hat ihr Rührei gemacht. Es liegt dampfend auf einem Teller, während Man eine Scheibe Toast mit Butter bestreicht und dazulegt. Lee ist wie ausgehungert, sie isst das Ei und dann noch eins. Das Essen wärmt sie, genau wie das Bad und der Bademantel, den sie um die Hüfte zugeknotet hat. Man und sie reden kaum ein Wort, aber das Schweigen fühlt sich tröstlich an. Wenn das keine Liebe ist, was dann?

DACHAU
30. APRIL 1945

Wenn Lee ein Weitwinkelobjektiv benutzt und die Landschaft samt der gepflegten Rasen im Dorf dahinter einfängt, dann sieht man, wie dicht die Züge an den Leuten vorbeigefahren sind, dass sie es wussten, dass sie es gewusst haben müssen –

Wenn sie das Bild durch die offene Zugtür macht, im Vordergrund der Kopf des Toten, dessen Wangenknochen fast durch die letzten Hautreste schneiden –

Wenn sie ein Foto von einem der Kaninchen macht, die sie im Lager gezüchtet haben, das saubere weiße Fell, die wohlgenährten Fettrollen. Als Muff für eine übergewichtige *Frau*, damit sie ihre Fäuste hineinstopfen kann. Ein Häftling, der das Kaninchen mit Körnern aus seiner schmutzigen Hand füttert –

Wenn sie ein Foto von jemandem macht, der sieht, was sie sieht. Häftlinge, mit Todesangst im Blick, halb verhungert, die zusehen, wie Leichen in eine Grube geworfen werden. Ein SS-Mann mit gebrochenem Kiefer, der beobachtet, wie das Blut aus der eingeschlagenen Nase eines anderen strömt –

Wenn sie verschiedene Perspektiven ausprobiert, ganz nah herankommt. Die leere Blechschüssel, die Nummer auf einem Handgelenk, der Mann, der den Stiefel auszieht und nur noch einen halben Fuß hat –

Wenn sie Fotos von den Verantwortlichen macht. Ein deutscher Beamter, der sich neben einem Leichenhaufen übergibt. Ein anderes von einem Selbstmörder, dessen Zunge sich wie ein schwarzer Wurm aus dem Mund schiebt –

Manchmal hält Lee die Kamera vors Gesicht, nur um die Augen schließen zu können. Manchmal macht sie die Fotos blind.

Wenn sie wussten – sie müssen es gewusst haben –, es geht gar nicht anders –

Wenn sie – der Geruch. Sie wird Audrey schreiben und ihr davon erzählen.

Einer nach dem anderen reisen die Presseleute ab. Lee bleibt. Sie muss es dokumentieren. Ihre Taschen sind voller Filmdosen, Granaten für die Öffentlichkeit.

KAPITEL DREIUNDZWANZIG

Jeans Schauspieler und die Crew sind ein bunt gemischter Haufen aus ganz Europa, aber als Lee am zweiten Tag dort auftaucht, entschlossen und motiviert, ist sie sofort ein Teil von ihnen. Die meisten sprechen nicht mal dieselbe Sprache, aber wenn sie zusammen sind, spielt das keine Rolle: Sie albern herum, halten lange, ausufernde Monologe über Gott und die Welt, und irgendwie ergibt genug davon Sinn, um so etwas wie ein Zusammengehörigkeitsgefühl zu erzeugen. Eine Frau namens Anush ist Wahrsagerin, und eines Abends lassen sich alle am Set aus der Hand lesen und verraten dabei Dinge über sich, die sie sonst nie preisgegeben hätten. An einem anderen Abend trinken sie Brandy, leeren einen Mülleimer aus und zünden mitten auf der Bühne ein Feuer an. Schon nach wenigen Tagen hat Lee das Gefühl, dass diese Menschen ihre Freunde sind.

Nach Drehschluss durchforsten sie manchmal die Garderoben nach Kostümen. Sie zwängen sich in edwardianische Roben, Männer wie Frauen, und schnüren die Korsetts so eng, dass sie kaum Luft bekommen, oder sie legen Kettenhemden an und kämpfen mit stumpfen Schwertern. Sie studieren kurze Sketche ein und fallen sich lachend in die Arme. Wenn Jean mit den Aufnahmen zufrieden war, mimt er den Anführer und denkt sich irrwitzige Szenen für sie aus.

Lee wird klar, dass sie die Schauspielerei liebt. Wenn sie am

Ende des Tages aus ihrem Statuenkostüm befreit wird, ist sie vollkommen locker und ungehemmt. Sie setzt sich Nofretetes Kopfschmuck auf und merkt, wie sich ihr gesamtes Auftreten verändert, wie sie ganz träge und majestätisch wird und ihre wahre Identität ihr entgleitet. Die anderen aus der Crew sind überrascht, dass sie noch nie geschauspielert hat. Sie badet in ihrem Lob und legt sich ins Zeug, um sie zu beeindrucken. Der Film inspiriert sie auch als Fotografin: Es gibt Ähnlichkeiten zwischen ihrer eigenen Arbeitsweise und dem, was am Set passiert. Sie sieht die Fotografie jetzt mehr von der filmischen Seite. Wenn sie ein Foto macht, entscheidet sie sich für einen einzelnen Moment in einem Strom tausender potentieller Momente, und diese Auswahl, die Entscheidung, ihn aus seinem Kontext zu entfernen, ist Teil der Kunst.

Hinter der Filmkamera ist Jean ein Genie. Das wird Lee jetzt klar. Durch seine Art, die Schauspieler anzustacheln, sie regelrecht wütend zu machen, bekommt er genau das, was er will. Besonders bei Enrique. Zwischen den beiden herrscht sowohl am Set als auch nach Drehschluss ein und dieselbe Dynamik: Es ist ständig spürbar, dass sie ein Paar sind. Ihre Beziehung ließe sich als stürmisch bezeichnen. Sie schreien sich vor versammelter Mannschaft an, einmal bekommt Lee sogar mit, wie Enrique Jean schlagen will. All das ignorieren die anderen geflissentlich, stattdessen loben sie nachher beim Sichten des Materials Enriques schauspielerische Bandbreite. Letzten Endes, denkt Lee, hält dieses Beziehungsdrama ihre Kunst am Laufen, und sie muss an sich und Man denken, und dass auch sie ihre Gefühle für ihn nicht von der gemeinsamen Arbeit trennen kann.

Auch wenn Lee froh ist, allein zu sein, denkt sie am Set oft an Man. Die Leichtigkeit, die sie dort empfindet, als wäre sie ein sprudelnder Brunnen, bereitet ihr Gewissensbisse, und bei dem Gedanken an Man allein im Studio wünscht sie sich manchmal, sie würde sich nicht ganz so gut amüsieren. Sie weiß nicht, ob sie es verdient hat, sich so zu fühlen. Vielleicht sollte es sie nicht so glücklich machen, ohne ihn hier zu sein. Aber im nächsten Moment muss sie schon wieder so sehr lachen, dass sie vergisst, die Hand vor den Mund zu halten, und dann denkt Lee, dass sie es kaum erwarten kann, all das mit ihm zu teilen, ihn an ihrem Spaß teilhaben zu lassen.

Eines Nachmittags, nach einer bizarren Szene, in der sich der Mund des Dichters von seinem Körper trennt und an seiner Hand wieder auftaucht, sitzt Lee auf einem wackligen Stuhl am Bühnenrand. Sie haben sie für eine Massenszene kommen lassen, und sie war froh, ohne das ganze Make-up vor der Kamera zu stehen. Die anderen Schauspieler um sie herum reden und entspannen sich. Jemand besorgt eine Flasche Brandy und lässt sie herumgehen. Ein anderer dreht auf einem Barhocker Zigaretten, die er anschließend verteilt, kurz darauf ist die Bühne komplett vernebelt. Es könnte vier Uhr nachmittags sein oder mitten in der Nacht. Wie die Dunkelkammer hat auch das Filmset etwas Zeitloses. Lee will noch nicht gehen. Ihr Magen ist leer, und der Brandy legt sich wie eine Wärmflasche hinein. Als irgendwann die Flasche leer ist, greift einer nach dem anderen nach Mantel und Hut und verabschiedet sich.

Lee gehört zu den Letzten. Sie nimmt ihren Mantel und wirft noch einen Blick hinter die Bühne. Es ist dunkel und riecht nach Zigarettenrauch und nasser Wolle und einem pflanzlichen Reinigungsmittel. Sie holt tief Luft. Nur noch ein paar Tage, dann ist alles im Kasten. Lee will nicht, dass es vorbei ist.

Jemand taucht hinter ihr auf und legt ihr die Hand auf den Arm. Sie zuckt zusammen und sieht, dass es Jean ist. »Du hast mich erschreckt!«

»Tut mir leid.« Er atmet tief durch. »Du willst auch nicht gehen, oder? Ich hab dich gesehen. Ich würde am liebsten immer hierbleiben.«

»Ich auch.« Sie dreht sich zu ihm um.

Er mustert sie von oben bis unten. »Ich gehe heute Abend ins Ballett – Lifars erste Produktion. Willst du mitkommen?«

Lee streicht sich die Haare glatt und blickt auf ihr zerknittertes Kleid. »Ich sehe furchtbar aus.«

»Du siehst fantastisch aus. Außerdem schleichen wir uns rein.« Jean ahmt mit den Händen ein kleines, kriechendes Tier nach, und sie muss lachen.

Gemeinsam verlassen sie das Studio. Die Sonne geht gerade unter, am Himmel brauen sich dicke lilafarbenen Wolkenmassen zusammen, durch die scharfe Lichtstrahlen fallen.

»Oh, sieh mal«, sagt Lee. Sie bleiben kurz stehen, bis die Sonne weiter gesunken ist und die Strahlen verschwinden. Dann hakt sich Lee bei Jean unter.

»Hatte Enrique keine Lust?«, fragt sie.

Jean seufzt. »Enrique möchte nicht mit mir gesehen werden.«

»Das glaube ich nicht!«

»In letzter Zeit fühlt es sich so an.«

»Das tut mir leid.«

Jean zuckt mit den Schultern. »Und bei dir? Will Man Ray dich heute nicht ausführen und dir den Hof machen?«

»Man muss mir nicht mehr den Hof machen«, sagt Lee und lacht.

Jean wirft ihr einen Blick zu. »Selbstverständlich muss er dir den Hof machen, und zwar ständig. Vielleicht sollte ihm das mal jemand sagen.«

Die Fassade des Palais Garnier ist eine der schönsten von Paris, geschmückt mit Statuen der Musen der Poesie und der Harmonie. Lee steuert auf den Haupteingang zu, aber Jean schiebt sie zum Südflügel, wo sie das Haus durch eine Seitentür betreten.

»Wir schleichen uns wirklich rein?«

»Ja – wie zwei kleine Mäuse. Du musst unbedingt den Bereich hinter den Kulissen sehen.«

Sie laufen durch einen schmalen Gang zu den Kostümen. Dutzende von Tutus hängen an einer mit der Decke verschraubten Metallkonstruktion. Vor dem dunklen Holz sehen die Tutus aus wie flüchtige Wolken am Nachthimmel. Lee greift sofort nach ihrer Kamera und macht ein paar Fotos, aber durch die kleinen Fenster fällt nicht mehr genug Licht, und sie weiß jetzt schon, dass die Bilder nichts werden.

»Kannst du mich irgendwann noch mal herbringen?«, fragt sie Jean, der sie bereits tiefer ins Gebäude hineinführt. Sie steigen eine kleine Treppe hinauf und stehen plötzlich hinter der Bühne. Der Raum raubt Lee den Atem. Das dunkle Holz, die abgehängten Kulissen, ein riesiger Bühnenboden, schmutzig schwarz und zerkratzt von Tausenden von Ballettschuhen, der Geruch von Tanzwachs liegt in der Luft. Lee läuft weiter, und als sich ihre Augen an die Dunkelheit gewöhnt haben, sieht sie die Bühnenbilder, die offenbar an diesem Abend zum Einsatz kommen: wunderschöne Leinwände mit ländlichen Szenen, ein mit einem Himmelbett bemaltes Tuch, eine reich gedeckte Tafel. Ähnlich wie die Tutus hängen sie jeweils an mehreren Seilen, und Lee findet es faszinierend, wie die vielen Taue sich an der Decke überschneiden, sie lässt den Blick bis ganz nach oben wandern, wo die letzten Sonnenstrahlen durch eine Reihe kleiner Fenster fallen und die Staubpartikel im Licht tanzen und funkeln.

Zwischen den Balken entdeckt Lee jemanden auf einer Holzplattform, die an zwei Seilen befestigt ist. Er streckt ein Bein aus und greift nach einem Tau, schwingt sich zu einem anderen Vorsprung und klettert flink eine Leiter hinunter. Jetzt kann sie ihn besser sehen. Er ist ganz in Schwarz gekleidet: enge schwarze Hose, schwarzes Hemd und ein schwarzes Tuch, das er sich wie einen Gürtel um die Hüfte geknotet hat. Als er an einem anderen Seil zieht, um eines der Bühnenbilder zurechtzurücken, sieht sie, wie viel Kraft in seinem geschmeidigen und gleichzeitig männlichen Körper steckt. Als sie sich schließlich nach Jean umsieht, stellt sie fest, dass auch er den Mann beobachtet. Beide grinsen.

»Caruso!«, ruft Jean. »Wir sehen dich!«

Im selben Moment, als er sich umdreht, hebt Lee den Fotoapparat und rahmt ihn im Sucher ein, die schattenhafte Silhouette vor den Seilen. Sie stellt scharf, drückt auf den Auslöser und steckt die Kamera wieder ein. Der Mann klettert ein Stück nach unten und springt dann sauber zu Boden, sodass seine Füße beim Aufkommen eine kleine Wolke Kolophoniumpuder aufwirbeln. Jean geht zu ihm und umarmt ihn, was der Mann reglos über sich ergehen lässt.

»Caruso!«, sagt Jean noch mal. »Was machst du hier? Ich brauche dich an meinem Set!«

Caruso lächelt, aber er antwortet nicht. Dann wandert sein Blick zu Lee, und in seinem Gesicht flackert ein kurzer Moment des Wiedererkennens auf.

Als sich ihre Blicke treffen, erkennt auch Lee ihn. Weiche schwarze Haare, scharfe Wangenknochen, das Hemd weit aufgeknöpft, sodass man sein glattes, dunkles Brusthaar sieht. Volle, trockene Lippen. Sofort fällt ihr sein Vorname wieder ein. Antonio. Der Abend bei Drosso.

Antonio greift nach hinten in die Hosentasche und zieht einen plattgedrückten Tabakbeutel hervor, dann setzt er sich und dreht sich eine Zigarette.

»Caruso, Caruso«, sagt Jean. »Ich brauche dich für meine letzte Szene. Du musst mir ein Billardzimmer malen.«

Antonio leckt am Rand des Papiers und klebt die Zigarette zu. »Weißt du, was Lifar mir zahlt? Gutes Geld.«

Er zündet die Zigarette an und nimmt einen tiefen Zug, so fest, dass seine Lippen weiß werden. Er hält sie Lee hin.

»Ich rauche nicht«, sagt sie, aber er ignoriert es und steckt sie ihr in den Mund. Seine Kaltschnäuzigkeit überrascht sie, und als seine Finger ihr Gesicht berühren, denkt sie zuerst, dass er sie mit der Glut verbrannt hat, so heiß fühlt sich seine Haut auf ihrer an. Es ist ein irrationaler Moment, völlig überhöht, als hätte sie sich kurz die Augen gerieben und könnte die Welt jetzt schärfer sehen. Als wäre sie gerade erst aufgewacht. Der Teil ihrer Wange, wo er sie berührt hat, fühlt sich an, als wäre er vom restlichen Gesicht getrennt. Als sie ausatmet, brennt ihr der Rauch in der Kehle, sie versucht verzweifelt, nicht zu husten. Antonio dreht zwei weitere Zigaretten, eine für sich und eine für Jean, währenddessen versucht Lee, ihn möglichst nicht anzusehen. Und wenn doch, begegnet sie jedes Mal Antonios Blick, er dreht die Zigarette, ohne überhaupt hinzusehen. Seine Augen sind grau und klar wie Eisstückchen in einem Fluss, und es scheint ihm nicht im Geringsten peinlich zu sein, sie so anzustarren.

Die drei rauchen eine Weile. Lee würde gern den Arm ausstrecken und Antonio berühren, um zu sehen, ob noch einmal dasselbe passiert. Sie kann sich nicht auf ihren Smalltalk konzentrieren, also dreht sie den beiden den Rücken zu und geht zu einem der Bühnenbilder. Es ist aus Dupionseide und mit breiten Pinselstrichen bemalt, sodass es aussieht wie ein Wald. Zwischen den lockereren Strichen der Äste und Blätter sieht man hier und da ein paar detailgetreue Vögel. Ein Luftzug bringt die Seide zum Schwingen.

»Ich erinnere mich an dich«, sagt Antonio, der jetzt hinter ihr auftaucht. Erinnerungen an den Abend bei Drosso schießen ihr durch den Kopf.

»Du bist ein Freund von Poppy und Jimmy«, sagt sie.

»Ach, die. Nein, eigentlich nicht.«

Lee denkt an all die Drinks, die sie damals getrunken hat, um sich halbwegs locker zu fühlen, und um dazuzugehören.

»Ich hab Poppy danach noch mal gesehen«, erzählt Lee ihm. »Sie hat so getan, als würde sie mich nicht kennen. Ich weiß bis heute nicht, warum.«

»Ist vermutlich besser so. Sie zieht immer irgendeine Show ab.«

»Wie meinst du das?«

Antonio zuckt mit den Schultern. »Sie und Jimmy – irgendwas ist da faul. Ich hab das erst später gemerkt, aber letztendlich halte ich mich lieber fern von den beiden.«

Lee fragt sich, ob sie es waren, die ihre Kamera geklaut haben. Das einzig Wertvolle, das sie besaß. Als er aufgeraucht hat, sieht Antonio auf die Uhr. »Ist gleich so weit«, sagt er, und im nächsten Moment tauchen schon die ersten Tänzer und Bühnenarbeiter auf. Lee will gehen, aber Jean lockt sie mit dem Finger zum Vorhang. Es ist ein gewaltiges Teil, aus schwerem Samt, gesäumt von dichten Reihen geflochtener Fransen. Jean zieht ihn ein Stück auf und steckt den Kopf durch.

»Komm, das musst du dir ansehen«, sagt er, also geht Lee zu ihm, und sie tauschen Plätze. Sie schiebt nur das Gesicht durch den Stoff, sodass er sich wie ein schweres Kopftuch darum legt, und blickt in die noch menschenleere Oper, auf die im Schatten verborgenen Sitzreihen, flankiert von den hübschen, vergoldeten Logen. Eine erwartungsvolle Stille liegt über dem Saal. Wie es wohl wäre, auf dieser Bühne aufzutreten, geblendet vom Scheinwerferlicht, vor Hunderten von Leuten, die man nicht sehen kann, von denen man aber weiß, dass sie da sind? Das Orchester unter den Füßen spielen zu spüren? Lee lässt den Vorhang los und will noch einen Schritt vortreten, aber inzwischen ist es hinter der Bühne voller geworden. Zeit zu gehen.

Lee sieht sich nach Antonio um. Er steht in der Ecke und redet mit einem anderen Bühnenarbeiter, aber als sie zu ihm sieht, treffen sich ihre Blicke, und ein unerwartetes, teuflisches Grinsen erscheint auf seinem Gesicht, als hätten sie sich quer durch den Raum einen Witz erzählt. Als Lee zurücklächelt, zieht sich ein Band zwischen ihnen stramm.

Lee und Jean gehören zu den Ersten, die vor der Bühne sitzen. Sie beobachten, wie sich der riesige Saal um sie herum füllt, und sprechen über ihren Film und über das Ballett. Jean erzählt ihr alles, was er über die Aufführung weiß. Dann geht das Licht aus, und die Musik setzt ein. Die Tänzer und Tänzerinnen kommen auf die Bühne, ihre Beine und Arme wirken hart wie Marmor, bewegen sich im Tanz aber wie Bänder. Wie schön sie alle sind – Lee hat noch nie derart kraftvolle Körper gesehen, Männer und Frauen gleichermaßen, und während sie ihnen zusieht, laufen ihr Schauer über den Rücken. Fast so schön wie die Tänzer sind die Bühnenbilder, die sich mit einer Eleganz heben und senken, als tanzten sie selbst. Lee stellt sich Antonio oben im Gebälk vor, wie er mit seinem Körper die Szenerien bewegt, die er selbst erschaffen hat, die Räume und Landschaften, die er gezaubert und jetzt unter Kontrolle hat.

Fast verfällt sie in eine Art Trance. Sie sieht dem Ballett zu und fragt sich gleichzeitig, wie es sich anfühlen würde, von Antonio berührt zu werden, der nur aus Muskeln und Knochen besteht und selbst wie ein Tänzer aussieht. Die Luft im Opernhaus ist parfümgeschwängert, aber darunter riecht sie Antonios Tabak, sie hebt die Finger an die Nase, um ihn noch stärker zu riechen. Es hat ihr gefallen, wie sein Gürtel auf der Hüfte sitzt, wie groß er ist, wie seine Schenkel sich angespannt haben, als er von der Leiter sprang. Über die Bühne spaziert ein Paar, der Mann legt den Arm um die Taille der Frau und hebt sie mit einer Leichtigkeit über den Kopf, als würde er einfach den Arm ausstrecken. Als er sie sinken lässt, wickelt sie sich um seinen Körper. Nach all den Gedanken fühlt Lee sich durchgerüttelt wie die Seile hinter der Bühne, als Antonio daran heruntergesprungen ist.

Am Ende der Vorstellung steht das gesamte Publikum auf und ruft unter anhaltendem Applaus »Bravo! Brava!«, während das Ensemble immer wieder auf die Bühne kommt und sich verbeugt. Lifar hat es geschafft, sein Stück ist ein Erfolg. Jean applaudiert eine Weile und legt dann den Arm um Lee. Sie klatscht, bis ihr die Handflächen brennen.

KAPITEL VIERUNDZWANZIG

Als Lee am nächsten Morgen aufwacht, streckt sie im Bett die Hand nach Man aus. Ihre warmen Körper liegen nebeneinander unter der Decke. Seit sie bei dem Film mitmacht, haben sie sich nicht mehr geliebt, sie vermisst ihn, küsst ihn auf die Schulter und in den Nacken. Ihr Körper vibriert vor Sehnsucht. Man erwidert ihren Kuss, und Lee presst sich an ihn, aber sie spürt, dass er in Gedanken woanders ist. Sie auch: beim Ballett. Also erzählt sie ihm davon. Lifars erste Produktion. Was sie nicht erwähnt, ist Antonio, und dass sie immer noch seine Finger im Gesicht spürt, als er ihr die Zigarette an die Lippen hielt.

»Ich hab vergessen, wie gern du Tanz magst«, sagt Man. »Ich hätte längst mit dir hingehen sollen.« Er löst sich von ihr, steht auf und zieht das Hemd und die Hose an, die über dem Stuhl hängen. »Ich war so versunken in meine Malerei – dieses Bild laugt mich aus.«

»Schon gut«, sagt Lee. »Wir waren beide beschäftigt.«

Später steht Man barfuß auf der Matratze vor dem Gemälde von ihrem Mund. Das Bettzeug ist mit einer Plane abgedeckt. Lee sitzt in einem Sessel in der Ecke und betrachtet den umgekehrten V-Ausschnitt des Bildes zwischen seinen Beinen. Ein Stück Wolken, ein Tupfer von ihrer Unterlippe. Aus ihrer Position betrachtet, teilt sein Körper die riesige Leinwand in zwei.

Sie denkt immer noch an das Ballett. »Lass uns doch heute hingehen«, sagt Lee. »Komm mit.« Lee glaubt, das Feuer, das der Tanz in ihr entfacht hat, könnte auch ihn anstecken.

»Heute? Geht nicht«, erwidert Man. »Heute ist der Salon.«

Das hat Lee vergessen. Bretons großer Abend. Überall im Viertel hängen Plakate, auf denen die Namen der anwesenden Künstler im Halbkreis quer über das Papier laufen: DALÍ – ERNST – RAY – ARP.

»Muss ich da mit?« Lee sieht bisher noch nicht den Unterschied zwischen diesem Salon und den anderen abendlichen Treffen, zu denen Man in letzter Zeit geht und bei denen sie nie sicher ist, welche Rolle sie spielen soll: das schüchterne kleine Mädchen, die treue Geliebte oder den derben Wildfang. Sie hat alle ausprobiert, und keine scheint richtig zu passen, weder ihr noch ihm.

»Selbstverständlich! Alle sind da. Éluard will, dass seine neue Freundin aufgenommen wird – wie heißt sie gleich? Nusch? –, und Breton hat wohl schon zugestimmt. Das ist eine öffentliche Veranstaltung, keiner der üblichen Breton-Abende.«

»Okay, Nusch und Paul – wer noch?«

Man zählt die Namen an den Fingern ab. »Tristan, Soupault, Aragon. Höchstwahrscheinlich Tatjana, und Ilse Bing ... kennst du Ilse schon?«

Lee kann sich nicht erinnern. Mans engeren Bekanntenkreis kennt sie, aber bei den Nebenfiguren, die den wechselnden Beziehungen entsprechend kommen und gehen, steigt sie nicht mehr durch. Vor allem bei den Frauen nicht, deren Zutritt zu diesen Versammlungen davon abhängt, mit welchem Mann sie zurzeit verbandelt sind. Aber Tatjana hat Lee kennengelernt, die Blondine aus Moskau, deren Akzent klingt, als hätte sie einen Schwamm im Mund. Und sie mag Nusch, ein vogelartiges Mädchen, in das Paul Éluard seit kurzem verliebt ist.

Auf alle anderen Frauen aus Mans Umfeld kann Lee verzichten. Neulich hat sie ein paar von ihnen im Le Dôme getroffen. Sie hockten um einen Tisch wie Bussarde um das Aas. Lee zog einen Stuhl heran, aber niemand machte ihr Platz, also saß sie eine Weile am Rand, mit ihrem Martini auf den Knien, weil sie ihn nirgendwo abstellen konnte. Da wurde Lee bewusst – was sie jetzt auch Man erzählt –, dass die anderen sie nicht mögen, weil sie zu hübsch ist, sie schüchtert sie ein, alle bis auf Tatjana, die selbst eine gewisse majestätische Schönheit verkörpert.

Man schüttelt den Kopf. »Die waren wahrscheinlich so reserviert, weil du ihnen erst mal eine Runde hättest ausgeben müssen.«

»Das kann ich mir nicht leisten!«, sagt Lee empört.

»Das glauben die aber, und das ist das Entscheidende. Außerdem – eine Runde kostet doch wirklich nicht die Welt.«

Wie immer ist Lee genervt von seinem lockeren Umgang mit Geld. »Na gut, weswegen auch immer, sie mögen mich nicht, und ich weiß nicht, was ich dagegen tun soll. Und ich weiß auch nicht, warum ich etwas dagegen tun sollte.« Lee schmollt.

»Natürlich mögen sie dich. Jeder mag dich. Éluard liebt dich. Außerdem zeigt Breton heute Abend einen Film von mir. Ich will, dass du ihn siehst.«

»Einen Film? Ich denke, damit hast du aufgehört.«

»Einen alten. Aus meinen Dada-Zeiten. Aber als ich ihn damals gezeigt habe, waren alle so betrunken, dass ich ihn inzwischen genauso gut als surrealistisch verkaufen kann. Merkt ja keiner.« Man lächelt.

Lee steht auf, streckt sich und geht ins Bad. Vor dem Spiegel dreht sie eine unbeholfene kleine Pirouette. Sie wünschte, sie könnte noch mal in die Garnier gehen.

In der Galerie sind Klappstühle und ein Projektor aufgebaut. Als Man und Lee eintreffen, ist der Raum mehr als zur Hälfte gefüllt. Die Leute klatschen, als Man reinkommt. Er winkt bescheiden und sichert ihnen zwei Plätze in der Mitte. Zwei Dichter laufen vor dem Projektor auf und ab und werfen während ihres Vortrags verzerrte Schatten an die Wand. Der Raum ist voller Qualm, Menschen und gedämpftem Gerede, man kann kein Wort von der Lesung verstehen, niemand scheint sich auch nur im Geringsten für die beiden zu interessieren. Lee entdeckt Fraenkel – sie erkennt ihn immer an seinem kleinen Schnauzer –, er sitzt in der Ecke, liest Zeitung und schlägt hin und wieder eine große Kuhglocke an.

Nach einer Weile verstummt das Publikum. Auf der Bühne steht Philippe Soupault, ein ungestümer, knochiger Kerl, dem Lee schon ein paarmal bei ähnlichen Veranstaltungen über den Weg gelaufen ist. Er verbeugt sich affektiert, schließt die Augen und beginnt seinen Vortrag.

»Ganz gleich, ganz gleich,
Tierkekse
Der Teller lief fort mit dem Halbblut.
Alles war Rattern
Klipp klipp klappern
Die Braut
Ein Bräutigam
Raum
Raum
Raum
Ich nahm den Salat von der Wand
Und aß ihn.«

Jemand aus den mittleren Reihen wirft eine zusammengeknüllte Papierkugel nach ihm, sofort buhen und pfeifen alle. Lee wundert sich, dass die Leute es nicht mögen. Das Gedicht klingt für sie im Grunde wie die meisten anderen surrealistischen Sachen, die sie gehört hat, in ihren Ohren alles ein großes Kauderwelsch. Soupault lässt sich nicht beirren und macht weiter, bis Tristan ihn schließlich von der Bühne holt. Für kurze Zeit passiert gar nichts, und als kurz darauf ein Stück Film durch den Projektor raschelt, beruhigt sich das Publikum wieder. Tristan kündigt Mans Film an, *Le Retour à la Raison*, dann erscheinen die ersten Bilder an der Wand. Silhouetten von Schrauben und Zangen. Die Vorderseite eines Bugattis mit den blinzelnden Augen einer Frau anstelle der Scheinwerfer. Wieder Werkzeug, Scheren und Hämmer, schwarz vor weißem Hintergrund. Revolutionär und schräg wie alle seine Sachen. Ein paar Leute, die anfangs noch ruhig waren, husten und rutschen auf ihren Stühlen herum. Stuhlbeine scharren über den Boden. Allgemeine Unruhe bricht aus. Man sitzt angespannt neben ihr.

Er beugt sich zu ihr und flüstert: »Sie verstehen es nicht.« Lee nimmt seine Hand. Sie würde es ihm zwar nie sagen, aber in Wirklichkeit versteht sie es auch nicht. Es kommt ihr vor, als würde sie im Studio sitzen und einen Stapel Fotos durchblättern. Vielleicht soll es auch genau das sein. Lee wird ganz heiß vor Scham. Sie will, dass die Leute den Film toll finden. Dass sie Man toll finden.

Plötzlich erklingt das Geräusch von reißendem Zelluloid. Man springt auf und läuft zu Breton, der neben dem Projektor kniet und die Hand über die Filmrolle hält, damit der Streifen sich nicht weiter abrollt. Das Gemurmel wird immer lauter. Die Leute lehnen sich entspannt zurück oder fangen an, mit dem Hintermann zu reden. Lee sieht sich um, ob sie jemanden kennt. Ein paar Reihen weiter sitzen die Mdiwanis, in Knickerbockern. Lee hat sie seit der Party bei Patou nicht mehr gesehen und beschließt, sie im Blick zu behalten, falls sie mit Man sprechen. Sie fragt sich, ob Man weiß, dass sie da sind, und ob er sie noch einmal getroffen hat, seit er ihr von ihnen erzählt hat.

Tatjana trägt einen adretten Hut mit Schleier und einem ausgestopften kleinen Vogel darauf. Als ihre Blicke sich begegnen, nicken sie sich zu. In der Reihe hinter ihr sitzt Claude Cahun, in ihrem schwarzen Anzug mit roter Fliege sieht sie normaler aus als sonst. Ihre Nachbarin ist eine dunkelhaarige Frau mit einer kleinen Kamera um den Hals. Ihr Haar ist kurz, ähnlich wie Lees, und sie hat ein Muttermal im Nacken, genau in der Mitte, direkt über dem Kragen ihres weißen Leinenkleids. Die Frau kommt ihr bekannt vor, und jetzt fällt Lee ein, dass sie in der letzten Ausgabe von *Das Illustrierte Blatt* ein Foto von ihr mit einer Leica gesehen hat. Das muss Ilse Bing sein, die Frau, die Man vorhin erwähnt hat. Auf dem Foto – und auch jetzt, als sie sich umdreht und das Publikum inspiziert – strahlt sie eine berechnende Intelligenz aus, und Lee ist fast so begeistert von ihr wie von ihrer teuren Kamera.

Sie will gerade aufstehen und Tatjana Hallo sagen, als der Film wieder läuft. Man steht zusammen mit Breton ganz vorn. Dieselben Bilder erscheinen, Werkzeuge und eine karge Landschaft, aber diesmal reden die Leute einfach leise weiter, während der Film läuft. Man lässt den Blick durch den Raum schweifen, aber er wirkt nicht verärgert, eher neugierig. Lee fragt sich, ob irgendwer – einschließlich Man – ihr erklären könnte, worum es in dem Film geht.

Als es vorbei ist, erklingt vereinzelter Applaus. Man scheint eine Art Diskussion zu erwarten, ein paar Fragen vielleicht, aber Tristan ruft nur von hinten, es sei an der Zeit, in die Galerie zu gehen, also steht das Publikum auf und wechselt geschlossen in den nächsten Raum. Ein paar von ihnen klappen die Stühle zusammen, um Platz zu machen. Jemand stellt Weinflaschen hin, worauf sich sofort eine Gruppe von Leuten um den Tisch schart. Lee entdeckt Man auf der anderen Seite des Raums, beschließt aber, sich etwas zu trinken zu holen, und steht kurz darauf in der Schlange hinter Ilse und Claude.

Lee hat Claude seit ihrer Ausstellung nicht mehr gesehen, und über Mans Kreise hat sie erfahren, dass Claude im Sommer zusammen mit ein paar Malern in den Süden gefahren ist und sich in Antibes ein Studio eingerichtet hat. Das Küstenklima hat ihr gutgetan. Ihre Wangen sind nicht mehr so blass, und sie hat sich die Haare wachsen lassen und sieht aus wie ein stylischer kleiner

Junge. Claude steht ganz dicht an Ilse, und als sie sich langsam in der Schlange vorwärtsschieben, haken sie sich unter und flüstern geheimnistuerisch. Lee bemerken sie erst, als sie ihren Wein haben. Claude beugt sich vor, sodass Lee ihren heißen Atem am Ohr spürt. »Kommst du auch heute Abend?«

Lee ist nicht sicher, was Claude meint. Sind sie nicht schon da? »Ja«, antwortet sie.

Ilse mustert Lee von oben bis unten, sagt dann: »Gut« und kneift ihr in die Nase. Bevor Lee reagieren kann, sind die beiden weg, und Lee bekommt ein randvolles Glas Wein in die Hand gedrückt.

In der Galerie sieht Lee sich die Kunst an. Am besten gefällt ihr Dalís Gemälde *Die Anpassung der Begierden*, vor dem sich eine Schlange gebildet hat. Es ist relativ klein, weiße klobige Formen an einem Strand, mit Löwenköpfen, einem Toupet, Ameisen und Muscheln darauf. Die Formen erinnern Lee an Schamlippen und die rote Farbe an Menstruationsblut, beides erregt und schockiert sie. Sie weiß von Man, dass Dalí das Bild für Gala gemacht hat, Éluards Noch-Ehefrau, und sie weiß auch, dass seine Entstehung mit dem Ende der Ehe zusammenfällt. Lee fragt sich, wie es sich für Éluard anfühlt, das Bild hier hängen zu sehen, zumal es praktisch eine Verbildlichung ihrer Untreue ist. Lee an seiner Stelle wäre extrem gekränkt, denkt sie, aber dann sieht sie Éluard bestens gelaunt mit seiner neuen Freundin Nusch im Arm. Sie wirkt ebenso unbeschwert, obwohl sie von dem Drama um das Bild wissen dürfte. Gala selbst ist nicht da, andererseits konnte Breton sie noch nie leiden. Dalí wird ein Stück weiter von mehreren Männern umringt, unerreichbar, mit wildem Haar und zu wütenden Spitzen gewachstem Schnurrbart. Lee kippt ihren Wein runter und holt sich einen neuen.

All diese Menschen, jeder Einzelne mit seinem persönlichen Drama. Das letzte Jahr über hat Lee sich bemüht, sie kennenzulernen – anfangs, weil sie hungrig nach ihrem Ruhm war und dazugehören wollte. Und dann, weil Man sie kannte. Mit der Zeit verwandelten sie sich von einschüchternden Gestalten in echte Menschen, mit denselben Macken und Schwächen wie jeder andere auch. Und jetzt ist Lee ein Teil von ihnen. Das ist ihre Welt, ob es ihr gefällt oder nicht. Sie hat das Gefühl, akzeptiert zu werden, wenn auch widerwillig und nur, weil sie Mans Freundin ist. Ganz anders als bei Jeans Filmcrew, wo sie sich sofort wohlgefühlt hat. Vielleicht, weil sie da völlig unbelastet ankam. Keiner in der Gruppe hatte ihr gegenüber irgendwelche Vorurteile. Dort war sie nicht Mans Freundin – sondern eine Schauspielerin, die genauso hart arbeiten musste wie alle anderen auch.

Lee wünschte, sie könnte jetzt bei Jean im Studio sein und nicht hier. Sie schließt die Augen und sitzt wieder hinter der Bühne mit der Flasche Brandy. Als sie dort war, dachte sie an Man. Jetzt ist sie bei Man und denkt an das Filmset. Lee kann nicht glauben, dass sie erst gestern bei Jean war und danach das Ballett gesehen hat – und Antonio.

Sie muss aufhören, über Dinge zu grübeln, die sie an Antonio erinnern. Also sieht sie sich noch ein bisschen in der Galerie um. Max Ernst zeigt seine Waldbilder, Farbe gemischt mit Metall und Stöcken. Von Hans Arp gibt es eine Skulptur und ein merkwürdiges Bild, das Lee gefällt, schwarze und weiße aus Holz geschnittene Formen, zufällig nebeneinandergestellt. Vielleicht benehmen diese Leute sich nicht immer anständig, aber hier in der Galerie, mit ihren wunderbaren Werken an den Wänden, fällt Lee wieder auf, dass sie ihre Kunst ernst nehmen und wirklich Talent haben. Wenn ihre Fotos nur auch hier hängen würden. Sie hat es sich schon so oft vorgestellt, aber was hat sie eigentlich bisher dafür getan? Die meisten Leute hier wissen wahrscheinlich nicht mal mehr, dass sie Fotografin ist – und dass sie es genauso ernst meint wie sie.

Allmählich wird sie melancholisch, also nimmt sie noch einen Schluck Wein, der billig und furchtbar schmeckt, wie aus Rosinen. Am anderen Ende steht Man mit Soupault und Tristan, und als er merkt, dass Lee zu ihm herübersieht, winkt er sie zu sich. Als sie näherkommt, streckt er die Hand nach ihr aus. Erleichtert stellt sie sich neben ihn und entspannt sich.

Gegen zehn stehen überall Gläser, umgekippte Flaschen haben klebrige rote Flecken auf dem Holzfußboden hinterlassen, die Luft ist feucht. Niemand kümmert sich mehr um die Kunst. Die Leute haben sich zu kleinen Gruppen zusammengeschlossen, die Arme umeinander gelegt, die Unterhaltungen werden undeutlicher. Nach fünf Drinks lehnt Lee an Man, der ihr geistesabwesend über den Arm streicht. Die Ersten sagen Gute Nacht, die Reihen lichten sich, und irgendwann sind nur noch etwa zwei Dutzend Gäste da. Breton nutzt die Gelegenheit, klatscht in die Hände und erklärt die Schau für beendet. Als Man Lee auf die Wange küsst, fragt sie: »Und jetzt?«

»Trinken wir weiter, schätze ich«, erwidert er und drückt sie ein bisschen fester.

Ein paar Nachzügler gehen noch, dann schließt Breton die Tür. Der Rest der Gruppe geht hoch in die Privaträume über der Galerie. Oben am Ende der Treppe steht Soupault, er hat die Augen verbunden und eine große Holzkiste in den Händen. Das muss es sein, was Claude und Ilse meinten, der wichtige Teil des Abends.

»Pfänderspiel!«, ruft Soupault. Lee muss fast lachen. Das hat sie seit dem Internat nicht mehr gespielt, als sie und die anderen Mädchen sich nach dem Licht-Ausmachen versammelten, ihren wenigen Schmuck in eine Schachtel warfen, und um den Pfand wieder einzulösen, irgendwelche albernen Aufgaben erfüllen mussten, zum Beispiel etwas Vergammeltes essen oder das Haus des Rektors mit Eiern bewerfen.

Auf der Treppe bildet sich eine Schlange, während die Leute überlegen, was sie in die Kiste tun. Wertsachen – eine Krawattennadel, eine Taschenuhr – werden bejubelt, anderes – ein billiger Schildplattkamm, ein Paar Würfel – ausgebuht. Ein Stück vor ihr steht Tatjana, die ihren hübschen Hut abnimmt und vorsichtig in die Kiste legt. Ein Autor, dessen Name Lee nicht einfällt, holt einen Elfenbeinfüller aus der Tasche und wirft ihn hinein. Claude zieht ihren schweren Siegelring vom Finger. Lee trägt selten Schmuck, sie hat nur eine Haarspange, die sie in die Kiste legt, als sie an Soupault vorbeikommt. Sie rechnet mit höhnischen Bemerkungen, stattdessen hört sie nach ein paar Schritten Lachen und begeistertes Gejohle. Das gilt jedoch nicht ihr. Als Lee sich umdreht, sieht sie, wie Ilse die Leica über den Kopf zieht und an ihrem Kleid herumfummelt. Lee denkt erst, sie will die Kamera abgeben, aber dann hakt Ilse ihren BH auf, schlängelt die Arme durch die Halter, und lässt ihn auf den Haufen fallen.

Oben setzen sich alle in einem großen Kreis auf den Boden, Soupault und die Kiste in der Mitte. Eine Whiskyflasche geht herum. Als sie bei Lee ankommt, umschließt sie den Hals mit den Lippen und legt den Kopf in den Nacken. Sie genießt das erdige Brennen in der Kehle und, in einem vom Alkohol befeuerten Anfall von Großmut, auch die Leute und das unbeschwerte Zusammensein, dass sie jetzt hier genauso mit ihnen trinkt wie neulich mit den anderen am Filmset. Sie ist entspannt, hat die Beine locker übereinandergeschlagen und die Schuhe ausgezogen. Man sitzt links neben ihr, rechts Breton, und als der Whisky schon weitergewandert ist, greift Breton in sein Jackett und zaubert einen Flachmann hervor, den er ihr mit verschwörerisch hochgezogenen Augenbrauen reicht. Lee nimmt einen Schluck. Was immer in der Flasche ist, es ist noch besser als der Whisky.

Soupault lässt seinen Blick durch den Raum schweifen und stellt sich dann die Kiste auf den Schoß. Er schaut kurz hinein, bevor er eine Fliege herauszieht. »Ich habe hier eine Seidenfliege, die vor etwa zwanzig Jahren in Mode war«, verkündet er unter leichtem Gelächter. »Sie ist blau mit weißen Streifen und riecht nach dem Gardenienparfüm einer gewissen Person.« Wieder Gelächter, auch Nusch lacht, hält sich dann aber die Hände vors Gesicht.

Paul Éluard sagt mit aufgeknöpftem Kragen: »Das ist natürlich meine. Was muss ich machen?«

Soupault reibt sich das Kinn. »Geh mit Nusch in die Stadt.«

Daran erinnert Lee sich auch noch von einer Geburtstagsfeier, als sie mit Johnny Whiting, einem Jungen von einem benachbarten Hof, *in die Stadt gehen* sollte. Jedes Mal, wenn er ihr eine Frage stellte, musste sie einen Schritt auf ihn zugehen, wobei seine Fragen so einfach wie möglich waren, damit sie schneller bei ihm war und er sie küssen konnte. Sein Atem roch nach den Gurkenbroten, die sie vorher gegessen hatten.

Éluard lacht. »Das ist zu leicht.«

»Ich dachte, wir fangen mal leicht an«, erklärt Soupault.

Éluard nickt, Nusch und er stehen auf und stellen sich in einer Entfernung von etwa zweieinhalb Metern gegenüber auf. Eine Weile sehen sie sich nur an. »Magst du Regen?«, fragt Éluard.

»Ja«, sagt sie. Nusch ist klein und zierlich und ganz in Schwarz gekleidet. Sie trägt ein Spitzentuch im Haar und hat den Blick gesenkt. Ihre Stimme hat etwas Reines, Ehrliches, das die trunkene Ausgelassenheit im Raum wegwischt. Sie gehen einen Schritt aufeinander zu.

»Magst du T. S. Eliot?«, säuselt sie.

»Ja.« Wieder ein Schritt.

Soupault steht auf und klatscht in die Hände. »Ich nehme es zurück. Das ist tatsächlich zu leicht. Ab jetzt stelle ich die Fragen. Paul, magst du Salvador?«

»Nicht besonders«, sagt Éluard, woraufhin quer durch die Reihen Gelächter ertönt. Weder Éluard noch Nusch rühren sich.

»Nusch, findest du, Paul sieht gut aus?«

»Ja«, flüstert sie, und sie treten einen Schritt vor.

»Paul, gehst du gern mit Nusch ins Bett?«

Kurze Pause. »Ja.« Noch ein Schritt. Sie stehen nur noch einen Fußbreit auseinander.

»Nusch, hat Paul dir einen Heiratsantrag gemacht?«

Nusch antwortet nicht, aber sie gehen den letzten Schritt aufeinander zu und küssen sich, Paul hebt sie hoch, und für kurze Zeit herrscht eine betretene Stimmung im Raum, als wäre die Szene nicht für ihre Augen bestimmt, aber dann jauchzt jemand, und alle fangen an zu klatschen. Éluard setzt Nusch wieder ab und hebt die Arme in die Luft wie ein Boxchampion, beide nehmen wieder im Kreis Platz. Lee schiebt die Hand über den Boden, bis sie Mans berührt, und sieht dem anderen Paar zu, das jetzt Arm in Arm dort sitzt. Ihre deutliche gegenseitige Anziehung hebt sie ein wenig vom Rest der Gruppe ab. Als Lee Man einen Blick zuwirft, lächelt er und drückt ihre Hand.

Soupault schleudert Éluard die Fliege rüber und wühlt wieder in seiner Kiste. Diesmal holt er Tatjanas Hut hervor. »Ich habe hier ein wunderbares Exemplar eines russischen Damenhutes. Dieses elegante Kleidungsstück ziert normalerweise den Kopf von niemand Geringerem als …«

Tatjana hebt die Hand.

»Tata, du musst André Lippenstift auftragen, mit verbundenen Augen!«, ruft jemand, und alle lachen, während sie aufsteht, sich die Augenbinde umlegt und Breton mit einem Lippenstift, den ihr jemand reicht, einen dicken rosafarbenen Mund um den echten herum malt.

Die Nächsten kommen dran, und die Aufgaben werden merkwürdiger. Max Ernst bastelt aus Zeitungspapier ein Outfit für Fraenkel, der sich bis auf die Unterhose ausziehen muss, und bindet es ihm mit Paketschnur um. Der Autor, an dessen Namen Lee sich nicht erinnert, läuft mit einer Kartoffel zwischen den Schenkeln durch den Raum. Ein Mann muss dreißig Minuten lang auf dem Schoß eines anderen sitzen.

Währenddessen ist die Flasche ein paarmal bei Lee vorbeigekommen, und sie fühlt sich nicht mehr nur warm und locker, sondern ein bisschen benommen, als würde sie schweben. Sie schließt die Augen und wünscht sich ein Glas Wasser. Bald ist sie dran, und sie fragt sich, was sie wohl machen muss, wenn Soupault ihre Haarspange aus der Kiste zieht.

Die Zusammensetzung des Kreises hat sich inzwischen verändert, und als Lee jetzt die Augen öffnet, sitzt sie auf einmal neben Ilse.

»Was hältst du von dem Abend hier?«, fragt Ilse und zeigt in die Runde.

Lee blinzelt ein paarmal, um besser sehen zu können. »Ich gehe mal davon aus, das ist alles Spaß, oder?«

»Spaß. Ja. Weißt du, dass ich auch gern etwas ausstellen wollte und André Nein gesagt hat?«

»Oh, das wusste ich nicht.« Der Whisky lässt die Worte wie Murmeln aus ihrem Mund rollen.

»Natürlich wusstest du es nicht. Woher auch?« Ihr Tonfall ist scharf. »*Du*. Claude hat mir alles über dich erzählt.«

Was kann Claude ihr gesagt haben? Lee sieht zu Claude, die mit einer Zigarre zwischen den Lippen auf dem Boden liegt und Ringe in die Luft bläst.

Als Lee nicht antwortet, fährt Ilse fort. »Meine Fotos sind gut. Sie sind genauso gut wie die von jedem anderen hier, und André sieht sie sich nicht mal an. Muss ich einem Mann erst einen blasen, damit er sich meine Sachen anguckt?«

Ilse starrt sie an. Lee weiß nicht, was sie sagen soll. »Ich hab keine Ahnung ... tut mir leid, dass er dich nicht mitmachen lassen wollte«, sagt sie schließlich.

»Es tut dir leid. Allen tut es leid. André wird es auch leidtun. Claude und ich machen unsere eigene Ausstellung.«

»Das freut mich für euch.« Im selben Augenblick weiß Lee, dass es gelogen ist. Sie spürt, wie die Eifersucht ihre Fühler nach ihr ausstreckt.

»Weißt du«, fängt Ilse wieder an, »als ich hergezogen bin, hab ich alles aufgegeben. Mein Studium, meine Familie. Ich hab nur noch das« – sie zeigt auf ihre Kamera –, »und als ich nach Paris kam, dachte ich: Ich sollte andere Frauen kennenlernen. Wir könnten uns gegenseitig helfen. Und dann hab ich von dir gehört und dachte, wir könnten uns vielleicht zusammentun. Dass du vielleicht Interesse hättest, etwas mit mir zusammen zu machen und den ganzen Männern hier zu sagen, verpisst euch. Aber ich seh dir jetzt schon an, dass du keine Lust dazu hast.«

Lee richtet sich auf und versucht, den Alkoholnebel wegzuwischen. »Woher willst du das wissen?«

Ilse zuckt mit den Schultern. »Du – du bist wie ein hübsches Stück Glas, mit deinen hübschen Augen und deinem hübschem Gesicht, aber mehr auch nicht. Einfach nur klar und durchsichtig.«

Lee ist völlig perplex. »Du kennst mich doch überhaupt nicht.«

»Ich weiß, dass Kiki dir eine runtergehauen hat. Die Story kennt inzwischen jeder. Ich kann's ihr nicht verübeln. Sie muss dich hassen, nachdem du ihr Man Ray ausgespannt hast.«

»Sie hasst dich wirklich«, meldet sich Claude von unten. Lee hat gar nicht mitbekommen, dass sie zuhört.

Lee zittert. »So war das gar nicht«, erwidert sie, aber Ilse hat sich schon abgewendet und flüstert Claude etwas ins Ohr. Lee versucht vergeblich, zu verstehen, was sie sagen.

Kiki und jetzt Ilse – diese Frauen sind schlimmer als die Männer. Mit Männern kann Lee wenigstens umgehen, sie kann mit ihnen flirten und sie dazu bringen, das zu tun, was sie will. Bei diesen Frauen hier ist das ganz anders. Sie verurteilen sie, bevor sie überhaupt mit ihr gesprochen haben.

Soupault steht wieder auf. Er hält etwas Glitzerndes hoch. »Ich habe hier eine dreieckige Spange. Diamanten, vielleicht, aber« – er nimmt die Spange zwischen die Zähne – »wahrscheinlich nicht.«

Lee kommt hoch, noch ganz aufgewühlt von dem Gespräch mit Ilse, und sagt laut: »Ich. Was muss ich machen?«

»Oho!«, ruft Soupault. »Madame Man Ray.«

Wie immer wünschte Lee, sie würden sie nicht so nennen. Éluard steht auch auf, die Fliege hängt ihm schief um den Hals, die beiden Männer tuscheln kurz und lachen dann. Man sitzt inzwischen gegenüber. Lee merkt ihm an, wie betrunken er ist, zumal er schon halb auf dem Boden zusammensackt.

Nach einer kurzen Kunstpause verkündet Éluard endlich: »Wir würden gern von dir wissen, ob Man Ray homosexuell ist.«

Betrunkenes Geschrei und Pfiffe. Man rappelt sich hoch. Sämtliche Blicke sind auf ihn und Lee gerichtet, die Leute warten auf eine Reaktion. Lee hat keine Ahnung, was sie tun soll, und um die Anspannung zu lösen, sagt sie: »Kann ich nicht einfach mit einer Kartoffel durch den Raum laufen?«

Sie erntet ein paar Lacher, aber Éluard schüttelt den Kopf und wiederholt die Aufforderung.

Es ist nicht das erste Mal, dass Homosexualität ein Thema ist. Als sie bei Tristan waren, haben die Männer sich auch darüber unterhalten. In der Gruppe sind sie eitle, ängstliche Gockel. Lee denkt, vielleicht sollten sie sich alle mal gegenseitig durchvögeln, dann haben sie es wenigstens hinter sich. Es widert sie an, wie kindisch sie sich über die eigenen Sehnsüchte lustig machen. Auch Man, der immer noch dasitzt, widert sie plötzlich an. Warum fragen sie *ihn* das nicht? Lee ist nicht sein Sprachrohr. Und was erwartet Man von ihr? Sie kennt sein Geheimnis – was er mit den Mdiwanis gemacht hat, die zum Glück nicht mehr da sind. Zum Glück für Man. Aber was Man ihr im Schlafzimmer erzählt hat, geht nur sie beide etwas an, um nichts in der Welt würde sie sein Vertrauen enttäuschen. Also wird sie Nein sagen und dann quer durch den Raum gehen und ihn küssen, und danach wird der Abend weiterlaufen wie bisher. Weil es niemanden hier etwas angeht, wen Man wie oder warum geliebt hat. Es geht sie nichts an, wie er sie liebt, wie anders er ist, wenn sie zu zweit sind. Aber bevor sie den Mund aufmachen kann, kommt Man hoch und geht auf Éluard zu. Spucketröpfchen glitzern im Licht, während er brüllt:

»Solche Gerüchte existieren nur, weil ich in meinem Studio niemanden diskriminiere. Du bist eine Hure und willst dich fotografieren lassen? Du bist ein Junkie? Ich fotografiere dich. Kein Problem.«

»Das beantwortet nicht die Frage«, antwortet Éluard heiser. »Bist du homosexuell?«

Mans Blick ist wirr, er hat eine Flasche in der Hand, nimmt einen kräftigen Schluck und wischt sich den Mund am Ärmel ab. »Ich antworte mit einer Gegenfrage. Wenn ich schwul wäre, wie würdest du dann Beweisstück A erklären?« Er zeigt auf Lee, sämtliche Blicke folgen ihm. Ilse prustet vor Lachen.

Lee wird wütend. Man hat die Arme ausgebreitet wie ein Wanderprediger, eine Hand umklammert die Weinflasche. Seine Klamotten sind zerknittert, und an der Hose klebt ein langer Streifen Staub. Sein Blick weicht ihr aus. Sie merkt, dass es ihm peinlich ist, aber irgendetwas scheint ihn gepackt zu haben, dass er mit diesem komischen männlichen Gehabe ankommt. Sie ist fast noch wütender als an dem Abend mit Kiki.

Plötzlich steht Claude auf und stampft mit dem Fuß auf den Holzfußboden. Alle sind sofort bei der Sache. »Ihr alle«, die Worte klingen gedehnt, »ihr seid so verdammt langweilig.« Sie drückt die Zigarre in einem Weinglas aus und schlendert dann rüber zur Tür, wo sie sich noch mal umdreht, mit der einen Hand auf ihren Bizeps schlägt und die andere zu einer obszönen Geste hebt. Dann verschwindet sie die Treppe hinunter.

Einen Moment lang herrscht Stille, bis Aragon das Wort ergreift: »Ich hab sie schon immer gemocht«, und alles in trunkenes Gelächter ausbricht.

Danach scheint niemand mehr großes Interesse an ihrem Spiel zu haben. Jemand legt eine Schallplatte auf, die Nadel quietscht über den Schellack, bevor das Lied erklingt. Nusch und Paul fangen an zu tanzen, andere kommen dazu, aber Lee und Man stehen einfach nur da und mustern einander kritisch. Schließlich reißt Lee ihm die Flasche aus der Hand, nimmt einen kräftigen Schluck und zuckt zusammen, als der schwere Wein ihr durch die Kehle rinnt.

»Beweisstück A?«, sagt sie und verschränkt die Arme vor der Brust.

»Nicht hier, Lee.«

»Nicht *hier?*«

Man streckt die Hand nach ihr aus und hält dann inne. »Tut mir leid«, sagt er, so leise, dass sie ihn kaum hören kann.

»Was denn genau?« Lee zeigt im Raum umher. »Das alles hier?« Die Wut ist langsam verebbt, aber genauso wenig gefällt ihr das neue Gefühl, das stattdessen entsteht, die Kluft, die sich zwischen ihnen auftut.

Lee dreht sich um und läuft los. Währenddessen macht jemand das Licht aus, und in der Dunkelheit klingt die Musik lauter. Der dünne Holzboden dröhnt unter all den stampfenden Füßen. Lee könnte gehen – das wäre das zweite Mal innerhalb von zwei Wochen, dass sie ohne ihn geht – oder bleiben. Sie betrachtet die Schatten der tanzenden Gestalten um sich herum. Direkt vor ihr tanzt Ilse allein, sie scheint nur aus Gliedmaßen zu bestehen. Lee stößt mit dem Fuß eine leere Flasche beiseite, sodass sie über den Boden poltert, legt Ilse eine Hand auf die schweißnasse Hüfte und zieht sie an sich. Während sie zusammen über die Tanzfläche gleiten, fährt Lees Hand von Ilses Rücken hoch zum Nacken, dort, wo der Haaransatz sauber über der weichen Haut rasiert ist. Aus Neugier, nicht aus Begehren. Seit sie gestern im Ballett war, denkt Lee anscheinend nur noch daran, wie es sich anfühlt, den Körper eines Fremden zu spüren, und Ilse zu halten, verschafft ihr jetzt das Gefühl, zumindest in gewisser Hinsicht das Kommando zu übernehmen und dieser Frau zu zeigen – ihr, Man und allen anderen auch –, dass man mit ihr rechnen muss.

Als das Lied endet, lösen sie sich voneinander, und als das nächste beginnt, kommt ein Mann – Aragon, oder vielleicht der Schriftsteller, Lee kann ihn nicht richtig erkennen – auf Ilse zu. Sie wirft Lee noch einen Blick zu, tanzt dann aber mit ihm.

Lee tanzt eine Weile allein. Man beobachtet sie von irgendwoher. Sie wirbelt herum und entdeckt ihn in der Ecke. Als sie auf ihn zugeht, erklingt »Puttin' on the Ritz«. Lee findet das Lied lächerlich, aber es ist ihr egal: Sie tanzt, während Man ihr zusieht, und sie weiß genau, dass er gern zu ihr käme, sich aber nicht sicher ist, ob sie das auch will. Lee weiß es selbst nicht genau, andererseits fühlt es sich so normal an, mit ihm zusammen zu sein. Als also das nächste, langsamere, Lied beginnt, zieht sie ihn zu sich, und sie bewegen sich gemeinsam.

Sie tanzen mehrere Minuten oder auch Stunden – daran kann sie sich später nicht mehr erinnern. Alles ist vom Whisky umnebelt, es bleiben emotionale Momentaufnahmen und unzusammenhängende Geräuschfetzen. Spätnachts, fast schon am Morgen, stolpern Lee und Man zur Tür. Vor der Treppe versperrt ihnen Ilse den Weg, sie raucht mit einer langen silbernen Zigarettenspitze. Als sie an ihr vorbeidrängen, kommt Lee ganz nah an Ilses Gesicht und packt sie am Arm. »Du irrst dich«, sagt sie. »Ich hätte mit dir gearbeitet.«

Ilse zieht ihre magere Schulter hoch. »Vielleicht«, sagt sie.

Während sie die Stufen hinuntersteigen, sieht Lee sich um: Ilse steht über ihnen. Sie hat ihren BH nicht wieder angezogen, ihre Brustwarzen werfen spitze Schatten durch das dünne Leinenkleid. Auf ihrem Gesicht liegt ein hartes, stolzes Lächeln.

KAPITEL FÜNFUNDZWANZIG

Am nächsten Morgen dröhnt Lee der Kopf, und ihr Mund ist trocken wie Watte. Sie steht vor Man auf, setzt sich in die Küche und nippt an einem Glas Wasser. Eindrücke der vergangenen Nacht schießen ihr durch den Kopf – die Bilder in der Galerie, Claudes Rauchringe, Mans peinlicher Auftritt, Nusch und Paul, Ilses Haare –, gemeinsam ist diesen zerstückelten Erinnerungen das Gefühl des Versagens, als wäre alles ein Test gewesen, den Lee nicht bestanden hat. Am meisten ärgert sie das Gespräch mit Ilse und Claude, und dass die beiden sie als ein leeres Nichts sehen, als bloße Begleiterin von Man.

Am liebsten würde sie wieder ins Bett kriechen und sich die Decke über den Kopf ziehen. Sie will, dass Man aufsteht, dass er sieht, wie es ihr geht, und sich um sie kümmert. Noch besser wäre es, wenn sie wieder zu Hause in ihrem Kinderbett läge und ihr Vater brächte ihr Tee mit Milch und Zucker.

Aber heute ist ihr letzter Drehtag, und nach einem zweiten Glas Wasser und einer trockenen Scheibe Toast reißt Lee sich zusammen, zieht sich an und bricht auf zum Set. Man liegt immer noch im Bett, er hat sehr viel mehr getrunken als sie, es ist also eher gnädig von ihr, ihn in Ruhe zu lassen, und, ehrlich gesagt, will sie auch gar nicht mit ihm reden. Weil sie dann nämlich auch darüber sprechen müssten, was gestern während des Spiels passiert ist, und über den Streit, den sie deswegen fast hatten. Sie hinterlässt ihm eine Nachricht auf dem Tisch, an der üblichen Stelle. Und unterschreibt nach kurzem Zögern mit *Alles Liebe, L.*

Der Dreh verläuft reibungslos. Sie wiederholen eine Schlussszene, in der ein Schutzengel einem Falschspieler ein Herz-Ass aus der Tasche zieht, und Lee verwandelt sich in die Statue und läuft durch Kunstschnee, ohne Fußspuren zu hinterlassen. Als sie das aufwendige Kostüm zum letzten Mal abnimmt, denkt sie, dass sie es vermissen wird, auch wenn es so unbequem war.

Am Ende bleiben Lee, Enrique und noch ein paar andere bei Jean, bis alles erledigt ist und das Set abgeschlossen wird. Nach und nach verabschieden sie sich, bis nur noch Lee und Jean übrig sind. Als Jean die Tür zuschließt, will keiner von beiden gehen.

Jean hat einen Flug nach Rom gebucht, wo er glaubt, sich besser auf den Schnitt konzentrieren zu können. Enrique bleibt hier. Vielleicht funktioniert ihre Beziehung nicht außerhalb der Inselwelt des Filmstudios. Als Jean sich von Lee verabschiedet, wirkt er traurig und abgehärmt.

»Pass auf dich auf, Maus«, sagt er.

»Melde dich, wenn du wieder in Paris bist.«

»Natürlich. Und du bist eine der Ersten, die den Film zu sehen bekommt.« Lee umarmt ihn und stellt überrascht fest, dass sie Tränen in den Augen hat. Sie kann nicht fassen, dass sie nur zwei Wochen hier war. Es fühlt sich an, als wären Monate vergangen, seit sie zum ersten Mal herkam.

»Ah – das hätte ich fast vergessen.« Jean wühlt in seiner Jackentasche, bis er eine kleine Visitenkarte findet. *Madame Anna-Letizia Pecci-Blunt* steht in geprägter Serifenschrift darauf, darunter eine Adresse am Trocadéro. »Kennst du sie?«, fragt er.

Ob Lee Madame Pecci-Blunt kennt? Jeder kennt sie, zumindest dem Namen nach. Sie ist eine der reichsten Frauen von Paris, gehört quasi zur königlichen Familie und ist irgendwie mit dem Papst verwandt. »Nicht persönlich, wenn du das meinst.«

»Ich bin mir nie sicher, wen du kennst. Sie macht jedes Jahr eine große Party. Ganz Paris geht da hin. Ich hab sie neulich erst getroffen, und da meinte sie, dass sie dieses Jahr einen weißen Ball machen will. Einen Bal Blanc. Alles in Weiß. Die Deko, die Gäste. Wie ein Geist, die vollkommene Reinheit. Es soll ein unvergesslicher Abend werden, und sie hat mich gefragt, ob ich hier helfen könnte. Da ich nicht kann, habe ich dich empfohlen.«

»Mich?«

Jean schnaubt ungeduldig. »Ich habe ihr die Adresse von Man Rays Studio gegeben. Aber deinen Namen. Wenn sie anruft, solltest du mit ihr sprechen. Das kann deine Chance sein, falls du das willst. Mit so etwas im Portfolio könntest du mehr Jobs bekommen und vielleicht dein eigenes Studio aufmachen. Ich habe dich in den höchsten Tönen gelobt.«

»Wirklich? Ich wusste nicht mal, dass dir meine Sachen gefallen.« Als sie ihm im Studio ihre Fotos gezeigt hat, war ihr das ähnlich peinlich wie anfangs bei Man. Sie wollte auch nicht, dass Jean sie sich zu genau ansah, als könnte er sie als die Blenderin entlarven, für die sie sich selbst immer noch hält.

»Maus, aber natürlich. Das weißt du hoffentlich selbst, aber du bist wirklich gut. Ob du so gut bist, wie du in ein paar Jahren sein wirst? Bestimmt nicht. Aber du hast das gewisse Etwas. Ich hatte es auch, und jetzt sieh dir an, was aus mir geworden ist. In diesem Business musst du mutig sein. Solange du nur anderen hilfst, kommst du nicht weiter. Du musst einen Mäzen finden. Das ist die einzige Möglichkeit. Meine Million Francs – die hab ich vom Vicomte. Ohne ihn gäbe es keinen Film.«

Diese Zahl hört Lee zum ersten Mal. Sie ist beeindruckt. Aber vor allem freut sie sich, dass Jean glaubt, sie habe Talent. »Was soll ich denn für Madame Pecci-Blunt machen? Fotografieren?«

»Pass auf. Du triffst dich mit ihr. Nachdem ihr euch vorgestellt habt, fragst du, ob du sie Mimi nennen darfst – damit seid ihr auf Augenhöhe. Du hörst dir an, was sie zu sagen hat. Sie erklärt dir ihr Konzept. Geister, Weiß, Reinheit. Du sagst, ›Was Sie da vorhaben, klingt wirklich unglaublich spannend. Ich hätte schon einen Haufen Ideen – ich weiß gar nicht, wo ich anfangen soll.‹ Dann lässt du sie weiterreden, bis du ungefähr weißt, was sie will. Diese Leute – die denken immer, sie wollen einen talentierten Künstler engagieren, aber in Wirklichkeit wollen sie das Gefühl haben, es sei ihre eigene Idee gewesen. Und egal, wie albern ihr Konzept ist, du nimmst es und machst etwas Sinnvolles daraus. Vielleicht kannst du ... keine Ahnung ... vielleicht sollen sich alle weiß anziehen und müssen weiße Sonnenschirme haben oder dieselbe weiße Maske tragen. Oder du gibst ihnen weiße Farbe, und sie sollen alles weiß anmalen. Dir fällt bestimmt was ein.«

Jean schlingt sich den Schal um den Hals und küsst sie auf beide Wangen. Lee hält die Karte in der Hand, betrachtet die verzierte Schrift und stellt sich ihr Treffen mit Madame Pecci-Blunt vor, so, wie Jean es beschrieben hat. Es fällt ihr nicht schwer, sich auszumalen, wie sie die reiche Dame beim Tee in angenehmer Umgebung selbstbewusst mit ihrem Charme verzaubert. Das Bild gefällt Lee. Sie bedankt sich bei Jean, umarmt ihn und legt die Wange an seinen weichen Mantel. So stehen sie eine Weile da, dann macht er sich auf den Nachhauseweg. Lee blickt ihm kurz nach, sie muss in die andere Richtung, zum Boulevard Raspail. Während sie die Karte zwischen den Fingern reibt, läuft sie los.

Es ist ein milder Herbstabend, die Sonne geht erst allmählich unter und taucht alles in warmes gelbes Licht. Lee beschließt, einen Umweg zu gehen, vorbei an der Sorbonne und am Panthéon, dessen Säulenfassade bereits im Schatten liegt. Zurück am Montparnasse biegt sie in eine Seitenstraße, in der sie noch nie war, und an der Ecke Rue Victor Schoelcher und Rue Victor Considérant entdeckt sie im Erdgeschossfenster eines schmalen Hauses ein kleines Schild: STUDIORAUM ZU VERMIETEN: ANFRAGEN BITTE DIREKT IM HAUS. Lee bleibt stehen und versucht, etwas durch die Scheibe zu erkennen, aber es ist zu dunkel. Die Fenster sind groß, fast bodentief, sie stellt sich vor, wie der Raum wohl aussieht und was sie daraus machen könnte. Genau wie bei der Party, die sie vielleicht bald gestaltet, würde sie alles weiß streichen: Boden, Decke, Wände. Sie hätte eine weiße Couch und einen weißen Stuhl. Und wenn die Nachmittagssonne hineinschiene, würde der Raum leuchten wie eine Kerze, und die Kunden, die sie fotografierte, würden buchstäblich im besten Licht dastehen, die Augen ganz klar und die Haut glatt und cremig. An der Tür würde ein kleines Schild hängen, ganz schlicht und diskret. Drei Worte: LEE MILLER STUDIO.

Sie geht weiter, und als sie zu Hause ankommt, hat sich der Himmel purpurrot gefärbt. Man ist im Schlafzimmer und malt. Seine Haare sind zerzaust, und bevor er sie bemerkt, senkt er den Kopf und fährt mit den farbverschmierten Händen hindurch. Lee räuspert sich, woraufhin er sich mit erleichtert und gleichzeitig besorgt wirkender Miene zu ihr umdreht.

»Ich hab dich nicht reinkommen gehört. Seid ihr fertig mit Drehen?«

»Ja, das war's. Jean fährt jetzt nach Rom.«

»Wahrscheinlich will er sich der Muse nähern.«

Lee lächelt widerwillig, sie geht zum Bett und lässt sich auf die Matratze fallen. Man verliert fast das Gleichgewicht und wirft ihr einen mürrischen Blick zu. Lee betrachtet sein Bild. Die Leinwand ist jetzt komplett bemalt.

Bevor sie etwas sagen kann, ergreift er das Wort: »Ich hab noch mal Lautréamont gelesen. Als ich jung war, hat mich vor allem der Teil angesprochen, in dem es darum geht, von zu Hause wegzugehen und die Vergangenheit hinter sich zu lassen, aber jetzt sehe ich noch etwas anderes darin. Ich hab es erst heute Morgen begriffen: Das sind nicht nur deine Lippen. Es sind die Saphir-Lippen von Maldoror. Die Versuchung. Der Teufel. Aber auch deine Lippen. Ich will, dass der Betrachter beides miteinander verbindet.«

Man hat Lee das Gedicht von Lautréamont irgendwann mal gezeigt – sie fand es schrecklich, hat es ihm aber nicht gesagt. In ihren Augen sie ist es reine Onanie, nichts als Gewalt, blutiger Sex und Zerstörung. Was er daran findet – offenbar finden es alle toll, zumindest seine Freunde, Soupault hat sogar immer ein zerfleddertes Exemplar in der Manteltasche –, ist ihr ein Rätsel.

»Interessante Idee«, sagt Lee. »Ich finde das Bild aber eher sinnlich. Ich sehe da keine Gewalt.«

Man steigt von der Matratze, geht zur Kommode und holt ein zerlesenes Buch. Er blättert die Seiten durch.

»Hier ist es«, sagt er. »Das habe ich heute gelesen, als du weg warst. Ich lese es dir vor.«

Zwei nervöse Schenkel preßten sich eng an die klebrige Haut des Ungeheuers wie zwei Blutegel; und Arme und Schwimmflossen um den Körper des geliebten Gegenstandes geschlungen, umfingen sie einander in Liebe, während ihre Kehlen und ihre Brüste bald nur noch eine einzige meergrüne Masse mit Algengeruch bildeten; inmitten des weiter tobenden Orkans; beim Leuchten der Blitze; die Gischt der Wogen als Hochzeitsbett, von der unterirdischen Strömung wie in einer Wiege davongetragen, den unbekannten Tiefen des Abgrunds entgegenstürzend, vermählten sie sich in langer, keuscher und grauenhaft häßlicher Paarung! ... Endlich hatte ich eine gefunden, die mir ähnlich war! ... Von jetzt an stand ich nicht mehr allein im Leben! ... Sie dachte genau so wie ich! ... Ich war meiner ersten Liebe begegnet!

Beim Lesen wird Man immer schneller, und als er fertig ist, schaut er erwartungsvoll zu Lee. Das ganze Gedicht widert sie an. Es ist genau wie alles andere Böse und Dunkle auf der Welt, und wenn sie so etwas hört, bringt sie das nur an ihre eigenen dunklen Abgründe, und da will sie nicht hin.

Auf dem Gemälde über ihr schwebt ihr roter Mund friedlich am Wolkenhimmel. Lee bringt das Bild beim besten Willen nicht mit dem düsteren Schiffswrack aus dem Gedicht zusammen. Schließlich sagt sie: »So siehst du mich also? Als eine Art ... Ungeheuer?«

Man geht zur Wand und zeigt auf das Bild. »Nein, natürlich nicht. Dein Mund ist dein Mund. Aber der Teufel aus dem Gedicht steckt da auch drin. Das Gute und das Böse. Schmerz und Freude.«

Sein Blick wirkt fiebrig, ein bisschen wie letzte Nacht. Lee steht auf und geht zum Schminktisch, sie kämmt sich mit der Bürste die Haare und drückt die Borsten so hart auf ihre Kopfhaut, dass es wehtut.

»Ich mag das nicht. Dass du mich für so was benutzt.« In der Dämmerung sieht ihr Gesicht im Spiegel aus wie eine bleiche Kugel, wie eine der weißen Formen am Strand auf Dalís Gemälde.

»Ich hätte gedacht, du würdest dich geschmeichelt fühlen. Dieses Bild – ganz ehrlich, ich glaube, das ist das Beste, was ich je gemacht habe.«

»Meinst du, Salvador hat das auch zu Gala gesagt, als er das Bild von ihr gemalt hat?«

Man scheint verwirrt über den Themawechsel. »Das gestern Abend in der Galerie?«

»Ja. Hast du es gesehen? Ich fand es ziemlich gut. Sehr atmosphärisch.« Lee will ihn nur provozieren – er hasst es, wenn sie andere Künstler lobt.

»Das kann man nicht vergleichen.«

»Meinst du den künstlerischen Wert, oder wie Salvador Gala benutzt hat und du mich? Du hast mir doch selbst erzählt, dass er es gemalt hat, um sie Paul auszuspannen. Und man erkennt ganz klar Elemente von ihr darin. Ich sehe also nicht, worin der Unterschied bestehen soll. Vor allem will ich aber sagen, dass du mich nicht benutzen und mir dann erzählen sollst, ich sei ein Ungeheuer.«

»Ich *benutze* dich nicht, Lee. Du inspirierst mich. Das weißt du.«

Lee hält sich die Bürste wie ein Mikrofon vor den Mund. »Und hier haben wir Beweisstück A«, verkündet sie. »Die Frau, die Man Ray zu seinem wichtigsten Werk inspirierte.«

Mans Miene nimmt einen wissenden, fast herablassenden Ausdruck an. »Ah. Darum geht es. Ich war betrunken. Ich musste Paul zum Schweigen bringen. Immerhin hat es funktioniert. Tut mir leid, wenn ich dich gekränkt habe.«

»Das hast du, in der Tat.«

Wie so oft, wenn Man merkt, dass Lee tatsächlich wütend ist, verändert sich seine Haltung. Er kommt zu ihr, nimmt ihr die Bürste ab und schließt sie in die Arme.

»Lee, mein Schatz. Es tut mir leid«, flüstert er. »Das waren nur Worte. Du weißt doch, was ich für dich empfinde.«

Sie lässt sich von ihm halten. Einen Moment lang stellt sie sich seine Arme als die Tentakel aus Lautréamonts Gedicht vor, wie sie nach ihr greifen, während sie auf den Grund des stürmischen Meeres sinken. Ihr Puls geht schneller. Dann schüttelt sie den Kopf, um sich auf das zu konzentrieren, was vor ihr ist. Man. Ihr Man, der sie liebt. Er küsst ihren Nacken, hinter dem Ohr, wie sie es gern mag, und das Bild verschwindet. Lee lässt sich in seine Arme sinken. Er riecht vertraut und beruhigend, nach Terpentin und Pfeifentabak und nach Vetiver aus dem Eau de Cologne von gestern. In seinen Armen verlieren das Gedicht und die letzte Nacht an Bedeutung: Es sind alles nur Worte.

Nach einer Weile lässt er sie los und geht zu seiner Palette. Er nimmt einen Pinsel und taucht ihn in rote Farbe. »Komm her«, sagt er.

Er gibt ihr den Pinsel und steigt zusammen mit ihr auf die Matratze. Als er auf einen Abschnitt ihrer Unterlippe zeigt, streckt Lee den Arm aus und zieht den Pinsel über die Leinwand, erst zögerlich, dann entschlossener. Das Rot verpasst einem dunkleren Bereich ihres Mundes einen Hauch Helligkeit. Seit sie in Paris ist, hat sie keinen Pinsel mehr in der Hand gehalten.

»Wegen Lautréamont«, sagt er. »Ich bin das Ungeheuer, du bist die Versuchung. Das habe ich gemeint. Der Teil, den ich dir vorgelesen habe, dass man sich nicht mehr so allein fühlt, wenn man jemanden findet, der einem ähnlich ist, das soll das Bild rüberbringen.«

Lee malt weiter. »Verstehe.«

»Ich verliere immer ein bisschen den Verstand, wenn du nicht da bist«, sagt er lachend. »Das fließt dann in meine Fantasie. Und du warst viel weg in letzter Zeit.«

»Na ja, wie gesagt, der Film ist fertig. Ich gehöre wieder ganz dir.«

»Gott sei Dank.«

»Ja.« Lee hüpft vom Bett und nimmt neue Farbe auf den Pinsel. »Wie soll das Bild heißen?«

»Es heißt *Die Liebenden*.«

»Hat zumindest nichts Teuflisches«, sagt Lee und steigt wieder aufs Bett. Eine Weile malen sie zusammen. Sie steht mit dem Gesicht so dicht vor der Leinwand, dass sie nur noch ihre Lippen sieht.

KAPITEL SECHSUNDZWANZIG

Nachdem die Dreharbeiten beendet sind, gehen Lee und Man in den alten Rhythmus über. Die vertraute Arbeit tut ihr gut. Wenn ab und zu ein Kunde kommt, wird Lee wieder zur Assistentin, baut Scheinwerfer auf, holt Reflektoren und tauscht die Abdeckplanen aus, bevor Man sich ans Werk macht. Manchmal schlägt sie vor, den Ausschnitt zu verändern, und er ist fast immer einverstanden. Sie merkt, dass er nicht mit dem Herzen dabei ist, was meistens daran liegt, dass er viel Zeit mit seiner Malerei verbringt.

Einmal sagt Man nach dem Shooting: »Lee, kannst du das Geld von Miss DuBourg kassieren?«

»Jetzt?« Lee ist überrascht. Normalerweise stellen sie die Rechnung erst lange, nachdem die Kunden die Bilder haben.

»Ja. Nur für die Studiozeit. Den Rest berechnen wir, wenn sie alles bekommen hat.«

Peinlich berührt erklärt Lee der Kundin, sie müsse um direkte Bezahlung bitten. Miss DuBourg reagiert sichtlich irritiert, zieht aber ihr Scheckheft aus der Handtasche, kritzelt den Betrag hin und reicht Lee mit spitzen Fingern den Scheck.

Als sie weg ist, geht Lee ins Büro und gibt ihn Man. »War das wirklich nötig?«, fragt sie.

Er fährt sich mit den Händen durchs Haar und hustet. »Ich stecke finanziell ein wenig in Schwierigkeiten«, sagt er. »Nichts

Schlimmes, aber wir müssen mehr Aufträge an Land ziehen, am besten etwas Festes.«

Lee denkt an die letzte Abrechnung. »Wir haben noch diverse Außenstände, das meiste sollte gegen Ende des Monats kommen, und mit dem Katalog für Patou …«

»Patou hat die Zusammenarbeit beendet.«

»Wirklich? Warum?«

»Sie nehmen jemanden aus dem Haus. Blumenfeld. War ja abzusehen.«

Lee verzieht das Gesicht. »Ich hasse seine Bilder.«

»Ich weiß. Ich auch. Es steckt keine Energie in ihnen, nichts Provokantes. Die Models könnten sich genauso gut selbst fotografieren, während sie in den Spiegel gucken.«

»Das wäre tatsächlich interessanter.«

Man lacht, aber dann verdüstert sich seine Miene wieder. »Ich brauche einen großen Auftrag – einen Rothschild oder Rockefeller, der ein Porträt haben will. Aber ich fürchte, in diesen Kreisen bin ich nicht mehr gut im Rennen. Wenn ich den Philadelphia-Preis gewinne, würde es wahrscheinlich wieder besser laufen.«

»Kann ich mir die Bilder ansehen, die du einschicken willst … oder dir bei den Texten helfen? Bei deinem Essay hat das doch gut geklappt …«

Man starrt auf den Scheck. »Ich weiß nicht. Ich hab mich noch nicht entschieden, was ich einreichen will. In der Zwischenzeit wäre es am hilfreichsten, wenn du nachschauen könntest, ob uns noch jemand Geld schuldet.«

Lee denkt an die Karte von Madame Pecci-Blunt. Sie hatte vor, auf Jean zu hören und niemandem davon zu erzählen, vielleicht besteht die Möglichkeit, die Sache allein durchzuziehen. Aber der Moment ist zu perfekt, sie kann nicht anders.

»Tja«, sagt Lee, lächelt vielsagend und geht zu ihrer Handtasche. »Sie ist vielleicht kein Rothschild, aber sieh mal hier.« Sie gibt Man die Karte.

Er liest sie und schüttelt verwirrt den Kopf. »Woher hast du die?«

»Von Jean.«

»Will sie sich fotografieren lassen?«

»Nein. Anscheinend gibt sie jedes Jahr eine Party und sucht nach einem Künstler, der ein denkwürdiges Ereignis daraus macht. Jean kann nicht, also hat er es weitergegeben.«

»Ich hätte nicht gedacht, dass Cocteau mir jemals einen Gefallen tun würde«, meint Man.

Lee nimmt ihm die Karte wieder ab und steckt sie ein. »Ich glaube, er tut *mir* einen Gefallen.«

»Hmm.«

Lee wartet darauf, dass er noch etwas sagt, und da nichts kommt, fährt sie fort. »Jean hat ihr meinen Namen genannt« – das Wort *meinen* betont sie ganz leicht –, »ich hoffe also, dass sie demnächst anruft.«

Ein Lächeln tritt auf sein Gesicht. »Oh, das ist gut. Das ist sogar sehr gut. Wenn wir eins können, dann diese Party interessant machen. Ich hab so was schon mal für die Wheelers gemacht – hab ich dir davon erzählt? Sie haben eine Dinnerparty gegeben, und ich habe Skulpturen für den Tisch entworfen und Filmmaterial abgespielt, als nach dem Essen getanzt wurde.« Er steht auf und läuft durchs Zimmer, während er redet, schnappt sich irgendwelchen Kram, der rumsteht, und stellt ihn dahin, wo er hingehört, so wie häufig, wenn er in Fahrt ist. Es ist die einzige Gelegenheit, bei der er aufräumt.

»Jean meint, wir können eine Menge Geld dafür nehmen«, sagt Lee. »Wir sollen einfach sagen, wie viel wir wollen.«

»Wir werden aristokratische Preise verlangen – das kann ich dir sagen.«

Lee lacht. »So, so, aristokratische Preise! Und wie hoch sind die derzeit?«

»Hoch genug, dass ich den Voisin nicht verkaufen muss.«

Lee ist überrascht, ihn das sagen zu hören, auch wenn es natürlich Sinn machen würde. Sie fahren ihn kaum, und ihn einfach in der Garage stehen zu lassen, verursacht nur unnötige Kosten. Andererseits würde sie sich ungern davon trennen. Sie denkt an die Fahrt nach Biarritz, wie der Wind ihr den Schal wegriss und auf der Haut kribbelte, wie die Landschaft an ihr vorbeizog, gerahmt vom offenen Wagenfenster. Sie wünscht sich so sehr, jetzt wieder dort zu sein, in der Sonne zu liegen und aufs Meer zu blicken. Oder im Cabaret zu sitzen, die Knie an seine gepresst, mit einer Flasche Wein, während ihre Unterarme sich auf dem kleinen Tisch berühren. Aber dann wird ihr bewusst, dass sie dieses Gefühl genauso gut hier in Paris haben könnte, dass ihr Glück nichts Unwiederbringliches ist.

Sie will sich gemeinsam mit ihm an Biarritz erinnern. Allein der Gedanke daran löst ein wenig die Anspannung der letzten Wochen, als sie die ganze Zeit am Filmset und von ihm getrennt war, und jetzt nach dem Streit in der Galerie, zu dem es letztendlich nicht kam, obwohl das immer noch in ihr gärt. Aber offensichtlich ist Man in Gedanken woanders.

»Da fällt mir ein … Arthur Wheeler hat heute Morgen angerufen«, sagt er und rückt einen Stapel Zeitschriften auf dem Schreibtisch zurecht.

Lee wartet darauf, dass er weiterspricht. Sie ist den Wheelers erst einmal begegnet, als Tanja zu Besuch war. Arthur macht irgendwelche Geschäfte – Man äußert sich immer nur vage dazu, woher sein Geld kommt –, aber immerhin weiß Lee, dass die Wheelers einen Großteil von Mans experimentelleren Projekten finanziert und ihn auf mehrere Reisen mitgenommen haben, unter anderem nach Italien und an die Côte d'Azur, wo seine besten Arbeiten entstanden sind.

»Offenbar hat es sie schwer getroffen – Arthur zieht sich jetzt aus dem Ölbusiness zurück. Und er hängt mir immer noch in den Ohren wegen eines zweiten *Emak Bakia*.«

»Aber du hast ihm gesagt, du willst das nicht, richtig?«

»Es war ein bisschen komplizierter. Er war leicht verstört, um genau zu sein. Jedenfalls kann ich mich nicht mehr auf sie verlassen, so viel ist klar. Ob Film oder nicht Film. Ich bin nicht mal sicher, ob sie überhaupt noch etwas von mir finanzieren würden, selbst wenn ich es machen würde. Was ich nicht vorhabe.«

Man geht zur gegenüberliegenden Wand und rückt einen Bilderrahmen gerade, der jedes Mal wieder schief hängt, wenn sie die Tür auf- oder zumachen. Lee denkt zum hundertsten Mal, dass sie ein bisschen Kitt besorgen und hinter den Rahmen kleben muss. Es gibt so viel in dieser Art zu tun, und sie hat keine Lust, sich um irgendetwas davon zu kümmern. Manchmal überfordert es sie, was im Studio und zu Hause alles anliegt, das ganze alltägliche Zeug. In Biarritz gab es so etwas nicht, und auch nicht an Jeans Filmset, wo alles nur vorübergehend war. Wenn sie jetzt Man durch den Raum gehen und Dinge ordnen sieht, hat sie plötzlich das dringende Bedürfnis, hier rauszukommen. Sie will weder über die Wheelers reden noch über den Crash oder darüber, den Voisin zu verkaufen.

»Lass uns etwas unternehmen. Lass uns ins Ballett gehen«, sagt sie. »Das wollte ich doch schon die ganze Zeit, und heute Abend haben wir nichts vor.«

Man schüttelt den Kopf. »Manchmal bist du wie ein Kind«, sagt er, klingt dabei aber freundlich. »Ich erkläre dir, dass wir kein Geld haben, und du sagst, wir sollen ins Ballett gehen.«

»Aber wir können doch hinten sitzen. Die Karten kosten nicht viel.«

»Ich sitze nicht *hinten*«, erwidert Man. Aber nach kurzem Gegrummel gibt er nach, und sie gehen nach Hause, um sich umzuziehen.

In der Wohnung ändert er auf einmal seine Meinung. Er ist müde. Er mag keinen Tanz – das weiß sie. Er will einfach einen ruhigen Abend mit ihr verbringen. Er vermisst sie, er will mit ihr an einem Tisch sitzen und in Ruhe eine Kleinigkeit essen.

Das ist aber nicht das, was Lee vorschwebt – essen gehen ist das Einzige, was sie noch machen. Sie sind wie ein altes Ehepaar, in jeder Hinsicht, nur nicht rechtlich gesehen. Und mit dem kleinen Zusatz, dass von ihnen beiden nur Man alt ist. Letztendlich willigt sie ein, es lohnt sich nicht, wegen etwas derartig Banalem zu streiten. Wenn sie ihn zwingt, mit ihr ins Ballett zu gehen, würde er sich sowieso nur auf seinem Sitz winden und dauernd auf die Uhr gucken, wie immer, wenn er sich langweilt. Und wie immer macht ihn Lees Einlenken glücklich, seine Laune wird sofort besser, und damit auch ihre.

Er nimmt ihre Hand. »Lass uns in das Bistro im Vierten gehen, von dem ich dir erzählt habe. Das Hähnchen da ist köstlich.«

Sie überlegen, ein Taxi zu nehmen, entscheiden sich dann doch dagegen und freuen sich über die kleine Sparmaßnahme. Schweigend laufen sie in Richtung Bistro, ein Spaziergang von etwa zwanzig Minuten. Der eisige Wind fährt Lee unter den Mantel und durch das dünne Kleid, sie spürt das kalte Metall des Strumpfhalters auf der Haut. Von ihrer guten Laune ist nicht mehr viel übrig. Sie weiß nicht, was sie sagen soll, und vergleicht ihre jetzige Stimmung mit der Zeit bei Jean, wie seine ansteckende Energie sie jedes Mal aufgeheitert hat. Der Gedanke an ihn bringt sie aufs Ballett, und im nächsten Moment denkt sie an Antonio, und wie sie sich darauf gefreut hat, seine Bühnenbilder zu sehen und zu wissen, dass er dort oben hinter der Bühne sitzt.

Trotz der Kälte wird ihr heiß im Gesicht. Sie hält den Blick auf den Bürgersteig gerichtet. Es ist alles ganz normal. Das sind nur Gedanken. Bevor sie mit Man zusammenkam, hat sie dauernd an andere Männer gedacht. Der Unterschied ist nur, *was* sie jetzt denkt: Antonios Schwanz in ihr. Blaue Flecken von seinen Händen an ihren Beinen. Ihr Make-up verschmiert, seine Finger in ihrem Mund. Sie kann es regelrecht spüren. Wenn Man sie jetzt beobachtete, würde er es ihr mit Sicherheit ansehen. Sie hält den Kopf still und starrt stur geradeaus.

»Wir gehen ein andermal ins Ballett«, sagt Man, obwohl sie nichts dergleichen erwähnt hat.

Lee zieht geräuschvoll die Luft ein. Hat er ihre Gedanken gelesen? »Ist schon okay«, bringt sie hervor. »Ich dachte nur, es könnte dir gefallen.«

»Oh, vielleicht.« Er klingt abschätzig. »Du kennst die Hintergründe nicht, weil du noch nicht lange genug in Paris lebst. Rouché will, dass das Ballett wieder eine größere Rolle spielt, deshalb hat er Lifar engagiert. Lifar kriegt das womöglich auch hin. Aber warum *Prometheus?* Die Musik ist ein einziges oberflächliches Geträllere. Ich hätte einen stärkeren Einstieg von ihm erwartet. *Giselle,* vielleicht. Oder etwas Mutigeres. *Le Sacre du Printemps.*«

»Keine Ahnung.« Lee versucht, sich auf das neue Thema einzulassen. »Ich kann es nur mit dem vergleichen, was ich in New York gesehen habe.«

»Um den Erfolg zu beurteilen, brauchst du keinen Vergleich. Es sollte für sich selbst stehen. Lifar ist Tänzer, und ein ziemlich guter. Das bedeutet aber nicht zwangsläufig, dass er auch ein guter Choreograf ist. Es ist, als wenn ... ach, ich weiß nicht ... als wollte Amélie plötzlich Fotografin werden.«

Sie sind gerade in eine andere Straße eingebogen. Lee bleibt mitten auf dem Bürgersteig stehen.

»Willst du mich beleidigen?«, fragt sie und zieht ihren Arm weg.

Man sieht sie erstaunt an. »Was? Nein! Damit warst doch nicht du gemeint.«

»Du meinst also nur allgemein, ein Model könne keine gute Fotografin sein?«

Man lacht kurz auf. »Es geht nicht immer um dich, Lee.«

»Auch nicht dann, wenn es *genau* um mich geht?«

Man stöhnt und legt seine Hände auf ihre Schultern. »Das Ballett ist wahrscheinlich gut. Wir sehen es uns an. Du bist eine gute Fotografin. Ich liebe dich. Ich bin hungrig und müde, ich will nur diesen Laden finden und mich mit dir hinsetzen und entspannt ein Glas Wein trinken.«

Sie gehen weiter und weiter, bis Man irgendwann zugibt, dass das Bistro vielleicht nicht mehr existiert. Da sie inzwischen einen Mordshunger haben, gehen sie in ein anderes Lokal, wahrscheinlich schicker, als Man geplant hatte, und kaum sitzen sie, wuseln mehrere Kellner mit Weinkarten und Servietten um sie herum und ordnen ihre Gedecke neu. Beide bestellen Huhn – Man hat ihr Appetit darauf gemacht –, das zu ihrer Enttäuschung lauwarm und zu wenig gesalzen ist.

Sie essen schweigend. Lees Gedanken drehen sich im Kreis. Antonio. Mans Bemerkung über Amélie. Sie würde am liebsten nachbohren, als wäre Man ein entzündeter Zahn, den sie nicht in Ruhe lassen kann. Oder ihm vielleicht einen kleinen Schrecken einjagen – ihm erzählen, was in ihrem Kopf vorgeht, dass er nicht alles für sie ist. Sie beißt von ihrem Huhn ab und fragt sich, was er tun würde, wenn er wüsste, woran sie auf dem Weg hierher gedacht hat.

Stattdessen sagt sie: »Tristan hat lange keine *221* mehr rausgebracht.«

Man kaut und schluckt, sein Adamsapfel hüpft auf und ab. »Ich weiß. Geldsorgen. Wie wir alle.«

»Meinst du, er macht noch mal eine?«

»Kann ich nicht sagen. Heikles Thema. Ich bin jedenfalls definitiv nicht in der Lage, sie mitzufinanzieren.« Man legt die Gabel weg und reibt sich die Hände, als würde er sie waschen.

»Und meine Bilder?«

Er sieht sie fragend an.

»Meine Bilder. In der Zeitschrift.«

Man lässt den Kopf sinken. »Lee«, sagt er. »Das ist nicht der richtige Zeitpunkt, Tristan um einen Gefallen zu bitten.«

Lee wartet, dass er weiterspricht, sich entschuldigt. Als nichts kommt, sagt sie: »Ich dachte, du hättest ihn schon gefragt. Und mir war auch nicht klar, dass es ein Gefallen ist.«

Man knurrt irgendwas vor sich hin, lacht dabei und hält sich die Hände vors Gesicht. »Es ist kein *Gefallen*. Das hab ich nicht so gemeint. Ich hab nur ... ich muss gerade über vieles nachdenken. Wenn du in letzter Zeit da gewesen wärst, wüsstest du das.«

Er ist fertig mit seinem Huhn. Obwohl es nicht gut war, hat er aufgegessen. Die Knochen sind komplett abgenagt und liegen ordentlich am Tellerrand. Lee schneidet unbedacht Stücke aus der Mitte. Ihr ist egal, wie viel dabei übrig bleibt.

»Mir ist etwas eingefallen«, sagt Man. »Du hast doch heute Nachmittag gefragt, wie du mir helfen könntest? Neulich hab ich George Hoyningen-Huene im Le Bœuf sur le Toit getroffen. Er arbeitet für die *Vogue* und meinte, die Models, mit denen er arbeitet, würden ihn langweilen. Er will etwas Neues, Modernes. Da dachte ich natürlich an dich.«

Lee lehnt sich auf ihrem Stuhl zurück. »Ich hab dir doch gesagt, dass ich nicht mehr modeln will.«

»Oh, ich weiß. Aber sie zahlen wirklich sehr gut. Und du hast ja gefragt, wie du helfen könntest.«

»Ich wollte ... Was ist mit dem Bal Blanc? Sollen wir Madame Pecci-Blunt anrufen? Du meintest doch, wir könnten ein Vermögen verlangen.«

Lee fragt sich, ob er ihr den Frust anhört, oder ob seine eigenen Sorgen ihre übertönen. Sie will nicht wieder modeln, und das weiß er. Sollte er jedenfalls.

»Die Party ist in sechs Wochen«, sagt Man. »Das Geld sehen wir erst nächstes Jahr, wenn wir Glück haben. Hoyningen-Huene sucht *jetzt* jemanden. Wie wäre es damit: Ich rufe Madame Pecci-Blunt an, und du schaust bei der *Vogue* vorbei. Sieh es dir einfach mal an. Er soll übrigens wirklich gut sein. Könnte nett werden.«

»Wie wäre es damit: *Ich* rufe Madame Pecci-Blunt an.«

»Denkst du nicht, es wäre besser, wenn ich das mache?«

Lee legt die Gabel weg und verschränkt die Arme. »Jean hat *mich* empfohlen. Er sagte außerdem, sie wolle mit einer Frau arbeiten, ich denke also, ich sollte anrufen. Ich werde ihr erklären, dass wir beide zusammenarbeiten.«

Das mit der »Frau« stimmt nicht, aber Lee geht davon aus, dass Man nichts dagegen sagen kann. Er trommelt mit den Fingern auf den Tisch. »Ich denke, ich sollte sie anrufen«, erklärt er schließlich. »In unserer beider Namen. Ich stelle uns als Team vor.«

Lee denkt darüber nach. »Gut. Aber dann will ich auch ein Team *sein*. Ich komme zu allen Treffen mit, und ich bin am Konzept beteiligt. Und ich will, dass mein Name auf dem Papier neben deinem steht.«

»Darauf habe ich keinen Einfluss.«

»Du solltest es zumindest versuchen. Wir nennen es eine Man-Ray-Lee-Miller-Produktion oder so ähnlich.«

Man nickt und nimmt mit einem Stück Baguette den letzten Rest Bratfett auf. »In Ordnung«, sagt er.

Auf dem Heimweg besteht Lee darauf, irgendwo einen Drink zu nehmen, in der Hoffnung, den Abend doch noch ein bisschen zu genießen. Sie gehen in eine Bar, in der sie noch nie waren. Das Publikum besteht hauptsächlich aus Männern, die aussehen, als wollten sie dort Geschäfte abschließen. Lee kippt den ersten Martini runter und bestellt per Handzeichen einen zweiten, bevor Man seinen ausgetrunken hat. Während der Gin sie wärmt, sieht sie sich unter den Gästen um und sucht in jedem etwas, das sie an Antonio erinnert: die Art, wie einer seinen Seidenschal um den Hals trägt, wie die Haare auf dem Kragen liegen oder wie jemand mit gespreizten Beinen dasitzt. Sie stellt sich vor, sie alle wären Antonio und sie könnte sich einfach an einen anderen Tisch setzen und bei ihm sein statt bei Man. Sie schämt sich für ihre Gedanken, hört aber nicht damit auf. Nach einer Weile konzentriert sie sich wieder auf Man, auf seine breite Stirn und die beiden kurzen Falten zwischen den Augenbrauen, auf die kleine Stelle am

Kinn, wo kein Bart wächst, auf das helle Weiß in seinen Augen und die Erinnerung daran, was sie noch vor ein paar Wochen in ihr ausgelöst haben, als sie keinen anderen Mann auf der Welt ansehen wollte als ihn.

MÜNCHEN, PRINZREGENTENPLATZ 16
1. MAI 1945

Das Bild ist Lees Idee. Sie setzt sich auf den Hocker neben der Badewanne, bindet ihre Stiefel auf und lässt sie dort stehen, dann zieht sie die Uniform aus, während Dave grinsend in der Tür steht und ihr zusieht. Er hat sie schon so gesehen, und sie ihn auch. Das spielt jetzt keine Rolle. Schockierend ist eher, wie weiß ihre Haut ist, wie blass und zart sie wirkt im harten Licht der Deckenleuchte. Es ist ihr erstes Bad seit drei Wochen, ihr Hals und Gesicht sind armeebraun in dem kleinen Spiegel, der Dreck ist fast topografisch auf den verschiedenen Schweißschichten festgetrocknet.

»Dreckige Auslanderrr«, sagt Dave auf Deutsch, beide lachen.

Sie lässt Wasser ein, so heiß wie möglich, und kippt noch etwas Badesalz dazu, bis alles voller Dampf ist. Der scharfe salzige Geruch erinnert sie ans Meer, und ihr fällt auf, wie lange es her ist, dass sie etwas Schönes gesehen hat.

Dave hantiert mit seiner Kamera und sucht nach dem richtigen Winkel. Er geht raus und kommt mit einem Hitler-Porträt wieder, das er auf den Badewannenrand stellt.

»Zu viel?«, fragt er.

»In diesem Haus sind so viele Bilder von ihm, dass ich mich frage, warum hier keins steht. Lass es da.«

Sie steigt in die Wanne. Das Wasser ist so heiß, dass sie eine Gänsehaut bekommt.

»Das gibt einen Ring in der Wanne, dadada«, singt Dave in Anlehnung an eine Werbung für ein Reinigungsmittel, über die sie sich ein paar Jahre zuvor lustig gemacht haben. Dave ist betrunken. Sie auch. Seit sie aus Oberbayern losgefahren sind, bedienen sie sich regelmäßig an ihren Geheimvorräten, ihre Mägen sind schon völlig übersäuert von dem Zeug, das die Krauts Wein nennen. Hier am Prinzregentenplatz 16 war die Freude groß, als sie einen Barschrank öffneten und diverse Flaschen Braastad darin fanden, ein Luxus, wie sie ihn das letzte Mal vor dem Krieg gesehen haben. Sie gießen ihn in Cognacschwenker mit den Initialen AH und Hakenkreuzen darauf und geben sich die Kante.

Lee setzt sich in die Wanne und lässt sich von Dave einen Waschlappen und ein Stück Seife geben. Unter den anklagenden Blicken des Führers, dessen in die Seite gestemmte Hände wohl autoritär wirken sollen, tatsächlich aber die Strenge einer Gouvernante ausstrahlen, schrubbt sie sich den Dreck von Dachau ab, bis ihre Haut brennt.

»Warte nur, bis *Life* das sieht«, sagt Dave.

»Wage es ja nicht.«

Er lacht. »Nein. Die sind nur für uns. Zur Feier des Tages ...«

»Keine Feier. Ich will dieses verdammte Monster begraben.«

Dave verschießt einen ganzen Film. Lee sitzt in der Wanne, bis das Wasser kalt ist, dann kommt sie raus und zieht die Uniform wieder an, die Schnallen und Knöpfe gehören schon fast zu ihrem Körper, so vertraut sind sie. Sie nimmt das gerahmte Bild und lässt es kopfüber auf die Kacheln fallen. Mit einer kurzen Bewegung tritt sie mit dem Stiefel auf die Rückseite, sodass das Glas auf den Fliesen knirscht, und geht aus dem Bad.

Sie bleiben noch drei Stunden in Hitlers Haus, bis der Rest der Division eintrifft. Lee hat da schon das Gefühl, den Führer ein bisschen zu kennen. Sie hat an seinem Schreibtisch gesessen, Evas Briefe gelesen, seine Skizzenbücher durchgeblättert, hat sein Schlafzimmer gesehen, seine Sockenhalter und die Kopfschmerztropfen. Je normaler er wird, desto mehr verachtet sie ihn. Sie erstickt fast an ihrem Hass.

KAPITEL SIEBENUNDZWANZIG

Die *Frogue*, wie alle sie nennen, ist mehr als die *Vogue*. Zu sagen, sie sei französischer, trifft es nicht ganz. Sie ist einfach mehr in allem, sie ist Mittel- und Knotenpunkt. Hier in den kunstvoll unaufgeräumten Büros wählen die Redakteure die Mode aus, die von der amerikanischen *Vogue* kopiert wird, sie setzen Trends, statt ihnen nachzueifern.

Als Man sie fragt, wie es laufe, äußert sie sich verächtlich, aber zu ihrer Überraschung genießt sie es, dort zu sein. Ob sie lieber selbst hinter der Kamera stünde? Natürlich. Ob sie sich beherrschen muss, während eines Shootings keine Anweisungen zu brüllen, sich auf die Zunge beißen, wenn sie mit einer Entscheidung des Fotografen nicht einverstanden ist? *Mais oui*. Aber bei der *Frogue* genießen sie und alle anderen Models einen Respekt, den sie aus New York nicht kennt. Kaum hatte sie das Büro betreten, schlecht gelaunt, weil Man sie praktisch dazu gezwungen hat, behandelte man sie, als sei sie wichtig. Im Wartezimmer nimmt die Unterwürfigkeit der Assistenten ihr sofort jede Grantigkeit. Statt sie warten zu lassen, bringen sie Lee direkt ins Studio, damit sie den Fotografen kennenlernen kann. Tatsächlich scheinen sich alle geehrt zu fühlen, dass sie da ist, als hätte sie einen Ruf, der ihr nicht wirklich bewusst war. Und der nichts mit ihrer Verbindung zu Man Ray zu tun hat, sondern allein mit ihr, mit ihrer Vergangenheit bei Condé Nast, Steichens Fotos, und damit, dass jeder hier weiß, wie besonders schön die Kleider an ihr aussehen werden. Hier zählt vor allem der Stil. Mode als Totem. Natürlich hat Lee nicht vergessen, wie schön sie ist, aber manchmal ist es gut, wenn einen jemand daran erinnert, am besten an einem Ort wie diesem.

Ihr Leben ist auf einmal wieder im Gleichgewicht. Madame Pecci-Blunt hat sie engagiert, wollte sich aber noch nicht zu den Details äußern, also setzen Lee und Man sich ein paar Stunden pro Woche zusammen und schmieden erste Pläne. Dann geht Lee ein paar Tage zur *Frogue*, und den Rest der Zeit verbringt sie im Studio. Sie mag den Rausch des Modelalltags, und dass alle ihre speziellen Bistros um die Ecke haben, wo sie mittags kurz etwas essen gehen. Und sie mag George Hoyningen-Huene, den Fotografen, mit dem sie am engsten zusammenarbeitet.

George fotografiert sie in Paquin und Chanel. Sie wird in »Bias-Cut«-Kleider gesteckt, die sich an die Hüfte schmiegen und am Boden elegant um die Füße fallen. Als Lee ihre Bewunderung gegenüber einem besonders schönen Exemplar von Vionnet äußert, weißes Leinen mit augenförmigen geometrischen Verzierungen, wird es ihr nach dem Shooting an die Wohnungstür geliefert, in einer Schachtel mit Schleife und einem Kärtchen, auf dem steht *Grüße – G.*

George ist ein absoluter Profi, der noch akribisch an einem Bild arbeitet, wenn Man oder Lee schon lange damit zufrieden wären. Er ist pingelig, aber nie so sehr, dass es der Arbeit schaden würde. Seine Aufnahmen sind klar und modern, sein Stil trifft den Zeitgeist perfekt. Deswegen eignet sich Lee so gut als Model für ihn. So wie damals in New York, zu Beginn ihrer Karriere, ist sie froh, in einer Zeit zu leben, in der ihre Schönheit die *richtige* ist. An den Wänden hängen Illustrationen aus vergangenen Zeiten – Mädchen mit Wespentaille und jeder Menge Firlefanz –, und Lee dankt dem lieben Gott, dass sie nicht drei Jahrzehnte früher geboren wurde.

Mehrere Fotos von Lee werden auch in der amerikanischen

Vogue gedruckt, und bald darauf flattert ein Brief von ihrem Vater ins Haus. Seit seinem Besuch hatten sie kaum Kontakt – Lee hat Mans Rat befolgt, sich nicht um ihn zu bemühen, und festgestellt, dass sie ihn kaum vermisst. Sein Brief ist voll des Lobes für ihre Bilder. Er schreibt, er sei froh, dass sie wieder arbeite, er habe ja schon immer gesagt, wie schön und talentiert sie sei. Vor kurzem noch hätte sie sich darüber geärgert – immerhin arbeitet sie die ganze Zeit in ihrem richtigen Beruf: als Fotografin –, aber jetzt lassen seine Zeilen sie kalt. Etwas hat sich getan seit seinem Besuch, er hat die Macht über sie verloren. Sie steckt den Brief in die Handtasche und antwortet nicht.

George fotografiert sie regelmäßig mit einem männlichen Model. Er heißt Horst P. Horst und sieht Lee so ähnlich, dass er ihr Bruder sein könnte. Er ist groß, schlank, hat klare blaue Augen und blonde Haare, die ihm in einer perfekt frisierten Welle in die Stirn fallen. Genau wie Lee will Horst auf die andere Seite wechseln und als Fotograf arbeiten. Was Man für Lee ist, ist George für Horst, und oftmals arbeiten die beiden während der Aufnahmen gemeinsam an einem Bild. Lee amüsiert sich über die knisternde erotische Spannung zwischen ihnen – und ist froh, vom Rand aus zuzusehen.

Lee ist zwar nicht scharf darauf, Mode zu fotografieren, bringt aber ihre Rollei mit und fotografiert hinter den Kulissen. Eine Reihe Schuhe mit offenen Schnürsenkeln und heraushängenden Laschen, die wie lächelnde Münder aussehen. Eine weinende Frau am Telefon im Flur, der die Wimperntusche in schwarzen Rinnsalen über die Wangen läuft. Als Lee die Bilder später entwickelt, hat sie fast das Gefühl, etwas Verbotenes zu tun, als würde sie ihrem Arbeitgeber Ideen und Schönheit stehlen.

Als sie eines Abends nach dem Shooting am Empfang stehen, lädt Horst sie ein, mit George und ihm zu Abend zu essen, und obwohl sie normalerweise ablehnt, nimmt sie diesmal gern an und fragt, ob sie Man mitbringen kann.

Lee ruft im Studio an, und sie verabreden Uhrzeit und Treffpunkt. Bevor sie aus dem Haus gehen, winkt George Lee und Horst mit dem Finger zu sich und führt sie nach hinten, damit sich jeder aus einem Schrank etwas zum Anziehen aussucht. Lee entscheidet sich für ein aquamarinblaues Chiffonkleid, das sie zuvor für das Foto getragen hat, rückenfrei mit besticktem Nackenträger. Horst reicht ihr eine Silberfuchsstola und hohe, mit Edelsteinen besetzte Schuhe. Die Männer suchen Einstecktücher und Krawatten aus, die zu ihrem Kleid passen. Draußen haken die beiden sie links und rechts unter. Die Pelzstola schmiegt sich an ihre nackten Arme. Sie hat sich noch nie so schön gefühlt.

Endlich sehen die Pariser sie an, denkt sie. Es braucht gerade mal zwei Begleiter und ein Schiaparelli-Kleid, um ihre Hochnäsigkeit zu durchbrechen. Man wartet bereits vor dem Restaurant. Sie entdeckt ihn schon von weitem und freut sich zu sehen, wie er sie beobachtet, während sie den Bürgersteig entlangpromeniert. Als das Trio nur noch wenige Schritte von Man entfernt ist, tritt er vor und legt den Arm um Lees Hüfte, er küsst sie besitzergreifend und fährt ihr mit der Hand über den nackten Rücken.

»Sieht sie nicht hinreißend aus?«, fragt George. Man nickt und bleibt dicht an ihrer Seite, während er George die Hand schüttelt und Horst und er sich miteinander bekanntmachen.

»Ist mir eine Ehre«, sagt Horst, »eine absolute Ehre, dich kennenzulernen. Deine Kunst inspiriert mich.«

»Ist das so?« Man klingt künstlich bescheiden.

»O Gott, ja. Deine Modeaufnahmen – vor allem die frühen Arbeiten in der *Vogue*, sechsundzwanzig, siebenundzwanzig. Ich hab teilweise versucht, das nachzuempfinden, nur um zu sehen, ob ich das Licht hinbekomme.«

Lee weiß, dass Horst genau das Falsche gesagt hat – auf seine frühen Arbeiten zu verweisen statt auf die aktuellen Projekte, fühlt sich für Man an wie eine Beleidigung, und dass Leute seine

Ideen benutzen, freut ihn auch nicht gerade –, aber das kann Horst natürlich nicht wissen.

»Und ich kann dir gar nicht sagen, wie glücklich ich bin, mit dieser Schönheit zu arbeiten«, fährt Horst fort und neigt den Kopf zu Lee hin. »Du verbringst wahrscheinlich die Hälfte der Zeit damit, andere Verehrer abzuwehren.«

Man lächelt gezwungen, und Lee ist klar, dass er jetzt schon beschlossen hat, Horst nicht zu mögen. Sie zieht Man zu sich und küsst ihn auf die Wange. »Das schaffe ich schon selbst, danke«, sagt sie und spürt, wie Man sich entspannt, während die anderen beiden lauter lachen, als ihr Kommentar es verdient.

Sie gehen hinein, und als der Kellner an den Tisch kommt, bestellen sie Schnecken, russische Wachteleier und Palmherzen, die sie mit Pastis runterspülen und danach mit einer Flasche Riesling, weil Horst behauptet, es gäbe keinen besseren Wein vor dem Essen.

Jetzt am Tisch ist Man charmant. Er mag Hoyningen-Huene, tauscht gern Anekdoten mit ihm aus und redet über Technik. Die beiden versuchen, sich gegenseitig mit Geschichten von seltsamen Kunden und verpfuschten Shootings zu übertrumpfen. Man erzählt ihnen die Geschichte von Hemingway – selbst Modefotografen interessieren sich für Promis –, und Horst beugt sich über den Tisch, um besser hören zu können.

»Sag doch mal, wie ist er denn so?«, fragt er. »Sein letztes Buch hat mir wirklich sehr gut gefallen.«

Man zuckt abschätzig mit den Schultern. »Das muss sechs, sieben Jahre her sein, er war damals noch völlig unbekannt. Gertrude Stein bat mich, ihn zu fotografieren. Der Mann sei ein großartiger Schriftsteller. Sie wollte damals dauernd, dass ich ihre Künstlerfreunde fotografiere. Er kommt also eine halbe Stunde zu spät zu einem einstündigen Termin und klingelt ungefähr ein Dutzend Mal. Als ich runtergehe, um ihn zu empfangen, lehnt er wie ein Betrunkener im Türrahmen mit einem fetten weißen Verband um den Kopf.« Um es zu veranschaulichen, umkreist Man mit der Hand seinen Kopf. »Ich frage ihn, was der Verband soll. Sagt er, die Dachluke sei runtergefallen und ihm auf den Kopf. Mir kam das vor wie eine schlechte Ausrede, aber was geht mich das an, wenn er ein besoffener Lügner ist? Ein paar meiner besten Fotos hab ich von Betrunkenen gemacht.« Alle lachen. »Wir gehen also hoch ins Studio. Er wankt nicht, riecht nicht nach Whisky, aber als ich ihn in Pose setzen will und ihm sage, er soll den Verband abnehmen, weigert er sich. Ich erkläre ihm, dass er sich zur Seite drehen kann, damit niemand die Wunde sieht, aber er sagt immer noch Nein. Stattdessen holt er einen dreieckigen Filzhut aus der Jackentasche, faltet ihn auseinander und setzt ihn zufrieden auf seinen riesigen Kopf. Den Verband verdeckt er damit natürlich kein bisschen. Aber egal, denke ich. Außer Gertrude Stein kennt ihn sowieso niemand, wenn er also ein Bild von sich haben will, auf dem er aussieht wie ein Kobold mit einer Kopfverletzung, von mir aus.« Man trinkt einen Schluck Wein. »Letztendlich, muss ich sagen, gefällt mir das Bild ziemlich gut.«

»Und dann hat er *Fiesta* rausgebracht«, wirft Lee schnell ein.

»Ja, und für die Kritik in der *Atlantic Monthly* haben sie mein Foto benutzt. Als Autorenporträt! Er hatte sich nicht mal das Hemd zugeknöpft.«

»Das Bild ist gut«, sagt Lee. »Na ja, ist wahrscheinlich gar nicht so leicht, ein schlechtes Bild von Ernest Hemingway zu machen.«

Man wirft ihr einen Blick zu.

»Stimmt«, sagt Horst.

»Oh, das Beste hab ich fast vergessen«, fährt Man fort. »Als es um die Bezahlung geht, besteht er darauf, mir ein Gemälde zu geben. Er habe kein Geld, dafür einen kleinen Picasso, den er auf Anweisung von Stein gekauft hatte. Er bringt das Bild also persönlich vorbei. Dass ich Picasso kenne, wollte er offenbar nicht wahrhaben. Als wäre es quasi ein Geheimtipp von ihm – eine optimale Kapitalanlage.«

»Hast du das Bild genommen?«

»Selbstverständlich. Hättest du nicht?«

Lee beobachtet Man und verspürt plötzlich eine große Zuneigung für ihn, sie sieht zu George und Horst in ihrer geliehenen Abendgarderobe und denkt, dass sie sich so das Leben in Paris immer vorgestellt hat. Wunderbares Essen, Wein in eleganten Gläsern, Männer, die sie behandeln, als wäre sie selbst aus kostbarem Glas, schlank, funkelnd, etwas Besonderes. Mans Arm liegt auf ihrer Lehne, und wenn hin und wieder seine Hand über ihren Arm streicht, fühlt sich das warm und angenehm an. Staunend denkt sie, dass ihr Leben wie ein großer, sich drehender Kristall ist, jede Seite fängt das Licht zu einem anderen Zeitpunkt ein. Wer hätte gedacht, dass es eine gute Idee war, wieder zu modeln? Aber es macht sie glücklich. Es gehört ihr, nicht Man, und ist eine Facette ihres Lebens, die ihr fehlte, ohne dass sie es gemerkt hat, bis sie wieder da war. Und jetzt hier an diesem Tisch, mit ihrem Geliebten, ihrem Fotografen und ihrem Modelkollegen, fühlt sie sich, als würden all diese Facetten zusammenkommen. Sie rückt mit dem Stuhl ein Stück näher an Man, und er hält sie ein wenig fester.

Es ist die Art Essen, die Stunden dauert. Der Riesling wird gegen einen schweren, dunklen Burgunder ausgetauscht. Ein Gericht nach dem anderen wird aufgetischt. Mehr Schnecken, gefüllt mit Knoblauch, Petersilie und Butter, die sie sich vom Kinn wischen müssen. Überbackener Camembert, so schön reif und stinkig, dass Lees Zunge schmerzt. *Moules marinières*. Ein Kalbsragout, das sie noch nie gegessen hat. Grüne Bohnen und Zucchini mit Knoblauch. Zwischendurch mehr Wein, und der Wein löst eine Schraube in Lees Rückgrat und macht sie geschmeidig und zufrieden.

George erzählt von ihrem Bademodenshooting am Nachmittag. Er war mit Horst und Lee auf dem Dach, hat sie vor den Himmel gestellt und sie aufgefordert, so zu tun, als wäre es das Meer.

»Bei der *Vogue* zahlen sie kaum noch für Außenaufnahmen«,

sagt er und wendet sich kameradschaftlich an Man, der sich zurückgelehnt und ein Bein über das andere geschlagen hat, die Entspanntheit in Person. »So was mache ich in letzter Zeit häufiger, Nahaufnahmen, bei denen der Hintergrund die Stimmung nur *andeutet*, statt das Bild zu dominieren.« George nimmt sein Glas und lässt den Fingerbreit Wein darin kreisen. »Aber für die Sommerausgabe planen sie etwas Größeres, und Horst hatte die Idee, nach Biarritz oder Saint-Tropez zu fahren, an den Strand. Wär das nicht toll? Die beiden Blondschöpfe in dem Licht?« Er prostet erst Lee dann Horst zu. »Du kennst den Laden besser als ich. Wie kann ich sie davon überzeugen?«

George sieht Man erwartungsvoll an. Man sagt: »Du brauchst auf jeden Fall ein besseres Argument als das Licht. Ich glaube sogar, dass du das, was dir vorschwebt, hier genauso gut hinbekommst. Du hast völlig recht, die Umgebung spielt in der Mode heutzutage keine so große Rolle mehr.«

Horst beugt sich vor und senkt die Stimme. »Aber *wir* wollen an den Strand. Sie sollen dafür zahlen, dass wir auf echtem Sand liegen, in der echten Sonne.« Er lacht und zwinkert Lee zu.

Lee und er haben am Nachmittag darüber gesprochen, als sie auf dem Dach Rücken an Rücken zitternd im Wind saßen, auf dem Holzbrett, das George in ein Sprungbrett verwandelt hatte. »Mir frieren gleich die Eier ab«, flüsterte Horst ihr zu, und um die Eiseskälte zu vergessen, malten sie sich gegenseitig das sonnige Paradies aus, in dem sie an der Côte d'Azur arbeiten würden. Es war ein schöner, lustiger Plan, aber als Man sie jetzt ansieht wie unartige Kinder, will Lee lieber das Thema wechseln.

»Ich bin immer nicht sicher, ob es eine gute Idee ist, im Winter von warmem Wetter zu träumen«, sagt Lee. »Ich bin in Amerikas kältester Einöde aufgewachsen, ich kenn mich also aus damit.«

Aber Horst gibt nicht nach. Er streckt den Arm aus und streicht Lee über die Wange. »So ein Gesicht verdient die perfekte Kulisse. Genau wie das hier.« Er rahmt sein Gesicht mit den Händen ein und lächelt verschmitzt. »Ich will raus aus der Stadt. Ich will Abenteuer.«

»Tja, dann seht zu, dass die *Vogue* euch das finanziert. Bei mir waren sie da immer wenig großzügig«, sagt Man reserviert. Er hebt das Ende der Serviette, die er sich in den Hemdkragen gesteckt hat, und wischt sich den Mund ab, bevor er sich an Lee wendet. »Falls es klappt, könntest du natürlich nicht mit. Du wirst hier gebraucht, im Studio.«

Lee sieht, wie Horst und George Blicke wechseln, sie hebt ihren Weinkelch und nimmt einen tiefen Schluck, sodass sie nicht in ihre Gesichter schauen muss. Es ist ein kurzer Moment – danach kommt das Gespräch auf Dalís neuen Film, der in wenigen Tagen Premiere hat –, aber für Lee ist der Abend von da an gelaufen, und sie fühlt sich einmal mehr wie ein Kind, als würde sie für etwas bestraft, von dem sie gar nicht wusste, dass es falsch war.

KAPITEL ACHTUNDZWANZIG

Während Lee in den folgenden Wochen weiter zwischen dem Modeln und Mans Studio wechselt, denkt sie immer wieder an das Abendessen zurück und sieht Horst die Hände um sein Gesicht halten und ein Abenteuer fordern. Dann stellt sie sich vor, wie sie am Strand liegt und die Sonne sie wärmt. Und jedes Mal denkt sie an Mans Reaktion, und dass das der Moment war, in dem etwas zwischen sie getreten ist. Nichts Großes, nur ein Riss im Bürgersteig, sie auf der einen Seite, er auf der anderen. Das Gefühl, dass er ihr nicht mehr ganz vertraut ist. Und dass sie selbst ihm immer ein Rätsel bleiben wird.

Sie arbeitet bis spät, bleibt länger weg, geht mit Horst und anderen aus, die sie bei der *Frogue* kennenlernt. Neben dem Modeln nimmt sie kleine Schreibaufträge an, hauptsächlich belangloses Zeug, aber es macht ihr Spaß, die Storys in die Maschine zu hämmern, und noch schöner findet sie es, ihren Namen daneben stehen zu sehen. Lee freundet sich mit einer der Frauen in der Finanzabteilung an, eine Engländerin namens Audrey Withers, die unbedingt nach London zurückwill, ihre erste echte Freundin seit Tanja. Und sie geht jeden Abend so lange aus, dass Man schläft, wenn sie nach Hause kommt, und dann ist Donnerstag, und sie muss ins Studio und hat im Grunde seit Sonntag nicht mit ihm gesprochen, und es ist ihr nicht mal aufgefallen, sie hat ihn auf jeden Fall nicht besonders vermisst.

Eines Tages kommt sie ins Studio und achtet erst einmal nicht groß auf seine Laune. Er sitzt über seinen Schreibtisch gekrümmt und kritzelt wie wild in einem großen Notizbuch herum, hinter seinem Ohr klemmt ein zweiter Stift, und auf dem Fußboden liegt ein Haufen zusammengeknüllter Blätter.

»Tee?«, fragt sie.

Er blickt kurz hoch. Er ist unrasiert, und unter seinen Augen hängen dicke Tränensäcke. »Ja, danke.«

Sie setzt Wasser auf. Im anderen Raum hört sie ihn ein Blatt Papier aus dem Notizbuch reißen, dann Stille, dann das laute Kratzen seines Stifts. Als das Wasser kocht, gießt sie es in die Teekanne, nimmt ihre beiden Tassen und legt Zuckerwürfel hinein und stellt alles auf ein Tablett, das sie mit der Anmut eines Menschen, der eine bestimmte Tätigkeit über längere Zeit hinweg perfektioniert hat, ins Büro trägt. Sie stellt das Tablett an den Schreibtischrand und schiebt ihm die Tasse hin, bleibt eine Weile stehen, solange der Tee noch zieht, gießt ihn ein und rührt mit einem Löffel darin. Währenddessen sagt Man kein Wort und kritzelt nur unaufhörlich in sein Notizbuch.

»Ist das der Text für den Philadelphia-Preis?«, fragt sie, als er kurz innehält.

»Ja – letzte Nacht ist mir endlich eingefallen, was ich ungefähr sagen will.«

»Das ist doch toll«, sagt Lee und meint es auch so. Nachdem sie sich selbst Tee eingegossen hat und noch eine Weile neben ihm steht, sagt sie: »Ich fange dann mal an, die Abzüge für Artaud zu machen. Wir hatten Freitag abgemacht.«

Man sieht sie mit unergründlicher Miene an. »Liegt heute Nachmittag eigentlich irgendwas an? Ich würde dich gern fotografieren. Ich hab da eine Idee.«

Lee ist überrascht. Geschmeichelt. Es ist schon eine Weile her, dass er Fotos von ihr gemacht hat, und plötzlich kommt ihr der Gedanke, dass genau das in letzter Zeit zwischen ihnen gefehlt hat, die Zusammenarbeit, die immer alles befeuert hat.

Lee arbeitet den ganzen Vormittag über, und als sie nachmittags ins Studio kommt, hat Man zwei seiner Graflex-Kameras um den Hals hängen. Sie wird fast ein bisschen verlegen. Er steht am Fenster und starrt hinunter auf die Straße. »Das Licht ist gerade gut.« Lee knöpft das Hemd auf, aber er schüttelt den Kopf. Er stellt sie vor die Scheibe, und sie legt die Hände auf die Fensterbank. Man kommt dicht an sie heran, das Objektiv ist nur wenige Zentimeter von ihrem Gesicht entfernt, Auge in Auge. Er stellt scharf und drückt ein paarmal hintereinander auf den Auslöser.

»Wofür sind die Bilder?«, fragt sie.

»Kann ich noch nicht genau sagen.« Er nimmt die andere Kamera und kommt wieder, so dicht es geht, an sie heran. Er fotografiert ihr Ohr, ihr Auge, ihren Mund, ihre Nase. Lee hält vollkommen still und atmet kaum. Die Kamera verdeckt Mans Gesicht, sie spürt förmlich das kalte Metall des Kameragehäuses. In der Wölbung des Objektivs spiegelt sich ihr Gesicht, zusammengeschrumpft und verzerrt, und allmählich kriegt sie Panik bei der Vorstellung, dass die Kamera sie berührt. Es hilft auch nicht unbedingt, dass Man die ganze Zeit schweigt, weil er so in die Arbeit vertieft ist.

»Dein Auge«, sagt Man, als er einen neuen Film einlegt. »Wenn ich nah genug an dich herankomme, ist es pure Geometrie, der goldene Schnitt. Ich *sehe* es so, wenn ich es fotografiere.«

Lees Herz schlägt schnell, sie spürt es im Hals. »Es ist nur mein Auge.«

»Dein Auge ist das, was ich daraus mache.« Er schiebt ihre Schulter ein Stück vor, sodass ihr das Licht ins Gesicht fällt. »Da ist ein wunderbarer Schatten über deiner Iris, der wird einmal quer durchs Bild gehen. Vielleicht schneide ich ihn beim Abziehen noch ein Stück ab. Totale Abstraktion. Geometrie. Genau das ist es.«

Lee wünschte, er würde sie nicht so bedrängen. Sie schließt die Augen, aber er macht weiter. Ihre Lider zucken nervös. Kurz darauf kann sie nicht mehr und weicht zurück.

»Ich kann … du musst aufhören.« Lee tritt einen Schritt zurück in den Schatten der Vorhänge, bis er endlich die Kamera sinken lässt. Einen Moment lang starren sie sich an.

»Mir reicht's«, sagt sie.

»Mir aber nicht.«

Lee geht aus dem Studio. Sie zittert. Man folgt ihr. Er ist wütend, sie spürt, wie es von ihm abstrahlt.

»Dein Auge ist *mein Auge*«, sagt er. Seine Stimme bebt, er kneift den Mund zusammen, sodass sich zwei bogenförmige Furchen durch die Wangen ziehen. »Du gehörst in jeder Hinsicht mir. Das weißt du, oder? Du bist *mein* Modell. *Meine* Assistentin. *Meine* Geliebte.«

Sie weicht noch ein Stück zurück.

»Sag, dass du mir gehörst. Sag es.«

Lees Kehle hat sich zur Größe eines Strohhalms zugeschnürt. Ihre Worte klingen erstickt und näselnd. »Ich gehöre dir.«

Obwohl sie gesagt hat, was er hören wollte, scheint er nicht zufrieden zu sein. Lee fragt sich, was er tatsächlich will, ob es irgendetwas gibt, das ihn besänftigen würde. Keiner von beiden wendet den Blick ab.

»Du bist mein Modell, nicht das von Hoyningen-Huene und auch nicht von Cocteau, von niemandem. Und wenn du irgendwohin fährst, nach Biarritz oder sonst wo, dann mit mir.«

Lee hat ihn noch nie so erlebt. Er hält die Kamera wie ein Schild in den Händen, aber sie sieht, dass er zittert. Genau wie sie. Sie ist durcheinander, einerseits hat sie das Gefühl, hier wegzumüssen, andererseits denkt sie, sie muss ihn beschwichtigen.

»Ich gehöre dir«, flüstert sie, die Worte liegen ihr wie Steine im Mund. Diesmal scheint er zufrieden. Seine Schultern entspannen sich. Er lässt die Kamera um den Hals baumeln. Wenn sie ihn sonst wütend erlebt hat, war es ähnlich: ein kurzes Aufbrausen, das schnell erlischt. Ganz anders als sie, in ihr schwelt der Ärger immer noch tagelang. Jetzt ist sie erst mal erleichtert, ihn beruhigt zu haben.

»Gut. Dann lass uns das hier zu Ende bringen – ich hab noch ein paar Ideen, die ich ausprobieren will.« Man glaubt, damit sei die Sache erledigt. Er streichelt ihr über die Wange.

Lee nickt. Während sie ihm zurück ins Studio folgt, kann sie sich kaum bewegen, sie hat das Gefühl, aus Wachs zu sein. Man muss sie in Position schieben. Erst lässt sie es zu, aber als er nach seiner Kamera greift, tauchen die wilden Gedanken von früher auf. Sie starrt ihn an, sieht ihn aber nicht, stattdessen stellt sie sich vor, sie wäre eine Pilotin im Cockpit eines Flugzeugs, die über die Stadt fliegt und hinunter auf die Seine schaut. Die Fliegerbrille drückt ihr im Gesicht, es riecht nach Rauch und Benzin. Ihr Herz klopft, sie greift nach dem Steuerknüppel und zieht die Maschine hoch über die Wolkendecke, wo die Luft dünn ist. Als Man wieder mit der Kamera ganz dicht an sie rankommt, kneift sie die Augen zusammen, blendet ihn aus und sieht nur noch den Himmel.

Als er endlich fertig ist, sammelt Lee ihre Sachen ein und geht, ohne sich zu verabschieden. Während sie die Stufen hinunterläuft, sieht sie immer noch die Kamera vor sich und spürt seinen heißen Atem im Gesicht. Vorsichtig schließt sie die Tür, damit Man sie nicht hört, und als sie draußen ist, holt sie tief Luft und atmet langsam wieder aus. Sie hängt sich die Rollei um und marschiert ohne ein bestimmtes Ziel in Richtung Norden, Hauptsache, weg von hier. Sie läuft den Boulevard Saint-Michel hoch, lässt die Stadt an sich vorbeiziehen. Auf der anderen Straßenseite hängt ein kleiner Junge an der Hand seiner Mutter und nuckelt an einem Lolli, der sein ganzes Gesicht rosa verschmiert hat. Ein weißhaariger Mann steckt die Hände in die Taschen und krümmt sich gegen den Wind. Vor einer Bäckerei fährt eine Frau mit ihrem Handschuh über sämtliche Baguettes, bevor sie sich für eins entscheidet. Immer wieder will Lee nach der Kamera greifen und ein Foto machen, tut es dann aber doch nicht. Sie lässt das Leben an sich vorbeiströmen, ohne selbst daran mitzuwirken, ohne es zu unterbrechen, ohne es einzufangen. Wer ist sie denn, dass sie ein Teil davon sein will?

Lee kommt zur Seine, überquert die Île de la Cité und den Pont au Change. Sie läuft und hält die Augen offen. Bei Les Halles biegt sie rechts ab, in eine ruhigere Straße, und dann zurück auf die Rue Saint-Denis, wo die Bordelle sind. Lee war schon mal hier, aber ohne Kamera. Die Straße hat eine verstohlene, verkommene Atmosphäre, die zu ihrer Stimmung passt. Die einst leuchtende Farbe an den Häusern ist verblasst und teilweise abgeblättert, die Fensterläden bleiben verschlossen. Einige wenige Frauen lehnen an Häuserwänden oder sitzen breitbeinig auf den Stufen, ihre Strümpfe hängen an den Haltern herunter, und ihre Kleider sind längst aus der Mode. Eine kommt ihr bekannt vor. Sie hat eine markante Nase, einen kleinen Mund und dunkles, dicht onduliertes Haar. Das Fleisch drückt gegen die Säume ihres dünnen schwarzen Kleides.

Lee geht auf sie zu. »Kiki?«, fragt sie. Voller Euphorie stellt Lee die Kamera ein. Aber als die Frau hochschaut, das Gesicht verlebt, das Make-up verschmiert, sieht Lee, dass es nicht Kiki ist. Natürlich nicht. Von nahem sieht sie ihr überhaupt nicht ähnlich. Als sie die Hand hochhält, um nicht fotografiert zu werden, hebt Lee die Kamera ans Auge und drückt ab. Die Frau fängt an zu brüllen, ein Schwall französischer Schimpfwörter. Nachdem sie ihr Bild hat, läuft Lee schnell weiter und sieht sich nur einmal um, weil sie sichergehen will, dass die Frau sie nicht verfolgt. Als sie um die Ecke biegt, spürt sie plötzlich eine neue Klarheit und Energie in sich. Auf dem Foto – sie muss es nicht erst entwickeln, um zu wissen, was drauf ist – sieht man die Frau mit vor Wut verzogenem

Mund, die Hand ausgestreckt wie eine Bettlerin, wie sie sich vorbeugt und ihr Kleid sich spannt. Es liegt ein Moment der Überraschung darin, ein unerwartetes Nebeneinander, als hätte Lee, indem sie gerade das Auflodern ihres Zorns festhielt, sie vollkommen ehrlich gezeigt, als Bettlerin und Hure.

An der Rue Lescot bleibt Lee stehen und versucht, ruhig zu atmen. Sie hält die Kamera in beiden Händen, und es kommt ihr vor, als wäre sie mit ihrem Körper verbunden. Das Foto hat den Gedanken an Man vertrieben und sie zurück in die Gegenwart geholt. Die Menschen, die an ihr vorbeikommen, tauchen wie Bilder vor ihren Augen auf, wie ein Film, der sich vor ihr abspult. Sie läuft zurück in Richtung Les Halles. Die Straßen sind voll. Lee nimmt das Leben um sich herum wahr und kommt allmählich wieder zu sich – oder kommt zum ersten Mal überhaupt zu sich. Ihre Lider schnappen auf und zu wie der Verschluss einer Kamera, sie blinzelt die Bewegung um sich herum zu Bildern. Hin und wieder erscheint ihr eines davon erhaltenswert, dann nimmt sie die Kamera und friert es ein. Jedes Bild, das sie macht, fühlt sich lebendig und unerwartet an. Und Lee selbst fühlt sich lebendiger denn je, allein dadurch, dass sie sie einfängt.

KAPITEL NEUNUNDZWANZIG

Inzwischen ist es sechs, und die letzten Novembersonnenstrahlen fallen in die Stadt, die Schatten werden tiefer, alles ist grau. Lee will nicht nach Hause, aber sie muss. Ihr tun die Füße weh, sie ist stundenlang gelaufen und hat Hunger. Sie überlegt, ob sie Man von ihrem Bild erzählen soll: wie der Mund der Frau sich zu einem perfekten O verzogen hat und ihre Emotionen so sichtbar waren wie ihr Fleisch. Aber eigentlich will sie es gar nicht ihm erzählen, sondern sich selbst, also spielt sie es in Gedanken noch mal ab und durchlebt immer wieder von vorn das Gefühl der Macht, im richtigen Moment den Auslöser gedrückt zu haben.

Lee steht vor dem Haus und hofft, dass Man nicht da ist, aber als sie endlich hineingeht, hört sie Badewasser laufen und sieht seine Klamotten im Flur verteilt liegen. Sie hört ihn sogar singen, ein neues Lied, »A Bundle of Old Love Letters«, weinerlich und sentimental. Ihr wird klar, dass sie nicht bleiben kann. Sie öffnet den Schrank und betrachtet ihre Kleider. In welchem sieht sie am besten aus? Sie entscheidet sich für das aus Georgette-Seide und schlüpft schnell hinein, zieht sich bequemere Schuhe an, klemmt sich die Strass-Spange ins Haar und ist wieder draußen, bevor Man überhaupt mitbekommen hat, dass sie da war.

Obwohl sie schon Stunden gelaufen ist, stellt Lee fest, dass sie kein bisschen müde ist. Sie will sich bewegen, will im Freien sein, und vor allem will sie etwas tun, das ihr Gehirn ausschaltet und die tausend Gedanken darin beruhigt.

Bis zum Palais Garnier ist es ein Fußmarsch von einer Stunde. Ein netter Spaziergang, so gut wie jeder andere. Sie weiß, wie lange es dauert, weil sie vor ein paar Wochen denselben Weg gegangen ist. Die Nacht ist klar und so mild, dass Lee den Mantel aufknöpft und ihn hinter sich herflattern lässt. Sie wird schneller, so schnell, dass sie ihr Herz in der Brust klopfen spürt. Statt einer Stunde braucht sie nur fünfundvierzig Minuten und steht um sieben vor dem Garnier, genau in dem Moment, als die Türen geöffnet werden und die Menschen hineinströmen.

Sie wählt einen Platz im Parkett, noch näher an der Bühne als beim letzten Mal mit Jean. Mit schwungvoller Geste legt sie das Geld hin. Eine Extravaganz, ja, aber es ist einfach zu schön, für sich selbst zahlen zu können. Während sie auf die Tänzer wartet, liest sie das Programmheft und sucht nach bekannten Namen – die Förderer, die Tänzer, die Crew. Die Bühnenbildner, die Musiker. Da steht er. ANTONIO CARUSO, in derselben schwarzen Schrift wie die anderen Namen, aber brennend in ihren Augen.

Als die ersten Akkorde erklingen, betreten die Tänzer die Bühne. Lee ist augenblicklich hin und weg. Es ist die reinste Form des Ausdrucks: Gefühle, die durch den Körper abgebildet werden. Oh, diese Körper! Lee würde sie zu gern fotografieren. Die unausweichlichen Knochen, das sichtbare Bindegewebe unter der Haut, als wollten sie ihr zeigen, woraus sie bestehen. Lee will sie vor Antonios Bühnenbildern fotografieren, ihre Sehnen im Kontrast zu den seidenen Wänden. Ihre Zähigkeit fasziniert sie, und als sie sich bewegen, denkt Lee an den Schmerz, die zusammengequetschten Füße der Ballerinas, wenn sie auf Spitze gehen, die verbundenen kräftigen Waden der Männer. Wie weich ihr eigener Körper im Vergleich dazu ist. Der einzige abgehärtete Teil sind ihre Hände, die trockene, von der Arbeit in der Dunkelkammer schuppige Haut. Sie wünschte, alles an ihr wäre fester, ihr ganzer Körper bestünde aus Hornhaut, die sie sich in stundenlanger Arbeit antrainiert hätte. Lee will jemand sein, der sich anstrengt, der sich an Dingen versucht. Sie will nicht weich sein.

Als die Aufführung zu Ende ist, reagieren die Zuschauer genauso begeistert wie beim ersten Mal, sie springen von ihren Sitzen auf und applaudieren. Lee steht zwischen ihnen, klatscht und klatscht und wartet, bis sie als Letzte gehen kann.

Sie weiß nicht, was sie tut. Sie weiß nicht, was sie will. Nein. Das stimmt nicht. Sie weiß, was sie tut und was sie will, will es aber nicht zugeben, sie denkt, dass es vielleicht nicht stimmt, solange sie es nicht zugibt.

Sie wartet so lange am Südausgang, dass sie schon nicht mehr mit ihm rechnet. Aber dann sieht sie ihn doch, erkennt seine Silhouette, schlank, geschmeidig, den Schal über den offenen Mantel geschlungen. Er sieht sie auch. Er bleibt stehen und blickt in ihre Richtung. Lee blickt ausdruckslos zurück. Ihre Geste ist klar. Sie will, dass er zu ihr kommt. Und das tut er: Er geht auf sie zu und steht so dicht vor ihr, dass ihre Mäntel sich berühren. Er ist so groß, dass sie den Kopf in den Nacken legen muss, um zu ihm hochzusehen. Die Straßenlaterne wirft seltsame Schatten auf sein Gesicht, und auf der zarten Haut sieht sie feine Fältchen strahlenförmig von den Augenwinkeln ausgehen.

»Na?«, sagt Antonio.

»Na?«, erwidert Lee.

»Sollen wir irgendwohin gehen?«

Lee nickt. Ohne ein weiteres Wort hält er ein Taxi an. Als sie einsteigt, sagt Antonio etwas zu dem Fahrer, das sie nicht versteht. Sie sitzen hinten und sehen die Stadt vorbeiziehen, die Straßenlaternen werfen wellenförmige Lichtstreifen in den Wagen.

Nach einer Viertelstunde halten sie in einer Seitenstraße, die Lee bekannt vorkommt. Als sie aussteigt, weiß sie, wo sie ist: bei Drosso. Sie weiß, dass sie sich schuldig fühlen sollte – oder sich zumindest Sorgen machen, dass jemand aus Mans Bekanntenkreis sie dort sieht –, stattdessen fühlt sie rein gar nichts. Als Drosso diesmal die Tür öffnet und sie auf die Wange küsst, drückt sie ihm ihr Gesicht entgegen, um den Druck seiner Lippen besser zu spüren. Antonio und sie ziehen sich in verschiedenen Zimmern um, und schon das Ablegen des Kleides fühlt sich erotisch an, als würde sie sich für ihn ausziehen, obwohl er gar nicht da ist. Sie fährt sich mit den Händen über den Körper und zwischen die Beine, bevor sie die Robe anzieht und die kühle Seide auf der Haut spürt. Als sie beide in ihren Gewändern in den Flur treten, sprudelt auf einmal eine trunkene Leichtigkeit in ihr empor. Sie muss lachen.

Süßlicher Tabakrauch sickert unter dem Bücherregal durch. Lee bleibt kurz stehen, während Antonio den Hebel betätigt, um sie hereinzulassen. Das Geheimzimmer ist gut besucht heute Abend, etwa ein Dutzend Leute liegen auf Kissen und dösend gegeneinander gelehnt um die Wasserpfeife herum, die zwischen ihnen auf dem Bronzetisch steht. Auf einer Couch in der hinteren Ecke sitzen mehrere schnurrbärtige Männer und unterhalten sich gedämpft, aber eindringlich. Irgendwo spielt jemand Klavier, immer wieder dasselbe Motiv. Es dauert etwas, bis Lee merkt, dass es ein Grammofon ist, das springt. Von da an kann sie an nichts anderes mehr denken, außer ihr scheint sich aber sonst niemand daran zu stören. Lee geht hin und setzt die Nadel wieder auf Anfang. Nach einer kurzen Pause erklingt eine wunderschöne kaskadenartige Tonfolge. Sie holt tief Luft. Antonio beobachtet sie von der anderen Seite, sie lächelt ihm kurz zu und sieht ihn zurücklächeln.

Er kommt zu ihr und nickt in Richtung Barwagen. »Das da ist heute tabu«, sagt er.

»Wenn du meinst«, erwidert sie, wünscht sich aber gleichzeitig wieder ein kaltes Glas in der Hand, so wie letztes Mal, und dann das Vergessen danach.

Ein Mann kommt auf sie zu, in einem chinesischen Gewand

mit einem kleinen Fez auf dem Kopf. Er verbeugt sich und zeigt auf die Wasserpfeife.

»Rauchst du?«, fragt Antonio Lee.

»Nein.«

»Das ist schade. Könnte Spaß machen.«

Die Worte hängen in der Luft. Lee denkt an ihre Mutter. Jahrelang hatte Ellen ihre Spritze auf einem Sims unter dem Badezimmerwaschbecken liegen, wo sie sicher sein konnte, dass niemand sie fand. Lee entdeckte sie eines Nachmittags, als sie krank war. Sie hatte sich übergeben und sich dann auf die angenehm kalten Fliesen gelegt. Da lag es, das kleine schwarze Lederetui mit den goldenen Initialen ihrer Mutter, und darin unter elastischen Schlaufen mehrere schmale blaue Fläschchen und eine Nadel. Danach tastete Lee jedes Mal unter dem Waschbecken nach dem Etui, um zu sehen, ob es noch da war. Jahrelang lag es dort, mit jeweils unterschiedlich vollen Fläschchen. Irgendwann war ihre Mutter dann nicht mehr ganz so raffiniert und steckte es in die Bademanteltasche, sodass der Stoff leicht nach unten gezogen wurde. Als sie eines Tages Mittagsschlaf hielt und Lee zu ihr kam, schreckte das Geräusch der Schlafzimmertür sie kurz auf, sie drehte sich um und streckte den nackten Arm über dem Kopf aus, sodass Lee die schorfigen Narben auf ihrer zarten weißen Haut sah. Sie starrte den Arm so lange an, bis ihre Mutter sich wieder rührte und Lee schnell hinausschlich, um nicht erwischt zu werden.

Jetzt bei Drosso atmet sie durch. »Wie fühlt sich das an?«

Antonio zuckt mit den Schultern. »Als wäre man wach, aber nicht so richtig. Wie Glück.«

Der Mann mit dem Fez zupft an ihrer Robe und zeigt auf einen freien Schlauch an der Wasserpfeife.

»Ich bin glücklich genug«, sagt Lee. Es kommt ihr nicht leicht über die Lippen, und insgeheim fragt sie sich, ob sie sich dadurch mit Antonio alles verdirbt.

Aber Antonio nickt nur, winkt ab und legt ihr die Hand in den Rücken. Sie spürt seine Wärme wie ein Brandeisen durch die dünne Seide. Er führt sie in Richtung einer anderen Tür. Sie gehen einen kurzen Flur entlang. Unter ihren Füßen pulsiert ein synkopischer Jazzbeat. Antonio öffnet eine weitere Tür in einen größeren Raum, viel größer als der mit der Wasserpfeife. Dort ist alles in verwaschenem Rosa gehalten, rosa beflockte Tapeten, mit rosa Samt bezogene Bänke, rosa Teppich und kleine rosa Tische, an denen Menschen in rosaroten Gewändern in Grüppchen zusammen sitzen und über die Musik hinweg laut reden. Wer sind diese Leute? Sie beugen sich über die Tische und halten sich ihre mit Diamanten geschmückten Hände an den Hals, während sie vor Lachen den Kopf nach hinten werfen. Die Frauen tragen dunkle Anhänger zwischen den hervortretenden Schlüsselbeinen. Die Brüste der Männer sind glatt, ihre Haut ist olivfarben, und ihre kantigen Schultern verleihen den Gewändern etwas Männliches. Sie wirken unglaublich stilvoll. An der Wand ist eine Bar aufgebaut, dahinter steht eine Barfrau in einem Seidenkleid so dünn wie ein Slip. Die Wand ist mit rosagoldener Folie verkleidet, davor stehen die Flaschen auf Glasregalen, sodass die ganze Bar aussieht, als würde sie leuchten.

»Oh«, sagt Lee. »Hier muss ich unbedingt etwas trinken.«

Niemand beachtet die beiden. Sie gehen auf einen Tisch zu, und bevor sie sich setzen, sagt er: »Ich habe Drosso geholfen, dieses Zimmer hier auszumalen. Wir sind vor ein paar Monaten fertig geworden.«

»Es ist fantastisch. War das deine Idee?«

»Ja. Ich wollte, dass es sich anfühlt, als wäre man in einem Mund. Eigentlich sollte es einfach nur Rosa werden, aber dann hatte Drosso die Idee mit der Schlange, also haben wir sie mit eingebaut.«

Lee sieht sich um und stellt fest, dass die Tapete in Wirklichkeit ein goldenes Wandgemälde ist, eine riesige Schlange, die sich durch den Raum schlängelt, die einzelnen Schuppen sind etwa tellergroß und verziert mit kleineren Schlangenzeichnungen.

»Ich bin nicht sehr gut in solchen Dingen – mir Sachen auszudenken«, sagt sie. »Aber ich könnte ein gutes Foto davon machen.«

Antonio zieht ihr einen Stuhl unter dem Tisch hervor. »Es ist nicht unbedingt das, was ich machen will – im Grunde nichts davon, die Bühnenbilder und das alles –, aber ich bin gut darin. Ich kann eine Kiste nehmen und sie wie einen Palast aussehen lassen.«

Lee denkt an die Ballettkulissen, den Wald und den Ballsaal, wie echt alles aussah. Sie stellt sich vor, wie es wäre, einen ganzen Raum als Leinwand zu nutzen, die Zuschauer in das Bild hineinzusetzen. »Was willst du denn stattdessen machen?«

»Meine eigenen Arbeiten. Nicht immer nur Aufträge. Aber für das, was mich interessiert, scheint sich sonst niemand besonders zu interessieren.«

»Und das wäre?«

»Ah, in letzter Zeit kleine Bilder aus Öl und Kerzenwachs. ›Depressiv und düster‹, meinte der einzige Kritiker, der bisher darüber geschrieben hat.«

»Ich würde sie gern sehen. Ich wette, sie gefallen mir.«

Antonio hebt die Augenbrauen und deutet ein Lächeln an. »Hmm ... könnte sogar sein.«

Der rosafarbene Raum erinnert Lee an ein Kostümfest, auf dem sie vor ein paar Jahren in New York war, ein Abend, über den in der *Times* geschrieben und noch Monate danach gesprochen wurde. Die Gäste sollten sich entweder als Teufel oder als Engel verkleiden und durften nicht zu erkennen sein. Je nachdem, wofür sie sich entschieden hatten, wurden sie in ein bestimmtes Stockwerk geschickt. Lee war natürlich Teufel, mit einer roten Seidenmaske, die den Großteil ihres Gesichts bedeckte, und flammenartigen Ranken im Haar und um den Hals. Der Raum, in den sie gebracht wurde, war rot beleuchtet, und im Kamin brannte ein loderndes Feuer. Während sie Antonio davon erzählt, sagt sie plötzlich: »Oh!«

»Was?« Als er sich vorbeugt und ihr direkt in die Augen sieht, knistert es zwischen den beiden wie Holz in einem Feuer.

»Es ist nur ... ich hab gerade einen größeren Job angenommen, und wo ich jetzt in diesem Raum hier sitze und an die Party damals denke, kommt mir plötzlich eine Idee.«

Antonio wartet, dass sie weiterspricht.

»Die Party soll ganz in Weiß gehalten sein. Ein Bal Blanc. Sie wird jedes Jahr von Madame Pecci-Blunt veranstaltet. Aber was, wenn wir eine Schwarz-Weiß-Party daraus machen? Alle sind weiß gekleidet, und während sie durchs Haus laufen, projizieren wir Wörter und Bilder auf sie. Wie Fotos. Die Gäste sind das Papier, und wir entwickeln die Bilder direkt auf ihnen. Irgendwelche schrägen Bilder, Wörter und Sätze ...«

»Das klingt fantastisch«, wirft Antonio ein. »Ich wünschte, da wäre ich selbst drauf gekommen.« Er lacht nicht und wendet auch den Blick nicht von ihr ab. Sie hat das Gefühl, dass die Idee wirklich gut ist.

Eine Kellnerin kommt zu ihnen. Antonio bestellt etwas, und kurz darauf kehrt sie mit einem Tablett zurück. Feierlich baut sie eine Zuckerschüssel, zwei Pontarlier-Gläser, zwei Sieblöffel, eine kleine Karaffe mit Eiswasser und eine grüne Flasche vor ihnen auf.

»Absinth!«, sagt Lee.

»Drosso«, lautet Antonios Erklärung.

Er gießt den knollenförmigen unteren Teil der Gläser voll. Die Flüssigkeit leuchtet wie Jade vor dem rosafarbenen Hintergrund. Sie legen die Zuckerwürfel in die Löffel und hängen sie über die Gläser, dann lässt er das Wasser über ihren Löffel tröpfeln. Es ist eine sinnliche Geste, betörend in ihrer Langsamkeit. Die grüne Flüssigkeit im Glas wird milchig trüb. Lee nimmt Antonio die Karaffe ab und macht dasselbe bei ihm. Sie spürt seinen Blick. Sie rühren kurz um, stoßen an und führen die Gläser gleichzeitig zum Mund. Es schmeckt nach Pfefferminz und Lakritze. Lees Nase kribbelt, als sie schluckt.

Antonio trinkt, hustet, greift in die Tasche und holt seinen Tabak heraus. Mit einer fließenden Bewegung dreht er sich eine Zigarette, zündet sie an und nimmt einen tiefen Zug, sodass die Glut zischt und knistert. Er reicht sie Lee, die erst ablehnt, dann aber denkt, *Warum nicht?* Als sie den Rauch inhaliert, verstärkt er die Schärfe des Absinths, als würde sie innerlich brennen, fast als würde sie sich häuten. Sie nimmt noch einen großen Schluck, zieht an der Zigarette, und dann füllen sie die Gläser nach und wiederholen das Programm.

»Also«, sagt Antonio schließlich neugierig.

Lee nimmt noch einen Schluck und legt die Hand auf den Tisch, und er legt seine Hand auf ihre. Lees Welt verengt sich zu einem Punkt und im Zentrum ist er.

Leute kommen und gehen. Die Musik wird lauter, der Rhythmus wilder. Mehrere Paar stehen auf und schieben Tische beiseite, um tanzen zu können. Die Frauen heben die Roben an, darunter sieht Lee ihre schlanken, unbestrumpften Beine. Lee und Antonio sitzen dicht beieinander. Die Welt dreht sich um sie herum. Lee kommt es vor, als gäbe es an diesem merkwürdigen Ort alles, was man braucht. Beim Anblick der tanzenden Paare läuft die Zeit langsamer, sie lehnt sich zurück und lässt Einzelheiten auf sich wirken: ein blauer Fleck an einem Knie, ein Ohrring, der einen bunten Lichtstreifen auf den Hals einer Frau wirft, der Ausdruck der Tänzer, die sich ihrer selbst bewusst und gleichzeitig ungehemmt scheinen, die Augen geschlossen, während ein Lächeln oder eine konzentrierte Grimasse über ihre Gesichter huscht. Lee hört Gesprächsfetzen von anderen Tischen: »Ich habe ausgerechnet *Gardenien* gezüchtet«, »Bevor es richtig zu schneien anfing, waren wir unten, aber da hatte ich schon meinen Ski verloren«, »Patrice ist ein richtiges Luder, wenn sie bei ihm ist.«

Lee beugt sich zu Antonio, sodass ihre Lippen fast sein Ohr berühren. »Weißt du, was ich gern machen würde? Ich würde gern Fotos hier machen.«

Er gießt Absinth in ihr Glas. »Du bist gut, oder? Als Künstlerin. Du machst dir ernsthaft Gedanken.«

Lee weiß nicht, wie er darauf kommt, aber es ist wahr. Dass er das sieht, macht es irgendwie noch wahrer, als wenn Man oder sogar Jean ihr dasselbe gesagt haben.

»Ja, das stimmt. Ich hab das Gefühl …« Sie wirft einen Blick auf die Tänzer und auf die anderen Paare an den Tischen. »Ich hab das Gefühl, endlich zu verstehen, was ich ausdrücken will.«

Jedes Mal, wenn sie etwas sagen wollen, müssen sie sich vorbeugen, um nicht schreien zu müssen, was sich erstaunlich vertraut anfühlt.

»Ich glaube, die Welt …«, fährt sie fort, »die Welt dreht sich einfach weiter, egal, ob ich ein Foto mache oder nicht. Meine Kunst – sie hat damit zu tun, wann ich auf den Auslöser drücke. Es geht nicht darum, etwas in Szene zu setzen und dann zu fotografieren. Es geht darum, im richtigen Moment am richtigen Ort zu sein und sich für etwas zu entscheiden, obwohl niemand sonst irgendetwas darin sieht.«

Er nickt. »Das gefällt mir.«

Sie fühlt, wie sie rot wird. Sie ist nicht sicher, ob er sie verstanden hat – Lee hat diesen Gedanken so noch nie ausgesprochen. Sie denkt selbst noch darüber nach. Mit zittriger Hand greift sie nach dem Absinth, nimmt einen langen brennenden Schluck und gießt sich selbst nach. Das Wasser trifft auf den Alkohol und verteilt sich wie Rauch im Glas.

Mehr als alles andere sucht sie diesen Augenblick der Entschlossenheit und der Klarheit. Sie will Momente erschaffen und sie auf Film bannen. Gelebte Erfahrung einfangen, das Gefühl, am Leben zu sein.

Die Barfrau hält einem Mann ein Weinglas hin, als wäre es eine

Rose. Ein Mann senkt den Kopf und reibt sich den Nacken. Es riecht nach Alkohol und Parfüm, und die Luft ist feucht von all den Körpern – genau wie Antonio es sich ausgemalt haben muss, als er an den Mund dachte. Lee nimmt die Flasche und gießt ihm nach, dann beugt sie sich über den Tisch und küsst ihn.

Stunden später stolpern sie elektrisiert und betrunken durch einen dunklen Flur in einem Teil von Drossos Wohnung, den Lee noch nicht zu kennen glaubt. Antonio umklammert ihre Hand, ihr Daumen reibt gegen sein Handgelenk.

Jemand kommt ihnen im Halbdunkel entgegen.

»Wir brauchen ein Zimmer«, murmelt Antonio.

Die Person antwortet nicht und schwankt weiter.

Kichernd probieren sie einen Türknauf nach dem anderen. Todmüde und gleichzeitig hellwach. So viele Türen! Eine geht auf, ein Bad, ihre Blicke begegnen sich. Fast ziehen sie es in Erwägung. Antonio legt den Arm um sie, seine große Hand umfasst ihre Rippen. Er ist so warm, dass sie das Gefühl hat zu schmelzen.

Endlich am Ende des Flurs eine Doppeltür mit zwei großen Griffen.

»Sind das etwa …?«

Es sind tatsächlich zwei große, nach oben gebogene erigierte Penisse aus Bronze.

»Glaubst du …« – fängt Lee an und hickst dann – »… das ist Drossos?« Sie hat Angst, dass sie nicht mehr aufhören kann zu lachen.

»Wahrscheinlich.«

»Also, wirklich … beeindruckend.«

Antonio zieht einfach an ihnen und führt sie in ein großes Schlafzimmer, wahrscheinlich Drossos. Antonio, der nicht unbedingt viele Worte verloren hat, seit Lee ihn kennt, flüstert ihr mit rauer Stimme zu, was er alles mit ihr machen will, auf welche Weise er sie vögeln will.

sagt sie. »Ja.« Lee will noch mehr sagen, aber ihr Mund ge-
t ihr nicht, außerdem will sie ihm weiter zuhören. Er hebt
ufs Bett. Ihre Roben liegen auf dem Boden, sie sind nur noch Haut auf Haut auf Haut. Lee liegt auf dem Rücken. Antonio kniet zwischen ihren Beinen und packt sie an der Hüfte, er zieht sie hoch und auf sich drauf, sodass sie die Positionen wechseln. Mühelos gleitet er in sie hinein. Sie presst ihre Schenkel an ihn und spürt seine Hüftknochen, während sie sich auf ihm bewegt und das Tempo bestimmt. Jedes Mal, wenn sie hochgeht, drückt er ihr sein Becken entgegen. Während er in sie hineinstößt, fühlt sie dasselbe wie beim Absinth, als würde sie von innen ausgeschält und ein neuer Mensch werden. Sie beugt sich vor und fährt mit den Händen über jeden Zentimeter seines Körpers, legt eine Hand zwischen ihre Beine und umfasst seinen Schaft, um zu spüren, wie hart er ist. Irgendwann hört sie auf zu denken. Es ist alles nur noch Rauch, Hitze und Absinth, ihre beiden Körper, die sich aneinanderreiben. Ihr Orgasmus kommt in einer heftigen Welle. Sie hält ihn, solange sie kann, zurück, aber dann rollt er trotzdem über sie hinweg, löscht alles aus, und sie verliert sich darin, besinnungslos, die Welle ist die Dunkelheit, die über sie hereinbricht, und sie lässt es zu.

Anschließend liegt Lee neben ihm, mit dem Kopf an seiner Schulter. Das Licht ist schummrig, sie starrt auf die Tapete, lässt den Blick verschwimmen, sodass die Ranken- und Blumenmuster sich an der Wand entlangzuschlängeln scheinen. Dann sieht sie zu Antonio, der den Blick an die Decke gerichtet hat. Lee streicht ihm über den Arm, bis er sie ansieht.

»Was denkst du?«, fragt sie.

Er stützt sich auf einen Ellbogen, um sie besser anschauen zu können. »Weißt du, ich denke gerade, dass ich eigentlich gar nicht weiß, wer du bist.«

In ihrem trunkenen, zufriedenen Zustand denkt Lee darüber nach. Sie könnte antworten, dass sie selbst nicht weiß, wer sie ist, und es auch noch nie gewusst hat, dass sie sich manchmal wie ein leeres Gefäß fühlt, das gefüllt wird von dem Menschen, mit dem sie gerade zusammen ist, oder dem, was sie gerade macht. Vielleicht würde er das verstehen.

Stattdessen sagt sie: »Ist das denn wichtig?«

»Ich glaube, ja. Weil ich dich gern wiedersehen würde. Kann ich dich wiedersehen?«

Lee wird mit einem Mal nüchtern. Sie malt sich die Liste von Ausreden und Entschuldigungen aus, mit denen sie das hier vor Man zu verbergen versuchen wird. Allein der Gedanke daran erschöpft sie. Andererseits will sie sich auch nicht vorstellen, es nicht noch mal zu tun.

Sie betrachtet das Spiel der Schatten auf Antonios Brust, die dunkle Spur Haare, die über seinen Bauch läuft. »Natürlich kannst du das«, sagt sie.

»Bist du nicht mit Man Ray zusammen? Ich dachte, ich hätte gehört …«

»Und wenn ich es wäre?«

Antonio hebt beschwichtigend die Hände über den Kopf. »Du musst mir nichts erklären. Nachdem wir uns das erste Mal begegnet sind, hab ich dich, glaub ich, mal im Dôme gesehen. Du sahst … du machtest einen glücklichen Eindruck.«

Lee stellt sich vor, was Antonio gesehen haben könnte. Die Kamera zoomt zurück, und sie sitzt mitten im Bild und lächelt. Man legt beschützend den Arm um sie, besitzergreifend. Man sieht jemanden, den er kennt, er lächelt und winkt, geht hin, um Hallo zu sagen. Wenn Lee die Szene fotografieren würde, dann würde sie dabei Man beobachten, und zwar möglichst, ohne dass jemand es mitbekommt. Aber was kann Antonio gesehen haben? Unter der Oberfläche, Liebe? Sie wird es nicht erfahren. Der Moment ist vorbei, der Moment hat nie existiert.

»Wir *waren* glücklich«, sagt Lee, schwingt die Beine aus dem Bett und sucht nach ihrem Gewand, bis sie es mit Antonios verknäult bei der Tür findet. Sie nimmt beide hoch und wirft ihm seins zu. Er kramt in der Tasche nach dem Tabak, rutscht ans Kopfende hoch und dreht sich eine Zigarette auf dem Schoß.

Lee geht zu ihm und gibt ihm einen langen Kuss, keiner von beiden will ihn beenden. Er schmeckt nach Rauch und Zucker. Die Nervenenden in ihrer Zunge ziehen den Knoten in ihrem Magen stramm, es ist das Einzige, was sie davon abhält, sich wieder neben ihn zu legen. Stattdessen rückt sie von ihm ab.

In Wirklichkeit ist Antonio ein Fremder. Man ist es, den sie kennt, mit ihm hat sie sich ein Leben aufgebaut, er hat sie zu der gemacht, die sie heute ist. Lee überlegt, wie es wäre, ihn zu verlassen. Sie würde ihre Sachen aus der Wohnung holen – und dann? Zu Antonio gehen? Dieser Mann hier ist nur ein anderer Man, aber einer, den sie nicht kennt und der sie noch nicht liebt. Man liebt sie. Seine Wut am Nachmittag, als er ihr die Kamera ins Gesicht gedrückt hat, war die Reaktion darauf, dass sie sich zurückgezogen hat, statt ihm näherzukommen. Sie kann sich ein Leben ohne ihn nicht vorstellen.

»Ich hab mich geirrt. Ich kann dich nicht wiedersehen.«

Antonio lacht ungläubig. »Du bist eine geheimnisvolle Frau.«

»Wahrscheinlich, ja.«

»Solltest du deine Meinung ändern …« Er verstummt. Sie geht zu ihm und küsst ihn noch einmal und fährt dabei mit der Hand an seinem ganzen Körper entlang. Dann steht sie auf und geht durch die Tür in Richtung nach Hause.

Die Sonne steht rosa am Horizont, als Lee in die Wohnung kommt. Im Umkleideraum bei Drosso hat sie sich im Spiegel gesehen. Das einzige Wort, das ihr dazu einfiel, war *verwüstet*: geschwollene Lippen, die Augen mit Eyeliner verschmiert, das Haar fettig und zerzaust. In dem kleinen Bad drehte sie den Kaltwasserhahn auf und schob den Kopf darunter, sodass das Wasser ihr in die Nase und in die Augen lief. Sie rieb sich das Make-up aus dem Gesicht und fuhr sich mit den nassen Händen durch die Haare. Dann knüllte sie die Robe zusammen, hielt sie unters Wasser und schrubbte sich zwischen den Beinen und unter den Achseln, so hart sie konnte. Aber den Rest bekam sie nicht mehr weg: den Tabakgeruch an den Fingern, ihr lädiertes Gesicht, den Schleier der Schuld, der sie wie eine dickere, abgestumpfte Version ihrer selbst umgab.

Es gibt nichts, was sie Man sagen kann – keine gute Entschuldigung dafür, wo sie gewesen ist. Als sie die Wohnung betritt, zittert sie nicht, sie vibriert, ihr ganzer Körper bebt vor Anspannung. Vielleicht schläft Man noch oder ist schon im Studio, vielleicht kann sie ihre Begegnung noch eine Weile hinauszögern.

Aber als sie in die Küche kommt, sitzt er am Tisch und trinkt Espresso. Er schaut sie verwundert an, als hätte er sie seit Monaten nicht gesehen. Ganz ruhig führt er die Espressotasse an die Lippen und nimmt einen Schluck.

»Wo warst du?«, fragt er.

Lee zieht den Mantel aus, legt ihn zusammengefaltet über die Stuhllehne und fragt sich, ob sie das auch sonst tun würde. Sie räuspert sich. »Jean ist wieder da. Zurück aus Rom. Ich hab ihn auf dem Weg ins Studio getroffen, und er wollte mir ein bisschen was von seinem Film zeigen. Er ist wirklich toll geworden. Ich freu mich schon, wenn du ihn zu sehen bekommst. Tut mir leid, wenn du dir Sorgen gemacht hast.«

Die Lüge ist immerhin glaubwürdig. Jean ist tatsächlich zurück. Er hat ihr aus Rom geschrieben, dass er kommt, aber sie hatte noch keine Zeit, ihn zu besuchen. Es hätte jedenfalls gut sein können, dass sie ihn zufällig trifft. Lee hat die Worte vorher eingeübt, aber jetzt kommen sie ihr selbst gekünstelt vor.

»Ah«, sagt Man und stellt die Espressotasse so vorsichtig auf die Untertasse, dass sie kein Geräusch macht. »Ich bin gespannt.«

»Ja, ich kann es kaum erwarten. Es dauert wohl nicht mehr lange, bis er fertig ist – Jean meint, es ginge nur noch um ein paar

Änderungen. Was ich gesehen habe, war auf jeden Fall gut. Sehr gut, wirklich. Du musst ihn dir ansehen.«

Lee redet zu schnell. Man steht auf und stellt die Espressotasse in die Spüle. Er geht in den Flur, greift sich Mantel und Schlüssel. Er öffnet die Tür und sieht sich noch mal nach ihr um.

»Seh ich dich später, wenn du von der *Vogue* kommst?«, fragt er. Sein Blick ist sanft, er zieht die Mundwinkel leicht hoch.

Noch bevor sie Ja sagen kann, fällt die Tür hinter ihm ins Schloss.

WIEN
SEPTEMBER 1945

Lee gibt dem Kätzchen den Namen *Warum*, das deutsche Wort, als sie es in Wien in der Gosse findet. Es passt in die Mantelinnentasche und schnurrt an ihrer Brust wie ein Motorrad, während sie in der Schlange auf die Papiere wartet, um nach Moskau weiterreisen zu können. Sie braucht für alles eine dreifache schriftliche Genehmigung, und jeder Bürokrat, mit dem sie spricht, ist unorganisiert und inkompetent. Von allen ehemaligen Nazihochburgen hasst Lee Wien am meisten.

Die befreite Stadt ist ein Musterbeispiel der Kontraste. Nachts kriegen die Österreicher gar nicht genug von Musik. Luftige Cembali und trällernde Geigen klingen durch die Straßen. Die Konzertsäle sind voll, aber Lees geliebte Opern berühren sie nicht mehr. Eines Abends geht sie ins Marionettentheater, und die schlaksigen tanzenden Puppen erinnern sie so sehr an Dachau, dass sie hinausrennen muss, um nicht loszuschreien.

Sie sitzt seit Wochen hier fest, lange genug, damit die Post sie erreicht, ein Stapel Briefe von Roland, so dick wie ihr Oberschenkel. Sie liest sie im Bett und lacht, als Warum nach dem Papier schlägt. Roland klingt besorgt, er will unbedingt, dass sie nach Hause kommt. Der Krieg ist vorbei, Hitler tot, er sieht keinen Grund dafür, dass Lee noch länger wegbleibt.

Bei Tageslicht sieht Lee nichts als Not und Elend. Österreichische Mädchen tragen Mäntel von Toten und betteln in den Trümmern um Essen. Unterernährte Babys sterben in Wiener Krankenhäusern, ihre Brustkörper heben sich über Rippen zerbrechlich wie Mikadostäbe, während sie um jeden Atemzug ringen. Wenn sie Roland schriebe, würde sie sagen: *Deswegen bin ich noch hier, um das Leid zu zeigen, das mit dem Ende des Krieges nicht vorbei ist.* Stattdessen schreibt sie ihm gar nicht.

Eines Tages stellt Lee überrascht fest, dass Warum nicht mehr in ihrer Manteltasche sitzt. Sie geht den Weg zurück, wird an den Kontrollpunkten festgehalten, an denen sie vor ein paar Stunden schon ihre Papiere vorgezeigt hat, und ist mit jeder Minute überzeugter, dass sie den kleinen Kater nicht mehr finden wird. Sie sucht bis Sonnenuntergang, bevor sie aufgibt und zurück zum Hotel geht. Neben dem Eingang fällt ihr etwas ins Auge. Da ist er, im nächsten Rinnstein, die Hinterbeine gebrochen, den Rücken gebogen wie ein Kämpfer, die Todesstarre hat schon eingesetzt. *Warum?*, denkt Lee. Sie nimmt ihn hoch, wiegt ihn in den Armen. Es dauert Stunden, bis sie sich von ihm trennen kann. Mit ihrem Schal als Leichentuch begräbt sie das Bündel in den Trümmern. Es hat keinen Sinn, etwas zu lieben, wenn es einem am Ende sowieso wieder genommen wird.

KAPITEL DREISSIG

Nachdem Man gegangen ist, bleibt Lee allein mit ihrem Betrug. Mechanisch macht sie sich für die Arbeit fertig und konzentriert sich auf dem Weg zur *Vogue* voll und ganz auf ihre Füße. Es ist bitterkalt, aber sie spürt nichts. In ihrem Kopf wiederholen sich nur wieder und wieder die Szenen von letzter Nacht.

Die Deadline für die nächste Ausgabe ist kommende Woche, und wenn das Datum näher rückt, herrscht in der Redaktion immer großer Trubel. Als Lee ankommt, versinken die Büros im üblichen Chaos, Models, Assistenten und Illustratoren laufen herum, als könnten sie ihre Arbeit rechtzeitiger erledigen, wenn sie sich schnell genug bewegen. Hier und da begrüßt sie jemand auf dem Flur, aber sie geht direkt weiter in einen der Ankleideräume und setzt sich auf einen Stuhl. Lee kann nicht glauben, dass sie heute ein Shooting hat – sie hat keine Minute geschlafen, und nicht einmal George wird die dicken Tränensäcke verbergen können, die sie jetzt im Spiegel sieht.

Bestimmt weiß Man genau, wo sie letzte Nacht war. Dass, wenn sie in den letzten Wochen zusammen waren, sie sich in der Dunkelheit jedes Mal Antonios Körper vorgestellt hat, und dass es seine Hände waren, die sie berührten. Vielleicht aber auch nicht, vielleicht hat er keine Ahnung. Der Gedanke macht sie fast wütend: Wie sollte er es *nicht* wissen? Wie dumm kann er sein?

Die Tür öffnet sich knarrend, und Horst marschiert herein.

Nach einem kurzen Blick auf Lee sagt er: »Du siehst mitgenommen aus.«

Lee stöhnt, lässt den Kopf sinken und reibt sich die Schläfen. Horst setzt sich ihr gegenüber und schlägt die ausgestreckten Beine übereinander. »Lieber Himmel. Das wird George gar nicht gefallen. Soweit ich weiß, machen wir heute die Hutbilder.« Er beugt sich vor und betrachtet sie aufmerksam. »Hast du geweint?«

»Nein.« Lee spuckt das Wort förmlich aus. »Und du siehst auch nicht so toll aus.«

Horst sieht in den Spiegel und lächelt sein Spiegelbild strahlend an. »Ich sehe blendend aus, und das weißt du auch genau.«

Lee sollte lachen, tut es aber nicht. Als Horst seine Aufmerksamkeit wieder auf sie richtet, huscht ein besorgter Blick über sein hübsches Gesicht.

»Bringen wir's hinter uns«, sagt sie.

Das Shooting geht gut über die Bühne – die Maskenbildnerin vollbringt ein kleines Wunder –, aber als es vorbei ist und Lee bewusst wird, dass sie wieder nach Hause muss, fühlt sie sich genauso wie am Morgen mit Man, als würde ihr die Zunge anschwellen und sie ersticken.

Horst und George stehen im Flur und flirten wie immer. Lee wartet. Horst bringt sie normalerweise nach Hause, und jetzt wünscht sie es sich noch mehr als sonst, damit ihre Gedanken nicht ständig um dasselbe Thema kreisen.

Die Luft ist milder als vorhin, der Wind hat sich gelegt. Sie laufen den Boulevard Raspail entlang, die Cafés und Bars sind voller Leute, die genau wie sie nicht nach Hause wollen. Das Gelächter und der Straßenlärm machen sie nervös, also biegt sie kurz darauf, gefolgt von Horst, in eine ruhigere Seitenstraße. Als sie an einem Herrenbekleidungsgeschäft mit breiten Seidenkrawatten im Schaufenster vorbeikommen, bleibt Horst davor stehen.

»Kannst du kurz warten? Die blaue da finde ich toll«, sagt er und stürmt in den Laden. Lee nutzt die Gelegenheit, ihren Herzschlag zu beruhigen. Horst bleibt fünf Minuten weg, dann zehn. Lee späht durch die trübe Glastür und sieht ihn mit vier Krawatten um den Hals vor einem Spiegel gestikulieren. Sie setzt sich auf die Stufen vor den Laden. An einem Laternenpfahl hängen diverse Zettel übereinander. Verlorene Katzen, neu eröffnete Bistros, Werbung für Filme, die bald anlaufen. Dazwischen entdeckt Lee ein bekanntes Gesicht. Sie steht auf und geht zu dem Pfahl. ILSE BING UND CLAUDE CAHUN: OBJEKTE UND OBJEKTIVIERUNGEN liest sie, unter dem Titel sind Fotos von den beiden abgedruckt und darunter Ilses Bild eines Tänzers und eins von Claudes Selbstporträts. GALERIE PIERRE, DEZEMBER 1930 – JANUAR 1931.

»Scheiße«, flüstert Lee. Sie reißt den Zettel ab und schüttelt ihn. Sie haben es tatsächlich getan – Ilse und Claude. In der Galerie Pierre, wo selbst Man noch nie eine Ausstellung hatte. Wenn sie sich anders verhalten und sich vor Monaten mit ihnen angefreundet hätte, könnte Lee jetzt vielleicht dabei sein. »Scheiße«, sagt sie noch mal, diesmal lauter, das Fluchen hilft, Druck abzulassen.

Kurz darauf kommt Horst mit zwei Krawattenschachteln unterm Arm aus dem Laden. Lee knüllt den Zettel zusammen und wirft ihn in einen Mülleimer, dann setzt sie ein Lächeln auf und geht zu Horst, der ihr seine Krawatten zeigt und zufrieden neben ihr herläuft.

Sie nehmen eine Abkürzung über den Cimetière du Montparnasse, wo stattliche Ulmen einen Bogengang über den breiten Wegen bilden. Lee kann sich nicht erinnern, sich jemals so schlecht gefühlt zu haben. Sie verschränkt die Arme und reibt sich warm.

»Bist du sicher, dass alles in Ordnung ist?«, fragt Horst schließlich.

Lee hebt den Kopf. »Mir geht es gut.«

Er nickt. Sie sieht zu ihm, in sein argloses Gesicht, auf die

Schachteln in seiner Armbeuge, die Kammspuren in seinem perfekt zurückgestriegelten Haar, strahlend vor Selbstzufriedenheit und Elan, und plötzlich empfindet sie eine starke Abneigung gegen ihn.

»George und du«, sagt sie auf einmal. »Es wissen doch alle, was zwischen euch läuft.«

Horst bleibt abrupt stehen, runzelt die Stirn und steckt die Hände in die Taschen. »Das geht niemanden etwas an«, sagt er. »Abgesehen davon, läuft da auch überhaupt nichts.«

»Sei nicht albern. Seit Monaten weiß doch jeder, dass du mit ihm ins Bett willst.«

Horst tritt einen Schritt zurück, als hätte Lee ihn geschlagen. Sie merkt, dass sie eine Grenze überschritten hat. Aber irgendwie wirkt es auch befreiend. »Das ist doch peinlich. Das ganze Gerede. Mach's einfach und bring es hinter dich.«

»Was soll das? Was zum Teufel ist los mit dir?«

Ja, was ist los mit ihr? Horst klappert mit seinen langen Wimpern. Horst ist nett, einer der nettesten Menschen, die sie in Paris kennengelernt hat, er ist unkompliziert, und es macht Spaß, mit ihm zu arbeiten. »Es tut mir leid«, sagt sie. »Ich weiß nicht, was in mich gefahren ist.«

»Gut, dann finde es heraus. Du benimmst dich nämlich wirklich seltsam in letzter Zeit.« Horst läuft los und tritt ein paar Steine weg, und als sie ihm folgt, hebt er abwehrend die Hand. »Weißt du, was?«, sagt er und dreht sich nach ihr um. »Du könntest dir das Leben sehr viel leichter machen, wenn du andere Menschen so behandelst, wie du selbst behandelt werden möchtest.«

»Wie meinst du das?«

Horst zögert und sagt dann: »Pass auf. Es macht Spaß, mit dir zusammen zu sein, wenn du es willst. Aber wie lange arbeiten wir jetzt zusammen? Und was weißt du über mich? Du scheinst dich für niemanden zu interessieren außer für dich selbst. Denn wenn du dich für mich interessieren würdest, dann wüsstest du, dass ich es bei George versucht habe und er mir einen Korb gegeben hat. Wenn also getratscht wird, dann ohne jeden Grund.« Er starrt nach vorn auf den Weg.

»Das tut mir leid ...«

»Wirklich, Lee?« Horst schüttelt den Kopf, dreht sich um und geht weiter in Richtung Südseite des Friedhofs. Sie sieht ihm nach, bis er hinter einer Ecke verschwindet, und bleibt dann noch eine Weile stehen. Was soll sie jetzt tun? In ihrer jetzigen Stimmung hat sie Angst vor sich selbst, Angst, womöglich noch mehr kaputtzumachen.

Sie kann nicht in die Wohnung, in ihr gemeinsames Zuhause, auch wenn Man nicht da ist. Sie kann auch nicht allein sein, also macht sie kehrt und läuft in Richtung Les Deux Magots, wo sie einen Tee trinken und versuchen wird, sich zu sammeln. Aber als sie die Rue des Plantes hochläuft, fällt ihr ein, dass Jean zurück ist. Plötzlich verspürt sie das dringende Bedürfnis, sein freundliches Gesicht zu sehen, und beschließt, ihn zu besuchen. Als er ihr die Tür aufmacht, fällt sie ihm praktisch in die Arme.

»Maus!«, ruft er und hebt sie hoch. »Ich dachte schon, ich muss dich suchen gehen, wenn du nicht bald auf meinen Brief antwortest. Und jetzt bist du hier.«

Sie gehen ins Wohnzimmer, und Jean gießt Lee ein Glas Wein ein. Allein bei dem Anblick dreht sich ihr der Magen um. Er setzt sich ihr gegenüber und erzählt fröhlich von Rom und dem neuen Zug, mit dem er zurückgefahren ist, und was er alles an ihrem Film gemacht hat. »Er ist wirklich unglaublich gut geworden. Wenn es nicht mein eigener wäre, würde ich das Wort *brillant* benutzen. Verzeih mir: Ich sag es trotzdem. Der Film ist brillant, und du, meine Liebe, bist brillant darin.«

Lee lächelt zum ersten Mal an diesem Tag. »Wirklich?«

»Würde ich es sonst sagen? Alle sind begeistert. Der Vicomte liebt den Film. Na ja ...« Hier verdüstert sich Jeans Miene kurz. »Bis auf das Ende. Das Ende müssen wir noch mal machen, aber das hat nichts mit dir zu tun. Ich muss Anush bitten, den Teil noch mal zu drehen – ah! Hast du gehört? Anush kriegt ein Baby.«

Lee hat es nicht gehört. Sie hat keinen Kontakt mehr zu den Filmleuten, außer zu Jean, und als er von Anush und den anderen erzählt, merkt sie, wie sie sich ein wenig beruhigt. Anush mochte sie, sie hat sie so genommen, wie sie war. Alle am Set mochten sie. Lee braucht Horsts Freundschaft nicht, und wenn Man wütend auf sie ist, dann braucht sie ihn vielleicht auch nicht.

»Wenn du deinen nächsten Film machst, kann ich dann wieder mitspielen?«

»Du kannst in jedem meiner Filme mitspielen, auf immer und ewig«, erklärt Jean theatralisch und legt die Hand aufs Herz.

Sie stellt sich vor, auf Jeans Filmset zu kommen und ihr restliches Leben einfach hinter sich zu lassen. »Was hast du als Nächstes vor?«

Jean nimmt ihr unangerührtes Glas und trinkt einen Schluck. »Wer weiß? Vielleicht mache ich in nächster Zeit gar keinen Film. Dafür bräuchte ich erst mal eine zwingende Idee. Im Moment schreibe ich Gedichte. Und male. Spreche mit Djagilew. Er will, dass ich ein Projekt für sein neues Ballett entwickele.«

Schon bei dem Wort *Ballett* erschaudert Lee. Sie lehnt sich auf der Couch zurück, ihr wird fast schlecht bei dem Gedanken an letzte Nacht. Jean, dem praktisch nichts entgeht, merkt sofort, dass etwas nicht stimmt.

»Was ist los?«

Er sieht sie aus seinen tiefliegenden braunen Augen an. Lee weiß, dass sie nicht darüber reden sollte, aber sie hat den unbändigen Drang, jemandem ihre Schuld zu Füßen zu legen, jemandem, der ihr wohlgesonnen ist. »Ich hab etwas Dummes getan«, flüstert sie mit gesenktem Blick.

Jean kommt zu ihr auf die Couch und nimmt ihre Hände in seine. »Was kannst du denn so Schlimmes getan haben?«

Lee räuspert sich und versucht zu schlucken. »Du kennst doch Antonio Caruso?«

Ein wehmütiges Lächeln erscheint auf seinem Gesicht. »Natürlich.«

»Ich ... ich war mit ihm zusammen. Letzte Nacht. Man weiß nichts davon, oder, ich bin nicht sicher, vielleicht doch. Ich bin letzte Nacht nicht nach Hause gekommen. Ich hab seit zwei Tagen nicht geschlafen.« Die Worte sprudeln nur so aus ihr hervor.

Jean hat die Augen geschlossen und lächelt noch.

»Jean?«, fragt sie.

»Tut mir leid.« Er öffnet die Augen. »Ich hab mir dich mit Caruso vorgestellt. Er ist ein so attraktiver Mann. Ich denke mir regelmäßig etwas aus, warum ich ihn am Set brauche, nur damit ich ihn ansehen kann.«

Lee würde am liebsten lachen, aber sie ist zu verstört. »Ich weiß nicht, was ich tun soll«, flüstert sie.

Jean trommelt mit den Fingern auf seinem Bein. »Als Man Ray mit Kiki zusammen war«, sagt er, »haben sie sich regelmäßig auf der Straße angeschrien, sodass jeder es hören konnte. Alle haben über sie geredet. Über euch beide höre ich nichts dergleichen.«

»Wir schreien uns zu Hause an«, sagt Lee mit einem erstickten Lachen.

»Ah. Na ja, man kann eben nicht aus seiner Haut, wie es so schön heißt. Man hat Kiki immer erzählt, was sie zu tun hatte, ich kann mir also vorstellen, dass er das auch bei dir macht.«

»Ja.«

»Kiki ...« Jean schnippt herablassend mit den Fingern. »Ich hege keine großen Sympathien für sie. Aber du: Niemand sollte *dir* vorschreiben, was du zu tun hast.«

Lee hält die Hände vors Gesicht. Wie soll sie Jean klarmachen, was Man ihr bedeutet? Selbst, wenn Jean nichts gegen ihn hätte, wüsste sie nicht, wie sie es ihm erklären könnte. »Erinnerst du dich an den Abend, als wir uns kennengelernt haben und wir beim Brunnen waren und du mich gefragt hast, ob ich in Man verliebt sei?«

»Ja.«

»Ich habe so oft an diesen Abend gedacht. Ich wollte dir nicht sagen, was ich für Man empfand. Ich kannte dich ja kaum. Also hab ich gesagt, ich wüsste nicht, was Liebe ist. Und dieses Gefühl habe ich wirklich manchmal … aber zwischen Man und mir gibt es so viel – wie wahrscheinlich in jeder Beziehung –, wovon niemand etwas mitbekommt. Einem Außenstehenden kann man das nicht erklären. Ich jedenfalls nicht. Es gibt allerdings etwas, das ich dir an dem Abend hätte erzählen sollen. Vor ein paar Monaten stand ich eines Abends allein in der Dunkelkammer, und mir lief eine Maus über die Füße …«

»Eine Maus für meine Maus«, sagt Jean und nickt.

»Ha, ja. Jedenfalls hab ich die Lampe angeschaltet, und es kam Licht an die Negative, aber so, dass sie danach nicht völlig hinüber waren. Später haben Man und ich dann zusammen versucht, den Effekt absichtlich herzustellen – wir haben diese Technik perfektioniert, und die Bilder, die dabei entstanden, sind das Beste, was ich je gemacht habe. Ich glaube, in dem Moment wusste ich, dass ich eine echte Künstlerin werden könnte.«

Lee holt Luft. Jean sagt: »Jeder hat diesen Moment, in dem man etwas nicht mehr *versucht*, sondern *macht*. Mir ging es so ähnlich, auch mit einem Lehrer. Aber du warst schon immer eine Künstlerin. Das sieht man sofort.«

Lee nickt, obwohl sie ihm nicht wirklich glaubt. »Vielleicht«, erwidert sie schließlich. »Aber so glücklich wie in dem Augenblick war ich nie wieder.«

»Ah. Das ist etwas anderes.«

»Ja.«

Jean streckt die Hände aus. »Willst du meine Meinung hören? Du hast mit Caruso geschlafen, weil Caruso ein schöner Mann ist und du eine schöne Frau bist. Du bist jung und probierst Dinge aus. Ob du es Man erzählst oder nicht, liegt bei dir. Aber fühl dich deswegen nicht schlecht. Das führt zu nichts. Du bist Künstlerin. Künstler müssen Erfahrungen machen, weil daraus ihre Kunst entsteht.«

Es wäre so leicht, Jean zuzustimmen: Lee hat sich genau das schon mehrmals gesagt. Aber den Wunsch nach Erfahrungen als Entschuldigung für eine Affäre zu benutzen, ist genau das: eine Entschuldigung, um sich selbst die Absolution zu erteilen. Und die Gründe, warum sie mit Antonio geschlafen hat, sind so verworren, dass sie sie Jean unmöglich erklären kann. Größtenteils hat es gar nichts mit Man zu tun, was aber nichts daran ändert, dass sie etwas getan hat, das ihm wehtut. Lee sagt: »Wenn ich es ihm nicht sage, wird es in unserer Beziehung immer eine Lüge geben.«

»Dann sag es ihm.«

»Aber dann gibt es keine Beziehung mehr. Man würde nie – er würde mich nie so betrügen, wie ich es getan habe.« Lee hat Tränen in den Augen und wischt sie mit dem Handrücken weg.

»Hmm. Dann, Maus, bist du eine glückliche Frau.« Jean tätschelt ihr Bein. »Vielleicht ist es das Beste, nicht mehr daran zu denken, jedenfalls jetzt nicht. Soll ich dir den Film zeigen?«

Sie gehen in einen Raum hinten in der Wohnung, wo die Jalousien heruntergezogen sind und ein Projektor aufgebaut ist. Zusammen sehen sie sich den Film von Anfang bis Ende an, und als der Teil kommt, in dem Lee erscheint und mit geschlossenen Augen über die Bühne gleitet wie zum Leben erwachter Marmor, saugt sie die Luft ein und hält den Atem an. Jean wirft ihr einen Blick zu und nimmt dann ihre Hand, er schiebt seine Finger zwischen ihre und drückt sie. »Siehst du?«, sagt er, als es vorbei ist und er aufsteht, um den Projektor auszuschalten. »Brillant.«

Es ist Abend, und Lee weiß, dass sie gehen sollte. Sie ist jetzt ruhiger, auch wenn sie noch nicht weiß, was sie tun oder sagen soll, wenn sie Man sieht. An der Tür umarmt Jean sie und flüstert ihr ins Haar: »Mach's gut, Maus«, und sie schmiegt sich ein bisschen länger an ihn als notwendig, bevor sie geht.

Man hat die Nachricht nicht wie üblich auf dem Esstisch hinterlassen. Weder in der Küche noch auf dem kleinen Tisch neben der Tür. Sie liegt im Schlafzimmer, auf einem Kissen auf dem Bett unter dem halb fertigen Bild. Sie ist in der Mitte zusammengefaltet, geschrieben auf dem Geschäftspapier, das er sich vor Jahren angeschafft hat, als die Geschäfte gut liefen, mit seinem Monogramm oben auf dem Blatt.

Lee steht vor dem Bild ihres Mundes und liest sie.

Meine Liebe,

Weißt du, wie viel Macht du hast? Wie viel Macht du über mich hast? Ich glaube, wenn du es wüsstest, würdest du mir nicht so wehtun. Du würdest mir nicht dein Wort geben und mich dann ständig im Ungewissen lassen, woran ich bei dir bin. Du würdest nicht diesen bedürftigen Mann aus mir machen, der so von deinem Versprechen abhängt. Ich muss für ein paar Tage wegfahren, vielleicht auch länger. Ich kann weder schreiben noch malen noch fotografieren, wenn ich die ganze Zeit nur an dich denke. Die einzige Möglichkeit, irgendetwas hinzukriegen, ist, eine Weile wegzufahren. Wenn du mir schreiben willst, kannst du mich über Arthur und Rose erreichen. Tut mir leid, dass ich gerade jetzt gehe, wo der Bal vor der Tür steht, aber ich bin sicher, dass du es auch ohne mich schaffst.

Für immer Dein,
M

Lee liest die Nachricht noch einmal und dann ein drittes Mal. Weiß er es? Spielt es eine Rolle? Es fühlt sich an, als wäre er eben erst gegangen. Plötzlich hat sie die Vision, ihn noch am Bahnhof zu erwischen. Sie stellt sich vor, wie sie durch die vollen Straßen rennt, hektisch nach einem Taxi winkt, ihn dann entdeckt, als er gerade in den Zug steigen will, und seinen Namen brüllt, bis er sie sieht. Die Szene fühlt sich falsch an, lächerlich. Es fehlt etwas: der Gestank des Betrugs.

Lee liegt den Brief weg, geht zum Schrank und holt ihren Morgenmantel. Zieht ihn an. Geht in die Küche und macht sich einen Tee. Alles geschieht wie automatisch. Es ist so still in der Wohnung. Unterm Fenster auf der Straße hört Lee die Leute reden, aus der Ferne ertönt eine Polizeisirene. Neben dem schlechten Gewissen, das den ganzen Tag an ihr nagt, spürt sie noch etwas anderes. Sie muss den Bal Blanc allein übernehmen. Sie weiß auch schon, wie. Die Idee, die sie letzte Nacht bei Drosso hatte. Dieses neue Gefühl ist so frisch und rein, es ist noch nicht ausgereift, sie kann es noch nicht wirklich benennen.

KAPITEL EINUNDDREISSIG

Die Tage vergehen, ohne dass Lee sich an sie erinnert. Sie bleibt im Bett, sie verschläft. Es gibt niemanden, der sie sehen kann. Sie trinkt Espresso auf leeren Magen und isst die letzten Reste. Ohne Man ist die Wohnung eine Höhle. Das Licht ist aus, aber sie zieht sich trotzdem die Decke über den Kopf.

Wenn Lee auf der Matratze liegt, kann sie nach hinten schauen und Mans Bild sehen. Sie fährt mit den Fingern über die dicke trockene Farbe. Aus dieser Position sehen ihre Lippen fast wie Körper aus, und Lee wünschte, Man wäre nicht weggegangen und würde jetzt neben ihr liegen.

Immer wieder geht ihr derselbe Gedanke durch den Kopf, bis sie nicht mehr kann. Antonio war nur ein Test, um ihr Fehlverhalten auf die Probe zu stellen, zu sehen, wie weit sie gehen würde. Geblieben ist ihr nur die Traurigkeit. Lee streckt die Arme und Beine aus, so weit sie kann. Ihre Reue ist unendlich.

Nach ein paar Tagen muss sie schließlich aufstehen. Etwas zu essen besorgen, sich an die Arbeit machen. Draußen blendet sie die Sonne, sie hat die Sonnenbrille aufgesetzt und den Hut tief ins Gesicht gezogen. Während sie ihre Besorgungen macht, kommt sie sich vor wie eine Schauspielerin, besser noch als in Jeans Film. Sie zwingt die Muskeln im Gesicht zu einem Lächeln, bindet ein Seil um die Gedanken und zieht sie zu dem jeweiligen Moment heran. Größtenteils funktioniert das. Aber beim Bäcker, als sie gerade etwas kaufen will, weiß sie nicht mehr, was sie tut. Manchmal muss sie aus einem Laden gehen und tief durchatmen, um sich zu beruhigen.

Als sie irgendwann zurück im Studio ist, klingelt es die ganze Zeit. Anfangs ist ihr nicht klar, woher es kommt. Eine Art Alarm, eine Übung? Als sie merkt, dass es das Telefon ist, läuft sie schnell hin und meldet sich außer Atem. Es ist Madame Pecci-Blunt, sie klingt herrisch. Ob Man Ray wie geplant am nächsten Tag kommt, damit sie ihm den Wintergarten zeigen kann, wo die Party stattfinden soll? Lee stammelt, stößt hervor, ehrlich gesagt, sei es sie, die komme, Man habe unerwartet verreisen müssen.

»Ah, sind Sie seine Assistentin?«, fragt Madame Pecci-Blunt.

»Partnerin.«

»Okay, gut. Von der Jean mir erzählt hat. Er sagte, Sie hätten Talent. Aber ich brauche Sie beide. Ich brauche Man Ray. Jeder kennt ihn. Diese Party muss exquisit sein. Es muss die Party des Jahres sein, der absolute Höhepunkt der Saison. Ich will nicht einfach bloß eine weiße Torte oder weiße Teller!« Aus ihrer Stimme spricht Geld und Kultiviertheit, ihr Französisch ist ein Wasserfall klingelnder Vokale.

Kurze Pause. Lee erinnert sich an Jeans Rat, die Kundin reden zu lassen, bis klar ist, was sie will. »Um das Essen und die Teller geht es nicht«, sagt sie schließlich ermunternd.

»Ah, da haben Sie recht! Diese Ideen immer – auf so etwas kommen auch nur Kinder. Deswegen engagiere ich ja Sie beide. Ich weiß nur, dass der Bal mit Magie zu tun hat, die Gäste sollen in eine andere Welt versetzt werden. Wie in einem Traum.«

»Ein Traum in Weiß. Ich hatte tatsächlich schon ein paar Ideen«, sagt Lee. Sie erzählt ein bisschen und unterbricht sich dann selbst. »Mimi – darf ich Sie Mimi nennen?«

»Aber sehr gern.«

Ermutigt fährt Lee fort und erklärt ihr in einem Schwall von

Worten die Idee, die sie im Gespräch mit Antonio hatte: die projizierten Bilder und Wörter auf dem Fußboden und den Körpern der Gäste.

»Das ist gut«, sagt Mimi. »Das gefällt mir sehr gut.« Innerhalb kurzer Zeit haben sie einen so wunderbaren Plan entwickelt, dass Lee genau wie Mimi überzeugt ist, die Party des Jahrhunderts auf die Beine zu stellen. Das einzige Problem ist, dass Lee keine Ahnung hat, wie sie ihn umsetzen soll. Dafür braucht sie Man und sein Equipment. Sie erzählt Mimi, er käme in ein paar Tagen zurück.

Als Madame Pecci-Blunt sich erkundigt, an was für ein Honorar sie gedacht habe, nennt Lee den Betrag, auf den Man und sie sich geeinigt haben und der ihr jetzt so hoch vorkommt, dass sie halbwegs damit rechnet, ihr Gegenüber würde direkt auflegen. Es ist mehr, als die Wheelers Man für seinen nächsten Film angeboten haben, mehr als drei Monatsmieten für das kleine weiß getünchte Studio in der Rue Victor Considérant. Aber Mimi willigt ohne weitere Fragen ein, und sie verabreden, sich am nächsten Tag zu treffen, um die Details zu besprechen. Lee fragt sich, ob sie mehr hätte verlangen sollen.

Am nächsten Tag geht sie zur Villa Pecci-Blunt am Trocadéro, wo der Bal stattfinden soll. Sie bringt ihr Notizbuch mit, ein Maßband und eine kleine Mappe mit ihren Arbeiten, die Mimi gar nicht sehen will. Stattdessen laufen sie über das Grundstück, als wären sie alte Freundinnen. Lee ist beeindruckt, sie hat noch nie solchen Reichtum von nahem gesehen. In den Gärten ist alles sauber und im rechten Winkel angelegt, als wäre es Teil eines Geometriekurses. Jede Hecke ist einwandfrei gestutzt, der Winterkohl und die Chrysanthemen sind hübsch in Reihen angeordnet. Nirgends liegt eine Blüte. An den Wegen eckige Fisch-Mosaike, die im Fünfundvierziggradwinkel aus symmetrischen Teichen springen.

Alles ist so perfekt, dass Lee den Drang verspürt, gegen irgendetwas zu treten, ein Loch in eine Buchsbaumhecke zu schneiden und die zerkleinerten Blätter auf dem Boden zu verteilen. Stattdessen lächelt sie und lässt sich von Mimi zum Tee einladen, serviert in einem Wohnzimmer mit himmelblauer Decke. Die zarten Porzellantassen, fast durchscheinend an den Rändern, sind gefüllt mit einem wässrigen Gebräu, offenbar verdünnt mit zu viel Sahne. Lee wünscht sich schlammigen, streng riechenden Espresso, aber das wäre wohl zu viel für den feinen Gaumen dieser Dame. Lee setzt sich auf die Kante einer mit Satin bezogenen Bank und greift mit zitternden Händen nach ihrer Tasse.

Im Anschluss entführt Mimi sie durch eine Seitentür in einen riesigen Wintergarten, mit gekacheltem Swimmingpool, umgeben von Blumen. Der schwere Geruch von Lilien liegt in der Luft. Lee ist entzückt; ein Idyll im Winter, mitten in Paris.

»Das ist perfekt«, sagt Lee. »Wir können rundherum durchsichtige Gardinen aufhängen und den Film darauf und ins Wasser projizieren.«

Lee sieht es direkt vor sich, so klar wie noch nie etwas anderes zuvor: Paare in weißen Smokings und elfenbeinfarbenen Kleidern, die neben dem Pool tanzen, weiß gekleidete Kellner, die sich ihren Weg durch die Menge bahnen. Sie sieht, wie die Gardinen sich in der Brise bauschen, die durch ein offenes Fenster weht, die Bilder – ihre Bilder – flattern leicht, als wären sie lebendig. Und während Mimi und sie sich die Details überlegen, wird Lee so ungeduldig, dass es alles andere auslöscht – ihre Schuldgefühle, die Wut auf Man, ihre Einsamkeit – und sie nur noch eins im Kopf hat: sich an die Arbeit zu machen. Als Mimi auf ihre Vorschläge mit einem erfreuten Lächeln reagiert, ist Man praktisch vergessen.

Die nächsten Tage verbringt Lee in einer Art Fiebertraum, sie konzentriert sich nur darauf, die Filme zu machen, die sie auf der Party zeigen will. Sie bringt sich bei, mit Mans Filmkamera umzugehen, die er zum Glück nicht verkauft hat, und füllt ein ganzes Notizbuch mit Skizzen und Ideen. Nachmittags kommt sie wie ein Taucher zum Luftholen an die Oberfläche, macht Besorgungen, die sie auf ein Konto auf Madame Pecci-Blunts Namen anschreiben lässt, und kehrt mit 16-Millimeter-Filmrollen, Leinwänden und diversem Material zum Experimentieren zurück.

Zuerst erstellt sie eine Liste mit zirka hundert Wörtern und Phrasen, auf Englisch und Französisch, Wörter, die überraschend und anregend wirken, wenn sie auf die Leute projiziert werden. RACONTEUR, MUSCHEL, UNWAHRHEIT, TRÄUMER, CHUCHOTER, TOLERANT, LUSTLOS – die Worte strömen nur so aus ihr heraus, sie schreibt sie alle runter, malt sie auf die Leinwände und filmt sie. Sie stellt sich vor, wie sie über die Haut und die Kleider der reichen Gäste kriechen – UNGESCHICKT, GELASSEN, EHRFÜRCHTIG, FLÂNEUR, REISENDE –, es hört gar nicht mehr auf.

Eines Abends malt Lee eine Geschichte auf eine Plane, vielleicht ist es auch ein Gedicht, jedenfalls sind es zusammenhängende Worte, die etwas erzählen. Während des Malens stellt sie fest, dass es eine Liebesgeschichte ist, die Worte sind Man und Antonio, eine verschlüsselte Entschuldigung, die nur sie und Man verstehen. Ihr kommt eine Idee, sie wühlt ein paar Bilder durch, die Man vor Monaten von ihr gemacht hat, und legt sie neben die Sätze. Und auf einmal wünschte sie, Man wäre da und würde zu der Party kommen und sehen, was sie gemacht hat, die Worte, die sie für ihn geschrieben hat, die Geschichte, die sie sich ausgedacht hat, um ihm zu sagen, wie leid es ihr tut.

Je weiter Lee arbeitet, desto mehr bereut sie, was sie getan hat. Desto mehr vermisst sie Man. Wie ihre Blicke sich in der Dunkelkammer begegnet sind, wie sie sich angesehen haben, wenn etwas geglückt war. Wie sie umeinander herumgetänzelt sind in ihrem gemeinsamen kleinen Raum. Allein zu arbeiten, ist nicht dasselbe. An einem verregneten Nachmittag ruft sie fast bei den Wheelers an, weiß dann aber doch nicht, was sie sagen soll.

Eines Abends, nach endlosen Stunden der Arbeit, hält Lee inne und sieht sich mit müden Augen um. Im Studio sieht es schlimm aus. Auf dem Boden liegen überall leere schwarze Farbtuben. Es riecht nach Leinöl und verschüttetem Wein und wahrscheinlich nach Lees Füßen. Die Spitzen ihrer Fingernägel sind schwarz, die Nagelhaut trocken vom Terpentin. Aber die Filme sind fertig. Vier Stück sind es geworden: einer aus unzusammenhängenden Wörtern, einer aus seltsam nebeneinandergestellten Bildern, ganz klar von Mans surrealistischen Filmen inspiriert, einer aus den Wörtern und Bildern, die sie als ihr Liebesgedicht betrachtet, und einer von ihren Händen in hundert verschiedenen Posen – sie hofft, dass sie auf den Körpern aussehen, als würde jemand sie anfassen. Lee öffnet noch eine Flasche Wein und sieht sich alle vier Filme auf die Studiowand projiziert an, sie trinkt direkt aus der Flasche, der Wein rinnt ihr die Kehle hinunter wie in einem einzigen langen Schluck. Als der letzte Film von der Rolle springt, sitzt Lee im gleißenden Licht des Projektors, lauscht auf das Tack Tack Tack und fühlt sich trunken vor Stolz.

Am nächsten Tag geht Lee zum ersten Mal seit acht Tagen zurück in die Wohnung. Sie braucht saubere Sachen und muss ein Bad nehmen. Im Briefschlitz steckt jede Menge Post. Rechnungen, die bezahlt, Briefe, die beantwortet werden wollen. Als Lee den Stapel durchgeht, sieht sie, wie viele davon an sie adressiert sind, alle in Mans krakeliger Handschrift. Fünfzehn an der Zahl. Er hat ihr fast zwei Briefe pro Tag geschrieben. Sie schlüpft aus ihrem Kleid, legt sich aufs Bett und liest einen nach dem anderen, so, wie sie wahrscheinlich geschrieben wurden, fast wie in einer Art Bewusstseinsstrom.

Getrennt von dir wird mir noch klarer, wie sehr ich dich brauche – wir sind wie Zwillinge oder wie zwei Seiten eines Spiegelbilds –, ohne dich bin ich nicht mal die Hälfte meiner selbst – ich habe kaum gegessen, seit ich weg bin, das Essen schmeckt nach nichts, mein Mund ist trocken, dagegen hilft auch kein Wasser – ich hätte ahnen sollen, worauf dieser Trip hinausläuft: Buße, Exil, Entzug, die einzige Möglichkeit, wegzukommen vom Alkohol, der du für mich bist.

In manchen Briefen klingt er wütend, in anderen wehleidig. Er muss Stunden dafür gebraucht haben. Lee stellt sich vor, wie er bei den Wheelers an einem kleinen Tisch sitzt und aufs Meer blickt, ohne es zu sehen.

Ich fühle mich alt. Ich sollte das dir gegenüber wahrscheinlich nicht zugeben, zumal es eines der Dinge ist, vor denen ich mich am meiste fürchte, dass du irgendwann deswegen genug von mir hast. Ich tue es trotzdem. Mir tun die Knochen weh. Meine Knie knacken, wenn ich vom Boden aufstehe. Ich habe Kopfschmerzen. Ich spüre deine wunderbaren Finger an meinen Schläfen, wie du die Schmerzen wegstreichst. Aber dann denke ich: Kein Wunder, dass sie mich nicht so liebt, wie ich sie, wenn ich mich selbst als krank und hilfsbedürftig sehe. Und du – du bist so frei. Dir ist, glaube ich, gar nicht wirklich bewusst, wie viel Potenzial du in dir trägst, was du alles noch vor dir hast.

Erst im zehnten Brief erwähnt er die Nacht, in der sie nicht nach Hause gekommen ist, und als sie ihn liest, zittert das Papier in ihrer Hand.

Ich weiß, dass du mit einem anderen Mann zusammen warst, in der Nacht, bevor ich aus Paris weggefahren bin. Ich bin nicht sicher, warum, aber ich weiß es. Ich konnte es spüren, noch während du weg warst. Ich konnte spüren, was du tust. Ich sah, wie seine Hände dich berührten, wie er dich geliebt hat, so, wie nur ich es sollte. Mich hat noch nie im Leben etwas so traurig gemacht.

Und dann im letzten Brief wird er wütend, seine schräge Schrift wird kräftiger, der Stift gräbt sich in das Papier.

Du hast dich mir nie geöffnet. Das weißt du, oder? Die ganze Zeit habe ich an die Tür in deinem Kopf geklopft, und du hast sie nur einen Spalt weit aufgemacht. Ich musste dich durch ein Guckloch anschauen. Ich weiß, warum – mir ist klar, wie schwer das für dich ist, dass das, was dir als kleines Mädchen angetan wurde, noch in dir steckt –, aber ich dachte, ich könnte diesen alten Schmerz durchbrechen, ihn wegwischen wie einen Fleck. Aber du! Du weißt nicht mal, dass ich klopfe. Weißt nicht mal, dass wir viel mehr hätten sein können als das, was wir waren, wenn du dich mir nur geöffnet hättest. Du hast mich nie all das sein lassen, was ich für dich sein wollte.

Als sie irgendwann alle Briefe gelesen hat, fühlt Lee sich wie ausgehöhlt. Beim Letzten steht an den Rändern *Elizabeth Lee Elizabeth Elizabeth Elizabeth Elizabeth Lee Elizabeth Elizabeth Elizabeth.* Ihr Name, mindestens hundertmal. Sie denkt nach und fährt dabei mit den Fingern über das Papier.

Es stimmt, was Man schreibt. Dass sie nicht wusste, wie sie sich ihm öffnen sollte. Vielleicht wollte sie es auch gar nicht. Sie dachte, dass er es vielleicht nicht mitbekommt. Lee hat keine anderen Beziehungen gehabt, die sie mit der hier vergleichen könnte, keine echten, es bestand also immer die Möglichkeit, dass das, was sie zusammen hatten, genug war. War es aber nicht. Sie hat versucht, die Erinnerungen zu verdrängen, sie auszulöschen, stattdessen wurden sie unauslöschlich, und wo vorher Licht war, ist jetzt alles zugekritzelt und dunkel. Sie schämt sich für ihre Schwäche, dafür, dass Ereignisse von vor zwei Jahrzehnten so starke Spuren in ihr hinterlassen haben. Hätte sie nur auf ihren Psychiater hören können, oder auf ihren Vater, und alles vergessen. Und jetzt wieder etwas, das gelöscht wird, das verloren geht – vielleicht war es aber auch nie wirklich da.

Lee ist so voller Selbstverachtung, dass sie sich aufs Bett legen und die Augen schließen muss. Auf einmal erscheint ihr alles absurd – ihr Selbstbild als Künstlerin, ihre Beziehung zu Man. Ihr filmisches Liebesgedicht: Allein der Gedanke daran ist ihr peinlich. Als könnten ein paar Worte auf einer Leinwand etwas wie Liebe darstellen. Das alles ist nichts. Sie legt den Arm über die Augen und spürt heiße Tränen darunter entlanglaufen.

Lee kriecht unter die Bettdecke und rollt sich zu einer kleinen Kugel zusammen, bis endlich der Schlaf kommt und sie für eine Weile erlöst.

Als die Sonne aufgeht, erwacht Lee nach einer unruhigen Nacht. Auf dem Bett liegen immer noch Mans Briefe neben der übrigen Post. Sie starrt an die Decke und verfolgt die Schatten der Vorhänge an der Wand. Sie nimmt einen Brief und liest ein paar Zeilen. Sie weiß schon, was darin steht, die Worte haben sich ihr eingebrannt wie ein Foto. Als sie das Blatt weglegt, entdeckt sie ganz unten im Stapel einen großen Umschlag mit dem Art-déco-Monogramm der Philadelphia Camera Society. Er ist natürlich an Man adressiert, und er ist dick und schwer. Gute Nachrichten sind immer dick und schwer. Sie weiß, dass sie ihn nicht öffnen sollte, aber dann denkt sie, wenn er zur Ausstellung angenommen wurde – oder noch besser, wenn er einen Preis gewonnen hat, vielleicht sogar *den* großen Preis –, dann wäre das ein guter Grund, ihn bei den Wheelers anzurufen.

Also macht sie ihn auf, indem sie mit dem Finger unter die zugeklebte Lasche fährt und sie so vorsichtig löst, wie sie kann. Im Umschlag stecken ein Brief und ein großer Ausstellungskatalog. Das müssen gute Nachrichten sein.

20. Dezember 1930

Sehr geehrter Mr. Ray,

Wir freuen uns, Ihnen mitteilen zu können, dass die Jury Ihr Triptychon »Die Glasglockenserie« mit dem Patterson-Shrein Award ausgezeichnet hat. Das Triptychon wird Teil der Ausstellung am 1. März 1931 sein. Die Jurymitglieder waren sehr beeindruckt von den Kompositionen und vor allem auch von der neuen Technik, die bei einem der Bilder angewandt wurde und die in Ihrer Werkbeschreibung als Solarisation bezeichnet wird. Weiterhin wurden Ihre Fotos von Mr. Joseph Merrill Patterson und Mrs. Richard T. L. Shrein für einen Fünfhundert-Dollar-Preis ($ 500) und einen Platz in der berühmten Dauerausstellung der Philadelphia Camera Society ausgewählt. Obwohl es Ihnen wahrscheinlich nicht möglich sein wird, persönlich an der Ausstellung teilzunehmen, wäre es uns eine Freude, Sie bei einem kleinen Empfang für die Preisempfänger willkommen zu heißen, sollten Sie sich zufällig im März in der Umgebung von Philadelphia aufhalten. Andernfalls schicken wir Ihnen anbei den Ausstellungskatalog und danken Ihnen erneut für die Zusendung Ihrer außergewöhnlichen Arbeit.

Mit freundlichen Grüßen
Dr. George C. Poundstone, Vizepräsident
Im Namen der Leitung der Philadelphia Camera Society

Lee nimmt den Katalog und blättert ihn durch. Nach ein paar Seiten stößt sie auf ihre Glasglockenserie, mit Mans Namen darunter. In einem kurzen Text erklärt Man den Begriff Solarisation und schreibt dazu: »Ich habe dieses Verfahren im letzten Jahr zufällig entdeckt und im Laufe mehrerer Monate perfektioniert.« Lees Name steht nirgendwo.

Es muss Wochen her sein, dass Man die Fotos abgeschickt hat, er weiß also seit Wochen, dass er sie hintergangen hat, und hat nichts gesagt. Was hat er sich dabei gedacht? Die Fotos sind gut – das wissen sie beide –, aber natürlich hat er auch andere Fotos, die genauso gut oder besser sind. Fotos, die er allein gemacht hat. Hat er womöglich *vergessen*, dass das hier Lees sind?

Während sie dort liegt, fallen ihr Dinge ein, die er in den letzten Monaten gesagt hat. »Du bist nicht *nicht* ich.« Damals wusste sie nicht, was er damit meinte. Der Satz ergab keinen Sinn. Jetzt versteht sie ihn. Wenn Man sie so sieht, sieht er ihre Arbeit vielleicht genauso. Als sein Eigentum.

Ihr Vater, dann Condé Nast und Edward Steichen, und jetzt Man. Alle haben sie sie für ihre Zwecke benutzt und sich genommen, was sie wollten, ohne Rücksicht darauf, was danach für sie übrig bleibt.

Im Winter in Poughkeepsie wurden die Fenster ihres Elternhauses so kalt, dass sie vereisten, und morgens stand Lee auf und kratzte mit den Fingernägeln über die Eisblumen, bis sie unten den Schnee sehen konnte. So fühlen sich ihre Augen jetzt an, kalt und freigekratzt als könnte sie zum ersten Mal klar sehen.

Als sie ein paar Minuten später die Beine über die Bettkante schwingt, hat sie einen Plan. Sie nimmt ein Blatt Papier und schreibt ein Telegramm, das sie Man am Nachmittag schicken will. *Bal Blanc am 6. Jan. Komm bitte. Brauche deine Hilfe. Deine Lee.*

KAPITEL ZWEIUNDDREISSIG

Während sie die Projektoren einrichten, erzählt Man ihr vom neuen Strandhaus der Wheelers bei Cannes.

»Das Schöne daran ist«, sagt er, »dass es so schlicht ist. Es hat überhaupt nichts Protziges. Arthur hat den Boden schwarz gewachst und die Fenster unbehandelt gelassen, sodass man sich auch drinnen wie auf dem Land fühlt. Am ersten Tag haben wir unter einer wunderbaren mächtigen Eiche am Rand des Grundstücks gepicknickt, und Rose hatte kalten Entenbraten dabei und eingelegte Wachteleier und einen leckeren Chablis. Das war's. Köstlich.«

»Klingt wunderbar«, sagt Lee, obwohl sie ihm kaum zuhört. Sie läuft zielstrebig durch den Wintergarten, hängt weiße Laken um die Projektorenständer und tritt ein paar Schritte zurück, um ihre Arbeit zu begutachten. Die ersten Gäste sollen in zwei Stunden eintreffen, und es gibt noch so viel zu tun. Hinzu kommt, dass Mimi Druck macht, weil einige Herrschaften erfahrungsgemäß die Uhrzeit auf der Einladung ignorieren und einfach kommen, wann sie Lust haben. Lee war nie gut darin, rechtzeitig mit etwas fertig zu werden, aber heute Abend muss sie es hinkriegen, koste es, was es wolle.

Man lässt sich davon nicht anstecken. Er ist die Ruhe in Person. Seit er vor zwei Tagen nach Paris zurückgekehrt ist, tut er, als wäre alles wieder beim Alten. Als er ankam, saß sie im Studio und arbeitete an ihren Filmen, immer noch umgeben vom Chaos, das sie in den letzten Tagen angerichtet hat. Überall lag so viel Zeug, dass Man auf dem Weg zu ihr stolperte, und Lee, ohne es zu wollen, aufsprang, um ihn aufzufangen, und er dann in ihren Armen landete. Mans Erleichterung, sie zu sehen, war deutlich spürbar. Er lachte über die Unordnung und küsste sie, wie er sie meistens küsste, sodass es ihr früher einen heißen Blitz von den Lippen bis in den Schoß gejagt hätte. Und sie öffnete die Lippen und schob ihm ihre Zunge entgegen, als würde sie ihn noch begehren. Und er – der Idiot – schien keine Veränderung an ihr zu bemerken, merkte nicht, wie leer sie war, wie sie in Gedanken bei der Arbeit war, während sie ihn küsste. In dieser Nacht war Man im Bett ganz zärtlich zu ihr, er hielt sie in den Armen und streichelte ihr Haar, ihre Wangen und ihre Schultern und schien sich zu freuen, einfach bei ihr zu sein.

»Ich bin so froh, dass du mir geschrieben hast«, flüsterte er ihr in den Rücken. »Ich war so wütend, als ich wegfuhr. Aber es war schrecklich, getrennt von dir zu sein. Ich war noch nie im Leben so einsam. Ging es dir auch so?«

»Ja«, sagte Lee in die Dunkelheit, aber selbst dieses kleine Wort kam ihr kaum über die Lippen.

Am nächsten Tag nahm sie Man mit ins Studio und erklärte ihm, was sie vorhatte. Sie zeigte ihm den Film von ihren Händen und stellte sich in den Projektorstrahl, damit er sehen konnte, wie die Bilder über ihren Körper wanderten.

»Ah, das ist großartig, Lee«, sagte er voller Bewunderung. »Wie hast du das alles so schnell gelernt?«

Sie erzählte ihm von ihren Plänen für die Party, von der Villa der Pecci-Blunts, dem Swimmingpool und dem Wintergarten, wo die Filme gezeigt würden, und er nickte und machte sich Notizen in dem kleinen Heftchen, das er immer bei sich trug.

Ein paar Dinge erzählt Lee ihm nicht. Zum Beispiel von dem Päckchen der Philadelphia Camera Society, das sie ein paar Straßen weiter in einen Mülleimer geworfen und dann mit bloßen Händen unter dem stinkenden nassen Abfall vergraben hat. Sie erzählt ihm nichts von dem vierten Film, ihrem Liebesgedicht für ihn, den sie von der Rolle gewickelt, in die Metallspüle im Studio geworfen und angezündet hat. Das Zelluloid fing so schnell Feuer, dass sie fast Angst bekam, die blauen Flammen schossen an die Decke, und der Film war nur noch ein schwarzer Klumpen. Und sie erzählt Man nicht, dass sie am Nachmittag, bevor er zurückkam, stundenlang dasaß und überlegt hat, wie sie ihm am besten wehtun könnte. Wie sie dann spontan im Taxi zum Palais Garnier gefahren ist, in der Hand eine Nachricht, auf der in großen schwarzen Buchstaben der Name *Antonio Caruso* stand. Sie bat den Fahrer, kurz zu warten, während sie in die Oper rannte, durch die Seitentür und die schmalen dunklen Gänge bis hinter die Bühne. Es war mehrere Stunden vor der Aufführung, also noch ziemlich leer, und als Lee einer dünnen, überrascht aussehenden Tänzerin begegnete, schob sie ihr die Nachricht in die Hand und fragte sie, ob sie Antonio kenne und ihm den Brief geben könne. Die Ballerina nickte, und als Lee wieder im Taxi saß, lehnte sie die Stirn gegen den kalten Ledersitz, zitternd und auch ein bisschen angewidert von sich selbst. All das behält sie für sich.

Jetzt sieht Lee sich in den Räumlichkeiten um und denkt, dass sie tatsächlich an alles gedacht hat. Selbst ihr Outfit – bei dessen Anblick Man die Augenbrauen hob und fragte: »*Das* willst du anziehen?« – ist perfekt: ein schmuckes weißes Matrosenhemd und weiße Shorts. Sie musste nicht mal in den Spiegel schauen, um zu wissen, dass es das Richtige war. Unaufwendig und modern. Hier in dem grünen, süßlich riechenden Wintergarten sieht Lee aus wie auf einem Vergnügungsdampfer, und während sie alles für die Party vorbereitet, versucht sie, dieses Gefühl aufrechtzuerhalten und die Nervosität und die Wut beiseitezuschieben, die wie ein Kettenhemd an ihr rasseln.

Bis zum offiziellen Beginn ist es nur noch eine halbe Stunde. Die Heizstrahler sind angeschaltet. Kellner in blütenweißen Smokings stehen an der Wand aufgereiht und plaudern. Die Projektoren sind bereit. Die Bar ist ein leuchtendes Gebilde komplett aus Eis, die Idee kam Lee ganz zuletzt. Es gibt flaschenweise Gin, Wodka und Wein, die einzigen Getränke, die an dem Abend ausgeschenkt werden. Gin-Tonic-Gläser sind umgedreht auf dem Eistresen aufgereiht wie Kristallsoldaten. Inzwischen ist auch Mimi aufgetaucht, um sich einen Eindruck zu verschaffen, in einem bodenlangen, schmalen weißen Kleid mit weißen Pailletten, die beim Gehen flimmern.

»Miss Miller hat hervorragende Arbeit geleistet, finden Sie nicht?«, wendet sich Mimi an Man, der zustimmend nickt. »Übernehmen Sie ab hier?«

Bevor Man antworten kann, erwidert Lee: »Nein, er hilft mir nur mit den Projektoren. Das ist alles.«

Mimi scheint etwas überrascht über Lees Tonfall. Man sagt nichts. Als ein Lieferant nach Mimi verlangt, sieht Man freundlich zu Lee. Er ist so geduldig, dass Lee sich fast wünscht, sie wäre nicht so wütend auf ihn. Aber es hilft nichts. Ihr Zorn ist wie das brennende Zelluloid: Er lässt sich nicht löschen.

Man geht zu einem der Projektoren und fummelt daran herum, testet Dinge, die Lee schon getestet hat, und fragt dann, was er sonst noch tun kann.

»Ich glaube, es ist alles bereit«, sagt Lee, selbst etwas überrascht.

»Dann hol ich dir einen Drink, und wir stoßen an.« Man geht zur Bar und kommt mit zwei Gin Martinis zurück, auf dem Rand balancieren kleine Zwiebelchen auf weißen Cocktailspießen. »Auf dich, meine geliebte Lee, und den Erfolg dieses wunderbaren Abends«, sagt Man, hebt das Glas und stößt mit ihr an. Der Gin schmeckt wie der Wald an einem Herbsttag.

Die Sonne sinkt hinter das benachbarte Anwesen, das Abendlicht färbt sich gelblich. Als die Dämmerung hereinbricht, verwandeln sich die Zypressen hinter den Glaswänden in dunkle Wachposten und werfen ihre dünnen Schatten über den Boden. Der Swimmingpool fängt die letzten Sonnenstrahlen auf und reflektiert sie kurz, ein flammendes, blendendes Oval, dann sinkt die Sonne noch ein wenig tiefer, und der Pool ist dunkel. In dem Moment schaltet Lee die Projektoren ein, damit die Gäste schon bei der Ankunft die Filme sehen. Und dann kommen sie: Pünktlich um sechs erscheinen sie, ein ganzer Haufen, noch eleganter gekleidet, als Lee es sich vorgestellt hat. Die Frauen tragen raffiniert genähte Satinkleider mit Wasserfall-Ausschnitten und Schleppen, die sie in die Hände nehmen müssen, während sie mit ihren Weißfuchsstolas um die Schultern die Treppen hinuntersteigen. Auf den Köpfen Diademe oder kleine Hüte, so zart wie Wolken, der obere Teil des Gesichts hinter hauchdünnen Schleiern verborgen, strahlend weiße Zähne in den prächtigen lachenden Mündern. Die Männer tragen weiße Smokings mit langen Schößen, manche haben weiße Seidenschals über ihr Jackett geworden.

Lee lässt Man an einem der Projektoren stehen und kniet sich an den Rand des Swimmingpools, um die Milchglaslampen anzuzünden und auf weißen Flößen hineingleiten zu lassen, wo sie ein leichter Luftstrom gemächlich übers Wasser trägt. Als ein Dutzend dort treibt, tritt Lee einen Schritt zurück und sieht sich das Ergebnis an; wie die Bilder vom Projektor abstrakte Formen im Wasser bilden und Schatten auf die weißen Lampen werfen, während sie langsam in der leichten Strömung kreisen.

Das Publikum ist nicht einfach nur reich, es kommt aus einer Schicht, der Lee sonst nie begegnet. Nur wenige Leute erkennen Man, und niemand von ihnen Lee, obwohl sie bemerkt, wie die Männer sich nach ihr umdrehen und hungrig auf ihre nackten Beine starren, und sie lächelt ihnen zu und genießt ihre Macht, aber auch die Anonymität. Sie spürt, wie die Männer sie beobachten, während sie an ihren Drinks nippen, aber sie fühlt sich gänzlich unberührbar, unerreichbar, sie ist die, über die sie später sagen werden: »Wer war ...«, »Hast du gesehen ...?«

Lee organisiert sich einen zweiten Martini. Die kleine Zwiebel zerplatzt mit einem pikanten Knacken im Mund. Man bedient beflissen die Projektoren, läuft von einem zum anderen, spult die Filme zurück und wechselt die Rollen, sodass Lee letztendlich nicht viel zu tun hat. Hin und wieder geht sie zu ihm und fragt, ob alles in Ordnung ist. Dann stehen sie zusammen am Rand und beobachten die Gäste.

»Hier sind eine Menge Leute, die ein Porträt bräuchten«, sagt Man verschwörerisch und mit seinem verschmitzten Lächeln, das sie früher so charmant fand.

Lee nickt.

»Meinst du, du könntest die Gästeliste bekommen?«

»Vielleicht«, sagt sie. Sie bleibt noch eine Weile neben ihm stehen und lässt alles auf sich wirken – die amüsierten Schreie der Gäste, wenn Lees Hände auf sie projiziert werden, die Paare, die am anderen Ende des Pools zur Jazzmusik tanzen, der Geruch der Lilien, Gardenien und Freesien aus den überdimensionalen Blumengestecken –, dann lässt sie Man stehen und geht zur Bar, wo sie den nächsten Martini bekommt, ohne dass sie darum bitten muss.

Eine Gruppe von vier Gästen kommt auf sie zu. »Mimi sagt, Sie hätten sich das alles ausgedacht«, sagt der eine und macht eine ausholende Geste.

Lee stellt sich gerade hin und lächelt. »Ja, das war ich.«

»Wirklich großartig«, sagt er. »So etwas haben wir noch nie gesehen.«

Lee blickt zur Treppe, die in den Hauptteil des Hauses führt, und sieht gegen das Licht die Silhouette eines Mannes. Er hält sich die Hand vor die Augen, schaut sich um und bleibt kurz zögernd in der Tür stehen, als wüsste er nicht recht, ob er hierhergehört. Lee weiß sofort, dass es Antonio ist. Sie hätte ihn auch erkannt, wenn er nicht der einzige Mensch in Schwarz auf der Party wäre. Sie bedankt sich für das Lob, entschuldigt sich und steuert auf Antonio zu. Sie genießt es, wie seine Miene sich bei ihrem Anblick erhellt.

»Du hast meine Nachricht bekommen«, sagt Lee.

»Allerdings. Ich dachte erst, ich hätte mich in der Adresse geirrt, als ich hier ankam. Was sind das alles für Leute hier? Du hättest mir ruhig sagen können, dass ich mich schick anziehen soll.«

»Ich wollte dich nicht verschrecken.«

Sie werfen einen Blick durch den Raum, und Lee ist wieder überwältigt von dem Reichtum um sie herum: überall gepflegte Haut, prunkvolle Diamanten, Pelze und Seidenwaren, alles im Überfluss. Ein Kellner mit einem kleinen Silbertablett kommt auf sie zu und reicht ihnen Schnecken, Lee und Antonio sehen sich an und kichern. Antonio nimmt eine und streckt den kleinen Finger aus, während er sie isst. Lee zeigt auf eine hochnäsig wirkende Frau, die ungefähr dieselbe Geste macht. Alles ist auf einmal urkomisch. Antonio beugt sich zu ihr und drückt seine Schulter an ihre, während sie lachen.

Lee wirft einen Blick zu den Projektoren. Antonio und sie sind zu weit weg, als dass Man sie sehen könnte. Sie nimmt Antonio an der Hand, führt ihn zur Bar und bestellt ihm dasselbe, was sie hat. Er schnuppert daran und schüttelt den Kopf, also nimmt sie ihm das Glas wieder ab, und er bestellt Wodka. Jetzt hat sie in jeder Hand ein Glas und nimmt abwechselnd aus beiden einen Schluck. Mit Antonio an ihrer Seite schmeckt der Gin wie Wasser, sie merkt kaum noch, dass sie trinkt. Ab und zu legt er seine warme Hand um ihre und nimmt ihr ein Glas ab, trinkt ein paar Schlucke, und nach kurzer Zeit sind alle drei Gläser leer. Lee greift erneut nach Antonios Hand und geht mit ihm zur Tanzfläche, sie weiß, dass Man sie dort sehen kann.

Anfangs steht Antonio am Rand und beobachtet, wie Lees Wörterfilm auf die Gäste projiziert wird. Ein älteres Paar wirbelt vorbei, auf dem Smoking des Mannes erscheinen die Worte DIE DUN-

KELHEIT IM WALD, bevor er sich weiterdreht und die Schrift verschwindet. Auf dem Seidenkleid einer Frau steht ICH SCHLIEF ALLEIN, auf einem anderen OHNE RÜCKSICHT AUF MODE. Antonio verschränkt die Arme vor der Brust.

»Ziemlich irre«, sagt er zu Lee.

Sie legt ihm die Hand auf den Arm. »Tanz mit mir.«

»Ich tanze nicht.«

»Nur das eine Mal?« Lee sieht ihn mit Schlafzimmeraugen an. Sie weiß, dass er nicht ablehnen kann. Antonio nickt, nimmt ihren Arm und schiebt sie zu den anderen Paaren. Er setzt zu einem Walzer an und führt sie so elegant, dass Lee bemerkt: »Du tanzt nicht. Ha.«

»Na ja, ich hab nicht gesagt, dass ich nicht tanzen *kann*.« Wie, um es zu beweisen, zieht er Lee näher an sich heran und lässt sie dann tief nach hinten fallen. Als er sie wieder hochhebt, ist ihr schwindlig.

Mit seinem schwarzen Anzug und ihren Shorts sind sie das auffälligste Paar auf der Tanzfläche, und Lee weiß, dass es nur eine Frage der Zeit ist, bis Man auf sie aufmerksam wird. Ihr Kopf wirbelt herum, und sie sieht immer wieder zum Projektor. Der Film ist zu Ende und springt von der Rolle, sodass die Tänzer sich eine Weile im blanken Lichtstrahl drehen, bis Man ihn wieder eingelegt hat, und als Lee sich umdreht, sieht sie genau im richtigen Moment, wie er sie entdeckt. Man schüttelt überrascht den Kopf, dann dreht sie sich weiter im Räderwerk der anderen Tänzer und im festen Griff von Antonios starken Armen.

Sie tanzen sich durch drei Lieder, ohne dass Man etwas unternimmt. Jedes Mal, wenn Antonio sie herumdreht, sieht Lee, wie Man sie beobachtet, immer noch am Projektor, die Hände an den Hüften. Lee drückt sich an Antonio heran, sodass ihre Becken sich berühren und sie spürt, wie er unter der engen Hose steif wird. Seine Erektion erregt ihr Verlangen, also reibt sie sich noch stärker an ihm, bis es schon obszön aussehen muss. Ihr Kopf glüht, ihr

Blick ist verschwommen. Und dann – denn hat sie nicht deswegen Antonio hergerufen? – bleibt Lee stehen, und in der Mitte der Tanzfläche, in der Stille, die sie selbst erschaffen hat, geht sie auf die Zehenspitzen, schlingt die Arme um ihn, hält ihm die Lippen entgegen und küsst ihn, sodass die ganze Welt es sehen kann.

Wie Lee vorausgesehen hat, reagiert Man endlich. Mit geballten Fäusten kommt er auf sie zu, er sprüht förmlich vor Wut. Er packt Antonio am Arm und reißt ihn von ihr weg.

»Wer – zum Teufel – bist du?«, zischt Man.

Antonio macht den Mund auf und will etwas sagen, aber Man hat ihm bereits den Arm nach hinten gedreht, und seine Faust landet in Antonios Gesicht. Ein beeindruckender Schlag, der Antonio rückwärts schwanken und in die Knie gehen lässt.

Antonio hält sich die Hand an die Wange und sieht Lee vorwurfsvoll an. Sie fühlt sich sofort schrecklich. Was hat sie sich dabei gedacht, ihn da hineinzuziehen?

Die Tänzer sind stehen geblieben und ein paar Schritte zurückgetreten, um ihnen Platz zu machen. Der Film, den Man eben eingelegt hat, läuft noch und projiziert Wörter und Phrasen aus Lees Gedichten auf ihre Körper: ABSICHTLICH, TEA FOR TWO, HOFFNUNGSSCHIMMER, EINE GROSSE EXPLOSION AM HIMMEL. Wenn die Worte auf Antonio treffen, verschwinden sie in seiner schwarzen Kleidung, aber dann wandern sie über Man auf Lee, die den Anblick kaum erträgt. MACH DICH AUS DEM STAUB, L'APPEL DU VIDE, STREICHELE MICH, FÜR NICHTS EXISTIEREN. Das ist genau die Szene, die Lee sich ausgemalt hat, als sie Antonio die Nachricht geschickt hat, aber jetzt, da sie eingetroffen ist, kann sie kaum glauben, was sie getan hat.

»Ich habe gefragt, wer zum Teufel du bist?«

Antonio kommt hoch und baut sich vor Man auf. »Ich bin ...«

Man schneidet ihm das Wort ab. »Egal. Verpiss dich. Raus mit dir.«

Antonio sieht zu Lee. Sie nickt kurz und gibt ihm zu verstehen, dass es ihr leidtut, worauf er frustriert die Arme in die Luft wirft und auf demselben Weg verschwindet, auf dem er gekommen ist. Man packt Lee am Unterarm, so fest, dass sie seinen Puls durch die Finger spürt.

»Du *arbeitest* hier«, sagt Man zu ihr. »Das ist deine *Arbeit*.«

»Da mache ich mir keine Sorgen«, erwidert Lee. »Am Ende behauptest du doch sowieso, es sei dein Werk gewesen.«

Mans Hand umklammert noch ihren Bizeps. »Was?«

Bevor Lee loswerden kann, was sie einstudiert hat, kommt Madame Pecci-Blunt angerauscht, legt die Arme um beide und schiebt sie so elegant wie möglich ins Haus. »Schätzchen«, sagt sie zu Lee, »lass uns diese unpassende kleine Szene doch bitte woandershin verlagern, ja?«

Man und Lee lassen sich von ihr durch einen langen Flur führen, bis sie vor einer Art Spielzimmer stehen, mit einem Billardtisch in der Mitte und Jagdtrophäen an den Wänden. Mit einem leichten Schubs befördert Mimi sie hinein. »Seid nett zueinander, und beeilt euch, bevor meine Party noch darunter leidet. Ein kleines Drama macht sich gut in der Zeitung, aber ich will nicht, dass noch mehr schiefgeht.«

Mimi zieht die Tür hinter sich zu und lässt Lee und Man allein in dem großen Raum. Von der Party ist nichts mehr zu hören, tatsächlich scheint jedes Geräusch vom Plüschteppich und den dicken Vorhängen vor den Fenstern verschluckt zu werden.

Kaum ist die Tür zu, wirbelt Man herum. »Was zum Teufel sollte das?«

»Was sollte was?«, fragt Lee.

»Du. Dieser Mann. War er das, der …?« Man beendet den Satz nicht und macht stattdessen ein Geräusch wie ein Würgen. Er geht zum Fenster, zieht den Vorhang ein Stück zur Seite und schaut nach draußen.

Lee stützt sich auf den Billardtisch und greift so fest in den Filzrand, dass ihre Knöchel weiß anlaufen. »Du – hast sie – gestohlen.

Meine Bilder. Meine Glasglocke. Du hast deinen Namen darunter-geschrieben.«

Man dreht sich zu ihr um. »Wovon redest du?«

»Wovon ich rede? Das kann nicht dein Ernst sein. Du weißt genau, wovon ich rede. Du hast mein Bild genommen – *meine* Bilder – und sie an die Philadelphia Camera Society geschickt.«

Man sieht sie ernsthaft verwirrt an. Er fährt sich mit der Hand durch die Haare. »Ah. Die Glasglockenfotos. Ja, die habe ich eingereicht, zusammen mit ein paar anderen. Eine der Bedingungen für den Preis war, dass die Bilder ein Triptychon ergeben müssen. Ich mache so wenig Serien, und die denken sich immer solche albernen Beschränkungen aus, weiß der Himmel, wozu.«

»Hast du – ist dir mal in den Sinn gekommen, dass das Diebstahl ist, was du da gemacht hast.«

»Was? Natürlich nicht. Die Bilder haben wir zusammen gemacht. Sie sind genauso meine wie deine.«

Lees Stimme zittert. »Die haben wir *nicht* zusammen gemacht.«

»Wir haben alle Solarisationen gemeinsam gemacht – so habe ich das zumindest gesehen. Ich nahm an, dass du es genauso empfindest.«

Lees Hände krallen sich wie Klauen in den Billardtisch. »*Ich* habe es entdeckt. Nicht du. Weißt du das nicht mehr? Weißt du das wirklich nicht mehr?« Auf einmal kommt ihr der Gedanke, dass er es vielleicht tatsächlich nicht mehr weiß. Vielleicht ist diese Erinnerung, die für sie wichtiger ist als alles andere aus ihrer gemeinsamen Zeit – die Wochen, in denen sie sich mehr als je zuvor oder danach mit jemandem im Einklang gefühlt hat –, vielleicht ist das alles in Mans Gehirn weggebrannt wie Nebel in der Morgensonne.

Man tritt vom Fenster weg und auf die andere Seite des Billardtischs. Über seiner rechten Schulter blickt ein Hirschkopf auf sie herunter. »Lee, das ist doch absurd, sich so aufzuregen. Was wir im Studio erschaffen, ist letztendlich mein Werk. Es ist mein Studio. Du bist …« Er hält kurz inne, als würde er plötzlich merken, wie seine Worte in ihren Ohren klingen müssen, und fährt dann leise fort: »Du bist meine Assistentin.«

»Ah.« Es ist, wie sie befürchtet hat. All ihre Wut verpufft, und die Knie werden ihr weich. Man bemerkt die Veränderung in ihr und eilt um den Tisch herum. Als er die Hand nach ihr ausstreckt, weicht sie zurück.

»Ich meinte natürlich nur die Studioarbeit. Nur das Studio. Du weißt, wie viel du mir bedeutest – wie sehr ich dich liebe.«

Lee senkt den Kopf und starrt schweigend in das dunkle Eckloch des Tischs.

Er versucht es noch mal. »Ich hätte dir sagen sollen, dass ich die Fotos einreiche. Es tut mir leid. Aber ich war so beschäftigt, und du warst kaum da, da hab ich es wahrscheinlich einfach vergessen.«

Sie sagt immer noch nichts. Tränen treten ihr in die Augen, eine fällt auf den Tisch und hinterlässt einen dunklen Fleck auf dem grünen Filz.

»Lee, sag doch etwas. Ich habe dir vergeben, dass du mich betrogen hast – ich habe dir vergeben, als ich in Cannes war, ich kann dir einfach nicht lange böse sein –, und ich vergebe dir auch diese kleine Szene heute Abend, was auch immer sie bezwecken sollte. Ich liebe dich, Lee. Ich liebe dich.«

Sie hebt den Kopf und starrt ihn an. »Was siehst du, wenn du mich ansiehst?«

Man schüttelt irritiert den Kopf. »Was ich sehe? Eine wunderschöne Frau. Die Frau, die ich liebe.«

Eine schöne Frau. Aber was erwartet sie denn anderes? Das hat immer jeder in ihr gesehen. Lee wischt sich mit dem Handrücken über die Augen. »Du siehst mich nicht. Und hast es auch nie.«

»Was meinst du damit? Ich sehe nichts anderes als dich. Das habe ich dir doch gesagt.«

»Tust du nicht. Du siehst mich nicht.« Lee fängt an zu weinen, ihr Gesicht fällt in sich zusammen, und statt die Hände davor zu halten wie sonst immer, lässt sie die Arme hängen und die Tränen laufen. »Ich kann dir nicht vergeben.«

Man tritt einen Schritt zurück. Er scheint zu begreifen, dass sie es ernst meint, dass das hier wichtiger für sie ist, als er erst dachte. »Lee, sei vernünftig. Es spielt keine Rolle – ich schreibe ihnen. Ich ziehe die Fotos zurück. Was immer du möchtest.«

»Würdest du ihnen schreiben, dass die Fotos von mir sind?«

Man runzelt die Stirn. »Ich würde sie lieber einfach zurückziehen. Ich möchte nicht, dass sie einen falschen Eindruck von mir bekommen ...«

Etwas Unpassenderes hätte er nicht sagen können. Lee wischt sich ein letztes Mal über die Augen und tritt ein Stück zur Seite. »Es ist vorbei«, sagt sie.

»Vorbei?«

»Vorbei. Das hier. Das mit uns.« Sie schwenkt die Hand im Raum umher.

Man sieht sie entgeistert an. »Willst du damit sagen, dass deine Fotos dir wichtiger sind als das, was wir zusammen haben?«

»Ja, ich schätze, schon.«

Erst plustert Man sich auf und versucht, sich zu rechtfertigen, dann schaltet er auf reumütig. Seine Worte interessieren sie nicht. Als Lee gesagt hat, es sei vorbei, war es auch so gemeint: dass er sie jetzt anfleht, ihm zu verzeihen, kommt viel zu spät.

Bevor sie gehen kann, sinkt Man auf die Knie und schlingt die Arme um ihre nackten Beine. Sie sieht es mit an und spürt keinerlei Verbindung zu ihm, sie bückt sich, drückt seine Arme weg und befreit sich aus seinem Griff. Zielstrebig läuft sie durch das Labyrinth der Flure zurück zur Party, wo alles sich genauso weiterdreht wie zuvor. Lee geht zu einem der Projektoren, stoppt die abgelaufene Rolle und sieht dann zu, wie ihre eigenen Hände über die Körper wandern, ihre Finger laufen ein Sakko hoch und über die Wange eines Mannes, bevor sie im Schatten verschwinden. Die Party geht noch Stunden, und Lee bleibt bis zum Schluss, irgendwann nimmt sie endlich ihren Mantel und tritt hinaus in die eisige Winterluft. Wer weiß, wo Man inzwischen ist? Vielleicht kniet er noch auf dem Boden und wartet, dass sie sich zu ihm hockt.

Wochen später, als Lee alle ihre Sachen aus Mans Wohnung geholt hat und in ein Hotel gezogen ist, nachdem sie sich auf das Schild STUDIORAUM ZU VERMIETEN gemeldet hat, ihren Vater um einen Kredit gebeten, eine eigene Studiokamera und ein Stativ dazu gekauft und eine Anzeige geschaltet hat – LEE MILLER STUDIO: PORTRÄTS IM STIL VON MAN RAY –, nachdem sie die erste Kundin hatte, eine ältere Dame, die die Anzeige in der Sonntagszeitung gelesen hat, liegt eines Tages ein Paket vor der Tür zu Lees neuem Studio. Es ist in braunes Papier gewickelt und mit Schnur zusammengebunden, und ganz offensichtlich nicht mit der Post gekommen.

Sie weiß sofort, von wem es ist, obwohl sie sich seit dem Bal weder gesehen noch gesprochen haben. Als Lee ihre Sachen aus der Wohnung geholt hat, wusste sie, dass Man nicht da sein würde.

Sie nimmt das Paket mit hinein und packt es langsam aus. Unter dem braunen Papier kommt eine Holzkiste zum Vorschein. In der Kiste liegt Mans Metronom, am Pendel ist mit Klebeband etwas befestigt. Lee nimmt es in die Hand und sieht, dass es ein Stück Papier ist, mit einem Foto von einem Auge, ihrem Auge, das sie jetzt anstiert. Darunter liegt ein Hammer mit einem Zettel am Griff. *Zerstöre mich*, steht darauf, in Mans Handschrift.

Lee stellt das Metronom auf den Tisch und denkt nach. Die Emotionen, die hinter der Entstehung stecken, äußern sich in den zackigen Spuren der Schere, mit der das Auge aus ihrem Gesicht geschnitten wurde. Das Bild ist unterbelichtet, wahrscheinlich zu früh aus dem Entwicklerbad geholt. Ihr Auge ist leer und hohl, die Iris dünn wie Wasser. Lee starrt das Bild an, und das Bild starrt zurück. Von welchem Foto hat Man das ausgeschnitten? Welche Version ihres Gesichts ist zerstückelt im Müll gelandet? Lee stößt das Metronom mit dem Finger an, setzt sich davor und sieht zu, wie ihr Auge hin- und herschwingt.

Und dann wirft Lee einen Blick durch das Studio – ihr Studio, das ganz allein ihr gehört, ihr karger weißer Raum, so rein und hell, wie sie es sich beim ersten Mal vorgestellt hat – und auf die Fotos, an denen sie zurzeit arbeitet und die teilweise noch zum Trocknen an der Leine hängen. Sie hat eine neue Serie angefangen, semiabstrakte Straßenszenen, sorgfältig komponiert, aber mit der Energie von Schnappschüssen. Sie gehören zum Besten, was sie bisher gemacht hat. Sie steht auf und geht in die Dunkelkammer, zurück an die Arbeit. Das Metronom lässt sie weiterticken, solange die Feder das Pendel in Schwung hält.

SUSSEX, ENGLAND
1946

»Befreit«: Das Wort musste zwangsläufig entarten. Nachdem Lee den Satz geschrieben hatte, schickte sie ihn zusammen mit dem Rest an Audrey. Sie schrieb ihn mit Dave Scherman, direkt, nachdem sie eine Kiste Gewürztraminer aus einer Nazivorratskammer befreit hatten. Das Wort wurde zum Witz. »Ich befreie gleich mal deine Hose«, sagte Davie, und sie mussten so lachen, dass sie die Weinflasche umwarfen, aber das machte nichts, weil sie einfach die nächste befreiten.

Lee ist nicht mehr für die *Vogue* unterwegs, aber sie arbeitet noch. Sie reist durch Europa und fotografiert die Freiheit. In Dänemark ist es ein Ausbruch unterdrückter Fröhlichkeit, trotz aller Ohnmacht, die Leute basteln aufwendige Pappfassaden, um die Schäden zu verdecken, die ihrer Stadt zugefügt wurden. In Frankreich sind es große Hüte, ein eklatanter Verbrauch von Stoff, jetzt, da er nicht mehr rationiert wird. In Luxemburg – einem Land, dessen Kriegsstrategie man als »Pfeifen und hoffen, dass uns keiner bemerkt« zusammenfassen könnte – sind es artige kleine Umzüge und Erntefeste.

Lee ist die einzige Fotografin, die noch da ist. Nach München, nach Dachau, nach Hitlers Selbstmord in seinem Berliner Bunker reist die Presse weiter, wird abgezogen und in andere Länder entsandt, zu anderen Projekten. Auch Dave, den *Life* zurück in die USA beordert. Er drängt Lee mitzukommen, aber sie kann sich nicht vorstellen, in einem Land herumzusitzen, das vom Krieg praktisch unberührt geblieben ist. Stattdessen zieht sie weiter nach Osteuropa, hortet Benzin und Brandy und fährt allein durch die Kraterlandschaft in einem Jeep, den sie von der fünfundvierzigsten Division befreit hat. Sie vermisst Daves Gesellschaft so sehr, dass sie während der Fahrt in Selbstgesprächen seine tiefe Stimme imitiert, andererseits nimmt sie es ihm auch übel, dass er sie im Stich gelassen hat und einfach nach Hause gefahren ist, um gemütlich Society-Veranstaltungen und öffentliche Bauprojekte zu fotografieren.

Irgendwo in Rumänien geht Lee das Geld aus, und die Antwort auf das Telegramm, das sie Audrey schickt, fällt knapp aus. Die Akkreditierung wurde ihr entzogen. Sie kann nirgendwo anders mehr hin als nach Hause.

Zurück in London, kommt sie wieder mit Roland Penrose zusammen. Nachdem sie jahrelang nur Briefe geschrieben haben, stört sie sich anfangs an seiner Körperlichkeit: sein warmer Körper neben ihr, wie sauber und gut gekleidet er immer ist. Aber sie stört vieles, und sie merkt, dass er der einzige Mensch ist, den sie mehr als ein paar Stunden lang um sich haben kann. Er will nichts von ihr – anders als Man, der alles wollte, und anders als der Krieg, der ihr alles genommen hat. Roland und sie fahren zusammen nach Sussex und mieten ein Gutshaus. Während sie die Kiesauffahrt hochlaufen, reden sie darüber, eines Tages ganz dorthin zu ziehen. Er nimmt ihre Hand in seine und drückt sie.

Die Farm ist grün und idyllisch und so ruhig, dass Lee permanent die Ohren klingeln. Als sie ausgepackt haben, bricht sie auf dem Bett zusammen und schläft mehrere Tage lang. Wenn sie zwischendurch kurz aufwacht, trinkt sie einen Schluck Brandy aus den Flaschen, die sie neben dem Bett stehen hat. Roland bringt ihr Sandwiches, die Krusten rollen sich auf und vertrocknen, wenn sie sie nicht isst. Als sie eines Nachts schreiend aufwacht, streichelt Roland ihr über den Rücken, bis sie so tut, als wäre sie wieder eingeschlafen. Sie wartet, bis er schnarcht, und greift dann nach der Flasche.

Lee kann die Bilder nicht abschalten, diese endlose Filmschleife in ihrem Kopf, aber der Brandy hilft, und der Cognac. Schlafen hilft auch, wenn die Erinnerungen eine Weile durch Albträume ersetzt werden.

»Das gibt sich bald«, sagt Roland, tätschelt ihre Hand und streicht ihr über den Arm. Er war während des Krieges in Norfolk, als Captain der Eastern Command Camouflage School. Er berührt sie zu oft – manchmal muss sie die Zähne zusammenbeißen, um nicht zurückzuzucken –, aber es ist einfacher, es hinzunehmen, als ihm zu sagen, dass er aufhören soll.

Ein paar Jahre später heiraten sie. Es ist ein Fehler, aber zu dem Zeitpunkt ist Lee das egal, sie will nur jemanden, der sie so akzeptiert, wie sie ist. Roland will auf dem Land leben, also kaufen sie kurz darauf die Farley Farm. Sie lässt sich ihre Sachen aus London liefern, und als die Kisten kommen, ist Roland geschäftlich unterwegs. Kistenweise Negative und alte verblasste Abzüge. Die meisten öffnet Lee gar nicht erst, bevor sie sie auf den Boden schleppt.

Sie stellt die Fotos in eine Ecke hinter ein altes Bettgestell, wo niemand sie je finden wird. Roland wird keine Fragen stellen, mit ihm kann sie weitermachen, ein anderer Mensch werden, mit den Jahren die Vergangenheit auslöschen, bis alles sauber und leer ist. Als sie die Tür zum Boden hinter sich zuschließt, spürt sie so etwas wie Erlösung, einen kleinen Lichtstrahl in der Dunkelheit. Wie nennt man dieses Gefühl?

Sie wünschte, es wäre Befreiung.

EPILOG

LONDON
1974

Lee sieht nicht aus wie jemand, der stirbt. Sie sieht schön aus, als sie allein durch die Türen des Londoner Institute of Contemporary Arts tritt, zu dessen Direktor Roland vor kurzem ernannt wurde. Es ist das erste Mal, dass sie in das neue Gebäude an der Mall kommt, und wenn jemand sie fragen würde, müsste sie sagen, dass es furchtbar hässlich ist, ein plumper Bau mit zu vielen zu dicken griechischen Säulen, so, wie ein Kind wahrscheinlich eine Hochkultur malen würde. Die alten Räume gefielen Lee viel besser – so zugig und unwirtlich sie auch waren –, aber sie hat ja keiner gefragt. Schon gar nicht Roland, der sie prinzipiell nicht mehr nach ihrer Meinung fragt.

Lee trägt ein Kleid, zum ersten Mal seit Monaten. Der Tod hat paradoxerweise ihre Liebe zur Mode wiederbelebt und dazu ihre Hüften und Wangenknochen, und bevor sie die Glastür des Museums aufstößt, sieht sie ihr Spiegelbild darin, und ausnahmsweise gefällt es ihr. Ihr Gesicht ist leicht gerötet von der ungewöhnlich kalten Luft und dem Hustenanfall ein paar Straßen zuvor. Zu ihrem Boucléwolle-Etuikleid trägt sie eine passende elegante Jacke, beides in einem Blau, das ihre Augen betont. Das Kostüm mag aus der Mode sein, aber es ist von Chanel, und es passt noch genauso gut wie damals, als sie es gekauft hat – immerhin ein kleiner Triumph.

Roland hat Lee eine Privatbesichtigung der neuen Ausstellung vor der Vernissage am Abend versprochen. Das hat sie auch verdient – tatsächlich verdient sie sehr viel mehr, als sie von ihm bekommen hat, vor allem, weil sie einer der Gründe dafür ist, dass die Ausstellung überhaupt zustande gekommen ist. Der *Vogue*-Artikel, den sie über ihre Zeit mit Man Ray geschrieben hat – sie rechnet kurz nach und kann nicht fassen, dass es sieben Jahre her ist, seit er veröffentlicht wurde –, hat das Interesse des ehemaligen Direktors geweckt, woraufhin Roland dafür gesorgt hat, dass er als Teil des Teams mit der Umsetzung betraut wurde. Diese Ausstellung ist wahrscheinlich für seine Ernennung zum Nachfolger verantwortlich. Das hat er Lee zu verdanken, was er natürlich nie zugeben würde.

Sie braucht diese Zeit für sich, bevor sie den ganzen Museumsleuten begegnen kann. Und bevor sie Man sieht. Anfangs hatte Roland gesagt, Man könne nicht kommen, er sei zu schwach, um extra aus Los Angeles anzureisen, vor ein paar Wochen erwähnte er dann aber ganz nebenbei, er käme doch. Das letzte Mal haben sie sich vor vierzig Jahren gesehen. Sosehr Lee sich auch bemüht, sie kann sich einfach kein Bild mehr von ihm machen. In ihrer Erinnerung besteht er nur noch aus einzelnen Eindrücken: die Kinnpartie über dem Jackett, seine krumme Haltung, wenn er irgendwo stand. Sie ist nicht mal sicher, ob diese Fragmente der Wirklichkeit entsprechen oder ob sie von dem Foto stammen, das sie auf der Brücke in Poitiers von ihm gemacht hat, das einzige von ihm, das sie aufbewahrt hat.

Lee schiebt sich durch die Gruppen von Schulkindern und Touristen in der Eingangshalle und läuft die Treppe hoch in den ersten Stock, vorbei an der Absperrung. Vor dem Eingang zur Ausstellung muss sie fast lachen. Über der verschlossenen Tür hängt ein riesiges Siebdruckplakat mit Mans Unterschrift auf einem Foto von Lees nacktem Oberkörper. Es ist eines der vielen Bilder, die Man von ihr vor ihrem alten Schlafzimmerfenster gemacht hat. Das Abendlicht wirft Streifen auf ihre Haut. Lee schüttelt den Kopf und fragt sich, ob die Marketingleute vom Museum wissen, dass es die Frau des Direktors ist, die sie da auf ihr Banner gedruckt haben.

Sie öffnet die Tür und geht hinein. Außer ihr ist niemand da. Es ist vollkommen ruhig und dunkler, als sie erwartet hätte. Kleine Strahler beleuchten gerahmte Fotos, in der Mitte stehen ein paar von Mans Skulpturen auf Sockeln.

Die Ausstellung ist chronologisch aufgebaut. Die ersten Räume sind leicht: Objekte aus dem Leben des jungen Emmanuel Radnitzky, Kritzeleien und Zeichnungen, eine Mesusa aus seinem Elternhaus, frühe Aktstudien, sogar eine Hausarbeit aus der Schulzeit. Dann ein Raum über die 1920er-Jahre in Paris: Kiki mit den F-Löchern auf dem Rücken, ein anderes, auf dem sie schläft. In einer Nische läuft *Emak Bakia* in Dauerschleife, in Vorbereitung für die Vernissage am Abend.

Erst im nächsten Raum wird es schwieriger. Auf der Wand neben der Tür steht 1929–1932, EROTISCHES PARIS. Die Fotos hängen in großen Gruppierungen, und wie Lee bereits im Vorfeld klar war, ist auf fast allen ihr Körper zu sehen. Aber es schon vorher gewusst zu haben, macht die Sache nicht leichter. Sie läuft langsam an einer Wand lang und sieht sich alles aufmerksam an: ihre Schenkel, Arme und Brüste, in dicke schwarze Rahmen gezwängt, von deren Gläsern das harte Licht abstrahlt.

Da sind sie, all die Teile ihres Körpers, die sie Man hat fotografieren lassen. Die er berührt, gemalt und geliebt hat. Sie sieht lange hin und wartet, dass sie zu einem Ganzen verschmelzen, aber das passiert natürlich nicht. Warum sollte es auch? Auf dem Dachboden hat sie Dutzende von Selbstporträts – Lee Miller *par* Lee Miller –, und auch mit denen war sie nie zufrieden. Sie weiß, warum. Weil es kein Ganzes gibt. Keine Mitte. Aber vielleicht stimmt das gar nicht. Vielleicht wusste Lee nur nie, wo sie sie finden kann.

Mans Fotos sehen alt aus – was sie auch sind, wie Lee mit einem

Stich im Herzen feststellt –, und das Mädchen darauf ist ihr schon vor so vielen Jahren abhandengekommen. Da ihr schönes Auge, hier ihr Brustbein. Lee will sie zurück, all die Teile, die ihr genommen wurden. Ihre Lippen. Ihre Handgelenke. Ihren Brustkorb. Während sie die einzelnen Ausschnitte betrachtet, denkt sie an die Röntgenaufnahmen, die der junge pickelgesichtige Arzt ihr auf dem Bildschirm gezeigt hat: die leuchtenden Mottenflügel ihrer Lunge, vom Krebs durchsetzt. Auf den Negativen erschienen die Tumore als weiße Flecken, aber Lee weiß, welche Farbe sie in Wirklichkeit haben. Im Untersuchungszimmer hatte sie das Gefühl, endlich die Bestätigung zu bekommen, den Beweis für das Dunkle, von dem sie immer wusste, dass sie es in sich trägt.

Lee bleibt vor einem Bild stehen, an das sie sich gut erinnert, ihr Gesicht solarisiert im Profil, eine dünne schwarze Linie, die ihre Haut vom weißen Hintergrund trennt. Daneben hängt ein kleines Schild. Lee beugt sich vor und kneift die Augen zusammen. DIE SOLARISATION, EINE GEMEINSAME ENTDECKUNG DER KÜNSTLER MAN RAY UND LEE MILLER, IST EIN PHÄNOMEN IN DER FOTOGRAFIE, BEI DEM DAS HELL-DUNKEL-VERHÄLTNIS AUF EINEM NEGATIV ODER ABZUG GANZ ODER TEILWEISE UMGEKEHRT WIRD. Lee fährt mit dem Daumen über die Buchstaben, hinterlässt dabei eine Schmierspur auf der Plastikabdeckung und verteilt sie dann noch mehr, als sie versucht, sie wegzuwischen. *Eine gemeinsame Entdeckung. Künstler Man Ray und Lee Miller.* Wie wichtig ihr diese Worte früher gewesen wären. Was sie alles aufgegeben hat, weil sie sie nicht zu hören bekam. Wie wenig sie ihr jetzt bedeuten.

Lee nimmt sich zusammen und geht weiter in den nächsten Raum. Darin hängt ein einziges Bild. Riesig, fast zweieinhalb Meter breit, in Augenhöhe, in seiner ganzen Pracht und Lebendigkeit. Sie weiß, was daneben steht: DIE STERNWARTENSTUNDE – DIE LIEBENDEN. Es ist wie ein vergessener Moment, den man sich ansieht und sich dann halb wieder daran erinnert. Die Lippen liegen aufeinander wie zwei Körper, erschöpft und befriedigt. Wo ist dieses Mädchen geblieben, das sich ganz den Sinnen hingab, ihrem Liebhaber, so eng, dass nicht klar war, wo ihr Körper endete und seiner begann? Auch das will Lee zurück, dieses Gefühl.

Der Rest der Ausstellung verschwimmt vor ihren Augen. Lee läuft durch einen Raum nach dem anderen mit Gemälden und Skulpturen aus Mans späteren Schaffensjahren. Einer widmet sich seiner Zeit in Kalifornien, ein anderer den Porträts, die er in den 1950er-Jahren in Europa gemacht hat. Die meisten davon kennt Lee aus Zeitschriften: Sie hat seine Karriere verfolgt, genau wie Roland.

Schließlich ist sie am Ende angelangt. Sie steht eine Weile vor dem Ausgang und traut sich nicht in das laute Chaos hinaus. An der Wand steht eine Bank, auf die Lee sich erleichtert sinken lässt. Sie muss nur kurz die Füße ausruhen, bevor sie nach Hause geht.

So sitzt sie etwa zwanzig Minuten da, mit geschlossenen Augen, als sie hinter sich ein Geräusch hört, das Quietschen von Gummi auf dem harten Holzboden. Jemand fährt in einem Rollstuhl durch die Tür. Und als er näher kommt, hört sie sie: eine Stimme, seine Stimme, rau und dünn, aber immer noch vertraut, eine Stimme, an die sie sich nicht erinnern konnte, bis sie sie jetzt hört. Sie holt so tief Luft, wie sie kann, und dreht sich zu ihm um.

»Lee?«, sagt Man.

Was sich zwischen ihnen abspielt, bleibt nur Erinnerung. Es gibt keine Bilder davon.

NACHWORT DER AUTORIN

Auf Lee Miller aufmerksam wurde ich zum ersten Mal bei einer Ausstellung mit dem Titel *Man Ray/Lee Miller: Partners in Surrealism* im Peabody Essex Museum in Salem, Massachusetts. Ich fand ihre Arbeiten unglaublich und ihr Leben erst recht. Aber in den Kunstgeschichtskursen an der Uni hatte ich immer nur von Man Ray gehört, nie von Lee Miller. Nach der Ausstellung stürzte ich mich in eine zweijährige Recherche, bevor ich anfing zu schreiben und daraus irgendwann *Die Zeit des Lichts* wurde.

Meine Faszination für Lee entspringt Bildern – Bildern, die sie zeigen und Bildern, die sie gemacht hat. Der selbstbewusste Blick auf ihrem ersten Vogue-Cover von 1927, der trotzige Blick auf Fotos ihres Vaters, die Liebe in ihrem Blick, wenn sie zu Man hochsieht, die völlige Verwandlung in eine abgehärtete Kriegsreporterin. Die Bilder boten mir Zugang zu einzelnen Romanszenen und blieben während der Arbeit eine Art Prüfstein. Der Roman ist also die Geschichte hinter den Bildern. Er ist ein fiktives Werk, und obwohl ich die Fakten teilweise den diversen ausgezeichneten Biographien und historischen Texten entnommen habe, sind die Figuren Produkte meiner Phantasie.

Historische Fiktion ist ein spezielles Genre, und wenn ein Autor über echte Menschen schreibt, bringt das ganz eigene Erwartungen und Regeln mit sich. Obwohl ich die Geschichte authentisch darstellen wollte – insbesondere, was Geographie, Chronologie

che Details betrifft –, beschloss ich, zu experi-
enen und Ereignisse zu erfinden, solange sie sich
der Figuren anfühlten, sowohl in ihrem tatsäch-
als auch in meiner fiktiven Darstellung. Mein Ziel
dem, Lee als die komplizierte Frau zu schildern, die sie
n und talentiert natürlich, aber auch zerbrechlich und
mit ernn. Das klarzustellen war mir wichtiger, als mich skla-
visch innerhalb der überlieferten Fakten zu bewegen.

Wer mehr über das wirkliche Leben von Man Ray und Lee Miller erfahren möchte, dem empfehle ich Carolyn Burkes Biographie *Lee Miller: A Life*. Ich habe das Buch während meiner Recherche immer wieder zur Hand genommen, es beschreibt Lees komplexe Geschichte wirklich sehr eindrücklich. *Man Ray: American Artist* von Neil Baldwin und Man Rays Autobiographie *Self Portrait* sind gute Ausgangspunkte, wenn man sich über sein unglaubliches Leben und Werk informieren will. Anbei eine kurze Liste anderer Quellen, die ich im Laufe der Jahre zu Rate gezogen habe. In jedem dieser Bücher erfährt man einiges über die Personen und ihre Zeit. Und dann ist da natürlich noch Mans und Lees Kunst, die Sie hoffentlich genauso inspiriert wie mich.

WEITERFÜHRENDE LEKTÜRE

Baldwin, Neil: *Man Ray. American Artist.* Da Capo Press, Cambridge 2000.

Burke, Carolyn: *Lee Miller: A Life.* Knopf, New York 2005.

Cahun, Claude: *Disavowals, or Cancelled Confessions.* MIT Press, Boston 2008.

Conekin, Becky E.: *Lee Miller in Fashion.* Monacelli Press, New York 2013.

Flanner, Janet: *Paris Was Yesterday, 1925–1939.* Viking Press, New York 1972.

Klein, Mason: *Alias Man Ray: The Art of Reinvention.* Yale University Press, New Haven 2009.

Penrose, Antony: *The Lives of Lee Miller.* Thames and Hudson, London 1988.

Penrose, Antony (Hrsg): *Lee Miller's War.* Bulfinch Press, Boston 1992.

Prodger, Phillip, mit Lynda Roscoe Hartigan und Antony Penrose: *Man Ray / Lee Miller: Partners in Surrealism.* Merrell Publishers, London 2011.

Ray, Man: *Self Portrait.* Little, Brown, Boston 1963.

Roberts, Hilary: *Lee Miller: A Woman's War.* Thames and Hudson, London 2015.

DANKSAGUNG

Es heißt ja, Schreiben sei eine einsame Tätigkeit, aber dieses Buch gäbe es nicht ohne den Rat, die Ermutigung und den Glauben folgender Menschen. Ich freue mich sehr, mich an dieser Stelle für ihre Unterstützung bedanken zu können.

Lange bevor meine Agentin mir auf dem Weg nach Japan aus dem Himmel eine E-Mail schrieb, war es mein Traum, mit ihr zusammenzuarbeiten. Wie sich herausstellte, ist sie sogar noch brillanter und wunderbarer, als ich dachte. Ihr und allen anderen bei The Book Group bin ich großen Dank schuldig. Ganz besonders auch der unerschütterlichen Nicole Cunningham.

Vielen Dank an mein fantastisches Team bei Little, Brown, unter anderem Karen Landry, Sabrina Callahan, Nell Beram, Alexandra Hoopes und meiner großartigen Lektorin Judy Clain, mit der die Zusammenarbeit eine wahre Freude ist und deren Klugheit und Wissen für mich als Autorin und für dieses Buch eine große Bereicherung waren. Vielen Dank auch an die wunderbaren Mitarbeiter von Picador UK, insbesondere an Kish Widyaratna und meine reizende Lektorin Francesca Main für ihre wertvolle Anregungen auf Makro- und Mikroebene. Herzlichen Dank an Jenny Meyer, Caspian Dennis und Gray Tan, meine fantastischen Auslandsagenten: Ich bekomme immer noch Gänsehaut, wenn ich daran denke, dass mein Buch in andere Sprachen übersetzt und jenseits des großen Teiches gelesen wird! An meine ausländischen

Verleger: Unsere Beziehung beginnt gerade erst, aber ich freue mich darauf, euch kennenzulernen und danke euch vielmals, dass ihr an dieses Buch glaubt.

In gewisser Hinsicht begann mein Leben als Schriftstellerin mit meiner Schreibgruppe, den Chunky Monkeys, in jedem Fall bin ich unendlich froh, diese wahnsinnig beeindruckenden Menschen kennengelernt zu haben. Chip Cheek, Jennifer De Leon, Calvin Hennick, Sonya Larson, Alexandria Marzano-Lesnevich, Celeste Ng, Adam Stumacher, Grace Talusan und Becky Tuch: Danke, dass ihr meine unzähligen Entwürfe gelesen, mir spitzenmäßiges Feedback gegeben, mich zum Lachen gebracht, mich aufgemuntert und mir bewiesen habt, dass sich harte Arbeit lohnt.

Einen besonderen Gruß an meine lieben Freundinnen und Superstar-Autorinnen Jenna Blum und Kate Woodworth, die mich immer wieder zur Verantwortung gezogen und mit Bitmojis und Manhattans angefeuert haben.

Unendlich dankbar bin ich all den tollen Autorinnen und Autoren, die ich das Glück habe, meine Freunde nennen zu dürfen, und die mir auf unterschiedlichste Weise bei diesem Buch geholfen haben: Christopher Castellani, Ron MacLean, Lisa Borders, Michelle Seaton, Sari Boren, Sean Van Deuren, Jaime Clarke, Mary Cotton, Tom Champoux, Alison Murphy, Chuck Garabedian, Vineeta Vijayaraghavan, Michelle Hoover, Karen Day, Stuart Horwitz, Crystal King, Cathy Elcik und wahrscheinlich noch ein paar mehr, an deren Namen ich mich hätte erinnern sollen. Danke für eure Inspiration.

Ich bin überzeugt, dass Boston die beste Literaturszene in ganz Amerika hat. Ich habe zehn glückliche Jahre in der Grub Street gearbeitet, einer Organisation, die sich wie ein Zuhause angefühlt hat. Ich bin froh, bei den Charrettes unter der Leitung der wunderbaren Daphne Kalotay gewesen zu sein, bei den Spitballers, deren Brainstorming-Sessions immer extrem produktiv, kooperativ *und* unterhaltsam waren, und beim Arlington Author Salon, den ich mit großer Freude mitorganisieren durfte und über den ich die wunderbare Anjali Mitter Duva, Amy Yelin, Marjan Kamali und Andrea Nicolay kennengelernt habe. Ebenfalls dankbar bin ich für die finanzielle Unterstützung zweier Bostoner Institutionen: dem Somerville Arts Council und der St Botolph Club Foundation.

Ewig dankbar sein werde ich für die Möglichkeit, in Künstlerhäusern oder zu Hause bei großzügigen Freunden arbeiten zu dürfen. Die beiden Wochen im Virginia Center for the Creative Arts waren die produktivste Zeit in meinem Leben, und die Freundschaft und Inspiration, die ich dort bei anderen Künstlern, insbesondere John Aylward, Sarah McColl und Jennifer Lunden gefunden habe, weiß ich sehr zu schätzen. Vielen Dank an Mo Hanley, dass ich in Cape Cod bei ihr wohnen durfte, an Alex Reisman, dass sie ihr Haus in den Berkshire Mountains in Massachusetts in ein Schreib-Retreat verwandelt hat, wo wir in etwa gleich viel gearbeitet und gelacht haben, und an Arthur Golden, dass er mir Missy in Salt Meadows anvertraut hat, während ich meine (fünfte?) Fassung beendet habe. Etwas näher an zu Hause danke ich Gott für das Diesel Cafe, das Kickstand Cafe und das Caffè Nero, wo ich mit Hilfe endloser Americanos die diversen Fassungen überarbeiten konnte und die für mich wie Häfen sind, in denen ich erfreulicherweise immer Bekannte treffe.

Abschließend ein ganz herzliches Dankeschön an meine Freunde und meine Familie, die mir in so vieler Hinsicht geholfen haben, dass ich gar nicht alles aufzählen kann. Jennifer Chang, Alexis Wooll und Julie Greb: Ihr kennt mich von Kindheit an, habt mich durch schwierige Teenagerjahre und oberpeinliche rebellische Phasen begleitet und liebt mich irgendwie immer noch. Danke, dass ihr meine Wahlfamilie seid. Gale und Richard Scharer, beste Schwiegereltern, danke, dass ihr den Sonnenschein im buchstäblichen (Florida) und im übertragenen Sinne in mein Leben gebracht habt. Meine weltenbummelnde Schwester Colby, die so tolle Geschichten zu erzählen hat, dass sie ein eigenes Buch schreiben sollte – mögen wir noch viele gemeinsame Abenteuer erleben. Meine Eltern Anita und Richard Bemis, die schon in frühen Jahren meine Liebe zur Sprache mit unzähligen Notizbüchern und Fahrten zu Tattered Cover gefördert haben. Danke für euren riesengroßen, unerschütterlichen Glauben an mich. Mein Ehemann Ryan, der klügste und lustigste Mann, den ich kenne, der mit mir kreuz und quer durchs Land gezogen ist, um mich beim Schreiben zu unterstützen, und unzählige Aufgaben übernommen hat, um es mir zu ermöglichen, dieses Buch fertigzustellen. Ich liebe dich. Und schließlich meine Tochter Lydia, die mit ihrem Geist und Witz die Welt zum Strahlen bringt und immer meine größte Schöpfung sein wird.